Collection dirigée par Glenn Tavennec

L'AUTEUR

Amelia Kahaney, qui est née et a grandi à San Diego, s'est découvert très jeune une passion pour la lecture. Diplômée en littérature anglophone, elle a multiplié les déménagements et les emplois sur tout le continent américain avant de se fixer à Brooklyn où elle vit avec son mari et son fils. Après avoir publié plusieurs nouvelles dans des magazines, elle s'est lancée dans l'écriture de son premier roman, *Les Cœurs brisés*, sur un coin de table dans un café. Elle est aujourd'hui toujours fan de bibliothèque, de bicyclette, de voiture de collection, de bernard-l'ermite, de flash-mob et de lecteurs et lectrices de tous âges.

Les Cœurs brisés est le premier volet d'un diptyque bientôt adapté au cinéma par Charlize Theron et les studios New Line.

AMELIA KAHANEY

LES CŒURS BRISÉS

roman

traduit de l'anglais (États-Unis) par Fabien Le Roy

R

Titre original : THE BROKENHEARTED

Produced by Alloy Entertainment, New York
Published by arrangement with Rights People, London

ISBN 978-2-221-14078-9 ISSN 2258-2932
(édition originale : ISBN : 978-0-06-223092-8, HarperTeen an imprint of HarperCollins Publishers, New York)

À mes parents, qui m'ont donné des ailes,
Et à Gabriel, qui m'a fourni un endroit chaud où me poser

« Rêvons de sang qui pulse, qui flue et qui reflue. Pensons à la marée qui bat, palpite et ronfle. Détissons donc la toile toute d'artères et de veines, les jetées frémissantes des valves, les ions qui fulgurent de cellule en cellule, le sodium qui est notre âme, le potassium qui est notre personnalité, et le calcium qui est notre caractère. »

Brian DOYLE

APRÈS

Une fille. Seule.

Les genoux repliés à l'intérieur de son ample sweat à capuche noir, elle est accroupie sur une grille métallique, juchée au sommet de l'un des plus hauts gratte-ciel de Bedlam City. Les yeux grands ouverts, elle se tient immobile et silencieuse telle une gargouille. En contrebas, la ville fourmille, mais tout ce qu'elle entend de son perchoir, c'est le sifflement du vent glacial.

Ce bâtiment, la tour Fleet, porte le même nom qu'elle. Lorsque ses parents mourront, elle héritera de ses quatre-vingt-sept étages. « Petite chanceuse », proclament les journaux. Ça fait pourtant belle lurette que la chance a faussé compagnie à Anthem Fleet.

Sous ses pieds, dans le penthouse, se trouve sa chambre. À l'intérieur, tous ces objets qu'elle aimait avant. La barre en acajou vissée au mur où elle pratiquait ses mouvements de danse jusqu'à en avoir les pieds en sang. L'énorme lit deux places où elle avait hâte de se glisser chaque nuit, à cette époque où le sommeil lui venait encore facilement. Et sous ce lit, une boîte à secrets en métal. Là où elle conservait tout ce qu'il lui donnait, jusqu'à ce cadeau qu'aucune boîte au monde ne pourrait contenir et qu'aucune fille ne voudrait garder.

Au-dessus d'elle, un ciel indifférent balayé par les projecteurs, ces longs doigts de lumière qui fouillent le crépuscule violacé. De gros et gris nuages d'orage qui se forment au-dessus du lac aux couleurs de blessure. La lueur des brasiers éparpillés qui font rage dans le centre-ville, de ces incendies qui ne s'éteignent jamais.

Et en elle, une balle d'acier froid. Une bombe à retardement qui bat comme un cœur. Douleur et fureur se partagent ce cœur à parts égales. *Tic-toc.*

Tandis qu'assise elle contemple la ville en attendant la nuit, elle passe en revue une liste de mensonges.

Le temps vient à bout de toutes les blessures. À vrai dire, pas vraiment toutes. Certaines sont trop profondes, et il y a des peines de cœur qui ne guérissent jamais.

Tout le monde possède au moins une once de bonté. Certaines personnes viennent au monde pour faire le mal. Elle en a conscience maintenant, mais préférerait ne jamais l'avoir appris. Et elle fera tout pour protéger ceux qui n'ont pas les moyens de se défendre par eux-mêmes. Comme la fille qu'elle était, avant.

On ne vit qu'une fois. Ce qu'elle a traversé ces derniers mois aurait dû la tuer, mais elle a survécu. Elle bénéficie désormais d'une deuxième vie, une qu'elle n'aurait jamais choisie, mais c'est la seule qu'elle ait. Sa vie, son petit coin de toit et un cœur qui bat furieusement.

Elle plisse ses yeux verts et se lève, balançant les bras d'avant en arrière, se préparant pour le saut. Elle porte son regard vers les rues du centre-ville qui s'assombrissent, vers toute cette zone grouillante et anarchique d'inhumanité qui s'étale au-delà du fleuve Midland, plus connu aujourd'hui sous le nom de frontière du Crime. Les berges déchiquetées du fleuve marquent la séparation entre la Rive droite flambant neuve et la Rive gauche sans foi ni loi.

Au-delà de la frontière du Crime, quelque part dans les entrailles du labyrinthe de la Rive gauche, se trouve l'endroit où Anthem est passée d'entière à cœur brisé. Où elle a cessé d'être une fille aux perspectives radieuses pour devenir cette chose anéantie et réduite en miettes.

Et chaque jour depuis ce moment-là, Bedlam et ses habitants réussissent à lui briser le cœur à nouveau. Elle a découvert que le monde est une bête sauvage qui persiste à vous attaquer alors même que vous êtes à terre.

À Bedlam, soit vous apprenez à encaisser les coups, soit vous trouvez un moyen de les rendre.

AVANT

1.

Voici comment fonctionne la chorégraphie : école, ballet, devoirs, puis dodo. Répétez ces pas jusqu'à l'âge de dix-huit ans en respectant bien la cadence, tournez sur vous-même comme la ballerine dans sa boîte à musique, et un jour, tous vos efforts finiront par payer. Adhérez à la routine, et la routine vous protégera des mauvaises surprises. C'est ce qu'on m'a appris à croire.

Mais aujourd'hui, la pilule a du mal à passer.

Lorsque je pénètre dans l'immeuble 87P par la porte d'entrée, je me compose un visage de circonstance. Je fais glisser mon sac de danse de mon épaule endolorie et le dépose à côté de la statue qui se dresse près de la penderie – un gigantesque griffon de marbre noir au rictus tout en dents acérées, gardant jalousement des billets de cent dollars démesurés sous ses griffes immuables.

— Arrête de me regarder comme ça, chuchoté-je à la bête de pierre en levant une main pour couvrir ses petits yeux perçants.

Je passe devant le salon ouvert, construit sous le niveau du plancher. Le soleil qui se couche à l'horizon fait virer le blanc immaculé des coussins du canapé à l'orange vif. J'aperçois mon père à travers les portes vitrées coulissantes. Il est en train de parler à voix basse à Serge, son bras droit, chauffeur et garde du corps, tout en faisant les cent pas sur la terrasse. Serge est dos à la vitre, mais je le vois acquiescer, ses énormes épaules mettant au supplice son traditionnel costume noir. Lorsque mon père remarque ma présence, il me décoche l'un de ses fameux sourires étincelants, son beau visage sans aucune ride irradie de cette confiance naturelle qui lui permet de vendre ses immeubles dans tout Bedlam. Ce soir, il porte un queue-de-pie noir et un nœud papillon blanc. Le look pingouin, il appelle ça.

J'emprunte le long couloir qui mène à la chambre principale et tâche d'assouplir mon cou de droite à gauche pour faire craquer les vertèbres.

— M'man ? appelé-je avant d'entrer dans la suite de mes parents.

J'avance de quelques pas tout en me préparant à affronter ce que sera ma mère aujourd'hui. Sera-t-elle l'Hélène adoucie au Vivirax ? L'Hélène boostée au Liftivia ? L'Hélène pompette, le feu aux joues, assise avec une bouteille bien entamée de chardonnay des vignobles Amnésia ? Je me dirige vers le gigantesque dressing, jetant au passage un regard au grand portrait à l'huile de Régina à douze ans, assise en tailleur au milieu d'une prairie en fleurs. Elle ressemble trait pour trait à ma mère en miniature : les mêmes grands yeux bleus, les lèvres impérieuses qui surplombent un menton pointu, les cheveux blonds presque blancs qui lui descendent à mi-dos. La sœur que je n'ai jamais eue. La fille que ma mère souhaiterait encore avoir.

Mais lorsque je pénètre dans le dressing, Hélène n'y est pas. À la place, je tombe nez à nez sur ma robe, légère comme une plume et qui semble frémir doucement sur son cintre. Je m'arrête un instant pour contempler sa coupe de princesse, son tissu chatoyant tout à la fois blanc, bleu, rose et violet, comme le ciel de l'aube qui se reflète sur l'océan. Je prends conscience que c'est plus qu'une robe, c'est une véritable promesse. La promesse d'un certain type de soirée. De lendemains qui chantent.

Et je ne peux pas la porter.

La soirée était censée se dérouler de la sorte : j'aurais lavé ma tenue en revenant du cours de ballet, enfilé cette robe que m'a choisie ma mère, puis direction la maison du maire pour le gala de l'Association des orphelins de la Rive gauche. Une fois sur place, j'aurais souri, hoché la tête, fait poliment la conversation et dansé avec Will Hansen, mon petit ami de six mois, sous un lustre scintillant. Ensuite, Will et moi nous serions éclipsés dans une des suites de l'hôtel Bedlam Grande. Il m'aurait délicatement déposée sur le lit, ma longue chevelure rousse déployée sur le blanc des draps, et m'aurait déflorée. Cela aurait fait un peu mal, selon ma meilleure amie Zahra, ou peut-être pas. Nous serions restés allongés côte à côte jusqu'aux premières heures, alors que mes parents nous auraient crus à l'after lourdement gardé de la Société des jeunes philanthropes dans le hall de l'hôtel. Lorsque le soleil se serait levé sur la ligne d'horizon de Bedlam, Will m'aurait reconduite chez moi à bord de sa Huntley argentée. Je lui aurais dit au revoir en l'embrassant, et aurais regardé sa voiture disparaître au coin de la rue tout en savourant le futur idyllique que je serais amenée à partager avec le fils du procureur de la République.

Comme une bulle de savon, la vision éclate et s'évanouit quand ma mère fait irruption dans le dressing. Elle est radieuse dans sa robe de bal couleur verre de mer. Ses cheveux blonds sont tressés en un chignon bas un peu lâche et son visage anguleux brille dans la lumière rose qui baigne la pièce.

— Bonjour, ma chérie, murmure-t-elle en me voyant.

Nos regards se croisent dans le miroir doré de sa coiffeuse en ivoire où sont rangés ses pinceaux à maquillage, ses rouges à lèvres, ses fards à paupières, tous alignés avec une précision militaire. Ses yeux rehaussés de gris luisent du calme que lui apporte le Vivirax.

— Je l'ai fait nettoyer à la vapeur, dit-elle en désignant la robe.

— Elle est superbe, commencé-je avant que le rouge me monte aux joues, mais… je vais pas pouvoir venir ce soir. Je suis malade. J'ai vomi en plein milieu du cours de ballet.

Les bras autour du ventre, je me plie en deux, dans l'espoir que mon visage se vide de sa couleur. Un bref coup d'œil dans le miroir me montre une fille rousse aux allures de chien mouillé, le mascara dégoulinant sur sa peau diaphane constellée de taches de son. À côté de la perfection faite femme qu'est Hélène Fleet, j'ai bel et bien l'air en piteux état.

Elle étudie mon image reflétée de ses yeux bleu-gris, mais j'ai du mal à dire si elle est inquiète ou juste énervée. Elle s'approche de moi et place sa main douce et fraîche sur mon front.

— Tu n'as pas de température, murmure-t-elle. Peut-être as-tu besoin de t'allonger un peu. Tu as bu de l'eau ?

C'est à ce moment que mon père arrive dans la pièce à grandes enjambées, ses boutons de manchettes en forme de gratte-ciel tintant dans sa paume.

— On y va dans cinq minutes, mes amours.

— Elle est malade. (Ma mère fronce les sourcils, la lèvre inférieure en avant comme celle d'un enfant qui boude. Elle est manifestement déçue.) Des douleurs à l'estomac. Elle dit qu'elle ne peut pas venir.

— Ne pas venir ? (Le sourire de mon père s'évanouit. Il se tourne et me jette un regard de travers, attendant la chute de l'histoire.) Bien sûr qu'elle va venir. Hein, chaton ? Les Fleet ne tombent jamais malades.

— Je sais, papa, lui réponds-je, les yeux rivés au sol.

Depuis que j'ai dix ans, j'ai assisté chaque année à la parade de ces enfants maigres de la Rive gauche en ouverture du bal des Orphelins. Je sens presque la côte de bœuf et son accompagnement de purée de petits pois parsemés de copeaux d'or que le maire nous sert dès les orphelins reconduits.

— Mais je ne crois pas que…

— Pense à ce pauvre Will, me gronde ma mère avant d'appuyer sur un bouton situé sous le plateau de sa coiffeuse.

Instantanément, le miroir coulisse dans le mur, révélant une douzaine de tiroirs en acier qui contiennent soit un bracelet, soit un collier, soit deux paires de boucles d'oreilles.

— Il va mourir d'ennui si tu n'es pas là.

Pauvre Will. Mon nez se plisse. *Si seulement tu savais ce que j'étais censée faire avec le pauvre Will ce soir !*

— Will est un grand garçon, je suis sûre qu'il s'en sortira très bien tout seul.

La première fois que Will m'a demandé de sortir avec lui, j'ai eu l'impression d'avoir gagné le gros lot. À l'École du jour de la cathédrale, – Cathédrale pour les intimes –, Will fait partie de la royauté : délégué de classe, champion du club de débat et premier rôle masculin dans toutes les pièces montées par le lycée. Moi, je suis l'accro du ballet, l'étudiante parfaite dont la timidité est interprétée comme du snobisme. Lorsque Will a commencé à s'intéresser à moi, je suis devenue visible. Je n'étais plus simplement un cerveau, mais une véritable fille de chair et d'os. Et, bien sûr, je n'ai pu que craquer pour les bouquets qu'il m'envoyait, pour son bras drapé autour de mon épaule dans les couloirs de l'école, – n'importe quelle fille avec un cœur aurait ressenti la même chose.

Mais tout ce que j'éprouvais au début de notre relation s'est estompé. Plus Will insiste pour que nous passions au stade supérieur, moins j'en ai envie. Ce matin, pendant la messe quotidienne, assise au milieu du cinquième banc en partant de l'autel, je lui ai chuchoté que je ne me sentais pas prête pour la suite au Grande. Que peut-être danser sous le lustre en cristal du maire suffirait pour la soirée. Son expression s'est alors figée, avant de se transformer en un sourire suffisant. « Tu sais, je connais un paquet de filles qui seraient ravies de prendre ta place. »

L'espace d'un instant, j'ai vu dans ses yeux d'un bleu délavé qu'il ne plaisantait pas. Puis il a remis son masque de monsieur-le-chef-de-classe et reficelé son sourire. « Nan… je blague. On attendra le temps qu'il faudra. »

Hélène compose une série de chiffres sur un clavier lumineux encastré à côté de ses coffres à bijoux. Après un bip, elle ouvre le tiroir du bas et en sort un collier en platine et diamants incrusté de sept rubis de la taille de pastilles à la menthe. Elle le place autour de son cou, les pierres lui tombent en cascade le long de la clavicule.

— Sublime, ma chérie, murmure mon père en guise d'approbation en le lui attachant dans la nuque.

— Il est vraiment parfait, dis-je dans un souffle.

Je repense à la dernière Saint-Valentin où il le lui a offert. Il m'avait glissé qu'à cinquante mille dollars, c'était vraiment une affaire.

— Tu es magnifique, maman.

Elle accueille mon compliment d'un sourire tiède avant de refermer le tiroir et d'abaisser le miroir.

— Merci. Mais cette soirée est avant tout destinée aux orphelins.

Genre ! Cette soirée est tout sauf destinée aux orphelins : mes parents comptent sur ce type d'événements pour parler affaires avec le maire et les autres politiciens locaux. Le marché de l'immobilier à Bedlam est un monde impitoyable. En tant que promoteurs, Hélène et Harris doivent huiler en permanence les rouages des politiques – ce qui inclut de faire de la lèche au procureur de la République Hansen, et à Marks, le maire – pour obtenir les meilleurs sites constructibles.

— Je vais rester me reposer ici. Si jamais je me sens mieux, je prendrai un taxi pour vous rejoindre au bal.

— J'espère que ce n'est pas la grippe, dit Hélène. Tu ne peux pas te permettre d'avoir la grippe en ce moment, avec tes répétitions pour *Giselle*, tes examens qui approchent…

— Laisse Anthem vivre, ma chérie. Elle est déjà accro au travail comme ses parents, l'interrompt mon père en me faisant un clin d'œil pour que je sache qu'il est de mon côté. On veillera pour toi sur Will ce soir, mon chat. Profites-en pour bien reprendre des forces.

— Lily sera là jusqu'à neuf heures, dit ma mère en poussant un soupir.

Je hoche la tête. Lily est notre cuisinière, et je réussirai sans doute à la convaincre de partir un peu plus tôt. Mes parents se contemplent une dernière fois dans le miroir. Avec cette lumière, on dirait qu'ils ont vingt-cinq ans. C'est comme s'ils ne vieillissaient jamais. Je lève les mains et fais semblant de brandir un appareil photo, puis pose un œil contre le viseur imaginaire.

— Photogéniques ? demande Harris en enlaçant Hélène par la taille.

— Le couple parfait, réponds-je.

Et dans l'instant, je crois presque ce que je dis.

Si on n'avait pas retrouvé cette beauté blonde noyée et flottant sur le lac Morass il y a dix-sept ans, on pourrait croire que nous avons vraiment tout pour nous. Mais Régina est notre mouche captive dans l'ambre, le défaut dans notre opale, la fissure dans notre perfection de façade. Harris a ses immeubles pour le consoler. Hélène aussi, en plus de ses galas de charité, de ses pilules et de son chardonnay.

Ce qui ne laisse plus que moi.

Un an après la fin de la vie de Régina, la mienne a commencé. Je suis la fille de remplacement, la fille qui était supposée tout améliorer. Un antidépresseur vivant et qui respire.

Deux baisers secs et une compresse froide plus tard, le couple idéal s'en va au bal, laissant leur fille moins que parfaite se reposer dans le dressing. Une fois la porte fermée derrière eux, je m'attarde quelques minutes devant le miroir à regarder mon visage si ordinaire.

2.

Lorsque sonnent dix heures, Zahra et moi sommes déjà loin du tintement des flûtes de champagne du bal des Orphelins. Nous pressons le pas dans le dédale de rues noires le long des berges du fleuve – un ancien quartier industriel de la Rive droite qui donne sur le fleuve Midland. Nous nous rendons à une fête dans un entrepôt à l'est du pont de l'Oubli, toutes deux emmitouflées dans notre manteau de laine pour lutter contre l'humidité persistante de l'air frais qui règne en ce début mars.

— Cet endroit me flanque la trouille, marmonné-je en claquant des dents.

Je fourre ma main gantée dans ma poche, l'index à la recherche du petit bouton rouge de mon porte-clés bombe lacrymogène. Même l'intrépide Zahra n'a pas l'air très rassurée par l'éclairage blafard, elle s'arrache nerveusement les petites peaux des doigts tout en balayant les environs du regard, en quête d'un repère quelconque.

— Je crois que c'est par là.

Les yeux violets de Z. sont posés sur un panneau de signalisation qui tourne sur son axe comme une girouette. Nous sommes au croisement d'Arsenic Avenue et de Thorn, deux rues qui ne me sont pas familières. Je ne quitte quasi jamais le Bedlam-Nord, un district composé des quartiers Lakeside, Church Hill, du Museum Mile et de Bankers Alley, un voisinage où règnent l'ordre et la sécurité. Mais rester à la maison à broyer du noir à propos de Will, non merci ! Je préfère encore suivre Zahra pour un de ses plans underground dans une zone malfamée de la ville.

— Ha ha ! s'exclame triomphalement Z. quand nous atteignons le coin de la rue.

Elle me prend par le creux du coude et m'entraîne vers une rangée d'entrepôts industriels recouverts de graffitis et qui font front ensemble contre le vent, m'évoquant l'image de vieillards trapus en pardessus.

Il n'y a personne sur le trottoir, mis à part deux filles bourrées qui nous croisent en titubant sur leurs talons de dix centimètres, leur rire haut perché chargé de relents de whisky. Les quatre premiers immeubles sont à moitié démolis, leurs fenêtres soit brisées, soit barricadées avec des planches pourries, mais du dernier de la rangée s'échappent des lumières multicolores.

— Ça a de la gueule, tu trouves pas ? me demande Z., se déhanchant déjà au son des basses saturées du morceau « Kiss Me on the Apocalips » des Suicidal Stepchild.

Elle s'est toujours comportée de cette manière depuis la première fois que je l'ai rencontrée. Elle s'était faufilée dans la cuisine lors d'un déjeuner de charité que ma mère organisait à la maison. La petite Zahra de six ans m'avait scandalisée en volant tout un plateau de petits-fours avant même que le repas ne soit servi, exigeant que je la conduise dans ma chambre pour qu'on puisse s'y empiffrer tranquillement. Zahra a toujours été pleine d'audace, prête à tout tenter à n'importe quel moment. Moi, il faut du temps et de la patience pour me convaincre de préférer le risque et la nouveauté à la routine et la sécurité. Il en a toujours fallu.

Je hausse les épaules, regrettant à présent de ne pas être restée chez moi dans un bon bain moussant aux sels d'Epsom, à regarder pour la énième fois mon fidèle DVD des morceaux choisis de la danseuse étoile Olga Inkarova. Dans ce cas, je serais endormie à l'heure qu'il est, dans l'optique d'un lever aux aurores pour aller m'entraîner en solo au studio de danse, une bonne heure avant que le cours du samedi matin ne commence. C'est cette année que je peux présenter le concours du corps de ballet de Bedlam, je vais enfin savoir si mes douze ans de dévouement corps et âme à la danse me permettront d'y faire carrière.

En nous rapprochant de l'entrepôt, un arc-en-ciel de spots chatoyants nous passe au-dessus de la tête, et je sens le doute monter en moi comme une aigreur d'estomac. Cette fête vaut-elle vraiment le coup que je me traîne toute la journée demain ?

— T'es sûre qu'on devrait faire ça, Z. ? Je le sens pas trop...

À cet instant, la double porte d'entrée en haut des marches s'ouvre brusquement, comme si elle avait senti notre arrivée, et les mots se tarissent sur mes lèvres :

un homme blond et mince portant un haut-de-forme en velours élimé en sort avec une grâce féline et tend la main à Zahra qui a quelques pas d'avance sur moi. Sous chaque œil il a une fine étoile noire tatouée.

— Entrez donc, pétillantes demoiselles. (Son sourire révèle une dent manquante et plusieurs grises.) Venez vous faire corrompre.

Un habitant de la Rive gauche. Je recule instinctivement d'un pas avant de me figer, le sourire idiot d'une étrangère en terre inconnue plaqué sur le visage, espérant que le dégoût initial provoqué par ses dents ne s'est pas trop vu. Zahra, elle, n'en a apparemment rien à faire, elle prend la main tendue et le suit à l'intérieur.

— Allez hop, Anthem, on y va, dit-elle en se tournant vers moi, son petit menton pointu me mettant au défi de refuser. C'est exactement l'endroit dont on a besoin !

Je n'ai pas le choix et laisse l'homme au haut-de-forme me prendre la main et m'entraîner à leur suite. Sa poigne est tellement ferme qu'elle me fait un peu mal. Nous passons sous deux rangées de lourds rideaux de velours usés pour arriver sur une gigantesque piste de danse à damier.

Une onde de chaleur me monte le long de la colonne vertébrale lorsque, bouche bée, je découvre la faune qui peuple le dance floor : des hommes en costume sur mesure et pantalon de cuir, et des femmes en talons aiguilles et robe vintage à froufrous, boas et bijoux qui s'agitent au gré de leurs mouvements. Le long des murs de cette pièce colossale sont installés des bars, tenus par des mecs coiffés de hauts-de-forme comme le portier.

Du plafond, des femmes sur des trapèzes descendent en piqué. Elles sont enduites d'une sorte de cire poisseuse pour tout vêtement et une paire d'ailes noires leur sort d'entre les omoplates.

— Je te l'avais dit, c'est la fête de l'année ! me crie Zahra pour se faire entendre par-dessus la musique tout en retirant son manteau de laine.

Son minishort doré moule au plus près ses petites fesses, et sous son petit haut blanc ressort un soutien-gorge en soie noir et rouge qui a la lourde tâche de maintenir sa généreuse poitrine. Cinq colliers de perles noires viennent compléter son ensemble.

— Passe-moi ton manteau !

Je tripote un instant le dernier bouton, celui du col, prends une profonde inspiration où se mêlent sueur, fumée et vapeurs d'alcool, puis le défais.

— Comment j'ai pu me laisser convaincre de sortir habillée comme ça ? hurlé-je.

En vain : mes mots sont aspirés par la musique. Zahra a insisté pour que je mette le costume du récital de l'an dernier. Je suis donc déguisée en Juliette. Celle de Roméo et.

— Tu es magnifique, me dit-elle à l'oreille en souriant avec tendresse.

— C'est le costume qui est magnifique.

Juliette porte un corset violet et noir avec de véritables os de baleine à l'intérieur, et un tutu en dentelle noire bordé de fermetures Éclair. Cette tenue m'affine encore la taille et donne l'impression (fausse) que je remplis mon décolleté. Elle crie : *Regardez-moi !* alors que je ne suis pas quelqu'un qui aime attirer les regards. À moins bien sûr qu'un orchestre ne soit en train de jouer et que je sois sur scène, effectuant des mouvements répétés des milliers de fois auparavant. Dans la vraie vie, je n'ai jamais su quelle contenance adopter ni quoi faire de mes mains.

— Je vais planquer nos affaires quelque part et nous chercher un truc à boire, me crie Z. en prenant mon manteau.

J'acquiesce d'un signe de tête et, mal à l'aise, essaie de me balancer au rythme de la musique, les yeux rivés sur les anges trapézistes. Quelques secondes plus tard, deux femmes viennent se coller de chaque côté de moi, un boa de plumes de paon me griffe l'avant-bras droit, puis je sens des ongles se planter dans ma hanche gauche. Je tente de me dégager en tournant sur moi-même mais une troisième femme petite et costaude, vêtue d'un *catsuit* en cuir, se plante devant moi, me bloquant le passage.

— Ballerine, me susurre à l'oreille la fille au boa, le souffle chaud.

J'esquisse un pas en arrière mais suis encerclée. Je vois le mot SYNDI-K tatoué sur son épaule nue et celui-ci ondule tandis qu'elle tend la main pour attraper ma jupe de tulle, comme pour juger de la valeur de l'étoffe.

— Si jeune, siffle la femme sur ma droite.

Elle a beau être maigre, je la sens tout en muscles sous sa veste de smoking et sa culotte bouffante en dentelle. Juchée sur des talons, elle arbore une coupe au carré jaune fluo d'un côté et noir de jais de l'autre.

— Elle a la taille idéale, dit Catsuit en tournoyant pour se rapprocher de moi.

Sa chevelure rose est montée en coiffure Pompadour à grand renfort de laque et je remarque que l'un de ses yeux part légèrement sur la gauche. Elle sourit alors, dévoilant de petites dents pointues qui lui donnent un air féroce.

Le cœur battant la chamade, je cherche Zahra du regard, mais elle me tourne le dos et se dirige vers un mur d'enceintes à l'autre bout de la salle. Je commence à faire marche arrière, mes lèvres figées en un sourire paniqué.

— Tu ne vas pas t'en aller ! me dit Boa en m'adressant une moue boudeuse.

C'est la plus belle des trois, la plus grande aussi, et dotée d'une structure osseuse parfaite, mais son crâne est intégralement rasé et ses yeux sont cerclés de faux cils orange de quatre centimètres de long. Elle pose ses mains sur ma taille et m'attire vers elle.

— On adore les jolies filles comme toi, n'est-ce pas, mesdames ?

— Mon amie est là-bas…, répliqué-je d'une voix trop basse.

J'écarte les coudes, prête à leur en flanquer des coups, et prends une profonde inspiration. À cet instant, la fille en combinaison de cuir recule d'un pas, faisant signe à ses compagnes de faire de même.

— Laissez tomber, mes poules, l'entends-je marmonner.

Elles ont les yeux braqués sur un grand type aux cheveux en bataille, habillé d'une chemise blanche impeccablement repassée sous une veste de velours. Sa silhouette élancée et ses pommettes taillées au couteau sortent tout droit d'un magazine de mode. Il est en train de s'avancer vers nous. Vers *moi*.

— Ah, te voilà, me dit-il en ouvrant grand les bras, un sourire plein d'espoir sur les lèvres. Je t'ai cherchée partout. Dansons maintenant.

Je prends sa main dans la mienne avec précaution, trop choquée pour réagir autrement. Un battement de cœur plus tard et nous voici tournoyant sur la piste au gré d'une valse entraînante. Mon corps s'est mis automatiquement en mode salle de bal, bien que je n'aie pas quitté des yeux la femme chauve. Celle-ci m'adresse un clin d'œil avant de se tourner et de se fondre dans la foule, accompagnée de ses amies.

— Je crois que vous me confondez avec quelqu'un d'autre, bredouillé-je.

— Non, non, réplique mon cavalier, le sourire aux lèvres. Je me suis dit qu'un petit coup de main pour vous sortir des griffes de ces filles du Syndicat serait le bienvenu. La danse, c'est en bonus.

Des filles du Syndicat. À la mention de la mafia de Bedlam, la chair de poule m'envahit. Meurtres, passages à tabac, paris illicites, prostitution, toutes les horreurs qui se trament dans la ville sont liées de près ou de loin au Syndicat.

— On peut arrêter maintenant, elles sont parties…

— Accordez-moi encore une danse !

Je lève les yeux sur son visage. Sa mâchoire carrée lui donne l'air pensif et ses beaux yeux sont surmontés de sourcils droits bien fournis. Il arbore une fleur blanche fanée à la boutonnière de sa veste. L'espace d'un instant, je crois détecter quelque chose de dur, voire de méchant dans son expression, mais sa bouche s'adoucit vite en un nouveau sourire désarmant.

Je tends le cou par-dessus son épaule pour voir où en est Zahra et la repère montée sur une estrade et faisant la queue au bar. Elle lève les pouces dans ma direction et sur ses lèvres je lis : *Appétissant*, ce qui chez Zahra signifie : *Beau gosse*. Je ravale mon sourire et me remets face à mon cavalier pour qu'il voie mon visage lorsque j'accepte sa proposition d'un hochement de tête.

Il me tire à lui et nous reprenons notre danse. Il mène avec beaucoup d'aisance et je sens sa main chaude au centre de mon dos. Tandis que nous tournons sous le lustre, je remarque une petite tache bleue dans l'iris marron de son œil gauche, comme s'il avait été partiellement effacé.

— Où avez-vous appris à danser comme ça ? lui demandé-je alors qu'il manœuvre avec grâce pour nous faire contourner un groupe d'acrobates montés sur échasses.

— Oh, ici et là. Et vous ?

— Moi ? Bal des débutantes dès l'âge de sept ans, et cours de ballet tous les jours depuis mes quatre ans.

À peine ces mots ont-ils quitté ma bouche que je veux les retirer, souhaitant me défaire de cette étiquette de petite fille riche et snob que je me suis donnée.

— Dans ce cas, vous devez sans doute savoir faire ça, dit-il avant de me basculer si bas que ma chevelure frôle le plancher.

Lorsqu'il suggère que nous allions à la fenêtre pour admirer la vue, je bredouille qu'il faut que j'aille retrouver mon amie. Mais comme par enchantement, Zahra se trouve juste derrière moi. Elle me tend un verre et me repousse vers lui. Puis elle nous adresse un clin d'œil et un petit signe de la main comme si elle nous congédiait pour notre lune de miel.

— On se revoit sur la piste !

Le garçon passe son bras de velours dans le creux nu du mien.

— Je vous la ramène bientôt, lance-t-il à Zahra avant de m'entraîner plus loin.

Nous passons par une fenêtre ouverte pour nous retrouver sur une terrasse de fortune goudronnée où quelques grappes de gens discutent à voix feutrée. Un léger voile de vapeur s'élève de notre peau encore chaude de la danse.

— Gavin Sharp, dit le garçon en repoussant une mèche châtain clair de devant ses yeux.

Il sort une blague à tabac de l'une de ses poches et en dépose soigneusement dans deux feuilles à rouler.

— Anthem Fl… Flood, bégayé-je en changeant mon nom à la dernière seconde.

Je ne me sens pas d'être une Fleet ce soir, pas ici, pas avec lui.

Il opine de la tête. Son regard croise le mien l'espace d'un instant puis il baisse les yeux et lèche d'une langue experte le papier collant des deux cigarettes.

— Tu en veux une ?

— Non merci, réponds-je automatiquement.

Je n'ai jamais touché au tabac. Danser comme je le fais nécessite des poumons d'acier.

Gavin fait rouler la molette de son briquet argenté sur son jean puis protège la flamme du vent avec sa paume. Ses doigts sont longs et élégants. Ma mère dirait qu'il a des mains d'artiste. Il fume en silence, je lève à mes lèvres le gobelet en plastique que m'a apporté Zahra et finis le liquide vert amer en deux gorgées. Debout côte à côte, nous contemplons la ville endormie, la nuit éclairée par une lune presque pleine.

Légèrement apaisée par l'alcool, je savoure la vue. Des gratte-ciel flambant neufs et d'imposants manoirs scintillent sur la rive droite du fleuve Midland. De l'autre côté de l'eau, la nuit semble beaucoup plus sombre. Dans l'enchevêtrement de ruelles mal éclairées, des immeubles courts sur pattes bâillent sur leurs fondations, béant telles des bouches affamées. La Rive gauche n'a pas simplement l'air d'être une ville différente, mais carrément d'appartenir à un autre siècle.

Je jette discrètement un œil au profil de Gavin puis laisse glisser mon regard vers l'est, où enfin il se pose sur l'immensité d'un bleu arctique du lac Morass. Toujours recouvert d'une fine couche de glace bleu clair, le lac est le seul lieu vierge que la ville autrement fourmillante n'ait pas encore grignoté. Le seul endroit où rien ne bouge et où rien de mal ne puisse arriver. Plus depuis l'accident de Régina tout du moins. Mes parents s'en sont assurés en dotant richement une unité pour patrouiller dessus.

— Pile là-bas... (Gavin plisse les yeux et tend l'index vers le dédale qu'est Bedlam-Sud. Je ne vois qu'un ensemble irrégulier de bâtiments qu'on dirait ravagés par les flammes.) C'est là que j'habite, l'immeuble surmonté d'un château d'eau.

Je scanne une douzaine de châteaux d'eau sur la ligne d'horizon, gigantesques tarentules figées sur leurs toits respectifs. Une vive curiosité m'envahit alors.

— Et c'est comment… de vivre là-bas ?

— Nous ne sommes pas tous des voyous et des criminels, tu sais.

Les yeux mi-clos, il tire une dernière bouffée sur sa roulée et l'éteint à deux doigts avant de remettre le mégot dans sa blague en cuir pour le rallumer plus tard.

— Bien sûr que non, m'empressé-je d'acquiescer, pour lui assurer que je ne crois pas tout ce qui est imprimé dans le *Daily Dilemma.* C'est juste que je n'ai jamais… enfin, je n'y vais pas souvent. Sans doute parce que…

— Parce que ce n'est pas un endroit sûr. C'est ce qu'ils veulent faire croire à tout le monde, non ? (Une lueur pointe dans ses yeux, de défi peut-être ? Toujours est-il qu'il ne se départ pas de son sourire en coin, puis hausse les épaules.) Moi en tout cas, j'aime mon quartier comme il est, mais c'est pas comme si j'avais des points de comparaison… Je n'ai jamais vécu ailleurs.

— Je suis sûre que c'est comme partout, glissé-je, il y a des jours avec et des jours sans.

En fait, mes paroles ne me convainquent pas moi-même : Bedlam-Sud est la capitale nationale du meurtre et détient le record du continent concernant la proportion d'habitants incarcérés. On dirait que chaque jour qui s'y écoule est un jour sans.

Je contemple le nuage blanc de vapeur d'eau qui se forme devant ma bouche et suis assaillie par la culpabilité. Celle de faire quotidiennement le trajet entre mes cours et la maison dans notre Seraph couleur crème, une voiture d'importation si rare et si chère qu'elle ne passe inaperçue nulle part. Toutes ses vitres sont pare-balles, et nous habitons dans la partie sûre de la ville.

— Tu as sans doute raison, finit par acquiescer Gavin.

Pendant une fraction de seconde, un silence maladroit s'installe et mon regard trouve instinctivement la tour Fleet. En plissant bien les yeux, j'arrive à distinguer ma chambre au dernier étage et la faible lueur de ma lampe de bureau que j'oublie toujours d'éteindre.

Comme s'il lisait dans mes pensées, il me demande si j'habite par là-bas.

— Pas bien loin. Mais on ne peut pas voir mon immeuble d'ici, mens-je tout en souhaitant que ce fût la vérité.

— Alors comment je fais pour te retrouver si je ne sais pas où tu habites ?

Il s'est tourné face à moi et m'étudie, les sourcils levés au-dessus de ses yeux rieurs.

Me retrouver ? Je contemple les glaçons au fond de mon gobelet vide, le tenant fermement des deux mains, de peur que sinon elles ne se mettent à trembler.

— Euh…

Les mots me fuient, et je rougis si violemment qu'il doit s'en rendre compte, même au clair de lune. Avant que je puisse formuler une réponse, je vois que ses yeux quittent mon visage pour se focaliser sur quelque chose par-dessus mon épaule. Son visage se ferme soudain. Il se penche sur moi, sa bouche frôle mon oreille. Je sens mon corps s'électriser sous le double coup de sa proximité et du contact de ses cheveux contre ma peau.

— La fête est finie. Mets-toi ça sur le nez et la bouche, et *cours* !

Il me glisse un bandana gris dans la main.

— Quoi ? (Je me retourne pour regarder ce qui se trame à travers les hautes fenêtres, mais la fête bat son plein et je ne remarque rien d'anormal.) Qu'est-ce que tu.

— Je te rattraperai, me dit-il avant de me pousser vers l'intérieur, la mine sombre. Vas-y. *Maintenant !*

Et c'est à cet instant que la première grenade de gaz hallucinogène vient rouler sur le sol.

Tout se passe si vite. Gavin manque me jeter par la fenêtre la tête la première, puis je repère la coupe au carré de Zahra, elle danse sur la piste au milieu de la foule, inconsciente du danger imminent. Je me précipite sur elle tout en prenant soin de retenir ma respiration. Les gens commencent alors à pousser des cris et les ampoules s'éteignent une à une dans le bâtiment. Il n'y a bientôt plus que le lustre qui permette de voir le gaz violacé des grenades se répandre dans la pièce. Un détachement de policiers antiémeutes se déploie dans la salle, leur visière en plexi noir leur masque le visage.

Le bandana plaqué d'une main contre mon nez et ma bouche, de l'autre je tire Z. vers la sortie. Elle a déjà inhalé de la fumée toxique et crie entre deux quintes de toux qu'elle est attaquée par des serpents, des araignées et des cafards. J'arrive à sortir du bâtiment avec elle dans la nuit noire en lui répétant sans cesse : « Tout va bien, il n'y a pas de quoi avoir peur », tandis qu'elle sanglote hystériquement. Les descentes de flics et leur stratégie de gazer d'abord pour ensuite poser les questions sont tellement courantes à Bedlam que nous avons été formés à l'école pour savoir réagir en cas d'inhalation de gaz hallucinogène, de gaz hilarant, de cyanure ou d'arsenic en spray. C'est la première fois que je suis témoin des effets du gaz cauchemar, comme on l'appelle.

Je parviens à extirper Zahra du flot de gens affolés qui se déverse sur le trottoir, et l'entraîne à l'écart, plus loin dans le pâté de maisons. J'avise finalement un terrain vague coincé entre deux entrepôts à l'abandon.

— Assieds-toi, Zahra, lui dis-je, de la voix la plus calme possible.

Elle s'écroule par terre, ses mains s'agitent fébrilement dans ses cheveux courts, comme pour en déloger une colonie de fourmis rouges. Je m'accroupis en face d'elle sur le sol terreux où poussent quelques herbes folles et la tire par les bras. Je prends une profonde inspiration et essaie de bloquer les atroces gémissements des autres victimes du gaz cauchemar. La voix nasillarde de la police antiémeutes portée par les mégaphones est assourdissante même d'ici. Ils ordonnent à tout le monde de sortir.

— QUICONQUE PREND DES PHOTOS SERA ARRÊTÉ, répètent-ils en boucle. DISPERSEZ-VOUS IMMÉDIATEMENT.

Je me concentre sur le regard paniqué de Zahra.

— Récitons l'exercice de méditation, OK ? (Je pose mes mains sur ses épaules.) Comme on a toujours fait à l'école, d'accord ?

Je la prends dans mes bras et commence à répéter le mantra en boucle :

— Ceci aussi va passer, ceci aussi va passer…

Faut-il le dire sept fois ? Dix fois ? Nous le répétons dix fois pour être sûres et les mouvements désordonnés de Zahra baissent d'intensité. Elle arrête enfin de s'arracher les cheveux et de se gratter frénétiquement les bras. Ses sanglots se muent progressivement en petits gémissements. Nous enchaînons avec l'exercice suivant – compter à l'envers à partir de cent – et je sens ses épaules se décrisper. Nous finissons la séance de méditation en focalisant notre regard et notre pensée sur les objets aux alentours, attendant que le gaz cauchemar ait fini de cheminer dans le cerveau de Zahra.

— La lune, je vois la lune, chuchoté-je à Zahra.

Sa tête sur mes genoux, je lui caresse les cheveux.

— Mais elle saigne, Anthem, pourquoi elle saigne ?

— Chuuuut, la rassuré-je tandis qu'un frisson me parcourt en voyant ses yeux d'habitude si intrépides maintenant remplis de terreur. Elle ne saigne pas, je te le promets.

— Une fenêtre brisée…, finit-elle par dire quelques minutes après, la voix enrouée d'avoir trop crié.

— C'est bien. Une touffe d'herbe.

Elle hoche légèrement la tête, ravalant ses dernières larmes.

— J'ai trouvé un pissenlit aussi. C'est bon signe à cette période de l'année.

Bien plus tard, lorsque Zahra est enfin en état de marcher, nous nous éloignons dans la nuit. Elle fait tournoyer le pissenlit entre ses doigts, la tête appuyée contre mon épaule, et nous avançons à petits pas vers le coin de rue où va bientôt arriver le taxi que j'ai appelé. Les échos du chaos provoqué par le raid se sont depuis longtemps dissipés. Mes pensées ne cessent de retourner au valseur, ce garçon à l'iris effacé, Gavin Sharp. *Il va bien,* me raisonné-je. *Il maîtrisait parfaitement la situation.*

Et pourtant, je ne peux m'empêcher de souhaiter qu'il ne lui soit rien arrivé, me demandant comment il savait ce qu'il savait. Et que voulait-il dire en déclarant qu'il me retrouverait ?

3.

— Et voilà comment nous terminons notre chapitre sur la propagande et l'état de droit, conclut le Dr Tammany, notre professeur de science politique, une vieille femme dynamique, assise sur son bureau. Vous me rapporterez demain un exemple de propagande tiré d'un journal ou de la rue.

Dr T. pointe une minuscule télécommande vers le plafond, faisant disparaître la dernière image de son diaporama sur les émeutes à Bedlam-Sud. La photo d'une foule qui brandit des panneaux et des banderoles, les traits déformés par la peur en voyant charger des policiers montés à cheval. La légende n'illustre pas du tout le cliché : DEUX MEMBRES DES FORCES DE L'ORDRE TUÉS LORS DE VIOLENTES ÉMEUTES. J'avais trois ans lors de la dernière émeute mémorable. L'un de mes plus vieux souvenirs est celui d'une populace en colère, massée dans le petit square en face de la tour Fleet.

— Comment peut-on être sûr que ce cours n'est pas une autre forme de propagande ? s'enquiert une voix de garçon du fond de la classe.

Tout le monde rigole, mais je ne peux m'empêcher de frissonner en pensant à toutes ces affiches le long de l'autoroute qui proclament : LA SÉCURITE DE BEDLAM EST ENTRE VOS MAINS, avec l'image d'une femme terrorisée au téléphone et la hotline de la police, 999-SÉCU, en gros caractères rouges. Quelqu'un a-t-il prévenu les flics pour la fête de vendredi dernier ? Les ordres beuglés au mégaphone résonnent encore dans ma tête : « Quiconque prend des photos sera arrêté. »

— Vous ne pouvez pas en être sûr à cent pour cent, réplique Dr T. d'une voix égale en réajustant une mèche blonde derrière son oreille.

La cloche de la chapelle du lycée sonne à cet instant-là, signalant la fin du cours.

— Nous poursuivrons cette question demain.

Dr T. remonte ses lunettes sur l'arête de son long nez et m'adresse un clin d'œil.

— Dessin intéressant, mademoiselle Fleet, me lance-t-elle après que la cloche a cessé de retentir. Tout à fait en rapport avec la leçon.

Je lui réponds par un sourire poli de ma table au premier rang, le long des vitraux. C'est la place que j'occupe dans presque toutes mes classes depuis la maternelle. Puis je baisse les yeux sur la rangée de policiers sans visage que j'ai dessinée en haut de ma feuille, chacun avec une matraque brandie au-dessus de la tête. J'hésite une fraction de seconde à lui dire que j'ai reproduit la scène de mémoire, mais décide de m'abstenir. Je ne peux pas risquer d'être envoyée en consultation chez le psychologue scolaire pour une évaluation de mon niveau d'angoisse. Voire pire encore, un coup de fil inquiet à mes parents.

Alors que le reste de la classe se lance bruyamment dans le chaos des conversations pré-déjeuner, une ombre vient couvrir mon bureau. Je lève la tête et découvre Olive Ann Bang et ses deux âmes damnées, Clémentine Fitz et Ronda Hatch, alignées en rang d'oignons devant ma table. Je suis à hauteur d'œil de leurs jupes écossaises, plus courtes de dix centimètres que ne le permet le règlement intérieur. Leurs jambes brillantes sont tachetées des reflets colorés des vitraux, le visage trouble de la Vierge Marie venant même s'imprimer sur le genou d'Olive Ann.

— Hey, finis-je par dire avec un petit sourire évasif.

— Ça fait longtemps, ronronne Olive Ann avant de pincer ses lèvres luisantes de gloss.

C'est la plus jeune des filles du proviseur de Cathédrale, la sombre et inflexible Winnifred Bang. Je ne suis pas en odeur de sainteté auprès des Bang, sans doute parce que Olive Ann a toujours été classée derrière moi depuis la seconde. Maintenant que la place de major de la promotion semble m'être promise d'ici quelques mois, son dédain à mon égard est passé du frémissement à l'ébullition.

— On a entendu dire que tu n'avais pas pu te rendre au bal des Orphelins, lance Clémentine d'un ton faussement compatissant. Will nous a dit qu'il avait dû y aller sans toi.

— Je me sentais pas bien, dis-je dans un haussement d'épaules.

— Il nous a confié ça pour toi, dit Olive Ann tout en fusillant Clémentine du regard pour avoir osé parler sans sa permission. Elle est toujours cachetée, t'inquiète pas.

— Je m'inquiétais pas, marmonné-je tandis qu'Olive me tend une petite enveloppe couleur crème avec le monogramme WH gaufré au dos.

— Ne joue pas les étrangères avec nous, OK, Anthem ?

Olive plisse son petit nez en affichant un sourire faux.

— OK, acquiescé-je du ton le plus neutre possible.

Les trois filles se retournent à l'unisson, passent leur sac de classe à l'épaule et sortent de la salle dans une chorégraphie presque parfaitement symétrique.

Après une telle mise en scène, le petit mot de Will apparaît bien fade.

Tu me manques, Rouquine.
Viens me retrouver dans la chapelle. Je t'y attends.
Will

J'ai toujours détesté qu'on m'appelle Rouquine. Comme je l'ai déjà expliqué à Will une dizaine de fois, aucune fille n'a jamais été surnommée Châtain. Je me lève et tiens mes livres serrés contre ma poitrine comme un gilet pare-balles. Je n'ai répondu à aucun appel ni à aucun texto de Will ce week-end, de peur que ma petite virée de vendredi soir ne soit révélée au grand jour. Zahra ne se souvient quasiment de rien (l'un des rares bons points du gaz cauchemar est l'amnésie partielle qu'il déclenche), mais je n'arrive pas à oublier ses cris atroces.

Je n'arrive pas non plus à me sortir Gavin Sharp de la tête.

Je me dirige vers l'intersection de Hemlock Street et Catechism Way pour aller au ballet, essayant de ne pas culpabiliser d'avoir fait faux bond à Will. À l'heure du déjeuner, je suis lâchement sortie du lycée, laissant au passage un mot dans son casier lui indiquant que je le verrais demain. Lorsque je m'engage sur Hemlock Street, un reflet de soleil de l'autre côté de la rue attire mon attention.

Un garçon en blouson de cuir noir lit un livre, accoudé sur sa moto. Je m'arrête net sur le trottoir pour m'assurer que mes yeux ne me jouent pas des tours. Je m'attarde un moment sur sa silhouette dégingandée et sur ses larges épaules, sur la mèche blond-brun qui lui tombe devant les yeux, sur sa mâchoire carrée et sa fossette au menton.

Il replie le coin de la page qu'il est en train de lire et referme son bouquin, une édition de poche de *Gatsby le Magnifique* qui semble dater de Mathusalem. Un sourire paresseux lui éclaire le visage quand il lève les yeux sur moi.

— Te voilà.

Je traverse la rue en trois grandes enjambées. Une fois arrivée à quelques mètres de lui, je pose mon sac de danse sur le trottoir et m'éclaircis la gorge, un mélange de nervosité et d'impatience me faisant doucement frémir.

— Alors, on lit ? lui demandé-je, n'ayant pas trouvé de meilleure question.

— Gatsby me tue à chaque fois. (Il fourre le bouquin dans la poche arrière de son jean et un silence pesant s'installe entre nous.) J'imagine que c'est parce que je suis fan des histoires qui finissent mal, dit-il finalement pour dissiper le malaise.

Deux filles à chignon emmitouflées dans leur manteau nous passent devant, et je détache mon regard de Gavin pour les voir s'engouffrer à travers les portes du studio de danse. Constance Clamm et Clarissa Bender, toutes deux au niveau six, sont trop nerveuses à l'idée d'être en retard pour m'avoir aperçue. Quand les portes se referment derrière elles, je formule enfin la question qui s'impose :

— Comment m'as-tu retrouvée ?

— Je me suis renseigné auprès de quelques amis pour savoir où s'entraînaient les meilleures danseuses de Bedlam-Nord et tous les chemins mènent à l'académie Swans. (Les joues de Gavin s'empourprent légèrement à ces mots.) J'espère que tu ne m'en veux pas.

— Non, non, je ne t'en veux pas. (Je lève les yeux vers la baie vitrée du troisième étage de l'immeuble Seven Swans, et vois neuf têtes coiffées d'un chignon se pencher de concert sur neuf paires d'épaules. Neuf bras nus et gracieux se déploient vers le ciel, puis vers la fenêtre avant de remonter à nouveau. On dirait les pattes d'une chenille géante tout en élégance.) Elles commencent à répéter sans moi, murmuré-je, captivée que je suis par la scène.

En treize ans de ballet, jamais je n'ai assisté à ce rituel de l'extérieur.

— Viens faire un tour avec moi, me dit Gavin. J'ai quelque chose à te montrer.

Mon esprit est assailli de mille raisons qui devraient me faire lui dire non, la principale étant que je n'ai jamais au grand jamais manqué un entraînement. Deux autres raisons plus que valables : mes parents me tueraient s'ils apprenaient que je suis montée en moto avec un garçon de Bedlam-Sud, et tertio, Serge vient me chercher à la sortie du cours à sept heures tapantes tous les soirs. Une rafale de vent vient alors me pousser dans le dos, comme si les éléments conspiraient à me rapprocher de Gavin.

— Pas la peine de trop réfléchir, m'enjoint-il d'une voix douce.

Je jette un dernier coup d'œil au studio, aux filles à la barre, une vie entière de routine me fait signe d'aller les rejoindre. Je pense à mes parents, à mes devoirs, au ballet, à Serge, à Will. Puis j'arrête tout bonnement de penser.

— Allons-y.

4.

Je décide d'ignorer la sonnette d'alarme qui résonne dans ma tête et me force à me concentrer sur les petits détails : le vrombissement de la moto, le vent sur mon visage, les papillons dans mon ventre lorsque ma poitrine est plaquée contre le dos brûlant de Gavin.

Nous filons sur Bankers Alley et la banque de Bedlam se dresse soudain devant nous, sa façade en miroirs nous renvoie notre image fractionnée en douzaines de triangles minuscules. Le siège social des industries Fleet n'est qu'à deux pâtés de maisons, ce qui veut dire que mes parents pourraient être n'importe où au milieu de cette foule d'hommes d'affaires qui se hâtent dans la rue.

Nous dépassons une grappe d'une vingtaine de tentes et mon regard s'arrête sur une pancarte proclamant : MANGEZ LES RICHES, ces mots enserrés par des lèvres d'un rouge violent. Un autre panneau annonce : LE VRAI BEDLAM VA BIENTÔT SE RELEVER. Ce campement de protestataires est installé là depuis avant ma naissance et j'ai toujours connu ses membres débraillés chantant leurs slogans sur la justice et l'égalité. Toutes les deux ou trois semaines, la police vient démanteler le camp, mais les protestataires réapparaissent systématiquement le lendemain, arborant stoïquement leurs blessures et de nouveaux slogans du genre : LES FLICS NE SONT PAS AU-DESSUS DE LA LOI. Lorsque je relève les yeux, nous sommes sur le point de traverser le pont de l'Oubli qui mène à Bedlam-Sud.

— Tout va bien à l'arrière ? me crie Gavin par-dessus son épaule tandis que la moto ralentit.

— Ouais, ça fait juste longtemps que je suis pas passée de l'autre côté du pont, réponds-je, le vent avalant la moitié de mes mots.

Comprenez que je ne l'ai même jamais franchi.

— Tu es en sécurité, je te le promets. Tant que tu es avec moi en tout cas.

Il remet les gaz et nous y voilà.

Une myriade de cadenas sont accrochés à la dentelle de pierre de la balustrade, laissés par des couples qui s'y sont promenés. Ils en ont jeté les clés dans le fleuve pour symboliser leur amour indéfectible. Je me demande combien de clés reposent au fond de l'eau. Des centaines ? Des milliers ? Combien de déclarations romantiques ont été échangées sur ce pont ?

Une fois parvenu de l'autre côté, Gavin va se ranger sur un trottoir et coupe le moteur.

— On va y aller à pied d'ici.

Le ciel gris ardoise commence à laisser transparaître des traînées roses et orange. À la différence du nord protégé des inondations par une digue industrielle en béton, la rive de Bedlam-Sud consiste en une berge herbeuse qui descend doucement vers la côte rocheuse. Des oiseaux Circus, les pinsons rouge et jaune pétant de Bedlam, y sautillent en gazouillant gaiement.

Nous longeons le fleuve sur une promenade et je m'attarde sur les maisons en ruine et les immeubles en brique le long de Feverfew Street. Les graffitis sont partout, aussi bien sur les murs que sur les grillages avec des slogans comme : JUSTICE ou : LE SUD N'A PAS PEUR. Et que dire de tous ces tags répétés à l'infini : SYNDI-K, SYNDI-K-VIE...

Gavin me guide sur un étroit chemin de terre qui descend vers une passerelle en avancée sur le fleuve. Nous passons sous une arche métallique piquée de rouille où PONT NUMÉRO NEUF est inscrit en caractères gothiques. Je me demande tout d'abord pourquoi je ne l'ai jamais vu avant. Mais en y regardant de plus près, je m'aperçois qu'au bout d'une trentaine de mètres, le pont... s'arrête. Abruptement, juste au milieu du fleuve, comme si quelqu'un l'avait tranché net. L'extrémité est bloquée par une palissade de planches érigée à la hâte.

— Que s'est-il passé ?

— On l'appelle le pont vers Nulle Part. Quand j'avais six ou sept ans, ils ont fait sauter la partie nord. Et voilà ce qu'il en reste...

— Ils ?

Gavin hausse les épaules, la lueur de ses yeux s'éteignant comme lors de l'arrivée des forces de l'ordre à la fête l'autre soir.

— Des gens qui ne voulaient plus que des habitants de Bedlam-Sud aillent faire peur aux touristes dans le quartier des musées. Peut-être ces mêmes gens qui ont tué l'Espoir.

Je lui jette un regard suspicieux. La dernière fois que j'ai entendu quelqu'un mentionner l'Espoir, j'étais en sixième. Il était parti en croisade pour la justice et avait presque réussi à lui tout seul à mettre fin à la vague de crimes, juste avant que les émeutes de Bedlam-Sud ne commencent. La grande majorité de la population a tendance à le considérer comme une simple légende urbaine. En tout cas, c'est ce qu'on m'a toujours dit à l'école. Il a été tué avant ma naissance, s'il a réellement existé un jour.

— Ça aurait pas pu être un accident ? demandé-je.

Je me garde bien en revanche de lui dire l'autre hypothèse qui m'est venue à l'esprit, que les habitants de Bedlam-Sud ont eux-mêmes fait sauter le pont pendant les émeutes.

Gavin a le regard perdu sur l'autre rive.

— C'est une possibilité. Mais dans ce cas, pourquoi ne l'ont-ils jamais reconstruit ?

Le chemin de terre contourne le pont amputé et épouse la pente jusqu'à déboucher sur une place circulaire où trône une fontaine ornementale en pierre. Elle a dû être très belle autrefois, avec trois sirènes en son centre, leurs queues finement sculptées tournées vers le ciel. Mais leurs visages se sont effrités avec le temps. Sur l'une des statues on ne discerne plus que le menton. Gavin pose ses mains sur mes épaules.

— Tourne-toi.

En face de nous se dresse un mur incurvé, d'environ trois mètres de haut sur dix mètres de large, qui encercle la place. Une fresque le recouvre en intégralité. Il y a plusieurs couches superposées de peinture à la bombe, mais aussi de la peinture à l'huile à en juger par le niveau de détails. La moitié inférieure est tout en nuances de bleu et de gris, représentant une cohorte de policiers, plusieurs centaines qui disparaissent dans l'arrière-plan. Ça ressemble tellement à ce que j'ai griffonné aujourd'hui en cours que j'en ai des frissons. Sauf qu'ici, ils ont les yeux tournés vers le ciel, vers…

Je porte une main à ma bouche en réalisant de quoi il s'agit : une danseuse de ballet se tient sur la pointe du pied au sommet de la matraque d'un des policiers. Elle est en pleine rotation, une jambe gracieusement repliée et les bras en couronne au-dessus de sa tête. Elle a les cheveux roux. Elle porte mon costume de Juliette.

Et son visage, légèrement incliné et empreint d'une concentration intense, est le mien.

Sans m'en rendre compte, je m'avance jusqu'à pouvoir toucher la fresque. D'un doigt, je trace le contour du tutu de la danseuse, de *mon* tutu. La peinture est sèche. Je distingue au moins quatre nuances de gris qui se chevauchent pour rendre les plis du tulle scintillant.

Je finis par me retourner vers Gavin, le feu aux joues.

— C'est toi qui as fait ça ?

— Je cherchais comment finir cette fresque. Une fois que je t'ai rencontrée, j'ai su ce qu'il manquait.

— Personne ne m'a jamais fait quelque chose comme ça…

— Oh, je suis sûr que tu as inspiré de nombreux admirateurs à Bedlam-Nord !

— Pas vraiment… (Je lui tourne le dos pour mieux cacher que je rougis et contemple à nouveau son œuvre. Will m'avait offert une fois une paire de boucles d'oreilles avec un petit mot rigolo : *Tu es mon Anthem, et c'est pour ça que je t'aime.* Mais cette peinture a dû demander des heures de travail à Gavin.) Il faut que je te dise quelque chose. Mon nom de famille n'est pas Flood. C'est Fleet.

Il lève un sourcil fourni et se passe une main dans les cheveux.

— OK…

Je vais me poster à côté de lui et lui montre de l'index le sommet de notre immeuble.

— On habite dans le gratte-ciel là-bas, celui surmonté d'une flèche. La tour Fleet, au dernier étage.

— Mmh, lâche-t-il pour tout commentaire, comme si ça n'avait aucune sorte d'importance, comme si mon adresse et moi n'étions pas inextricablement liées. Ça doit être sympa d'habiter un endroit pareil.

Je hoche la tête, soulagée qu'il ne m'en veuille pas de lui avoir menti.

— J'imagine, oui.

— Tu *imagines* ? reprend-il, le sourire aux lèvres. J'espère que c'est au moins un peu sympa !

Il se retire une mèche des yeux et me dévisage, l'air amusé. J'ouvre la bouche pour m'expliquer, mais les mots mettent du temps à venir.

— C'est pas toujours… aussi bien que ça en a l'air, finis-je maladroitement, cassant pour de bon l'ambiance de flirt qui s'était installée.

— Ah bon ? demande-t-il, le regard à nouveau sérieux.

Une rafale de vent à l'odeur métallique vient me fouetter le visage, et je remonte le col de mon manteau.

— Ma sœur s'est noyée lorsqu'elle avait dix-sept ans, et mes parents ne s'en sont jamais vraiment remis. Surtout ma mère.

Gavin esquisse une grimace compatissante et prend une de mes mains dans les siennes.

— Je n'étais pas encore née, continué-je, consciente de la pression de ses doigts sur mon poignet. Je n'ai été conçue que dans le but de la remplacer. Je pense que mon père espérait redonner à ma mère une raison de vivre. Mais je me rends compte aujourd'hui que j'ai beau faire de mon mieux pour être parfaite, je ne pourrai jamais compenser ce qu'ils ont perdu.

Une alarme de voiture se met à hurler dans le lointain. Gavin repousse une énième fois sa mèche rebelle. Lorsqu'il se tourne vers moi, c'est avec un sourire triste.

— Ça doit être dur de non seulement vivre ta propre vie et de devoir en plus finir celle de quelqu'un d'autre.

— Parfois, oui, chuchoté-je en pensant aux épisodes de chagrin aigu de ma mère qui l'immobilisent des mois durant, ces périodes de dépression où elle nous entraîne avec elle.

Je donnerais tout pour ne pas devenir comme elle. Effrayée par la moindre chose. Trop triste pour vraiment vivre.

— Tu es largement suffisante, tu sais.

— Suffisante ?

Je cligne des yeux et le visage de ma mère s'évapore pour laisser place à celui de Gavin qui m'étudie, plein de sérieux.

— Tu es une fille incroyable.

Il replace une boucle de cheveux derrière mon oreille et se penche sur moi. Nous nous regardons un instant en silence. Je me mets sur la pointe des pieds et mes mains s'accrochent autour de sa nuque, se perdant dans son abondante tignasse. Nos lèvres se trouvent, tout en douceur dans un premier temps. Le désir jaillit à travers mon corps, d'une telle puissance que j'en ai les genoux qui flageolent, notre baiser se fait plus urgent et nous nous collons l'un à l'autre.

J'ai embrassé Will plus de fois que je ne pourrais les compter, mais jamais je n'ai ressenti une telle intensité.

Gavin rompt le premier notre étreinte, mais me garde au creux de ses bras.

— Désolé, dit-il.

Le sourire espiègle qui orne ses traits me montre bien qu'il n'en est rien.

— Il n'y a pas de quoi, soufflé-je en lui renvoyant son sourire.

J'entrelace mes doigts aux siens et jette un dernier coup d'œil à la danseuse de la fresque tandis que nous remontons lentement la colline.

Le ciel crépusculaire s'est teinté de reflets pourpres. De l'autre côté du fleuve, les lampadaires rétro commencent à s'allumer. Ici, sur la Rive gauche, sans éclairage public à proprement parler, l'obscurité nous enveloppe peu à peu dans un cocon confortable.

Lorsque nous rejoignons le haut de la berge, Gavin pointe un doigt vers le ciel de l'autre côté du pont. Sa main retrouve la mienne ; elle est chaude, tout comme le contact de son corps. Ensemble, nous regardons une nuée de plusieurs centaines d'oiseaux Circus embraser le ciel d'ouest en est de leur plumage couleur néon.

5.

— Will ?

Ma voix résonne dans l'imposante chapelle de l'école le lendemain. Les arcs-boutants et le plafond vertigineux ont été créés il y a un siècle et demi pour inspirer la crainte de Dieu chez les fidèles de Bedlam et les faire se sentir tout petits. Et j'ai beau savoir que c'est juste une question d'architecture, ça fonctionne à merveille.

En remontant lentement l'allée centrale, il me revient à l'esprit que la dernière fois que j'ai vu Will, c'était dans cette chapelle. Je m'arrête au niveau du banc où j'étais assise à côté de lui vendredi, l'endroit où j'ai pris conscience que je ne voulais plus jamais sortir où que ce soit avec Will Hansen. Ce souvenir désagréable s'évanouit lorsque je remarque un mouvement dans le rideau de velours rouge à l'entrée du confessionnal. Je retire mes richelieus et marche sur la pointe des pieds sur le sol de marbre. Une paire de chaussures noires dépasse de sous le rideau. Sans un bruit, je me glisse dans la cabine d'à côté et laisse retomber le rideau derrière moi. Je fais coulisser la grille qui communique entre les deux et attends que mes yeux s'ajustent à la pénombre.

Je m'éclaircis la gorge puis chuchote :

— Pardonnez-moi, mon père, parce que j'ai péché.

Will colle son front contre la mince paroi, si proche de moi que je sens l'odeur du cintre en bois de cèdre sur lequel il a pris sa chemise ce matin.

— Je croyais que le problème, c'était justement que tu n'avais pas *suffisamment* péché !

— Will, le reprends-je, nerveuse.

— Je sais, je sais, tu étais *malade*.

Même si je ne vois pas son visage, j'imagine parfaitement son rictus aigre-doux.

— Tu sais que je blaguais l'autre jour, quand j'ai parlé des filles qui pourraient prendre ta place, dit-il à mi-voix de son côté de la cloison. Je t'ai envoyé au moins trente textos pour m'excuser.

J'acquiesce en silence, redoutant la dure tâche qu'il faut pourtant que j'accomplisse. La culpabilité me noue les cordes vocales. Will a beau être souvent odieux, il mérite néanmoins mieux que ça.

— T'aurais quand même pu me passer un coup de fil le lendemain pour me demander comment le bal s'était passé, poursuit-il.

— Je suis désolée, murmuré-je, n'ayant aucune excuse valable pour l'avoir ignoré comme je l'ai fait. J'aurais dû t'appeler.

— C'est pas comme ça que tu seras couronnée meilleure copine de l'année, continue Will sur sa lancée.

— T'as qu'à rompre avec moi dans ce cas-là, m'entends-je lui dire.

Silence. Je m'adosse contre la paroi en acajou, expulsant malgré moi un peu d'air par les narines.

Le bruit des anneaux du rideau qui coulissent sur leur tringle, et voilà Will qui sort du confessionnal. Sa main écarte mon rideau et je découvre son expression meurtrie.

— T'es sérieuse ?

— Je… je sais pas. C'est juste que…, bégayé-je, laissant la phrase en suspens.

Il pivote légèrement vers la grande fresque peinte sous les vitraux de l'aile est. Je suis son regard jusqu'à comprendre : l'image de Judas trahissant Jésus, son terrible baiser sur la joue du Christ. Je détourne les yeux, mais la scène reste imprimée sur ma rétine.

— J'avais d'autres options, tu sais. Pourtant c'est *toi* que j'ai choisie, ça devrait compter pour quelque chose.

— Tu veux dire que je dois t'être reconnaissante ? Parce qu'un mec populaire comme toi s'est intéressé à une invisible comme moi ? chuchoté-je, le sang me battant les tempes.

Je me force à sortir du confessionnal.

— Tout ce que je veux dire, c'est que tu devrais un peu réfléchir à ce que tu cherches dans la vie, dit Will calmement, le regard glaçant.

Il exhale un long soupir avant de reprendre :

— Je suis un mec patient. Je vais attendre que tu comprennes ce qui est dans ton intérêt. D'ici là, il faudrait peut-être choisir plus judicieusement les endroits où tu vas danser.

J'en ai la mâchoire qui tombe.

— Qu'est-ce que tu veux dire ? finis-je par bafouiller.

— Simplement que tu ne dois rien faire que tu regretterais par la suite. C'est Bedlam ici, tu t'en souviens ? Les gens te surveillent.

— Quels gens ? m'étranglé-je, la bouche sèche.

Je scrute les traits de Will à la recherche d'un indice. Est-il en train de me menacer ?

— Ne t'en fais pas pour ça, Anthem, dit-il, les yeux luisants de malice. En revanche, j'aimerais bien savoir… qui est l'autre mec.

— Quel *mec* ?

Serait-il au courant pour Gavin ?

— Laisse tomber. Tu n'as pas à me le dire, réplique Will en jetant un coup d'œil à sa montre. Je serai là quand tu changeras d'avis.

— Je ne changerai pas d'avis ! rétorqué-je d'un ton sec.

Sur ce, je m'apprête à le contourner mais il me retient par le poignet avant que j'atteigne la rangée de bancs. Je fais volte-face et retire ma main de son emprise. J'ouvre la bouche, mais aucun mot n'en sort.

— Tu peux me mentir autant que tu veux, Anthem, mais ne te mens pas à toi-même.

Il met sa sacoche de cuir en bandoulière, puis redresse son mètre quatre-vingt-deux. Je n'ai pas le temps de trouver de repartie qu'il est déjà aux portes de la chapelle.

Les mains tremblantes, je rajuste ma cravate bordeaux et lisse machinalement ma jupe plissée écossaise. Je me baisse pour rechausser mes richelieus et m'assieds quelques minutes avant de partir. Mon regard se pose à nouveau sur Judas et son baiser de traître. Sous des traits on ne peut plus ordinaires peuvent se cacher les pensées les plus sinistres. Les cloches de l'église se mettent à sonner à la volée, mais je n'entends que les mots de Will en boucle.

« Les gens te surveillent… »

6.

Lorsque retentit la dernière sonnerie de la journée, à 14 h 55, je sors en trombe de mon cours de littérature anglaise et franchis presque en courant l'immense portail en arche de douze mètres de haut de Cathédrale. Je jette un coup d'œil par-dessus mon épaule pour m'assurer que Will n'est pas dans les parages, puis passe le poste de sécurité à la grille d'entrée de l'établissement. Blake et Meechum, les deux gardes armés de service l'après-midi, sont à l'affût de clochards et autres criminels potentiels qui chercheraient à s'introduire sur le campus.

Meechum me salue d'un signe de tête. L'air de rien, il a une main posée sur le barillet de son BulletBlower 27 qu'il porte attaché au bras.

— Bon après-midi, mademoiselle Fleet.

— Salut, Meech.

Je souris. Je le connais depuis la maternelle. Il a beau ne plus être tout jeune, la semaine dernière encore il a poursuivi deux petits voyous qui circulaient discrètement au milieu des cars de ramassage scolaire à l'heure de pointe, et les a attrapés avec une bonne demi-douzaine de portefeuilles et deux Pharm inhalateurs dans les poches.

Je passe la grille et me fraye un chemin parmi la cohue d'ados en uniforme bordeaux, bleu marine et blanc. Puis je sens mon portable qui vibre dans la poche de ma jupe.

Un message de Gavin : *Tu peux te libérer ? Tu me manques.* Mon regard va se poser sur l'immeuble de Seven Swans. Je sais que je devrais répondre : *J'ai ballet aujourd'hui,* mais c'était tellement bien hier.

Je descends rapidement au pâté de maisons suivant où c'est plus tranquille avant d'appeler Madame*[1] Petrovsky. Il m'est étonnamment facile de lui mentir.

Je lui dis que j'y ai été un peu trop fort dimanche et que je me suis foulée la cheville. Et j'ai loupé la répétition d'hier car j'avais rendez-vous chez le docteur.

— Il m'a conseillé de laisser ma jambe en hauteur et de la ménager jusqu'à ce que la cheville désenfle.

— Oh ma pauvre, réagit-elle en poussant un soupir. Repose-toi s'il te plaît. Pas de marche. Beaucoup de glace. Tu sais que nous allons très bientôt distribuer les rôles pour *Giselle,* me rappelle-t-elle d'une voix où perce un soupçon de panique. J'imagine que je peux bien repousser un peu l'échéance…

Je l'entends presque froncer les sourcils et visualise parfaitement la petite dépression entre ses yeux qui se creuse davantage. Je fais ce que je peux pour ne pas culpabiliser. Ce n'est pas de la vantardise de dire que je suis la meilleure de ses danseuses au niveau six. En

1. Les mots en français dans le texte sont suivis d'un astérisque. (*N.d.T.*)

plus, je peux toujours m'entraîner le soir à la maison, me dis-je pour m'en persuader. Je peux toujours décrocher le premier rôle. Jamais quelques jours n'effaceront douze années de pratique intensive.

— Désolée, je sais que le moment est vraiment mal venu, conclus-je avant de raccrocher.

Ma culpabilité fait long feu. Me tenant d'une main à un lampadaire, je me hisse sur la pointe des pieds et effectue un pas de bourrée* un peu bâclé, tout au plaisir de passer un après-midi entière avec Gavin.

Nous sommes assis côte à côte sur la plage vide du lac Morass, à contempler le brouillard à la surface de l'eau, dense comme de la barbe à papa. Il est tellement épais qu'on croirait pouvoir le prendre à pleines mains. Gavin me parle de sa mère, morte d'une maladie dégénérative qui a duré plusieurs années, il n'avait que neuf ans. Il me parle de son père qui a pris la poudre d'escampette alors que Gavin était tout bébé et n'est jamais venu par la suite le chercher à l'orphelinat où on l'avait placé au décès de sa mère. Quand je l'interroge au sujet de l'orphelinat, il se contente de hausser les épaules et répond simplement :

— C'est le genre d'endroit dont on fait tout pour s'échapper. J'en suis parti à treize ans. Depuis j'arrive à me débrouiller par mes propres moyens.

Je lui demande de quoi il vit maintenant et il m'explique qu'il repeint des maisons sur la Rive droite. Comme c'est un travail saisonnier, il est sur les chantiers en été et profite de l'hiver pour donner libre cours à son talent artistique.

— Pendant longtemps, c'est grâce au dessin que j'ai survécu, me confie-t-il. Je volais du charbon dans la cuisine et dessinais sur du papier journal. C'était la seule chose qui me permettait de m'évader, de me fuir moi-même. Depuis, je n'ai jamais arrêté.

Je hoche la tête, sachant exactement ce qu'il veut dire. Quand rien ne va, il me suffit de me plonger une journée dans la danse pour me rappeler les bonnes choses de la vie. J'éprouve un bref instant de culpabilité en repensant au studio de danse et me demande quelle séquence les niveaux six sont en train de répéter.

Un peu plus tard, nous nous offrons un thé dans un café à proximité, assis face au fleuve, nos doigts noués sur la table. Le silence qui règne entre nous n'est aucunement gênant, il a même quelque chose de familier et de confortable.

Gavin finit par me reconduire au studio dix minutes avant la fin du cours. Je vais attendre Serge dans le hall de Seven Swans et tâche de me débarrasser du sable que j'ai dans les cheveux.

Les jours suivants, j'appelle Madame* pour lui donner des nouvelles de ma cheville, puis m'en vais rencontrer Gavin à un point de rendez-vous qu'on s'est fixé au préalable à quelques centaines de mètres de l'académie de danse. Je n'avais jamais manqué autant de séances d'entraînement de ma vie.

Je suis en train de devenir l'une de ces filles que je ne supporte pas d'habitude. Ces idiotes qui gloussent pour un rien, les yeux perdus dans le vague, et qui ne voient que le bon côté des choses tellement elles sont aveuglées par l'amour. Je n'avais jamais ressenti ça avec Will.

— Je ne sens quasiment plus rien, mens-je à Madame* au téléphone, tout en vérifiant aux alentours que personne de ma connaissance ne me voie attendre que Gavin arrive en moto. J'ai une dernière séance de thérapie aujourd'hui, et si le docteur me donne le feu vert, je pourrai venir à l'entraînement samedi.

— Très bien, Anthem. Tu as géré ta blessure avec beaucoup de maturité. Nous sommes toutes impatientes de ton retour.

Tu parles ! J'ai été tout le contraire de responsable, pensé-je en mon for intérieur tandis que Gavin se gare. Je dois arrêter ce petit jeu au plus vite, sinon je n'aurai plus aucun espoir de rattraper les autres...

Lorsqu'il retire son casque, Gavin a encore la moitié du visage obscurcie par sa tignasse, mais je lis tellement d'envie dans son expression que je perds le fil de mes pensées.

— Moi aussi, Madame*, dis-je en raccrochant. Où va-t-on ? demandé-je à Gavin en souriant.

Il m'emmène à son atelier, au beau milieu du vieux chantier ferroviaire au sud-ouest de Bedlam. Lorsqu'il arrête la moto entre deux rangées de trains rongés par la rouille sur un sol envahi par la broussaille et les herbes hautes, la première chose qui me frappe c'est le silence. Puis j'entends le roucoulement d'oiseaux Circus et découvre en levant les yeux qu'un couple niche en haut d'un des trains. Sur une motrice un peu plus loin, je remarque un corbeau albinos qui s'annonce par un croassement sonore, son bec pointu grand ouvert vers le ciel gris.

— Je te présente l'Argent, dit Gavin avant de siffler l'oiseau qui nous fixe d'un œil rouge.

— L'Argent ?

— Là aujourd'hui, parti demain, explique-t-il dans un sourire. Je lui ai donné ce nom quand j'ai commencé à peindre ici.

Il m'entraîne vers un train tout droit sorti d'un autre siècle et qui est recouvert d'une épaisse vigne vierge toute sèche, mais qui doit reverdir chaque été. Il retire un gros cadenas et fait coulisser la porte. J'ai le souffle coupé quand je pénètre à l'intérieur.

C'est une véritable symphonie de couleurs. Les murs sont enduits de couches de peinture superposées et je note la présence de plusieurs toiles inachevées, dont des paysages hantés et envoûtants qui semblent inspirés par ce cimetière de trains englouti par la végétation. Il y a aussi un triptyque de gens de la ville faisant face à une église de campagne, contemplant tous le ciel, l'expression horrifiée et la bouche déformée en un cri silencieux. Sur une autre toile, c'est la silhouette allongée d'un couple qui tente d'échapper à des flammes.

— C'est ici que tu peins ? soufflé-je à mi-voix en tournant lentement sur moi-même pour boire des yeux toute la richesse de son œuvre.

Dans un coin du wagon, je remarque une pile de gros pots de peinture, des rouleaux et quelques bâches.

— Ouais, c'est aussi là que je stocke les fournitures pour mon boulot.

— Comment réussis-tu à rester si propre ?

— Qu'est-ce que tu veux dire ?

— Si je bossais ici, je serais couverte de taches en permanence !

— J'ai un bon vieux bleu de travail. Et euh… j'essaye juste de t'impressionner avec mes plus belles fringues, est-ce que ça marche ?

Je passe sa tenue en détail. Pantalon noir élimé avec un petit trou au genou. Rangers aux pieds. Chemise à manches longues au col un peu râpé. Et pour finir un blouson de motard en cuir.

— Carrément !

Je m'approche de lui et lui tends mes lèvres. Lorsque nous nous écartons l'un de l'autre, j'ai envie de lui dire qu'il pourrait s'habiller en haillons qu'il me plairait encore. Et beaucoup même. Je m'éclaircis la gorge.

— Tu n'as pas à chercher à m'impressionner.

— C'est juste difficile à croire qu'une fille comme toi prenne la peine de s'intéresser à un mec comme moi, dit-il à mi-voix, les yeux rivés à une éclaboussure de peinture sur le plancher.

— Une fille comme moi n'y a pas réfléchi à deux fois, répliqué-je en riant, et je ne pense pas que « prendre la peine » soit le bon terme !

Ce qu'il faut lire entre les lignes, c'est que jusqu'à maintenant nous avons gardé secret le temps que nous passons ensemble. Il ne m'a pas demandé pourquoi je ne lui montrais pas mes coins favoris, mon appartement, le café que je fréquente, mais je le sais, il sent bien que mes parents verraient notre relation d'un mauvais œil, et pas seulement parce que j'ai séché les cours de ballet.

— Ça a été une bonne semaine, dit-il en allant retourner un chevalet.

Une palette y est accrochée, la peinture à l'huile encore humide. Une petite toile repose dessus, dont mon visage occupe la moitié. Il a été jusqu'à peindre mes taches de rousseur, celles un peu foncées que j'ai sous l'œil, et les roux clair sur l'arête de mon nez.

— J'ai commencé à peindre ça tôt ce matin.

— Comment as-tu pu faire ça de mémoire ? soufflé-je.

Il hausse les épaules tout en étudiant le portrait puis mon visage pour en jauger la fidélité. Celle-ci est plus qu'impressionnante, il doit posséder une mémoire photographique.

— Il me suffit de penser à toi, et voilà comment je me représente ton visage…

— Et maintenant que je suis là, tu veux le terminer ? suggéré-je.

— Nan, répond-il en s'empressant de retourner le chevalet face au mur. Il n'y a pas assez de lumière. Peut-être la semaine prochaine ?

À la mention de la semaine prochaine, je me mords la lèvre. Je ne peux pas me permettre de manquer à nouveau le ballet. Le seul moyen de passer du temps avec Gavin serait de le voir en soirée, mais pour cela, il faudrait que je parle de lui à mes parents. Et leur dire que je sors avec un garçon de la Rive gauche signifierait forcément que je serais privée de sorties, ou tout du moins que Serge m'accompagnerait où que j'aille. Soit la fin de mon aventure avec Gavin Sharp.

Et s'il y a bien une chose dont je suis sûre, c'est que je n'ai aucune envie que ça s'arrête.

7.

Le lundi matin, je range mes manuels dans mon casier puis tourne mes yeux injectés de sang sur le couloir de pierre envahi par les lycéens. Je me fraye lentement un chemin dans la marée de chemises blanches soigneusement repassées et de jupes écossaises. J'ai la gorge prise d'avoir trop peu dormi : je suis restée au téléphone avec Gavin jusqu'à une heure du matin. Mais jamais le manque de sommeil n'a été si délicieux.

Aujourd'hui, les couloirs bourdonnent d'une énergie inhabituelle : tout le monde parle de la fille de Midland Prep qui s'est fait poignarder hier au soir devant chez elle dans Juniper Street. Des bribes de conversation me parviennent – l'agression, les tickets pour le bal de fin d'année en vente dès la semaine prochaine, le passage de la proviseure Bang au journal télévisé de Channel 4 pour aborder le sujet de la protection des élèves. « Une vente d'affaleurs qui a mal tourné », entends-je quelqu'un dire. « Pas moyen, lui répond un autre. Il n'y a que les racailles qui prennent des affaleurs. Toutes les filles de Midland Prep se défoncent aux big-bangs et aux gloussettes. »

— Comment tu dis : « On va sécher le latin » en latin ? me murmure une voix familière à l'oreille.

— Zahra ! m'exclamé-je en lui prenant le bras.

Je me rends compte avec un pincement coupable que ça fait un moment qu'on n'a pas réellement discuté ensemble. Non pas que je l'aie évitée délibérément, mais je suis restée évasive lors de nos pauses déjeuner, gardant jalousement le secret de mes après-midi avec Gavin, comme si en parler à quelqu'un pouvait faire exploser la bulle dans laquelle nous vivions chaque journée.

— T'étais où ?

— *Veni, vidi, vici.* Je suis venue, j'ai vu, j'ai bâillé. On a urgemment besoin d'une session de débriefing ! dit Zahra, les yeux recouverts par une paire de lunettes yeux-de-chat vintage. Maintenant !

— Même endroit que d'hab ?

Z. acquiesce de la tête.

— Tout en nonchalance, OK ? Y a Hansen et Bang qui te surveillent.

Je pars d'un petit rire nerveux tout en jetant un coup d'œil furtif aux alentours, cherchant Will et Olive Ann du regard, mais Zahra me pince le bras et je la vois froncer les sourcils. Je suis soudain submergée par la désagréable impression d'être en vitrine, une vulgaire lamelle à l'étude sous le microscope qu'est Cathédrale.

Cinq minutes plus tard, Z. et moi courons au beau milieu des rayonnages de la bibliothèque de l'école, respirant les effluves des vieilles reliures en cuir et de cire à bois. Nous atteignons l'escalier en colimaçon au fond de l'étude principale et le gravissons quatre à quatre jusqu'à être à l'abri des regards dans la tour des thèses. Ses murs sont recouverts d'étagères de bois sombre où sont entreposées les thèses reliées de tous les élèves ayant fréquenté un jour Cathédrale. Un excellent isolant pour pouvoir parler sans crainte d'être espionné, ce qui est un véritable luxe dans une école où les arches et couloirs de pierre font chambre d'écho. L'architecture de l'école est une incitation permanente à la propagation de secrets et de mensonges.

Zahra et moi avons pris l'habitude de venir décompresser ici depuis que nous avons découvert cette planque à la fin de l'année de seconde, parfois ensemble, parfois seules. Nous nous sommes promis de ne jamais en révéler l'existence à qui que ce soit d'autre.

Zahra finit par relever ses lunettes. Ses yeux violets m'observent d'un air froid et détaché. Comme si elle ne me faisait pas totalement confiance.

— Si tu continues à me dévisager comme ça, je serai bonne pour passer un test de niveau d'angoisse !

Elle lève un sourcil, toujours sans mot dire, puis tire un volume relié de l'étagère qui épouse la courbe de la tour – *Machiavel à Bedlam. Les nouveaux courtiers du pouvoir et leur quête de puissance* – et commence à le feuilleter distraitement.

— Je peux attendre toute la journée que tu te mettes à table, tu sais. J'ai une lecture passionnante entre les mains, et contrairement à toi, ça ne me gêne pas le moins du monde de sécher des cours.

Je soupire, sachant pertinemment qu'elle veut que je crache le morceau.

— OK, c'est vrai qu'il y a des trucs que je ne t'ai pas dits… Mais tu t'en doutais déjà.

— Mmmh, oui, réplique-t-elle, le sourire pincé, en fermant le volume d'un geste sec. Alors, pour l'amour des couilles de Bedlam, qu'est-ce qui se passe ? T'es dans les nuages depuis le début de la semaine, et voilà que j'apprends que t'as rompu avec Will ?

— T'avais raison à son sujet, dis-je en pensant aux multiples fois où Z. m'a laissé entendre que Will ne sortait pas avec moi pour les bonnes raisons.

Je pose mon front contre le mur de livres et ferme les yeux, les taches rouges derrière mes paupières dansent comme des bourgeons empoisonnés. Je suis peut-être devenue parano, mais je mettrais ma main à couper que Will m'a lancé des regards assassins à chaque fois que je l'ai croisé cette semaine.

— J'aurais dû le quitter depuis longtemps déjà.

Elle hoche la tête énergiquement, tout en se mordant la lèvre inférieure.

— Quelle a été la proverbiale goutte d'eau qui a fait déborder le vase ?

— Eh bien… (Je souris d'avance à la perspective de choquer ma meilleure amie que rien ne choque.) Premièrement, il y a quelqu'un d'autre dans ma vie.

— Monsieur Bandana ? s'écrie Z. d'une voix suraiguë en me donnant un coup de thèse sur la hanche.

— Lui-même !

Je lui renvoie son sourire radieux, le plaisir de pouvoir enfin partager mes sentiments pour Gavin avec elle me fait monter de doux frissons le long de l'échine.

Z. prend ma main dans les siennes.

— Pourquoi tu ne m'en as pas parlé plus tôt ? Moi je te raconte tout…

— Excuse-moi, je voulais te le dire. C'est juste que…, commencé-je sans conclure.

C'est juste que j'attendais d'être sûre que ce n'était pas un rêve.

— C'est bon. T'es pardonnée. Maintenant tu me l'as dit.

— Enfin, soupiré-je, j'ai une crampe à l'estomac rien qu'à l'idée de comment tout s'écroulera le jour où mes parents sauront à propos de Gavin et moi. C'est pas comme si cette histoire pouvait durer.

— Et pourquoi pas ?

— Zahra, réfléchis un peu. Gavin vient de Bedlam-Sud, et ma famille…

— Ouais, ta famille possède la moitié de la ville, et alors ? Les contraires s'attirent.

— Mais je ne pourrais jamais le présenter à mes parents.

— N'en sois pas si certaine, rétorque Z., l'œil pétillant, balayant l'air d'une main comme pour dissiper mes derniers doutes. Je suis persuadée que ton père serait fasciné par l'étude d'un tel spécimen.

— Peut-être, lui accordé-je, très sceptique.

— Et si c'est pas le cas, tu sais quoi ? me demande mon amie en me prenant par les épaules.

— Non ?

— Dans quelques mois, t'as dix-huit ans. Tes parents vont pas être éternellement sur ton dos !

C'est à ce moment que retentit la cloche annonçant la pause de midi.

Tandis que nous descendons l'escalier en colimaçon, mes pensées m'amènent une nouvelle fois à Gavin.

Les heures qui s'écoulent entre deux de nos rendez-vous me semblent aussi floues qu'une photo mal développée, tandis que chaque seconde de nos après-midi ensemble reste minutieusement gravée dans ma mémoire, ce qui ne m'était jamais arrivé auparavant. *Plus que trois heures à attendre,* me rassuré-je, *et le monde sera à nouveau en haute définition.*

— Tiens, me dit Gavin en maintenant son blouson de cuir au-dessus de ma tête et de mes épaules.

Nous sommes blottis l'un contre l'autre sous un escalier de secours dans une contre-allée derrière Seven Swans. Un orage électrique s'est abattu sur nous alors que nous rentrions à moto, et nous sommes tous les deux trempés.

— Garde-le, protesté-je, tu ruisselles !

Son T-shirt blanc a beau lui coller au ventre et à la poitrine, il secoue la tête et continue de me protéger des éléments déchaînés.

Un coup de tonnerre assourdissant résonne et Gavin m'attire contre son torse. La pluie dégouline le long de nos nez tandis que nous nous embrassons. Je tremble dans ses bras, plus heureuse en cet instant que je me sois jamais crue en droit de l'être. De savoir que la fin de nos après-midi ensemble approche inéluctablement me semble catastrophique et terriblement injuste.

J'ai réussi à arracher un dernier jour à Madame* en prétextant une ultime séance de kiné, mais demain il faudra que j'y retourne. Sinon je risque de perdre non seulement le rôle-titre dans *Giselle* mais aussi ma place pour toute la saison d'hiver.

— Anthem, dit Gavin en me prenant la main et en plantant ses yeux dans les miens, les cils ébouriffés par la pluie.

— Gavin, chuchoté-je en retour alors qu'une voiture fait son apparition au coin de la rue.

Un coup d'œil à ma montre m'apprend qu'il est sept heures. L'heure de retrouver Serge.

— Je t'appelle, lui dis-je en attrapant mon sac de ballet à l'arrière de sa moto.

— Reste encore deux minutes, j'ai quelque chose à te dire…

— Désolée, réponds-je dans un sourire chagrin, il faut vraiment que j'y aille.

— Ce soir ? me demande-t-il en me suppliant du regard. Tu pourras sortir en douce ? Venir me rejoindre ?

Je réfléchis l'espace d'une seconde. Je n'ai jamais fait le mur auparavant, en tout cas pas lorsque mes parents étaient à la maison. Mais ça ne doit pas être bien compliqué. J'ai vécu toute ma vie dans la tour Fleet et j'ai appris à m'y déplacer en mode invisible. Je lui adresse un petit hochement de tête, le cœur battant à tout rompre dans ma poitrine.

Je pique un court sprint le long de la ruelle et traverse jusqu'à la Seraph garée au coin, moteur allumé.

— Salut, Serge, sacrée saucée, hein ! lui dis-je en me glissant sur le siège arrière.

— En effet. Il aurait peut-être été plus sage de rester à l'abri dans le hall en m'attendant, répond-il sans sourciller.

Le rétroviseur me renvoie l'image des billes noires que sont les iris de Serge, le blanc autour venant se poser en contraste contre sa peau cuivrée. Je détourne les yeux, soudain rongée par la culpabilité et une montée de paranoïa. Serge accompagne mes parents depuis avant ma naissance. Les jours où ma mère est en forme, il lui arrive même de plaisanter et de l'appeler son mari de rechange. Il a toujours été aux petits soins pour moi, et voilà que je lui mens depuis une semaine et demie.

— J'avais cru avoir oublié quelque chose, alors j'ai couru le rechercher à la fin de la séance…

Je ne prends même pas la peine de finir mon excuse, consciente de sa faiblesse.

— Je n'ai pas pu m'empêcher de remarquer ta tenue, dit Serge en s'insérant tout en douceur dans le trafic.

Il a grandi en tant qu'enfant soldat dans une république africaine avant de travailler comme garde du corps pour des dictateurs, des hauts fonctionnaires et des P.-D.G. tout autour du globe. Il en a vu de toutes les couleurs et reste sur le qui-vive en permanence. Je suis du reste sûre que le pistolet qu'il garde dans la boîte à gants est chargé et qu'il porte d'autres armes sur lui. Serge n'est pas homme à se laisser abuser facilement, et il ne mérite pas que je lui mente.

Je jette un coup d'œil à mon jean trempé, à mon trench-coat cintré et à mes bottes de pluie.

— Je me suis changée à l'intérieur, lâché-je d'une voix qui vacille.

Serge hoche la tête, mais le silence pesant qui règne dans l'habitacle de la voiture me fait bien comprendre qu'il n'est pas dupe.

Tandis que nous parcourons le chemin quotidien qui mène à la maison, j'ouvre la bouche pour essayer de faire la conversation, mais je ne sais pas trop quoi dire. À la place, je plonge la main dans mon sac où, depuis une semaine, je conserve le bandana gris de Gavin dans une poche intérieure à fermeture Éclair. Je caresse l'étoffe du bout des doigts, les yeux dans le vague, l'excitation à la perspective de ce soir remplaçant progressivement mon sentiment de culpabilité.

8.

Bedlam-Sud après minuit n'est pas la même ville délabrée mais charmante que celle que j'ai appris à apprécier cette dernière semaine. La lune a beau se refléter sur les trottoirs délavés par la pluie, la première chose qui me frappe dès que nous avons franchi le pont de l'Unité, c'est l'obscurité. À peine un réverbère sur vingt semble en état de marche ici. Nous passons à côté d'un bar dont la devanture de verre zébrée d'une fissure laisse voir deux filles guère plus vieilles que moi. Vêtues de hauts-de-forme, de pompons et c'est à peu près tout, elles se déhanchent mollement sur de la musique. Quelques notes funèbres d'accordéon filtrent jusqu'à la rue, et un petit groupe de curieux s'attroupe devant la vitrine pour les regarder.

La moto de Gavin s'engage dans une allée perpendiculaire, puis une autre, avant que nous tournions à droite dans le passage Oleander.

— C'est mon pâté de maisons, me crie Gavin pardessus le rugissement de son moteur.

Alors qu'il ralentit, j'aperçois une grappe de dealers d'affaleurs massés sous le porche d'un immeuble en brique détruit par les flammes. Plusieurs coupés noirs sont garés à la queue leu leu sur le trottoir. Deux garçons au teint pâle, habillés trop légèrement pour la froideur ambiante, trottinent jusqu'à la première voiture dont la vitre s'abaisse de quelques centimètres. L'un des deux glisse un objet de la taille d'une boîte d'allumettes à travers l'ouverture tandis que l'autre reçoit vraisemblablement le paiement qu'il s'empresse de fourrer dans sa poche.

Je resserre mon étreinte autour de la taille de Gavin et mets les mains dans les poches de sa veste en cuir. Je sens ses abdos se contracter à travers la doublure soyeuse, et ma peur se mue rapidement en désir.

Nous nous arrêtons au pied de l'immeuble, pile au milieu du pâté de maisons singulièrement dépourvu de végétation. Gavin gare sa moto en face d'un loft cubique en béton qui devait être une usine de transformation de poisson dans une vie antérieure, ainsi qu'en attestent les mots MAQUEREAU THON ANCHOIS peints en jaune au pochoir sur la façade, au-dessus d'un lourd rideau de fer.

— Nous y sommes, marmonne-t-il tandis que je descends de la selle.

Il me lance un demi-sourire où je lis une certaine gêne, avant de balayer du regard la rue, entièrement déserte à l'exception du croisement où j'ai vu la transaction louche.

— Ne prends pas cet air inquiet ! lui dis-je, ne sachant guère si c'est lui ou moi que j'essaie de réconforter.

Il m'attire contre lui et m'enveloppe de ses bras puissants. Il se penche ensuite jusqu'à ce que son front vienne se poser contre le mien, que nos cils puissent se toucher. Je me mets sur la pointe des pieds et pose mes lèvres sur sa joue, l'embrassant sur la mâchoire, sur la bouche. Je me fiche bien du quartier où l'on est : il n'y a nulle part où j'aimerais mieux me trouver.

Gavin détache le rideau de fer et le remonte à deux mains, puis il déverrouille une série de cadenas fixés sur une porte coulissante en métal. La porte industrielle enfin ouverte, il me précède à l'intérieur. Son appartement consiste en une pièce caverneuse avec un sol en ciment brut et un plafond en tôle ondulée renforcé par des poutrelles d'acier. Contre chaque mur sont entassées des séries de toiles, et seuls les motifs multicolores qui les ornent apportent un peu de couleur à ce lieu autrement froid. Il n'y a presque aucun meuble et j'entends mes pas qui résonnent dans l'espace vide.

Un canapé prune élimé trône au milieu de la pièce, avec devant une table basse en partie recouverte par des coulures de cire fondue. Sur un côté, une sorte de tissu blanc translucide pend du plafond en guise de cloison de fortune derrière laquelle je devine les contours d'un lit.

Je suis Gavin jusqu'au canapé. J'ai les avant-bras hérissés de chair de poule et descends les manches de mon sweat à capuche. Il fait plus froid ici qu'à l'extérieur.

D'un geste sec, Gavin enlève la couverture écossaise qui recouvre l'arrière du divan, révélant une plaie béante d'où s'échappe du rembourrage. Il secoue consciencieusement le plaid avant de le draper autour de mes épaules.

— Ça ressemble pas à grand-chose, mais au moins c'est chez moi, commente-t-il en finissant de m'emmailloter.

— C'est parfait.

J'attrape les angles de la couverture pour qu'ils ne traînent pas sur le sol de béton, puis m'avance vers la cuisine, équipée en tout et pour tout d'une plaque électrique à deux brûleurs et d'un frigo cabossé vert pâle qui semble avoir un siècle. Sur sa porte, un unique magnet plat et bleu en forme de voiture proclame : PIÈCES DE RECHANGE HARRY, POUR TOUS CEUX QUI AIMENT LA MÉCANIQUE. Dessous, la photo d'un petit garçon blond de trois ans, les cheveux en bataille, assis sur les genoux de sa mère. Le cliché a sans doute été pris lors d'une balade à la campagne. La femme est penchée en arrière, son superbe visage illuminé par un éclat de rire.

— C'est toi ? demandé-je en me tournant vers Gavin qui frotte son briquet contre la jambe de son jean.

Lorsque apparaît la flamme, il se penche pour allumer une à une les bougies.

— Avec ma mère. Avant qu'elle ne tombe malade. C'est la seule photo qui me reste d'elle. Faudrait que je la fasse encadrer.

Je hoche la tête et déglutis avec peine en sentant mes yeux s'embuer de larmes. Il n'a vraiment pas été épargné par la vie.

— Je t'offrirai un cadre, murmuré-je en esquissant un pas vers les bougies allumées.

Je repense à toutes les fois où je me suis plainte de ma mère auprès de lui, et une vague de honte me submerge.

— Ça doit être tellement dur de grandir sans sa…

Je laisse traîner la voix, ne sachant comment finir ma phrase.

— Y a plein de gens pour qui c'est largement pire, tu sais, réplique Gavin dans un haussement d'épaules.

Il allume la dernière chandelle et lève sur moi des yeux pétillants.

— J'ai quelque chose pour toi, attends deux secondes.

Il court dans sa chambre, derrière le rideau, et j'entends le bruit d'un tiroir qui s'ouvre. L'ampoule nue posée à même le sol projette son ombre déformée sur le mur opposé, elle m'évoque un épouvantail géant monté sur des échasses. Je m'assieds sur le canapé, la tête sur le velours prune usé jusqu'à la trame, observant du coin de l'œil Gavin qui revient vers moi. Je clos les paupières en essayant de fixer dans mon cerveau jusqu'au moindre détail de cette soirée.

Bientôt, je sens Gavin qui me rejoint sur le canapé.

— C'est pour toi, dit-il en plaçant une petite boîte cubique juste au-dessus de mon genou.

C'est une vieille boîte en fer-blanc, avec une silhouette de femme sur le couvercle et l'inscription PASTILLES* dont les deux dernières lettres sont à moitié effacées par la rouille.

— Il fallait pas, dis-je, la poitrine en feu.

— Ouvre, m'enjoint Gavin en se rapprochant jusqu'à ce que nos cuisses se touchent.

Je sens sa chaleur à travers mon jean. Je fais jouer le couvercle de l'avant vers l'arrière, et il s'ouvre dans un petit bruit métallique. Sous une couche de cellophane jaune, je trouve un pendentif en or en forme de cœur, au bout d'une délicate chaîne également en or.

— C'est magnifique, lâché-je dans un souffle en la tenant à hauteur d'yeux, le petit cœur tourbillonnant au bout sur son axe.

Le pendentif est plus fin qu'une pièce de monnaie et artistement martelé en un cœur légèrement asymétrique, avec un minuscule trou rond de la taille d'un grain de riz percé sur le côté droit. Lorsque enfin il cesse de tourner sur lui-même, un rai de lumière vient embraser la petite ouverture.

— Quatorze carats. Une pièce unique en son genre, m'a assuré le type.

Gavin me regarde à travers ses longs cils, l'air profondément sérieux.

Je secoue la tête, consciente de la petite fortune que cela a dû lui coûter. Je ne peux pas accepter ce cadeau.

— Je l'adore, mais c'est beaucoup trop…

— Ne t'occupe pas de ça, me coupe-t-il abruptement. Mes travaux de peinture cet été m'ont rapporté un beau petit paquet, je ne suis pas aussi fauché que tu pourrais le croire.

— Désolée, je ne voulais pas…

Je ne termine pas ma phrase, craignant de l'avoir blessé.

Il balaie mes paroles d'un geste de la main, comme pour me dire de ne pas m'en faire, puis son torse pivote et voilà qu'il me fait face. Son expression renfrognée s'est adoucie, quittant son visage aussi vite qu'elle y était apparue. La lueur des chandelles se reflète dans ses yeux tandis qu'il les plonge dans les miens.

— Je n'arrête pas de penser à toi, Anthem.

Gavin me prend le collier des mains. Il défait le fermoir, le porte à ma gorge, et me l'attache autour du cou tout en douceur. Le pendentif retombe parfaitement entre mes clavicules. Je ferme les yeux et savoure son souffle chaud sur mes cheveux, ses mains qui s'attardent sur ma nuque.

— Moi aussi, murmuré-je.

Je m'éloigne lentement de lui et me lève. La flamme des bougies vacille sur la table tandis que de l'ampoule posée dans le coin de la pièce irradie une lumière chaude. Ça me paraît le geste le plus naturel du monde lorsque je retire mon sweat-shirt, puis mon T-shirt, mes yeux rivés sur ceux de Gavin.

— Tu es sûre que c'est ce que tu veux ? demande-t-il, scrutant mon visage à la recherche du moindre doute, du moindre signe de peur. On n'a pas à...

— J'en suis sûre, réponds-je d'une voix décidée.

J'ai presque l'impression de voir mon corps de l'extérieur, comme si je nageais en plein rêve. Mais c'est pourtant bien réel.

Des papillons dans l'estomac, la peau parcourue de picotements et en proie à un léger tournis face à la puissance de l'instant, je prends la main de Gavin et le tire du canapé. C'est à pas lents que nous nous dirigeons vers l'autre côté du rideau. Vers ce qui doit se passer.

9.

Mes paupières s'ouvrent en sursaut lorsque retentit un grand vacarme. Les chiffres rouges du réveil de Gavin indiquent 4 h 08. Je ne distingue rien dans l'obscurité totale qui règne dans la pièce, mais ce que j'entends fait battre mon cœur frénétiquement : des bruits de métal contre du métal, un bref silence, puis des voix. Certaines sont masculines, mais il y en a au moins une, à la fois rocailleuse et haut perchée, qui appartient à une femme. Elles entonnent alors à l'unisson une ritournelle moqueuse, comme un chant d'église qui aurait terriblement mal tourné.

— Za-za-za-les-ZAMOUREUX-euh. Ce-sera-bientôt-FINI-POUR-EUX-euh…

Je sors un bras de sous la lourde couverture de laine, cherche Gavin à tâtons et finis par trouver son bras serré autour de son oreiller. Je lui secoue l'épaule jusqu'à ce qu'il se tourne vers moi, et il m'attire instinctivement vers lui pour me serrer. C'est dans cette position que nous

nous sommes endormis il y a à peu près deux heures. Je le secoue plus énergiquement.

— Qu'est-ce qui se passe ? marmonne-t-il, la voix cotonneuse de sommeil.

— Réveille-toi, lui chuchoté-je, crispée par la peur. Y a des gens dehors !

À cet instant précis, le lourd rideau de fer s'ouvre dans un grincement sinistre derrière l'antique porte industrielle. Je rejette les couvertures et tâte mon côté du lit à la recherche éperdue de mes affaires. Je trouve mon jean et l'enfile à la hâte, mais j'ai une boule soudaine au ventre en me rappelant que j'ai laissé mon sweat à capuche dans le salon près du divan.

Les coups s'intensifient contre la porte en métal. Gavin allume une lampe de chevet, l'ampoule émet une lumière blafarde, presque sinistre, sous son abat-jour cramoisi à pompons de soie. Il a le regard paniqué.

Il remet son jean à son tour tandis que la lumière rouge danse sur son torse nu. Il y a trois heures à peine, c'étaient mes mains qui couraient sur son ventre, traçant du bout des doigts le contour de chacun de ses muscles.

— Va chercher ton sweat et planque-toi ! (Il lance un regard plein de nervosité vers la porte, puis tire une pile de toiles de sous son lit.) Glisse-toi dessous !

Je cours récupérer mon haut sur le sol du salon. Mes pieds nus filent sur le béton glacial tandis que me parviennent des bruits de plus en plus inquiétants de métal attaquant du métal. J'attrape mon sweat d'une main et l'enfile avec tant de précipitation que j'entends les coutures craquer au niveau de l'aisselle.

Bombe lacrymogène, me crie alors mon cerveau, et je me mets à parcourir fiévreusement mes poches. Mais à part un bonbon Relaxamenthe recouvert de bouloches dans celle de droite, je ne trouve rien et la frustration me gagne. Tout à l'excitation de passer cette soirée avec Gavin, j'ai carrément oublié de prendre le seul objet qui m'accompagne partout. Et maintenant que j'en ai désespérément besoin, voilà que j'ai laissé mon spray dans la veste qui m'attend dans la penderie à la maison.

Gavin est en train de fouiller son tiroir de cuisine. Il finit par en sortir un petit couteau de boucher, glisse la lame dans sa poche arrière et me prend par les épaules.

— Glisse-toi sous le lit, me chuchote-t-il, et surtout, pas un mot.

Je rampe dans le minuscule espace, le sang me battant les tempes.

— Za-za-za-les-ZAMOUREUX-euh. Ce-sera-bientôt-FINI-POUR-EUX-euh…

L'horrible chanson cumulée au bruit sourd du verrou qu'on fait sauter me déclenche des aigreurs d'estomac.

J'entends la porte de métal qui pivote sur ses gonds dans un grand fracas, et soudain, le loft se retrouve baigné par le clair de lune. Mon corps est tétanisé de terreur lorsque, en tendant le cou pour voir l'entrée, je distingue cinq silhouettes qui se découpent dans l'encadrement de la porte. Elles avancent lentement, tout en décontraction, comme si elles arrivaient à une soirée mondaine.

Toutes les cinq portent des masques à gaz, et deux d'entre elles sont armées. Avec ces masques effrayants, reliques d'une guerre d'un autre temps sans aucun doute, les intrus ressemblent à des cafards monstrueux.

Des tubes de caoutchouc noir pendent de l'endroit où doit se situer leur bouche, les globes bleu-vert de la taille de soucoupes qui recouvrent leurs yeux sont bizarrement écartés, et des lanières en cuir râpé sont nouées au sommet de leur crâne.

Deux des hommes braquent leur pistolet sur Gavin tandis que les autres se déploient en éventail autour de lui.

Mon regard est d'emblée attiré par la femme, je l'ai en ligne de mire dans la dizaine de centimètres qui séparent le sommier du sol. Les sangles de cuir de son masque aplatissent sa coupe au carré, laissant ressortir sur le devant quelques mèches blondes tirant sur le blanc. Elle porte une salopette militaire kaki, où je remarque une petite tache de peinture blanche au-dessus du genou gauche. À peu près de ma taille, elle me rend une bonne dizaine de kilos en muscles et en rondeurs. Les globes de verre cachent ses yeux, et mon regard va se fixer sur ses mains, gantées de plastique bleu. Trop grands pour elle, ils pendouillent légèrement aux poignets et au bout des doigts. Tous les cinq portent ces mêmes gants médicaux, telle une équipe de chirurgiens fous à tête de cafard.

Une image s'impose alors à moi avec une violence qui me met l'estomac au bord des lèvres : ces gants, ces masques à gaz, ce sont des vole-au-gaz ! Ça fait des années qu'ils sévissent dans le métro de Bedlam : un gang de criminels qui intoxique des wagons entiers à l'aide de gaz hilarant, avant de procéder au vol méthodique des passagers drogués voire morts, raflant portefeuilles, bijoux, montres, et même ceintures et chaussures. En gros, ils prennent tout ce qui peut se revendre au marché noir. Le vol-au-gaz est devenu si courant que, désormais, seuls les plus pauvres osent encore emprunter le métro de Bedlam.

— Sortez de chez moi ! leur dit Gavin.

Les cafards lui répondent en éclatant de rire. L'un d'eux monte tellement dans les aigus qu'il pourrait briser du verre. J'entends ensuite le bruit de tiroirs ouverts à la volée, puis quelqu'un dans la minuscule salle de bains de Gavin, d'où me parvient le froufrou du rideau de douche. Je prie le ciel qu'ils trouvent quelque chose à leur goût, qu'ils fichent le camp et nous laissent tranquilles. Mais voilà que les chaussures sortent de la salle de bains avant de pointer leur bout dans ma direction. Lentement mais sûrement, elles s'approchent du lit. *S'il vous plaît, faites demi-tour ! Je vous en supplie, prenez ce que vous voulez et partez !* Les pas s'arrêtent à quelques centimètres de mon visage et je me mets à trembler comme une feuille en voyant les jambes épaisses se plier. Lorsque d'horribles yeux de cafard se posent sur les miens, je pousse un cri de terreur.

— J'ai trouvé des moutons sous le lit ! Ou plutôt une brebis.

Une main de fer se referme sur mon avant-bras et me tire sans ménagement sur le ciment râpeux tandis que je me débats avec l'énergie du désespoir.

— Lâchez-la tout de suite ! rugit Gavin avant qu'un des membres du gang ne laisse échapper un hurlement de douleur.

Je me remets à crier en griffant le voyou masqué comme une bête enragée, jusqu'à ce que je sente le canon glacial d'un pistolet pointé sur mon flanc.

— Asseyons-nous tranquillement sur le lit, ma chérie, me susurre la fille de sa voix éraillée, ses paroles à demi étouffées par les affreux tubes en caoutchouc de son masque.

Je suis pétrifiée. Je ne sens plus mon corps, mis à part au point précis où l'arme me rentre dans les côtes.

— Allez, on se dépêche, me dit-elle.

Elle me tire en arrière par la capuche de mon sweat et je m'affale sur le lit. À peine me suis-je redressée qu'elle vient s'asseoir juste à côté de moi, pointant nonchalamment son pistolet à la crosse nacrée vers mon torse, le doigt sur la gâchette. Je jette un regard à Gavin et constate que le cafard chauve qui le tient a une estafilade sanglante sur l'avant-bras. Le sang s'écoule par terre à grosses gouttes. Le type s'est emparé du couteau de Gavin et le tient désormais plaqué contre sa jugulaire avec son bras valide. Un simple geste du poignet, et il l'égorgera comme un vulgaire mouton.

— Non, chuchoté-je, je vous en supplie.

— Ne lui faites pas de mal, s'étrangle à moitié Gavin, ses yeux rivés aux miens. Écartez ce pistolet d'elle, *tout de suite* !

Des larmes me roulent le long des joues, terminant leur course sur mon sweat. Je n'ose pas les essuyer. Je n'ose même pas respirer.

— S'il vous plaît, gémis-je sans quitter Gavin une seule seconde des yeux. J'ai de l'argent. Je vous donnerai ce que vous voudrez, mais par pitié, relâchez-nous !

— De l'argent ! s'exclame la fille, la voix dégoulinante de sarcasme. Pourquoi tu l'as pas dit plus tôt, mon petit cœur ? Allez, les garçons, au boulot ! Il va pas se bâillonner tout seul à ce que je sache.

Elle assortit son discours d'un claquement de doigts à demi étouffé par scs gants de caoutchouc.

— Ne la touchez pas ! s'écrie à nouveau Gavin, lançant des coups de pied à tort et à travers tandis que deux des cafards s'approchent de lui. Anthem, ne donne rien à ces trous du…

Le reste de sa phrase est coupé net lorsqu'un des types lui enfonce un chiffon dans la bouche, avant de le maintenir fermement en place avec une généreuse dose de gros scotch argenté. Ils lui attachent les mains dans le dos, et satisfait de leur travail, le cafard blessé au bras abaisse enfin le couteau.

— Voilà qui est mieux, je peux m'entendre réfléchir à présent, dit la fille, les tubes en caoutchouc de son masque ballottant au gré de ses mouvements.

Dans ma tête, je l'ai baptisée Miss Cafard. Elle se tourne vers Gavin.

— On ne va pas la toucher, Roméo. On préfère que ton compte en banque sur pattes coure chez papa chercher de l'argent.

Il fait une nouvelle tentative pour se libérer de ses agresseurs, mais ceux-ci le font tomber sans ménagement sur le béton où il atterrit la tête la première dans un grand bruit sourd. L'un des cafards pose la semelle de sa ranger sur le bas du dos de Gavin tandis qu'un autre met un pied sur sa nuque avant d'armer le chien de son pistolet. Le visage de Gavin est un masque de douleur.

— *NON !* hurlé-je en bondissant du lit.

La fille est à mes côtés en une fraction de seconde, agitant son joujou meurtrier à la crosse nacrée sous mes yeux affolés. Je retombe sur le matelas, prise de frissons incontrôlables qui me font trembler de bas en haut.

— Mets tes mains sur le dessus-de-lit, où je puisse bien les voir. Et arrête de crier, ça devient lassant ! Je ne vais pas vous faire de mal, ni à toi ni à ton petit ami, à condition que vous ne tentiez rien de stupide.

J'opine du chef en lui jetant un bref regard avant de retourner mon attention vers Gavin qui est toujours face contre terre.

— Tout doux, maintenant, tout doux, dit le cafard qui le tient en joue en retirant son pied de sa nuque.

Gavin lève les yeux sur moi et j'y lis une panique sans nom.

— Je vous donnerai tout ce que vous voudrez, répété-je à voix basse.

— Je sais, mon chou, je sais.

Devant nous, le chauve costaud remet Gavin sur ses pieds.

— Alors laissez-le partir, plaidé-je, c'est moi que vous voulez, pas lui !

Une fois ces mots prononcés, je me rends compte à quel point ils sont vrais. Et Miss Cafard est parfaitement au courant. Sinon, pourquoi m'avoir qualifiée de compte en banque sur pattes ? On a dû être suivis. Quelqu'un a vu une gosse de riches entrer dans Bedlam-Sud et a décidé de passer à la caisse.

Les types masqués commencent à déplacer Gavin en direction de la porte en le traînant à moitié. Le grand a toujours son pistolet pointé sur lui. Gavin garde les yeux rivés au sol. Je comprends alors qu'il a honte. Il est embarrassé que je le voie si impuissant. Lorsque mon regard se pose sur ses mains, je ne peux pas m'empêcher de laisser échapper un gémissement : ils lui ont ligoté les poignets tellement fort qu'il a les mains violacées.

— Je t'explique comment ça va se passer maintenant, annonce Miss Cafard.

Son ton est aussi neutre que celui d'une hôtesse de l'air, mais sa posture est menaçante quand elle se penche sur moi, son visage à quelques centimètres du mien. Elle soulève son masque grotesque suffisamment pour se découvrir la bouche. Ses lèvres ornées d'un rouge à lèvres mat se courbent en un sourire mauvais, son haleine dégage un mélange de tabac froid et de chewing-gum à la chlorophylle.

— On va emmener ton petit ami dans un endroit qu'on connaît. Toi, tu vas nous obtenir deux cent cinquante mille dollars d'ici vendredi à minuit. Quelqu'un, *une* personne, que les choses soient bien claires, et *non* armée, cela va sans dire, livrera l'argent au Dimitri's on the Water, le bar sur la rive sud du pont de l'Unité. On attendra là-bas, à l'affût du moindre flic qui traînerait dans le coin.

Je hoche la tête, les yeux toujours rivés à ceux de Gavin. Il a à présent plus l'air furieux qu'effrayé, soutenu qu'il est par un cafard de chaque côté. Une veine palpite sur son front et il secoue la tête, me communiquant en silence de ne pas leur céder. Je ne quitte pas son regard, espérant que ce qu'il lit dans le mien le rassure.

— Mon chou ? me rappelle la fille en m'enfonçant le canon de son arme dans les côtes. Fais bien attention à ce que je raconte, OK ? Je te donne les règles : tu vas voir les flics ? Il meurt. Tu n'apportes pas la somme demandée ? Il meurt. Le mec qui ramène l'argent au Dimitri's on the Water se pointe pas seul ? Ton copain meurt.

— Prenez-moi à sa place, essayé-je une dernière fois, tout en sachant qu'ils refuseront. Kidnappez-moi et allez trouver mes parents. Ils vous donneront tout ce que vous voulez. Mais laissez-le partir.

— Trop risqué, ma cocotte. Ton charmant minois se retrouverait direct à la une de tous les journaux. On préfère assurer la mise en prenant Beau Gosse.

— Gavin, m'étranglé-je tandis que les types l'entraînent dehors, j'obtiendrai l'argent, je te tirerai de là !

Et tout à coup, ils disparaissent emmenant Gavin avec eux. La fille est la dernière à partir, le masque recouvrant à nouveau intégralement ses traits. Elle marche à reculons, son pistolet nacré pointé sur moi tout du long. Elle m'adresse un au revoir ironique d'une main et s'évanouit à son tour dans les ténèbres, claquant la lourde porte derrière elle.

Me voilà seule, pétrifiée sur le lit où j'ai perdu ma virginité il y a quelques heures à peine. Où je me suis endormie dans les bras de Gavin. Je suis soudain submergée par des bouffées de chaleur, bientôt suivies d'une vague dc terreur à l'idée de ne plus jamais le revoir.

Son sang brille sur le sol de béton, révélant à un endroit l'empreinte baveuse d'une ranger. Je ravale un flot de bile et tâche de me concentrer sur ce que j'ai à faire. Grâce à des années passées à mémoriser des séquences de danse et les commentaires incessants des professeurs, j'ai retenu les instructions de la fille à la lettre. Chaque faux pas mène inexorablement à la même issue.

« Il meurt. Il meurt. Il meurt… »

10.

Je marche et marche encore.

Dans les ruelles hagardes de Bedlam-Sud à cinq heures du matin, je reprends en sens inverse le chemin emprunté à l'aller sur la moto de Gavin. C'est bien sûr beaucoup plus lent à pied, et la terreur et le manque de sommeil me mènent deux fois de suite dans des culs-de-sac avant que je retrouve l'artère orientée vers le nord. Sur le trottoir d'en face, un homme dont le visage sale et fripé m'évoque l'écorce noueuse d'un arbre centenaire pousse laborieusement un caddie de supermarché débordant de canettes vides. Il a le dos courbé, les pieds enflés, ses orteils bleuis dépassant de son simulacre de chaussures.

— Tuez-les tous ! s'époumone-t-il d'une voix étonnamment puissante et claire. Jusqu'au dernier ! Faites péter cette putain de ville, qu'on recommence à zéro !

Je resserre instinctivement les cordons de ma capuche et détourne le regard, accélérant l'allure jusqu'à ce que j'aperçoive au loin le sophistiqué pont des Soupirs droit devant moi, illuminé du dessous par de généreuses rampes de spots. *De la lumière.* Au cœur de ce ténébreux labyrinthe urbain aux lampadaires défoncés et aux immeubles en ruine, qui dit lumière dit sécurité, et potentiellement de l'aide pour Gavin. L'ordre et la propreté réconfortants de Bedlam-Nord se trouvent au bout de ce pont. Tel un missile bloqué sur sa cible, je marche aussi vite que je peux vers mon objectif, me retenant de courir par peur d'attirer l'attention.

L'entrée de la passerelle n'est plus qu'à deux intersections, et bientôt plus qu'une. *Presque arrivée.* Je me répète ces mots en boucle, adoptant la cadence imprimée par mes pieds, jusqu'à ce qu'ils deviennent un mantra. *Presque-a-rri-vée-pres-que-a-rri-vée-pres-que-a-rri-vée.*

La voie d'accès piétons au pont des Soupirs est balisée par deux sculptures de pierre représentant des têtes de déesse couronnées de laurier, la bouche ouverte et les yeux sereins levés au ciel.

— T'asdescachetons ?

La voix d'outre-tombe vient de ma droite. Mon cœur manque s'arrêter et je me fige sur place. D'un renfoncement derrière l'une des têtes monumentales surgit en titubant l'ombre d'un homme colossalement gros. Alors qu'il approche, je distingue la pomme de terre violacée qu'est son nez et les touffes verdâtres de cheveux crépus qui parsèment son crâne. Il s'est confectionné un genre de robe de chambre à l'aide de centaines de pages de journaux agglomérées, toutes déchirées et colorées par je ne sais quelles immondices. Ses manches de papier bruissent dans le vent telles les plumes d'un gigantesque oiseau préhistorique. Le pas vacillant et le regard de traviole, il continue à s'avancer vers moi. Ses vêtements de fortune laissent dépasser une bande de ventre gras et blanc à la lumière de la lune.

Je secoue la tête sèchement et m'apprête à repartir, mais il n'est plus qu'à quelques pas. Je remarque maintenant ses dents qui partent dans toutes les directions.

— Descachetonsj't'aiposéunequestion.

Il vient de manœuvrer son corps énorme entre la berge et moi, assez proche désormais pour que les effluves de son haleine fétide m'assaillent les narines.

— J'ai pas de cachetons, réponds-je dans un souffle, balayant le pont du regard à la recherche désespérée de quelqu'un qui pourrait m'aider.

Je prends le parti de courir mais je trébuche contre sa jambe et plonge la tête la première contre la balustrade en métal. Sonnée, je tombe à genoux et sens un liquide poisseux me dégouliner sur le front. Je passe ma main dessus et la ramène tachée de sang.

Silhouette de cauchemar, l'homme se tient désormais au-dessus de moi, me dévorant de son regard torve. Il se penche sur moi et laisse éclater un rire haut perché qui me fait penser aux cris d'un cochon qu'on égorge.

— Mignonne !

Il me caresse les cheveux jusqu'à ce que ses doigts boudinés s'accrochent à un nœud.

Je ne crie même pas tandis que les plumes de papier de son vêtement grotesque me chatouillent le cou. Et pas plus lorsque je sens ses dix doigts venir le serrer progressivement.

— Mignonnefille. J'habitaisàl'hôpitalmaisilsm'ontlibéré.

La pression sur mon cou se fait plus forte. C'est l'électrochoc qu'il me fallait pour sortir de ma torpeur et je me mets à lui griffer les avant-bras et le visage, l'air venant à me manquer.

— Je peux vous aider, soufflé-je, je vais vous trouver des médicaments.

Mais je sens ma trachée qui se bloque et mes mouvements se font plus saccadés, arrachant des morceaux de son costume de papier. En vain. Il est beaucoup plus fort que moi. Le monde extérieur commence à s'assombrir devant mes yeux tandis que des éclairs aveuglants envahissent mon champ de vision.

— Bas les pattes !

L'étreinte de l'homme oiseau se desserre soudainement et je retombe brutalement contre la balustrade. Son faciès concupiscent se rapproche à nouveau de moi, mais deux mains puissantes lui agrippent les épaules et le tirent vers l'arrière.

— Je t'ai dit de la laisser tranquille !

Toujours au sol, je vois l'homme oiseau faire volte-face et répliquer à grands moulinets de ses bras de papier. Après une brève lutte, un direct vient s'abattre pile entre ses deux yeux de fou. Les bras en croix, l'obèse tombe en arrière, lâchant au passage un nouveau cri suraigu de cochon qu'on égorge avant que sa nuque vienne violemment heurter la chaussée. Ses yeux se révulsent un instant, puis ses paupières se ferment.

— Tout va bien ?

Mon sauveur se tient au-dessus de moi, ses dents blanches luisant au clair de lune contre son teint cuivré. Il porte un fin T-shirt noir à manches longues déchiré au col, ses larges épaules distendant le tissu léger. Une pellicule de sueur fait briller son front et une goutte perle sur sa tempe. On dirait qu'il vient juste de faire son jogging.

— Oui, réponds-je, prostrée par terre et tremblant comme une feuille.

— Ils n'auraient jamais dû fermer les asiles, dit-il à mi-voix.

Il s'accroupit à côté de moi et porte sa main à mon front. Délicatement, il examine ma plaie et je le vois faire la grimace. Il me tend la main pour m'aider à me relever.

— Tu vas avoir besoin de points de suture.

— Merci, coassé-je en massant ma gorge endolorie, la sensation des mains de l'homme oiseau me comprimant la trachée toujours vive dans mon esprit et dans ma chair.

Le garçon hoche la tête, les yeux fixés sur mon cou. D'instinct, ma main se porte au pendentif en forme de cœur que Gavin m'a offert. Par miracle, il est encore intact.

— Tu ne devrais pas te balader seule par ici la nuit, dit-il. Mais puisque tu es là et qu'on se rencontre de cette manière, j'accepterais volontiers une petite récompense.

Je secoue la tête, espérant avoir mal décrypté une certaine lueur avide dans son regard.

— Je n'ai rien, murmuré-je, saisie d'une nouvelle crise de panique.

— Allez, me relance-t-il d'un ton impatient, battant nerveusement d'une jambe. T'as même pas un petit quelque chose ?

Le cœur palpitant, je jauge son physique d'un rapide coup d'œil. Il est grand et bâti pour faire mal. Derrière lui s'étale toujours le paysage délabré de Bedlam-Sud. Pour rien au monde je n'y retournerai. Il faut à tout prix que je retraverse le pont.

Gonflée à bloc par l'adrénaline qui court dans mes veines, j'opte pour la seule décision qui fasse sens : je fais volte-face sur l'étroite passerelle pour piétons et me mets à sprinter.

— Sérieusement ? crie-t-il d'un air incrédule. Eh ! Je ne te veux aucun mal !

J'accélère comme jamais, les poumons au bord de l'asphyxie à chaque nouvelle foulée. Par-delà mon souffle court et le bruit de mes semelles battant l'asphalte, je l'entends qui me suit.

— Attends ! (Il m'a facilement rattrapée et me prend le poignet au vol.) Calme-toi, je ne…

— Non ! Allez-vous-en !

Je me débats comme une tigresse, il lâche prise et je me jette en arrière vers la balustrade de pierre. Elle est tellement endommagée à mon niveau qu'une section entière a disparu, n'offrant plus aucune protection avant le grand saut.

Les yeux luisants d'inquiétude, il me tend les mains.

— Je suis désolé de t'avoir fait peur, s'excuse-t-il d'une voix douce d'où toute trace de gaieté ou d'irritation s'est maintenant évanouie. Éloigne-toi juste du rebord, OK ?

— D'accord, mais seulement si tu recules d'abord.

Je suis toute tremblante et manque perdre l'équilibre. J'agrippe d'une main le coin de la balustrade encore en place, enregistrant au passage les odeurs chimiques nauséabondes qui remontent du fleuve. Le garçon secoue la tête et lève les mains pour me montrer qu'il n'a aucune mauvaise intention, puis il recule de trois pas.

À l'instant où je m'apprête à m'éloigner de la rambarde, le morceau de pierre auquel je me retenais me reste dans la main. Je le regarde d'un air ahuri tandis qu'une soudaine rafale de vent me propulse vers l'arrière. Je me sens mouliner des bras par réflexe, mais mon pied ne repose plus sur rien. Dans un dernier effort, je tente d'attraper la dentelle de pierre, mais je ne parviens qu'à l'effleurer du bout des doigts. Le visage du joggeur se décompose au ralenti sous mes yeux, je le vois se précipiter vers moi, puis n'aperçois plus bientôt que le ciel sans étoiles.

Trop tard. Ses mains se referment sur le vide, sa bouche arrondie en un O choqué.

À mi-chute, mon corps se retourne, me laissant contempler les eaux graisseuses du fleuve Midland qui tourbillonnent en contrebas, des morceaux de glace parsemant sa surface gris-vert.

Mon cri résonne à mes oreilles, hurlement d'horreur pur et parfait.

Et je me sens

tomber

tomber

tomber

à travers

le ciel

blafard

et vide.

11.

Je me réveille en sursaut.

Je suis accueillie par une lumière blanche éblouissante qui me vrille le cerveau dans une douleur intense. Ma tête, brièvement levée, retombe violemment contre une surface en métal. Je suis glacée. J'essaye de rabattre mes bras sur ma poitrine pour me réchauffer, mais ils sont manifestement attachés. Aux poignets et aux coudes, si j'en crois la morsure dans mes chairs.

Grimaçante, je referme les yeux. Je ne souhaite qu'une seule chose : retourner ne fût-ce que pour quelques minutes dans le néant de l'inconscience, dans le moelleux cocon de ce rêve où je dérivais dans une eau glaciale saturée de déchets en décomposition. Seule, à part pour les quelques poissons à un œil qui venaient me frôler paresseusement. Je n'y étais ni vivante ni morte. Je n'y souffrais pas.

Être éveillée est une véritable torture. Le plus infime mouvement déclenche une nouvelle onde de douleur, et il n'y a pas une partie de mon corps qui ne soit meurtrie, brûlante ou au contraire gelée. Je me focalise sur la sensation de ma poitrine qui se soulève et redescend au gré de ma respiration. Je ressens une certaine lourdeur dans ma cage thoracique, quelque chose qui me chatouille de l'intérieur. J'ai presque l'impression de percevoir un *vrombissement* ! Comme si des engrenages étaient en action et, simultanément, qu'une myriade de minuscules aiguilles me picotaient les entrailles.

Tandis que la panique monte en moi, le vrombissement semble s'accélérer, devenir plus sonore. J'entrouvre les yeux progressivement, laissant la lumière aveuglante pénétrer petit à petit. Les formes gagnent en netteté et des textures commencent à émerger. Je me trouve dans une petite pièce humide. À niveau d'œil, je distingue un chariot à roulettes dont le plateau supérieur comporte tout un assortiment de pinces, de petits ciseaux et de scalpels acérés. De vieilles machines rouillées d'où des tuyaux jaillissent comme de la mauvaise herbe laissent à peine voir la peinture gris sale des murs. Les machines, les murs et le plancher sont parsemés d'éclaboussures sombres à demi séchées. Du sang. Je détourne aussitôt le regard.

Je redresse la tête et examine toute la longueur de mon corps. On m'a recouverte d'une fine blouse d'hôpital en papier et je suis attachée à un brancard métallique. Une perfusion est fichée dans mon bras, son support placé juste à côté de moi. La poche remplie d'un liquide rosâtre laisse tomber les gouttes une à une dans le tube translucide.

Mes yeux sont soudain attirés par un mouvement dans un coin de la pièce. Je perçois un faible couinement par-delà le bourdonnement sourd des équipements médicaux. Quatre grandes cages de verre occupent le dessus d'une table. La première contient une grappe de hamsters couleur caramel collés les uns aux autres, un autre une nuée de souris noires aux oreilles rose vif. Plus près de moi, c'est une paire de rats albinos aux yeux rouge sang qui courent frénétiquement dans leur roue d'exercice.

Comment ai-je atterri ici ?

Les souvenirs me reviennent alors en déferlant : les kidnappeurs et leurs masques à gaz, le pistolet de Miss Cafard pointé contre mes côtes, l'épouvante qui habitait le regard de Gavin quand ils l'ont emmené. Cette dernière scène me fait grimacer, mais l'image du pont la remplace aussitôt. Puis l'homme oiseau, ses mains sur mon cou, la rambarde qui cède, la chute dans le fleuve…

Une sueur glaciale se met à dégouliner le long de mes bras. Je dois partir d'ici, maintenant. Mais les lanières me retiennent plaquée au brancard froid quand j'essaye de me soulever.

J'ouvre la bouche pour appeler à l'aide. Le maigre filet de voix qui s'échappe de mes lèvres est rauque et à peine plus haut qu'un chuchotement, bien que je veuille crier. Après quelques minutes, comme personne ne vient, je décide de cogner ma tête contre le métal dans l'espoir que quelqu'un m'entende.

Vêtue d'une blouse chirurgicale et portant des lunettes de protection, une grande femme mince aux cheveux argentés accourt dans la pièce, suivie du joggeur du pont. Il vient se placer d'un côté du brancard et la femme de l'autre.

Je me débats par réflexe, faisant voleter la blouse qui me recouvre comme une voile dans le vent.

La femme porte une main à mon front, puis caresse mes cheveux trempés de sueur. L'air anxieux, elle fronce des sourcils de la même teinte que ses boucles argentées, en contraste saisissant avec la jeunesse de son visage dépourvu de la moindre ride.

— Ne me touchez pas, craché-je. Enlevez vos mains de moi immédiatement !

— Elle est sacrément féroce, commente-t-elle en adressant un sourire appréciateur au joggeur.

Ses yeux bleus injectés de sang luisent d'une étincelle de fierté non dissimulée tandis qu'elle inscrit quelques mots sur un bloc-notes.

— C'est très bon signe.

— Pourquoi suis-je ici ? Et pourquoi m'avez-vous attachée ?

— Ah oui, désolé pour ça. C'est juste que tu n'arrêtais pas d'arracher la perfusion, s'excuse le joggeur en commençant à me détacher les poignets. On ne savait pas si tu allais en réchapper.

Le bout de ses oreilles rougit tandis qu'il finit de me libérer de mes liens.

— Que s'est-il passé la nuit dernière ? murmuré-je en m'efforçant de me mettre en position assise.

J'ai soudain l'impression que la pièce tourne autour de moi. Je porte alors d'instinct mes mains à mon cou. Le collier que m'a offert Gavin y est toujours, le contact du cœur doré dans ma paume rafraîchissant.

— Il y a trois nuits, plus exactement, rétorque la femme tout en m'auscultant à l'aide d'un stéthoscope.

— Trois nuits ?

Je sens mon visage se vider instantanément de son sang et je lutte du mieux que je peux pour ne pas m'évanouir. Le garçon me pose une main dans le dos pour me retenir et je n'ai même pas la force de l'enlever.

— Tout doux, vas-y tranquillement. Ce serait dommage que tu perdes à nouveau conscience, me dit la femme en blouse d'une voix apaisante.

Malgré le vertige, je remarque qu'elle a un tatouage sur l'intérieur de l'avant-bras. C'est une double hélice, une paire de filaments d'ADN. Autour de ce symbole s'étale tout un nuage d'hexagones et de pentagones enchevêtrés, au centre desquels figure une série de lettres et de chiffres. Mes cours de sciences et vie de la Terre de l'an dernier me reviennent en mémoire : on passait notre temps à dessiner des trucs comme ça. Des nucléotides, les éléments de base de la reproduction génétique. Mes yeux détectent un second tatouage près du poignet, plus petit celui-ci. Il représente un cœur qui encercle un prénom finement ciselé en lettres cursives : Noa.

— Tu te rappelles être tombée dans le fleuve, hein ? m'interroge le joggeur avec sur le visage comme un masque de culpabilité.

J'opine du chef, souhaitant pouvoir oublier la sensation de l'eau glacée pénétrant mes poumons, le froid qui m'avait instantanément figé tous les membres, l'abominable puanteur de kérosène, la certitude que ma vie était arrivée à son terme.

— Désolé à ce propos, j'aurais jamais dû demander de récompense, dit-il avant de marquer une pause.

Je note qu'il a les yeux noisette, mais qu'ils sont injectés de sang et lourdement cernés.

— Je ne sais pas ce qui m'est passé par la tête, reprend-il. Enfin, peu importe. Après, tu as été entraînée par le courant et j'ai sauté dans le fleuve à mon tour. Quand finalement je t'ai récupérée, je t'ai ramenée au plus vite au labo de Jax. Au fait, moi c'est Ford, et elle c'est Jax. Elle vient de te sauver la vie. Jax, c'est…

— Anthem, conclut Jax pour lui.

Les joues de Ford s'empourprent légèrement, puis il hoche la tête.

— Euh… oui, en fait, on sait déjà comment tu t'appelles.

Je les dévisage l'un après l'autre, le cœur en surrégime comme un disque dur en surchauffe.

— Vous savez qui je suis ?

— Tu es partout dans les journaux, explique Ford en évitant mon regard. Toute la ville est à ta recherche.

— Oh, mon Dieu ! (J'imagine d'ici ma mère et mon père interviewés par les chaînes d'info, et la chair de poule m'envahit lorsque je prends conscience qu'ils me croient sans doute morte. Puis une autre pensée me saisit dans la foulée : peut-être ont-ils appris pour Gavin, peut-être que les kidnappeurs ont changé leur plan…) Est-ce qu'ils parlaient d'un enlèvement aux infos ?

— Non, uniquement de toi, me répond Ford après m'avoir jeté un regard dubitatif.

— Je… Si je me trouvais sur le pont à une heure aussi tardive, c'est que mon petit ami s'est fait kidnapper et que j'allais chercher de l'aide.

— Je suis désolé, dit Ford, la tête basse. Sincèrement. Pour tout.

— C'est un honneur de faire ta connaissance, Anthem, intervient Jax, en me serrant la main un peu trop énergiquement à mon goût. Ford était boxeur avant d'être forcé d'abandonner les rings, c'est peut-être ça qui a fait de lui le casse-cou écervelé qu'il est aujourd'hui. Il ne m'a pas avoué tout de suite qu'il était responsable de ta mort en premier lieu. Ça m'a foutue en pétard…

— Ma *mort* ?

En même temps je baisse les yeux sur ma fine blouse d'hôpital jusqu'à apercevoir une sorte de mille-pattes sombre qui serpente vers le centre de mon torse. Je fais mine de regarder sous la blouse, mais Ford me soulève le menton, me forçant à croiser son regard. J'y décèle un avertissement à peine voilé.

— Mieux vaut attendre un petit moment avant d'y jeter un coup d'œil.

— Pourquoi ? croassé-je, la voix tremblante.

À nouveau, je perçois le très léger vrombissement qui me picote la cage thoracique.

Jax m'empêche d'y penser plus avant en reprenant la parole.

— Le fleuve était glacial, ton cœur s'est arrêté. Ford a tenté le bouche-à-bouche, mais c'était déjà trop tard. Tu étais… cliniquement morte. Jusqu'à ce qu'on te ramène, bien sûr.

— Ramenée comment ? chuchoté-je en posant une main sur la table de métal pour me soutenir.

Les animaux en cage. Les scalpels. Les… mon Dieu. Les murs ! Les éclaboussures de sang partout sur les murs et le sol…

Je me mets à trembler si violemment que Ford m'empoigne par les épaules.

— Il vaudrait mieux que tu te rallonges un peu, non ? me suggère Jax, manifestement soucieuse.

Elle pose deux doigts sur son poignet, au-dessus du tatouage en forme de cœur.

— Tu es encore très faible. Je vais devoir te garder en observation au moins quelques jours.

— Je vais bien, mens-je, la gorge serrée, mon larynx obstrué par une gigantesque boule d'anxiété. Dites-moi, que m'avez-vous fait ?

Jax hoche la tête et prend une inspiration avant de se lancer :

— Alors, vois-tu, je touche un peu à toutes les sciences. Chimie, biologie, génétique, de bonnes bases en physique… (Elle étouffe un petit rire nerveux.) En fait, j'ai été le plus jeune docteur d'État jamais recrutée par le département de bio-ingénierie de l'université de Bedlam… jusqu'à ce que je me sois laissé déborder par quelques expériences et qu'ils me vident de mon labo.

— Une vraie Dr Maboul, en gros, la coupe Ford. Elle est recherchée par les fédéraux, ce qui explique qu'elle reste toujours terrée ici dans son labo. Je fais le coursier pour elle, je lui achète des provisions, du matériel scientifique, ce genre de trucs.

Jax esquisse un sourire pincé en se perchant sur un tabouret en métal, son visage désormais au niveau du mien.

— Oui, Ford, je ne sais pas ce que je pourrais bien faire sans toi. Mais assez parlé de moi, hein ?

Elle part à nouveau d'un petit rire nerveux qui s'éteint aussitôt, remplacé par une mine grave, et reprend à mon intention :

— Après qu'un cœur s'arrête de battre pendant plus de trois minutes, la personne est déclarée cliniquement morte. Ton cœur a cessé de battre pendant environ quarante minutes, mais du fait de ton immersion dans le fleuve, tu étais aussi en hypothermie, ce qui est une excellente chose pour un cadavre. Le fleuve t'a donc sauvé la vie autant que la chirurgie.

De la chirurgie. Je sens une remontée acide venir me titiller la gorge et la ravale instantanément.

— J'ai dû te brancher un temps sur un respirateur artificiel, poursuit Jax en désignant d'une main une colossale machine où une vitrine crasseuse laisse voir de gros soufflets et une série de tubes au-dessus de six cadrans rouillés. Mais ton cœur refusait de repartir tout seul, il a donc fallu que j'intervienne.

— Vous êtes intervenue, répété-je, abasourdie.

— Tu vois les petits gars là-bas ? dit Jax, un doigt pointé vers le coin de la pièce où reposent les cages de verre.

Les rats y sont toujours en train de faire frénétiquement tourner leur roue.

— On devrait peut-être aller y jeter un coup d'œil de plus près, si tu t'en sens la force.

Je hoche la tête et me laisse glisser avec mille précautions jusqu'au sol. Puis je suis Jax et Ford à petits pas en m'assurant de ne pas trop m'éloigner de la perfusion qui continue de nourrir mes veines de son fluide rosâtre. Côte à côte devant la cage des rats, nous les observons courir en silence. Ils se déplacent si vite dans leur cylindre que je n'arrive même pas à distinguer leurs pattes.

— Il y a à peu près un an de ça, j'ai utilisé une technologie recombinante pour cultiver des cellules souches de colibri et les ai programmées de telle sorte qu'elles croissent en un puissant cœur chimérique. Ces petits bolides sur pattes ont chacun le leur.

Je reste subjuguée par ces éclairs de fourrure, leurs petits membres fendant l'air aussi vite que les ailes d'un colibri.

— Chimérique ? Comme une chimère ? demandé-je, des images issues de la mythologie grecque me revenant en masse avant de s'arrêter sur la statue de griffon qui orne le hall de notre building, sa tête d'aigle, son corps de lion. Genre griffon ?

— Oui, répond Jax, comme un griffon… dans le sens où leur cœur est formé d'une combinaison d'éléments issus de plusieurs espèces.

— Et qu'est-ce que ça a à voir avec moi ?

Jax se tourne vers moi, un sourire triomphal aux lèvres.

— Eh bien, désormais, toi aussi tu en possèdes un.

Je regarde sa bouche s'animer et débiter un flot de paroles excitées, ses mèches argentées bondissant à mesure qu'elle parle, ses yeux qui luisent. Mais je n'entends plus que le vrombissement, davantage audible maintenant que j'en connais la terrifiante origine. Il fait tellement de bruit qu'il me résonne dans la tête. Je me sens faible tout à coup et la pièce prend des proportions inquiétantes, comme dans l'attraction foraine du palais des miroirs.

La sensation passe rapidement et je parviens à me reconnecter aux paroles de Jax.

— Comme celui d'un colibri, ton cœur chimérique tourne à dix battements par seconde. Il fonctionne si bien et si fort que tous les dégâts liés à l'hypothermie ont déjà été réparés. Ce qui est plutôt une bonne nouvelle, ça m'aurait chagrinée d'avoir à t'amputer des deux jambes…

Mes yeux se reportent sur la cage des rongeurs. Les rats ont l'air de littéralement voler dans leur roue, et je ne sais pas si c'est dû à leur vitesse surnaturelle ou à de simples vestiges de mon vertige passager. Je lève une main à ma poitrine, la posant avec délicatesse juste au-dessus de la ligne sinueuse que Ford m'a conseillé de ne pas examiner. De petites extrémités pointues saillent de sous ma blouse : des fils de points de suture.

Rien qu'à l'idée d'avoir été recousue, des mouches noires apparaissent à la périphérie de ma vision et je tremble sur mes jambes. Je titube jusqu'au rebord du lit et m'y appuie des deux mains. En moi, je sens ce papillonnement troublant, ne sachant que trop d'où il vient. Une monstruosité de cœur de colibri qui tourne dix fois plus vite que le précédent. Six cents pulsations par minute. Il fait circuler le sang dans mes veines plus vite que n'importe quel cœur humain le pourrait, ou le devrait. Il pompe dur et vite, jusqu'au jour où il se sera usé à la tâche.

— Mes vêtements, marmonné-je, croisant brièvement le regard de Ford à travers le voile nébuleux qui danse devant mes yeux. J'ai froid.

Il hoche la tête et bondit immédiatement vers la porte.

— Je t'ai pris des fringues, je vais te les chercher.

— Combien de temps me reste-t-il à vivre ? murmuré-je à Jax dès que Ford est sorti de la pièce.

— Si tu fais très attention à ne pas céder à la torpeur, tu vivras centenaire, voire plus longtemps peut-être.

— Si je ne cède pas à quoi ?

— Représente-toi ton cœur comme un moteur. Si une voiture reste trop longtemps au garage, le moteur finit par rendre l'âme. Ton cœur fonctionne de la même manière. Ton flux sanguin va ralentir si tu demeures trop longtemps sans activité, ou si tu ne l'alimentes pas suffisamment. Ce ralentissement du système est appelé torpeur, et ça pourrait te tuer si tu n'y prends pas garde.

— Et pendant que je dors alors ?

Jax hausse les épaules.

— Je vais te garder quelques jours en observation, pour voir comment ton cœur réagit à une période de huit heures de sommeil paradoxal. Nous en saurons plus à ce moment-là.

Mais je n'ai pas plusieurs jours ! ai-je envie de m'écrier. Je ne peux pas m'empêcher de penser à Gavin traîné par ses ravisseurs. Si cela fait trois jours que je suis ici, il me reste moins de quarante-huit heures pour obtenir l'argent qu'ils réclament.

Jax tapote du bout des doigts le support de la perfusion.

— Ceci est du glucose. Ça permet de réguler ton taux de sucre dans le sang, mais une fois déconnectée de la perfusion, tu vas te rendre compte que tu auras besoin de manger plus, et plus souvent.

— Je dois rentrer chez moi, dis-je, contenant à peine mes sanglots. Mes parents…

Gavin, ajouté-je dans ma tête. Tout va dépendre de ma capacité à leur apporter l'argent à l'heure dite demain soir. Je me sens tout à coup une profonde affinité avec les rats piégés dans leur cage.

Ford revient alors dans la pièce, tenant sur un bras un sweat-shirt et un bas de jogging soigneusement pliés, ainsi qu'une paire de chaussettes, et deux boîtes à chaussures sous l'autre. Tous les articles ont encore leur étiquette.

— J'ai dû deviner pour les tailles, dit-il, l'air gêné. J'espère que ça t'ira à peu près.

Je le regarde, puis me tourne vers Jax.

— Je pourrais avoir un peu d'intimité, s'il vous plaît ?

— Oh, bien sûr, s'exclament-ils en chœur.

Jax s'arrête sur le seuil de la porte et, les yeux humides, elle me déclare :

— Ta convalescence éclair tient vraiment du miracle, Anthem. Si ma technologie était légale, nous révolutionnerions le monde.

Elle cligne des paupières pour ravaler son émotion et reprend en se penchant à l'intérieur de la pièce :

— Tous les scientifiques de la Terre donneraient un bras pour pouvoir t'étudier dans leur laboratoire. Il vaut donc mieux que cette petite histoire reste entre nous pour le moment, OK ?

Jc suis parcourue d'un frisson en m'imaginant être un cobaye pour le restant de mes jours, attachée en permanence à de sinistres machines. J'adresse à Jax un faible signe de tête, puis elle ferme la porte derrière elle.

À nouveau seule, je serre les mâchoires et m'arrache la perfusion de la main. Ça pique et ça brûle à la fois, mais je parviens à me retenir de crier. La plaic saigne un peu, alors je ramasse un rouleau de gaze sur le plateau du chariot, je déchire le tissu avec les dents et confectionne un nœud de fortune. Cela fait, j'enfile le bas de jogging en roulottant plusieurs fois l'élastique à la taille pour qu'il ne traîne pas par terre. Je m'attelle ensuite à retirer la blouse avec mille précautions. Je remercie le ciel que Ford n'ait pas cherché à me choisir un soutien-gorge. C'est l'une des rares fois où c'est bien pratique de ne pas vraiment en avoir besoin. Je me retiens de regarder de trop près la cicatrice hérissée de gros fils noirs et passe l'ample sweat-shirt marron en prenant soin de ne pas frotter ma poitrine recousue.

Après avoir noué les lacets de la paire de baskets qui me va le mieux, je vais tourner tout en douceur le bouton de porte, découvrant une salle qui doit être la pièce principale du labo de Jax. Elle me tourne le dos à l'autre bout de la pièce, penchée sur un bec Bunsen, faisant chauffer ce qui ressemble à de l'eau dans une grande éprouvette tout en sifflotant un air que je ne reconnais pas.

Je manque m'étouffer en voyant ce que contient le reste de la salle : le long de chaque mur sont empilées des rangées et des rangées de cages, contenant qui des rats, qui des lapins, des souris, et même un petit singe noir malingre dont une touffe de poils blancs orne le frêle torse. C'est le cœur vrombissant que je traverse le laboratoire sur la pointe des pieds en direction de la sortie. La porte grince quand je l'ouvre, et j'aperçois du coin de l'œil Jax qui tourne la tête vers moi, mais le temps qu'elle réagisse, je suis déjà bien engagée dans une petite allée sombre. Elle n'osera pas me pourchasser trop loin, réalisé-je avec soulagement. Une fugitive comme elle ne peut pas se permettre d'être vue.

Et moi, je cours, cours, cours. Comme un rat de laboratoire qui s'est échappé de sa cage.

12.

Au début, je cours lentement, anxieuse à l'idée de me faire du mal après avoir subi une opération de cette envergure. Je fais une courte pause près d'un tas de pneus qui finit de se consumer, pour jauger mon état de forme. À ma grande surprise, au lieu de me trouver épuisée, je me sens énergisée. J'ai les muscles chauds et détendus. Je pose une main sur mon cœur vrombissant. Qu'a dit Jax sur mes pulsations cardiaques ? Dix battements à la seconde ? Le rythme est tellement élevé que je ne parviens pas à les distinguer individuellement, on dirait plutôt une sorte de vibration continue.

Je repars de plus belle et me mets à accélérer à chaque pâté de maisons parcouru, me poussant à aller toujours plus vite. Plus je cours, plus la sensation d'oppression dans ma cage thoracique s'allège. Ce n'est bientôt plus qu'une sorte de petite démangeaison interne. À mesure que mes pieds battent le bitume jonché de détritus de Bedlam-Sud, mon allure s'élève jusqu'à ce que mes semelles ne semblent plus qu'effleurer le sol. Le rythme de mes orteils sur le trottoir, l'air frais qui s'engouffre goulûment dans mes poumons, le simple fait d'être vivante après tout ce qui s'est passé me fait décider que malgré cette… *chose* qui est en moi, je suis toujours forte et en bonne santé.

Peut-être suis-je même plus qu'en bonne santé, me souffle une petite voix tandis que je dépasse deux ados dépenaillés sur leur skate-board. Ils s'arrêtent pour me regarder, bouche bée. Le fait de me concentrer sur cette pointe de vitesse nouvellement acquise m'aide à repousser au tréfonds de mon esprit toutes les atrocités qu'implique une opération dans un labo clandestin. Je ferme la porte sur ces horreurs et les enferme à double tour. Une transplantation ? Quelle transplantation ? En revanche, l'image de Gavin, quelque part dans les ténèbres d'une cellule, à la merci de ses ravisseurs, ça, je ne peux pas me l'enlever de la tête.

Après avoir longé une vingtaine de pâtés de maisons dans la lueur blafarde du jour naissant, je commence à moins songer à mettre de la distance entre moi et le labo de Jax, et davantage à me diriger vers la maison. Il doit me rester quarante-deux heures environ pour collecter l'argent de la rançon et le remettre aux kidnappeurs. Je sais qu'ils ne réfléchiront pas à deux fois avant de tuer Gavin si je ne me plie pas à leurs exigences.

Je tourne à droite, puis à gauche avant de prendre la suivante sur la droite. Lorsque les gratte-ciel de Bedlam-Nord font leur apparition dans le lointain, j'accélère encore mon allure. Mes bras fendent l'air et mes genoux montent de plus en plus jusqu'à ce que j'aperçoive du coin de l'œil une lumière clignotante bleue juste derrière moi.

Je ralentis instantanément et m'arrête, posant les mains sur mes genoux et faisant semblant d'être essoufflée pour le bénéfice de l'officier de police qui me dévisage. Tandis qu'il vient se garer à ma hauteur, un rire amer s'échappe de mes lèvres : c'est maintenant, alors que je n'ai plus besoin d'eux, que la police débarque.

Mon rire se tarit toutefois lorsque je surprends mon reflet dans la vitre teintée du véhicule. J'ai un carré de gaze collé sur le front, une tache de sang de la grosseur d'une pièce filtrant à travers. *La blessure causée par l'homme oiseau*, remarqué-je en frissonnant. Mes cheveux sont un véritable nœud de serpents, me tombant en pagaille sur les épaules. Je note cependant que j'ai de bonnes couleurs aux joues.

La vitre s'abaisse de moitié et l'officier de police me gratifie d'un sourire.

— Vous fuyez quelque chose ? Quelqu'un ?

— Je fais juste un petit footing, monsieur l'agent.

— Dans ce quartier ? À 5 h 45 ? Vous ne croyez pas que c'est un peu dangereux ?

— Eh bien..., commencé-je, pas bien sûre de savoir quoi raconter pour éviter de passer pour une démente.

Le policier a des rides d'expression au coin des yeux et de la bouche, et un regard bleu-gris qui respire l'intelligence.

— Vous avez raison, ce n'est sans doute pas une très bonne idée, avoué-je, ma main droite se portant instinctivement à mon pansement sur le front.

— Puis-je me permettre de vous reconduire chez vous ?

Je lève les yeux sur le ciel au-dessus du fleuve Midland, il rougeoie désormais avec des nuances orange qui se reflètent sur les tours de verre du centre-ville au loin. À cette vue, l'oppression physique dans ma poitrine se transforme en peine.

— D'accord, monsieur l'agent.

Je lui souris, ouvre la portière et m'installe à l'arrière. La vitre pare-balles qui nous sépare est munie d'une petite trappe, qu'il ouvre pour que nous puissions parler.

— Je suis le détective Marlowe.

Nos regards se croisent dans le rétroviseur central et il accompagne sa présentation d'un sourire poli, professionnel.

— C'est gentil de me ramener, merci, lui dis-je, tordant le cou pour apercevoir la tour Fleet par ma fenêtre.

— Vous êtes mademoiselle Fleet, je me trompe ? demande-t-il comme si c'était la chose la plus normale du monde. Il y a pas mal de gens qui vous cherchent ces derniers jours.

Je ne le quitte pas des yeux dans le rétroviseur et prends une inspiration avant de lui répondre, soucieuse de bien peser mes mots tout en conservant un ton aussi calme que le sien.

— Oui, c'est bien moi.

— Cela vous dérangerait de me raconter ce qui s'est passé ?

Ses yeux quittent la route un instant pour se poser sur les miens, toujours animés de la même curiosité bienveillante. Je fixe sa nuque pendant de longues secondes, m'attardant sur ses cheveux châtain clair coupés très près du crâne, impeccables sous sa casquette bleu marine de policier.

— J'aimerais beaucoup, monsieur l'agent, lui dis-je finalement, me composant ce que j'espère être un masque convaincant d'amnésique qui plane à moitié, avant d'oser croiser à nouveau son regard. Mais pour tout vous avouer, je ne me souviens plus de rien.

Une demi-heure plus tard, me voilà seule, assise à la table de la cuisine, l'estomac chamboulé. Je suis déjà tombée dans les bras de mes parents, les serrant fort sous les yeux du détective Marlowe. En partant, non sans avoir reçu une effusion de remerciements, il leur a fait promettre de m'amener au poste pour un interrogatoire dès que je me serais reposée. « Dès qu'elle aura retrouvé la mémoire », a-t-il ajouté en ponctuant sa phrase d'un clin d'œil, comme s'il n'était pas dupe de ma soi-disant amnésie.

Tandis que mes parents reviennent après l'avoir raccompagné, je tire sur la manche de mon sweat-shirt pour cacher ma main bandée, puis la glisse sous la table. Lorsqu'ils s'asseyent chacun d'un côté de moi, un silence à couper au couteau s'abat sur la pièce.

— On a cru que tu étais morte, finit par lâcher ma mère, bourrée de calmants si j'en crois la manière dont elle étire les mots.

Une larme unique s'écoule de chacun de ses yeux, roulant sur ses joues livides.

— C'est notre pire cauchemar qui est devenu réalité pendant plusieurs jours, Anthem. Nous avons déjà perdu…

Elle éclate en sanglots sans pouvoir terminer sa phrase, de petits gémissements de douleur venant traverser la brume médicamenteuse dans laquelle elle évolue. Mon père va s'asseoir à côté d'elle et la prend dans ses bras tandis qu'elle enfouit son visage contre sa poitrine, secouée par des spasmes silencieux.

— Je sais, vous avez déjà perdu une fille, conclus-je à sa place, soudain envahie par une colère irrationnelle.

Normalement, quand ma mère évoque Régina, je ressens immanquablement de la culpabilité. Mais là, je suis remplie d'indignation. Même maintenant, après tout ce que j'ai vécu, il faut que je lutte avec ma sœur morte pour avoir l'attention de mes parents. C'est une compétition que je ne pourrai jamais gagner.

— Je suis désolée, reprends-je sur un ton légèrement moins acerbe.

Désolée de vous avoir déçus. Désolée de ne pas avoir été aussi parfaite que je vous l'avais laissé croire. Je détourne le regard, ne voulant plus contempler les traits de ma mère devenus inexpressifs à force de tranquillisants. L'horloge du four indique 6 h 21. Le temps s'écoule inexorablement, la date butoir fixée par les ravisseurs de Gavin se rapproche à chaque seconde. Demain soir à minuit, je dois leur remettre la somme. Je jette un regard à mon père, il semble tenir le choc. Il a les yeux rouges, mais secs. Quand il prend la parole, c'est d'un ton ferme :

— Qu'est-ce qui s'est réellement passé ? Je ne crois pas un mot de cette ridicule histoire d'amnésie !

Je déglutis, tâchant de gagner du temps et de m'éclaircir les idées. Si j'ouvre les vannes en grand, je risque de trop en raconter : non seulement le kidnapping, mais aussi l'attaque dans la rue, la chute dans le fleuve... ma mort et ma résurrection avec un nouveau cœur. La meilleure tactique, décidé-je, reste d'en dire le moins possible et de me focaliser sur l'argent.

Ma mère finit par se redresser sur sa chaise, sa queue de cheval perchée de guingois au sommet de son crâne. Elle a l'air si fragile, si… usée ; son état est pire que ce que j'ai pu voir depuis des années. Trop fragile pour pouvoir se rendre compte que son unique fille vivante n'est autre désormais que le fruit d'une expérience médicale. Je respire à fond et me lance dans une explication en choisissant soigneusement les informations que je peux révéler.

— En gros, ça a commencé le soir du bal des Orphelins. Will et moi…

— Nous avons parlé avec les Hansen et les Turk, m'interrompt-elle. Nous sommes au courant que Will a rompu avec toi. Et nous savons par Zahra que tu fricotais avec un garçon de la Rive gauche.

Je me raidis d'un coup, stupéfaite de découvrir qu'ils connaissent déjà l'existence de Gavin.

— C'est *moi* qui ai rompu avec Will, corrigé-je, non pas que cela ait la moindre importance maintenant.

L'empreinte sanglante du kidnappeur sur le plancher de Gavin me traverse alors l'esprit, et je ne peux réprimer un frisson.

— Nous n'arrivons pas à comprendre pourquoi, Anthem, commence ma mère. Will était pourtant le garçon idéal pour toi…

— S'il te plaît, chérie, la coupe abruptement mon père. Nous devons savoir ce qui s'est passé, et je n'ai pas l'impression que Will ait quoi que ce soit à voir avec cette affaire !

— Tout est ma faute, dis-je en guise de préambule, sans relever le commentaire de ma mère à propos de Will. Je ne me pardonnerai jamais de vous avoir fait vivre cette épreuve.

Je leur raconte ensuite comment j'ai rencontré Gavin, comment je faisais le mur pour aller le voir en cachette, jusqu'à l'arrivée chez lui des ravisseurs affublés de masques affreux et à leur demande de rançon. En revanche, je laisse de côté tout ce qui s'est passé après leur départ, me contentant de dire qu'ils m'ont porté un violent coup à la tête et qu'un voisin m'a retrouvée inconsciente le lendemain, qu'il a pansé ma plaie et m'a aidée à me remettre du choc.

Mes parents me dévisagent avec de grands yeux ronds, pétrifiés de surprise. Ils échangent ensuite un regard plein d'une fureur à peine contenue puis se tournent vers moi. Ma mère lance les hostilités.

— Je ne sais pas par quel bout commencer, débute-t-elle, les yeux à nouveau embués de larmes. Tu rentres habillée de vêtements qui ne sont pas à toi après avoir été traîner je ne sais où. J'ai l'impression de ne même plus savoir qui tu es.

— Je suis désolée, dis-je à voix basse. Tout s'est passé si vite avec Gavin. Je n'ai pas voulu vous en parler, sachant d'avance que vous désapprouveriez…

— Comment as-tu pu être si stupide ! tonne mon père.

Je ne l'ai jamais vu dans une telle colère.

— Je ne vois pas ce que tu veux dire, bafouillé-je, piquée par ses mots.

D'habitude, c'est mon père le parent fiable, celui sur lequel je peux compter pour m'écouter attentivement et garder son calme quoi qu'il arrive.

— Ils savaient qui tu étais, écume-t-il, ses mains manucurées repliées en poings. Ils savaient, ils *savent* que tu es issue d'une famille aisée… Ils t'ont *pistée* !

Je hoche la tête, terrifiée à l'idée de prononcer la moindre parole tant que cette petite veine pulse sur le front de mon père. Je suis parcourue d'un frisson quand les mots de Miss Cafard me reviennent à l'esprit : « Compte en banque sur pattes »…

— Tu as raison. C'est à cause de moi s'il se retrouve dans ce pétrin, articulé-je d'une voix étouffée par l'angoisse. Si je ne leur apporte pas l'argent demain soir, ils le tueront. Et ça sera complètement ma faute.

Mon père se lève d'un bond, envoyant valdinguer sa chaise sur le sol chauffant. Sa chevelure, d'habitude aussi impeccable qu'un jardin japonais, est en pétard et il a les narines dilatées par la rage.

— C'est ton *statut social* qui lui a valu ce traitement. On a travaillé comme des chiens depuis que tu es née pour te protéger, Anthem, et toi, tu balances tout, d'un coup d'un seul, pour un garçon que tu connais à peine. Tu as de la chance d'être encore en vie.

Il sort de la pièce en quelques enjambées furieuses, et quelques instants plus tard j'entends le cliquetis caractéristique du décanteur de cristal. J'ai rarement vu mon père boire autre chose que du vin, et jamais le matin qui plus est. Je regarde ma mère à travers une nouvelle coulée de larmes. Elle pose sa main sur la mienne et me la serre doucement. Son contact est chaud, à défaut d'être vraiment réconfortant.

— Ton père a raison, me dit-elle.

Son visage cireux sied parfaitement au deuil, non pas pour ce qui s'est déjà passé, mais plutôt pour les malheurs à venir. Pour toutes ces erreurs que je suis sûre de commettre, toutes ces manières que je trouverai de la décevoir.

— Promets-moi de ne jamais refaire quelque chose d'aussi stupide. Je n'ai aucune envie de t'enfermer dans ta chambre, mais je ne pense pas être capable de supporter…

— Promis juré, la coupé-je, plus jamais.

Et sur le coup, cette promesse me vient droit du cœur. Sauf que ce cœur doit être dans un bocal, quelque part sur une des étagères du labo de Jax.

Ma mère sait parfois utiliser sa tristesse comme une arme. Elle s'en sert pour contrôler notre famille, et ce depuis aussi loin que remontent mes souvenirs. Ça me rappelle la fois, il y a quatre ans, où je l'ai retrouvée inconsciente dans ses draps de soie, un flacon de Mémo-Zap renversé sur le lit. Elle a passé un mois complet à l'hôpital psychiatrique de Weepee Valley après cet épisode.

Mon père revient dans la pièce, un généreux verre de whisky à la main. Les vapeurs d'alcool m'évoquent l'odeur de désinfectant qui régnait dans le laboratoire de Jax.

— S'il te plaît, chuchoté-je en le suppliant des yeux. Je suis désolée, j'ai vraiment déconné et je vous ai laissé tomber. Je sais que je ne mérite ni votre pitié ni votre aide, mais il faut que vous leur donniez l'argent.

Ma mère s'affaisse sur son siège telle une marguerite fanée, puis secoue la tête.

— Non, il faut que nous contactions la police.

— Maman ! Tu ne sais pas de quoi ces gens sont capables ! m'indigné-je, faisant vrombir mon cœur tellement fort que j'ai peur que mes parents l'entendent. S'ils voient la police se pointer, ils exécuteront Gavin illico.

— Mais chérie…, proteste ma mère.

— *Non.* (La violence à peine contenue dans ma voix me surprend moi-même.) Ce serait comme si c'était toi qui appuyais sur la gâchette.

Mes paroles ont l'effet d'une claque sur ma mère. Elle pâlit encore d'un ton, si la chose est possible, et se tourne vers mon père qui hoche la tête, avant de me regarder à nouveau.

— D'accord, ma puce, si c'est ce que tu veux. La police peut continuer à croire que tu ne te souviens de rien. (Il avale d'un trait la moitié de son verre avant de s'asseoir lourdement sur un des tabourets de bar.) Anthem, il faut que tu comprennes quelque chose. Même si nous leur donnons l'argent qu'ils réclament, qu'est-ce qui les empêchera d'en demander davantage ? Ils savent qui tu es, ils savent qui est ton père. Si nous lâchons maintenant, ça n'arrêtera jamais.

Ça n'arrêtera jamais… À ces mots, je perds la dernière parcelle de self-control à laquelle je me raccrochais et fonds en larmes, la tête entre les bras, affalée sur la table comme une serviette usagée.

Je sens la lourde main de mon père se poser sur mon dos, puis elle remonte pour caresser mes cheveux en bataille.

— Chuuut, ne pleure pas, ça va aller, me chuchote-t-il de la voix sans timbre de celui qui a répété la même phrase en boucle à sa femme depuis dix-sept ans.

— S'il vous plaît, ils vont le tuer, vous comprenez pas ça ? protesté-je à nouveau à travers mes larmes en me forçant à regarder son inhabituelle barbe de trois jours et ses yeux fatigués.

Il fait non de la tête et mon regard se porte sur sa pomme d'Adam qui monte et descend tandis qu'il déglutit difficilement.

— Je sais que vu d'ici, cela semble terrifiant, mais il y a de grandes chances pour qu'ils bluffent et qu'ils le relâchent dès qu'ils se seront aperçus qu'ils n'ont rien à tirer de cette affaire. (La conviction qui anime ses traits est inflexible, un mur de brique contre lequel mes derniers espoirs viennent se fracasser.) Nous ne négocierons pas avec ces terroristes, Anthem.

— S'il te plaît, répété-je alors en boucle, le corps désormais agité d'un frisson irrépressible, un noir bouillon de rage et d'hystérie manquant déborder de ma poitrine.

— Un jour, tu comprendras, tranche mon père d'un ton bourru en évitant mon regard.

Je sais maintenant que rien de ce que je pourrai lui dire ne le fera changer d'avis.

— Anthem, me dit ma mère en me caressant les cheveux avec douceur. Il faut que tu voies que tout ce que nous faisons, c'est pour te protéger.

Je parviens momentanément à ralentir mes sanglots pour lui rendre son regard, la lèvre tremblante de défi, tandis qu'en moi les derniers filaments d'espoir se rompent, laissant dans leur sillage un atroce arrière-goût de révulsion à son égard.

— Je comprends, mens-je.

Je détourne les yeux pour contempler la vue de Bedlam au petit matin. Le brouillard s'est levé, enveloppant la ville d'un douillet manteau de blanc trompeusement serein. Je me perds dans ce voile de brume, me demandant où ils le retiennent prisonnier, tandis que mon cœur monstrueux vrombit aveuglément dans ma poitrine.

13.

Pendant une bonne demi-heure, je parviens à ne pas céder aux exhortations multiples de ma mère : laisser venir un médecin pour qu'il me fasse subir une batterie de tests, commencer à mémoriser la version qui sera servie aux médias, manger quelque chose. Je finis par accepter cette dernière proposition et dévore une grosse omelette avant de me resservir trois fois de pain perdu sans même prendre le temps de goûter ce que j'avale. Je convaincs ensuite ma mère que j'ai avant tout besoin de dormir et file dans ma chambre non sans avoir au préalable glissé un paquet de cookies et deux barres chocolatées dans l'élastique de mon pantalon. Je baisse les stores pour bloquer l'éclat du jour naissant et m'effondre sur mon lit. Un torrent de larmes brûlantes s'écoule instantanément et je presse le visage dans mon oreiller pour étouffer les gémissements gutturaux qui m'échappent.

Lorsque la taie est complètement trempée, j'attrape mon casque sur ma table de nuit et me mets la musique de *Giselle* à fond. Je m'enroule ensuite dans ma couette comme dans une camisole de force et me remets à sangloter, silencieusement cette fois, le corps secoué de spasmes incontrôlables. Je pleure si fort que je suis au-delà du langage, au-delà de toute pensée même. Tout ce que je vois quand je ferme les yeux, c'est la même scène qui repasse en boucle indéfiniment : le canon d'un pistolet contre la tempe de Gavin, un doigt qui presse la détente, son corps sans vie qui s'écroule au ralenti.

Après deux écoutes intégrales de *Giselle*, j'ai l'impression que ma gorge et mes yeux ne sont que de la chair à vif. Et tandis que mes larmes se tarissent, une seule pensée cohérente occupe mon esprit : *Je ne peux pas le laisser mourir.*

J'arrache les écouteurs de mes oreilles, redécouvrant le silence qui règne dans ma chambre. Je regarde mon réveil : 9 h 23. Me forçant à me lever, je retire un à un les vêtements que m'a donnés Ford et les remplace par un débardeur gris et un jean froissé que je trouve sur la barre de danse fixée au mur.

Debout pieds nus à côté de cette barre où j'ai passé des centaines d'heures à enchaîner les pliés, les pirouettes et les chassés, j'ai l'œil attiré par un scintillement sur le dessus de ma penderie. Ce sont les deux barrettes à cheveux ornées de cristaux en toc qui faisaient partie de mon costume de flocon de neige lors de la mise en scène du *Casse-Noisette* l'an dernier. Je me mets sur la pointe des pieds pour les atteindre, un plan se formant déjà dans mon esprit.

Lentement et tout en douceur, j'ouvre la porte de ma chambre et tends l'oreille. Lily est en cuisine, fredonnant une vieille ballade rock. J'entends aussi le bruit d'œufs qu'elle casse contre le rebord du plan de travail, celui que font les jaunes en tombant dans le saladier. Du bureau de mon père, situé sous la cuisine à l'étage inférieur, bien trop loin pour que je puisse percevoir quoi que ce soit, me parvient pourtant distinctement un pianotement sur le clavier d'un ordinateur. Je me concentre uniquement sur ce son et les frappes deviennent de plus en plus claires, comme si le clavier était directement relié à mes oreilles. Je pose mon front contre le chambranle de la porte et clos les paupières, écoutant toujours et tâchant de comprendre comment cela est possible. Je ne devrais pas être capable d'entendre tout ça. C'est comme si mon ouïe était en suralimentation.

Qu'est-ce que Jax a fait de moi ? Je porte les mains à mes oreilles et tous les sons disparaissent. Je les retire et les bruits reviennent. Incrédule, je secoue la tête. En tout cas, tant que j'entends mes parents, ça veut dire que je sais où ils se trouvent.

Le cœur montant en régime, j'arrive devant leur chambre et entrouvre la porte pour découvrir ma mère allongée en travers de l'immense lit, un filet de bave aux lèvres qui a déjà formé une tache humide sur le couvre-lit de brocart. Elle respire bruyamment, sa poitrine montant et descendant à un rythme régulier. La scène m'évoque le slogan de la pub pour le Rêvox : « Rêvez-le, faites-le, grâce à Rêvox. Un seul comprimé pour huit heures de rêves. » Elle a insisté pour que j'en prenne plusieurs comprimés après mon copieux petit déjeuner. Ils sont toujours sur ma table de nuit, au pied de ma lampe de chevet en forme de ballerine.

Je traverse l'imposante pièce en un éclair, le sang pulsant à mes tempes. Ma mère est assommée pour un bon bout de temps, mais mon père pourrait faire irruption n'importe quand. Je m'arrête au niveau de la coiffeuse et passe ma main sous le miroir pour trouver le petit bouton. La glace biseautée s'escamote dans le mur pour laisser apparaître le clavier. La panique menace de m'envahir lorsque je réalise que je ne connais pas le code. *Réfléchis, Anthem, réfléchis !* Mes doigts restent suspendus au-dessus des touches lumineuses. Si je me trompe de code, ça va déclencher une alarme qui réveillera ma mère à coup sûr. J'ai passé suffisamment de temps dans cette pièce avec elle pour savoir qu'il comporte six chiffres. Notre code postal ? La date de leur mariage ? Non, me dis-je soudain, c'est tout simple en fait. Il n'y a qu'une seule combinaison qui puisse faire sens pour Hélène Fleet !

C'est les doigts tremblants que je rentre la date du décès de Régina, reconnaissante pour la première fois de tous ces 26 décembre passés sur sa tombe. Un bip discret résonne, suivi du léger chuintement des verrous qui se désengagent. J'ai réussi. Au même instant, j'entends une porte qui s'ouvre plus loin dans le couloir.

Un choix d'une dizaine de tiroirs s'offre à moi, mais je n'ai pas le temps de tous les examiner. Je repense au bal des Orphelins et au collier qu'avait mis ma mère, ce cadeau de Saint-Valentin à cinquante mille dollars. Je ne sais pas du tout si ses autres bijoux valent plus, ou moins. Il faudra bien que le collier de rubis fasse l'affaire.

J'ouvre le tiroir du bas, retire le collier de son écrin de velours et le fourre dans ma poche arrière. Je referme le tiroir et réactive l'alarme d'une pression sur le bouton.

Je jette un coup d'œil à ma mère qui s'est retournée dans son sommeil puis regagne ma chambre en courant sur la pointe des pieds.

Quelques secondes plus tard, j'y suis, consciente que mon père discute avec Lily dans la cuisine. Les mains tremblotantes, je sors mon butin de ma poche et porte le plus gros rubis à mes lèvres, embrassant la pierre froide comme le font les nonnes du lycée avec les billes de leur rosaire.

Après avoir dissimulé le collier dans une boîte sous mon lit, je considère les comprimés en forme de nuages bleus que m'a donnés ma mère.

— Rêvez-le, faites-le, chuchoté-je en les plaçant tous deux sur le bout de ma langue.

Je vais dans ma salle de bains prendre un peu d'eau afin de les faire passer. Si je veux essayer de troquer le collier contre la vie de Gavin demain soir, il va me falloir du repos.

Avant que la molécule n'envahisse mon flux sanguin, j'en profite pour aller chercher mon portable au fond de mon sac et envoie un texto rapide à Zahra – *Je vais bien tkt. Jtapl demain. Trop fatiguée. Biz* –, puis j'éteins le téléphone, n'ayant pas la force d'affronter le nombre incalculable de messages que j'ai reçus.

Je passe les dix-huit heures qui suivent dans le néant cotonneux que procure le Rêvox, quelques brèves périodes d'une veille désagréable venant entrecouper mon sommeil. À un moment, je rêve que le fleuve Midland est rempli d'acide corrosif et que lorsque j'y tombe, ma peau se décolle par lambeaux entiers. Dans d'autres fragments cauchemardesques, les ravisseurs de Gavin l'aspergent d'essence avant de gratter une allumette et de la lui jeter dessus, et je me réveille en larmes.

Dans le dernier dont je me souvienne, je me trouve derrière une paroi de verre, dans un hôpital flambant neuf, observant impuissante Jax greffer une tête d'autruche sur le corps de Gavin. C'est alors que son bec s'ouvre et laisse échapper un hurlement de douleur strident.

14.

Je me réveille en me grattant la poitrine à travers mon T-shirt trempé de sueur. Il est 4 h 06, on est vendredi matin. Pendant quelques instants bénis de désorientation, je suis trop groggy pour me rappeler quoi que ce soit. Mais lorsque mes doigts s'attardent distraitement le long de ma cicatrice au thorax, tout me revient en cascade. C'est presque l'heure pile où Gavin s'est fait kidnapper il y a trois jours. Mon cerveau commence aussitôt à échafauder des scénarios – tous aussi hypothétiques les uns que les autres – sur le déroulement du rendez-vous de ce soir, et je suis vite beaucoup trop anxieuse pour pouvoir espérer me rendormir.

J'allume ma lampe de chevet et décide d'attendre le lever du soleil, m'efforçant de bannir de ma tête toutes les images des tortures que je les imagine infliger à Gavin – voire pire. Pour mon propre bien, selon mes parents, il vaut mieux que j'évite de surfer sur Internet ou de regarder la télé puisque je fais toutes les unes.

Ils ont déjà créé une histoire de toutes pièces après que l'avocat des industries Fleet – et consultante senior en relations publiques –, Lyndie Nye, les eut tannés pour qu'ils parlent aux médias. « Tu étais partie rendre visite à ta cousine à Exurbia, et tu t'es perdue au cours d'une balade solitaire dans les bois. Tu n'avais plus de batterie dans ton téléphone, tu as trouvé un cabanon de garde-forestier et tu t'y es réfugiée jusqu'à ce que les cousins te retrouvent », m'a briefée mon père hier soir à travers la porte de ma chambre.

Je me suis levée et lui ai fait comprendre d'une grimace que cette version me faisait vraiment passer pour une neuneu. Il s'est contenté de hausser les épaules, les paumes tournées vers le ciel. « De toute façon, c'est ce qui circule déjà ! T'as pas le choix, va falloir apprendre à vivre avec. »

Tandis que le ciel vire lentement du noir au bleu pervenche, je ramasse par terre l'édition de *Gatsby* que Gavin m'a prêtée lors de notre cinquième rendez-vous et le feuillette en quête de passages qu'il a annotés pour y trouver un peu de réconfort. Mes yeux s'arrêtent sur une phrase qu'il a soulignée au bic noir :

... et Gatsby avait une conscience aiguë de la jeunesse et du mystère que la fortune renferme et préserve, des nombreux vêtements tout neufs, et de Daisy, luisante comme l'argent, tranquille et fière au-dessus des luttes acharnées de la plèbe.

Je la relis, me demandant si Gavin pense la même chose de moi que Gatsby de Daisy. J'espère que non. Si jamais j'ai été un jour luisante, tranquille et fière, ce n'est plus le cas à présent, loin s'en faut. Plus que tout au monde, j'aimerais pouvoir lui dire que l'argent ne représente rien à mes yeux, que notre amour n'est pas condamné comme celui de Gatsby et Daisy, parce que nous pouvons toujours partir ailleurs et tout reconstruire de zéro. Mais à l'heure qu'il est, cela ressemble à un rêve fort peu probable…

Tout dépend de ce qui se passera ce soir.

Le temps que mon réveil affiche 7 h 00, j'ai décidé que le seul moyen pour moi de ne pas péter les plombs est d'aller en cours aujourd'hui. Au moins, les couloirs bondés de Cathédrale m'aideront à refouler les images qui tourbillonnent dans mon esprit tels les morceaux de glace sales qui flottent à la surface du Midland. Et tout vaut mieux que la fureur froide de mon père. Je suis en train de boutonner mon chemisier réglementaire, blanc avec un écusson aux initiales de l'école, EJC, cousu sur la poche, lorsque ma mère toque délicatement à la porte.

— Une minute, dis-je.

Mais elle ouvre quand même. Je me retourne vite vers la fenêtre pour attacher les quelques boutons qu'il me reste, les mains tremblantes.

— Bonjour, maman, la salué-je une fois ma tâche accomplie, un sourire forcé plâtré aux lèvres.

— Tu veux déjà retourner à l'école ? Je pensais que ce matin nous pourrions aller chez le Dr Sprogue…

— Je t'ai dit que j'irais chez le médecin dans quelques jours, la coupé-je en remontant les chaussettes rouge brique qui complètent l'uniforme. Sincèrement ça va, les médicaments m'ont permis de me calmer et ça me changera les idées d'aller en cours.

Elle hoche lentement la tête, les lèvres pincées en un bouton de rose résigné. Elle cède plus facilement que je ne l'aurais parié.

— J'imagine que la visite médicale peut bien attendre un peu. Laisse-moi voir ta coupure au front, dit-elle en soulevant ma mèche.

Ce matin au lever du soleil, lorsque j'ai enlevé le pansement, je me suis aperçue que ma blessure était totalement guérie. À peine reste-t-il une fine cicatrice blanche à la base de mes cheveux.

— Y a presque plus de trace, lui dis-je en haussant les épaules, espérant qu'elle laissera rapidement tomber le sujet. C'était rien qu'une égratignure.

— Dieu soit loué que ça n'ait pas été plus grave. Est-ce que tu t'es maquillée différemment ce matin ? me demande-t-elle soudain, de l'étonnement luisant dans ses yeux gris.

Je secoue la tête. De quel maquillage me parle-t-elle ? Mis à part pour examiner ma coupure au front, je n'ai pas eu le courage de me regarder dans le miroir ce matin.

— Ton visage est complètement… différent, d'une certaine manière, sourit-elle. Tu es très belle.

Je hausse les épaules puis me penche sur mon sac à dos, faisant semblant d'y chercher quelque chose pour qu'elle ne commence pas à me scruter de trop près.

— Peu importe, lâche-t-elle en m'attirant dans ses bras pour un câlin, je suis si contente que tu sois de retour.

J'inhale pendant quelques secondes son parfum citronné, lui laissant croire encore un peu que j'ai six ans et que je suis sa petite poupée. Son étreinte se desserre lorsqu'un gargouillement tonitruant s'échappe de mon estomac.

— Est-ce que Lily est arrivée ? Je meurs d'envie de manger de ses pancakes !

Tandis que ma mère va vérifier d'un pas traînant si elle est aux fourneaux, j'en profite pour aller me regarder dans la glace. Elle n'exagérait pas : mes yeux sont d'un vert encore plus profond et intense que d'habitude, j'ai les lèvres roses et ma peau habituellement pâlichonne respire la fraîcheur. Mais ce sont mes cheveux qui ont connu la plus grande métamorphose : au lieu de ma tignasse carotte, me voilà avec une crinière d'un blond vénitien éclatant et tout en volume. Le vrombissement de mon cœur me rappelle à qui je dois ces changements, et je me demande s'il y a vraiment lieu de m'en réjouir...

Trente minutes plus tard, je suis à l'arrière de la Seraph conduite par Serge, direction le lycée. Adossée contre l'appuie-tête en cuir blanc, je laisse mon regard vagabonder à travers le toit teinté, les gratte-ciel de verre et de métal de Bedlam-Nord défilant sous mes yeux.

Je glisse la main dans la poche de ma jupe écossaise plissée et fais voyager mes doigts sur le collier serti de rubis, palpant les pierres l'une après l'autre.

— Alors, dis-je en m'éclaircissant la voix, sacrée semaine, hein ?

— On peut le dire, en effet. Je suis enchanté de te voir dans une forme si... remarquable, me répond Serge d'un ton égal en s'engageant dans Thorn Street.

— Mes parents t'ont briefé ?

J'ai beau avoir ma fausse histoire pour la presse, je déduis du silence qui pèse sur l'habitacle qu'il est au courant pour Gavin.

— J'ai cru comprendre qu'ils refusaient de négocier, dit-il après un hochement de tête.

— Oui, réussis-je à confirmer.

— La fortune a souvent le chic pour nous surprendre, mademoiselle Fleet, énonce-t-il comme s'il parlait de la pluie et du temps, son regard vrillant le mien par l'intermédiaire du rétroviseur central.

Je sens une question dans son regard, mais il ne la formule pas.

Il finit par se garer le long du trottoir, en face de Cathédrale ; je rassemble mes affaires, remonte mon col, et sors de la voiture. Tandis que je gravis le noble escalier de pierre qui mène à l'entrée, je sens les poils de ma nuque se hérisser : Serge en sait plus qu'il ne veut le laisser paraître.

J'arrive à l'école huit minutes après la sonnerie du matin. Je garde un profil bas dans les couloirs et rejoins d'un pas vif la salle où M. Brick, ancien soldat reconverti en prof d'éco, anime l'heure de vie de classe. Je suis accueillie par l'odeur réconfortante de camphre issue de la pommade dont il se tartine le genou à chaque intercours.

Quand je me glisse sur mon siège au premier rang, un brouhaha ne tarde pas à enfler et j'entends bientôt mon nom qui revient sans arrêt. Le rouge me monte aux joues sur-le-champ.

J'adresse un regard désespéré à M. Brick.

— Baissez d'un ton immédiatement ! aboie-t-il.

Il obtient un silence religieux, mais ne peut rien contre tous ces regards braqués sur moi. Je baisse les yeux sur ma table, le poing serré dans ma poche autour du collier de rubis

— Nous pensions que vous étiez morte, mademoiselle Fleet, chuchote bruyamment M. Brick en roulant des yeux pour plus d'effet. J'en étais même à la rédaction d'un *discours* !

Je comprends que par ce mot, il entend « éloge funèbre », et un frisson me parcourt. Je pense alors à Zahra et la culpabilité m'assaille : elle a dû être terrifiée, et maintenant elle doit se faire un sang d'encre de ne pas réussir à me joindre. Mon portable est toujours quelque part au fond de mon sac, je ne l'ai pas rallumé depuis le texto que je lui ai envoyé hier au soir.

— Je vais bien, couiné-je, consciente que mon cœur biomécanique vrombit de plus belle sous le coup de l'émotion.

Il fait un tel boucan que je suis sûre que Ginger McGeorge à côté de moi l'entend tandis que je récite la version de Lyndie Nye mot pour mot. Je jette un coup d'œil à Ginger et décèle de la curiosité et une certaine compassion dans son regard, rien de plus. J'essaye de me focaliser sur ses mèches brunes encore humides de la douche en finissant de débiter l'histoire officielle.

— Enfin, conclus-je en espérant jouer la fille traumatisée de manière convaincante, c'était vraiment stupide de ma part, et j'ai eu de la chance de m'en tirer sans aucun problème. J'ai juste pas trop envie de m'étaler sur le sujet, si ça ne dérange personne.

— Mais bien sûr, mademoiselle Fleet. Nous respectons totalement votre vie privée, et votre courage face à l'adversité. Et je me permets de parler au nom de toute l'école en affirmant que nous sommes aux anges de vous voir de retour parmi nous en si bonne forme.

La parenthèse est close et je m'affale sur ma table pendant que M. Brick procède à l'appel. À mon tour, je chuchote un faible « Présente », sentant toujours autant de paires d'yeux sur moi.

Quelques minutes suffisent pour que je ne le supporte plus, alors j'attrape au vol sur le bureau du prof un bon de sortie pour aller aux toilettes, et déguerpis de la classe sans accorder un regard à mes camarades.

La salle où Zahra a cours est quatre portes plus loin, et je m'arrête devant, espérant pouvoir capter son attention à travers la minuscule fenêtre. Mais, conforme à ses habitudes, Zahra a pris son temps pour venir et sa place est encore vide.

Je serre les poings de frustration et repars en courant, voyant le long couloir traversé de courants d'air et bordé de casiers des deux côtés défiler à grande vitesse. Pas un seul traînard, je peux accélérer à l'envi, et tant mieux, parce qu'il semblerait que je ne sache plus courir autrement que *vite*. Mes jambes gagnent en souplesse à chaque foulée et j'arrive propulsée à une telle allure que lorsque je prends le tournant, je percute quelqu'un et tombe à la renverse.

— Aïe, gémis-je en me massant le coccyx avant de palper ma poche pour m'assurer que les rubis s'y trouvent toujours.

— Tu es revenue.

Will. Je me dépêche de ramasser les livres qui sont tombés de mon sac et me relève.

— On dirait bien, réponds-je précautionneusement en examinant ses cheveux blonds bouclés, l'ourlet parfait de son pantalon, tout sauf ses yeux.

— Tu t'es bien amusée avec ton petit ami ? me demande-t-il, la lèvre supérieure recourbée en un sourire méprisant.

— Je préfère ne pas avoir cette conversation, OK ?

Pas aujourd'hui, pas lorsque Gavin croupit ligoté et à moitié mort dans une cellule sombre. Pas en cette journée qui pourrait bien être ma dernière à Cathédrale. Je ne suis pas aveugle au point d'ignorer que je risque d'y laisser ma peau ce soir.

— As-tu la moindre idée de ce que les gens racontent à ton sujet ? (Will se rapproche d'un pas, si bien que je sens la chaleur de son souffle dans mes cheveux.) J'ai entendu dire que tu avais fugué avec ton dealer et que tu étais accro aux affaleurs…

— Je me fous de ce qu'ils peuvent bien raconter, chuchoté-je. C'est toi qui as toujours prêté attention à ce genre de ragots.

— J'aimerais quand même bien savoir où tu étais *vraiment* passée, poursuit-il sans relever mon commentaire. Je suis persuadé que tu n'étais pas perdue dans les bois. (Sous son ton contrôlé affleure indéniablement une note de cruauté.) T'as été faire ta pute dans les bas-fonds avec ton cassoce de petit ami, hein ?

Tout vire au blanc autour de moi, jusqu'à ce que je ne distingue plus que la bouche de Will et son petit sourire satisfait. En périphérie, je vois ses yeux bleu ciel qui parviennent presque à dissimuler combien il est pourri à l'intérieur. Presque, mais pas totalement. Et puis mon pied fend les airs en un arc-de-cercle parfait, le bout de ma chaussure de ville venant s'écraser contre la lèvre inférieure et le menton de Will, projetant violemment sa tête en arrière. Il titube sur deux pas avant de se redresser et de me dévisager. La mâchoire pendante, son visage fait songer à un personnage de cartoon en état de choc, les dents maculées de sang, un long filet de bave rougi lui coulant à la commissure des lèvres avant de tomber au ralenti sur le sol.

J'ai effacé toute suffisance du visage de Will. Les yeux exorbités, il me contemple avec horreur, éructant un petit cri choqué qui ressemble plus à un gargouillis, puis il porte les mains à son menton tout en s'éloignant de moi à reculons.

Mes sens reviennent à la normale, même si je sens toujours mon cœur battre fort dans ma poitrine. Je regarde avec stupéfaction mon pied droit coupable.

— T'es complètement barje ! Une vraie psychopathe ! articule difficilement Will à travers la bouillie sanguinolente qu'est sa bouche.

Je reste figée sur place, n'arrivant pas à détacher le regard du bas grotesque de son visage barbouillé de rouge, ne croyant qu'à moitié que j'en suis responsable.

— Tu vas le payer très cher ! grogne-t-il en secouant le poing.

Puis il pivote sur les talons et se dirige d'une démarche mal assurée vers l'autre extrémité du couloir. Je n'ai pas la présence d'esprit de répliquer, et me retrouve bientôt seule, tremblant comme une feuille en prenant conscience de ce que je viens de faire. Et de toutes ces choses que je suis désormais capable d'accomplir.

Vingt minutes plus tard, je suis assise sur les marches du lycée, caressant distraitement la taille octogonale des pierres précieuses dans ma poche, lorsque Zahra apparaît, chaussée de hautes bottes à talons qui, à elles seules, doivent au moins enfreindre trois articles du code vestimentaire. C'est dans le berceau familier de ses bras et en respirant l'odeur de son shampooing et de son gloss parfumé à la noix de coco que je réalise que je frissonne. Zahra me caresse les cheveux en attendant que je me sois calmée, essuyant les larmes que je verse.

— Alors… tu es enfin prête à tout me raconter ? chuchote-t-elle finalement. J'ai bien reçu ton texto, mais qu'est-ce qui t'est vraiment arrivé ? J'en dormais plus !

— C'est Gavin, lâché-je dans un souffle en prenant Z. par le bras pour l'emmener vers la chapelle à travers la cour désertée. On a passé la nuit ensemble chez lui, et…

— T'as dormi sur la *Rive gauche* !? s'exclame Zahra en s'arrêtant net, bouche bée jusqu'à ce qu'elle s'en rende compte et la referme.

— Je… oui. (J'ai à peine entamé mon histoire que déjà ma meilleure amie est morte d'inquiétude.) C'est là que Gavin habite, donc oui…

— Excuse-moi, j'arrête de t'interrompre, dit Z., c'est juste que j'arrive pas à croire que tu aies fait ça… Tu dois vraiment l'aimer, ce type.

Je déglutis puis hoche la tête.

— Y a donc une bande qu'est entrée chez lui par effraction, reprends-je en tâchant de contenir mon émotion pour montrer à Zahra que tout va bien, et ils ont kidnappé Gavin.

Les yeux violets de Z. s'élargissent comme des soucoupes à mesure que je lui conte l'arrivée des ravisseurs, leurs masques atroces, leurs armes à feu et le couteau sous la gorge de Gavin. Parvenue à ce stade, je comprends que je ne peux ni lui parler de mon cœur ni de ce que je projette de faire ce soir. Je me contente donc de lui rapporter les termes de la rançon.

— Oh mon Dieu, souffle-t-elle, en me prenant la main dans les siennes. Je ne sais pas quoi te dire, ma pauvre ! Tes parents vont leur donner l'argent ?

— Non, réponds-je tristement, tête baissée.

— Oh mon Dieu, répète Zahra, la voix teintée de panique. Qu'est-ce qui va lui arriver ?

J'avise alors le jeune garde debout devant sa guérite, suffisamment proche pour nous entendre, et réponds dans un murmure :

— J'en sais rien.

J'aimerais tant pouvoir lui parler du collier que j'ai dans la poche, mais elle a toujours eu une attitude si farouchement protectrice envers moi que si je le lui dis, elle est bien capable de vouloir m'accompagner ou de trouver quelqu'un pour m'aider. J'imagine qu'elle pourrait même aller jusqu'à prévenir les flics.

Elle me serre fort dans ses bras et je ne peux retenir à nouveau quelques larmes.

Je lui dirai tout une fois que Gavin sera hors de danger, décidé-je. Mieux vaut ne pas lui faire avaler l'énorme pilule d'un coup. Mieux vaut lui laisser croire pour l'instant que je suis toujours à cent pour cent humaine, que je suis l'Anthem qu'elle connaît, cette amie raisonnable en toute occasion. Celle qui n'irait jamais sauter d'une falaise, ni affronter une bande de malfrats armés en plein milieu de la nuit.

Quand elle desserre son étreinte, je tire sur le col de mon chemisier, soudain paranoïaque à l'idée que quelqu'un puisse entrapercevoir la ligne brisée de points de suture noirs qui balafre ma poitrine.

Nous traversons la cour jusqu'à la chapelle et allons nous installer sur un banc au dernier rang. Cela me rappelle la dernière fois que j'y suis venue, lorsque j'ai rompu avec Will. À cette image succède celle de mon pied entrant en contact avec sa mâchoire, son sang éclaboussant le carrelage blanc de Cathédrale. Je secoue la tête et ferme les yeux, terrifiée par cette nouvelle force que je possède et ce que je pourrais en faire si je perds à nouveau le contrôle. Lorsque je les rouvre, je vois que Zahra m'observe, manifestement pleine de questions non formulées.

— Tu t'es teint les cheveux ? murmure-t-elle, jouant avec une de mes mèches. Ils sont un peu plus foncés, non ?

— Shampooing au henné, mens-je du tac au tac. Ma mère a pensé que ça me remonterait le moral.

Comme si une telle chose était possible.

Ma tête a désespérément envie de tout révéler à Z., de lui parler de ce soir, de ma chute dans le fleuve, de tout. Mais mon cœur tambourine un avertissement qui ressemble à s'y méprendre aux battements d'aile d'un oiseau en cage.

15.

Dimitri's on the Water est un restaurant à moitié en ruine qui surplombe le fleuve sur la rive gauche. Son enseigne lumineuse, qui ne fonctionne plus depuis belle lurette, figure un énorme homard aux antennes interminables et aux gros yeux noirs étrangement mélancoliques. Lorsque les affaires marchaient mieux à Bedlam, les gens devaient venir fêter ici de grandes occasions ou prendre part à des dîners de gala. Maintenant, toutes les fenêtres sont condamnées et le stuc des façades se retrouve rongé par les assauts du temps. Le dos collé contre le tronc d'un vieux chêne malade juste à l'extérieur du parking en plein air, j'observe. Il n'y a que deux véhicules garés près de l'entrée du restaurant, un van blanc tagué SYNDI-K sur le flanc en grosses lettres tout en angles et un 4×4 jaune criard au pare-chocs rouillé, et dont le toit est orné d'un large S peint en noir et vert.

Je consulte ma montre : 23 h 42. Après avoir attendu d'entendre les ronflements sonores de ma mère, assommée par le Rêvox, et la respiration plus égale de mon père endormi, je me suis faufilée dehors sans un bruit et j'ai couru jusqu'ici sans m'arrêter, parcourant les cinq kilomètres en moins de dix minutes. Je me masse les tempes du bout des doigts en m'efforçant de rester calme. *J'ai couru le kilomètre en moins de deux minutes !* Et le plus bizarre dans tout ça, c'est que je suis intimement persuadée que j'aurais pu aller encore beaucoup plus vite. J'entame la traversée du parking en direction des portes en bois battantes du Dimitri's et grimace en me tapotant la poitrine, à l'endroit où j'ai rangé le collier de rubis, juste à côté de ma cicatrice. Au moment où j'atteins les portes, les mains tremblantes à l'idée de ce que je m'apprête à faire, de tout ce qui pèse dans la balance, je sens une main s'abattre sur mon épaule. Je fais volte-face.

C'est Serge qui me toise de toute sa hauteur, sa puissante mâchoire crispée.

— Tu m'as suivie ?

Je vois derrière lui sur le parking non pas la Seraph mais son véhicule personnel, une berline noire Motoko, garée à l'angle du bâtiment.

— Il n'est pas question que tu rentres là-dedans, ils font partie du Syndicat, siffle-t-il, les dents serrées, en montrant du menton le van et le 4×4.

Son accent franco-africain ressort encore plus du fait qu'il est énervé.

— Tu pourrais te faire tuer !

Je secoue la tête, cherchant désespérément à lui faire comprendre.

— Je dois leur apporter quelque chose, sinon c'est lui qu'ils vont tuer.

Je scrute son visage, m'attendant à moitié à ce qu'il m'attrape et m'emmène dans sa voiture.

Au lieu de cela, il hoche la tête.

— D'accord. Mais tu aurais dû me demander mon aide.

J'en suis bouche bée. Serge est venu pour m'*aider* ?

— Je me charge de leur remettre ton offrande. Tu attendras sagement dans la voiture. Je ne peux pas accepter que tu compromettes ta sécurité.

Je ne peux qu'acquiescer, mon cerveau tâchant de se remettre à jour après ce changement de plan radical. Il m'escorte jusqu'à sa voiture, ouvre la portière arrière et prend une mallette en cuir sur la banquette. Il la pose sur le toit et l'ouvre.

— Combien as-tu apporté ? me demande-t-il.

L'estomac noué, je tire le collier de la poche intérieure de ma veste. Serge me regarde sans piper mot, sourcils levés. Le silence qui plane est suffisamment éloquent pour véhiculer sa désapprobation.

— Sa vie vaut plus que ça, marmonné-je, me sentant comme une petite fille pathétique et coupable. Mais mes parents ont pas voulu m'aider.

Serge opine de la tête et place cérémonieusement le bijou dans son attaché-case. Il le referme ensuite avec un bruit sec et me fait signe de m'installer à l'arrière de la voiture. J'ai le sentiment que ce n'est pas la première fois qu'il négocie avec des criminels. Il a beau avoir cessé de travailler pour des dictatures depuis bien longtemps, ses nerfs d'acier et sa capacité à intimider ne l'ont pas quitté.

— Est-ce que ça va marcher ? demandé-je en l'attrapant par la manche.

— Je ferai tout ce qui est en mon pouvoir, dit-il d'un ton égal. Ce genre de personnes préfère s'en tirer avec quelque chose plutôt que rien.

Quand Serge claque la portière, je le vois rajuster son nœud de cravate et boutonner sa veste noire, comme s'il s'apprêtait à rentrer dans une salle de conférences. Une nouvelle pointe de culpabilité me transperce lorsqu'il tourne au coin du restaurant, mallette en main. Il est en train de risquer sa vie à cause de moi.

À force d'attendre assise à ne rien faire, j'ai les paumes moites. Je détaille le parking à travers la fenêtre, le verre brisé luisant sur l'asphalte, des sacs plastique usagés flottant au vent. Je consulte à nouveau ma montre : 23 h 56, plus que quatre minutes.

Avant d'avoir eu le temps de réfléchir à un plan d'action, ma main ouvre la portière. J'éprouve l'impérieuse nécessité de voir Gavin en vie. *S'il l'est encore.*

Je pique un sprint de la voiture jusqu'à l'arrière du restaurant, à la recherche d'un emplacement d'où je pourrais voir l'intérieur.

Deux bennes à ordures se tiennent près du mur et je me hisse dessus avant de grimper aisément le long d'un tuyau rouillé jusqu'au toit.

Je marche avec précaution sur les ardoises disjointes et avise un trou de presque un mètre de large dans la toiture, de quoi me donner un excellent point de vue sur la vaste salle à manger décrépie. Je rampe tout en souplesse pour me positionner au bord de l'ouverture en priant pour que mes mouvements ne soient pas audibles de l'intérieur.

La pièce était originellement ornée de fresques représentant toutes sortes d'habitants des fonds marins, mais ces joyeuses figures de crabes, de homards et de poissons souriants sont désormais barbouillées de graffitis obscènes. Il reste quelques tables sens dessus dessous ici et là sur la moquette moisie décorée d'ancres. La plupart des ampoules des lustres bon marché sont mortes, mais certaines fonctionnent encore, baignant la scène d'une lumière crépusculaire. Serge se dresse dans l'embrasure de la porte, attaché-case en main. Il fait face à la pièce ravagée avec son habituel calme olympien.

Je retiens ma respiration lorsque la blonde platine et ses trois hommes de main entrent dans mon champ de vision, portant cette fois des masques d'animaux pour enfants. Miss Cafard est une biche aux grands yeux. Le plus grand de ses acolytes, le gros chauve qui tenait le couteau sous la gorge de Gavin, porte un masque de lapin. Le grand maigre, lui, est une mouffette souriante, tandis que le petit brun est un écureuil. C'est alors que je remarque trois autres formes humaines sur le côté. L'une d'elles est une grande fille mince à la silhouette androgyne. De sous son masque de cochon cascade une longue chevelure violette. Les autres, grimés en moutons, semblent jeunes, pas encore des hommes à en croire leur frêle carrure. Je ne leur donnerais pas plus de quatorze ans. Ils bombent le torse et s'approchent de Serge. S'ils sont intimidés, ils ne le laissent pas du tout paraître. Le reflet argenté du canon d'un fusil scintille entre les mains gantées de la mouffette.

— Où est le garçon ? tonne Serge d'une voix qui n'admet guère la réplique.

Les animaux des bois confèrent entre eux à voix basse. Ils semblent désorganisés, ne sachant pas vraiment quelle attitude adopter. La mouffette souriante finit par lever son arme et la pointer sur Serge, avant de l'abaisser suite à un ordre chuchoté de Miss Cafard.

Mon cœur fait des cabrioles à l'intérieur de ma cage thoracique : le moment est venu. Le moment où ils vont faire sortir Gavin. Le moment où je vais enfin savoir s'il va bien.

— Où est l'argent ? finit par grogner le gros chauve de derrière son masque de lapin.

— Nous sommes prêts à vous offrir un bijou estimé à cinquante mille dollars, énonce Serge de sa voix soyeuse.

S'il vous plaît, laissez-le partir. Je lève la tête un instant pour contempler le pont de l'Espérance, ses arches pointues illuminant partiellement la sinistre frontière du Crime qui serpente en contrebas.

— C'est une blague ? grince Miss Cafard de sa voix éraillée.

Je repasse ma tête dans le trou, soudain parcourue de sueurs froides.

Les mains sur les hanches, elle garde ses distances vis-à-vis de Serge, se tenant à quelque cinq mètres de lui.

Je ne peux détacher mon regard d'elle, le souvenir de son haleine empestant le tabac et le chewing-gum encore vivace dans mon esprit, tout comme la sensation fantôme de son arme me titillant les côtes.

— C'est notre seule offre, articule Serge de son débit saccadé, sa voix puissante gagnant encore en force. Vous n'aurez pas un centime de plus. Cette opportunité ne sera plus valable après ce soir.

Et la vie de Gavin s'arrêtera en même temps, me dis-je, laissant échapper quelques larmes silencieuses.

— Peut-être que votre patron aurait besoin d'une motivation supplémentaire ? gazouille-t-elle de derrière son masque de biche. Smitty, prêt à entrer en scène ?

La lumière chatoie sur ses cheveux blond pâle tandis qu'elle adresse un signe de tête à la mouffette. Le souffle court, je regarde, impuissante, la brute s'approcher de Serge par-derrière et abattre la crosse de son fusil sur son crâne. Serge a à peine eu le temps de porter la main à sa poche qu'il s'effondre comme un sac de patates.

— On le tue ou on lui coupe juste la main ? demande Smitty à Miss Cafard.

Un cri primal monte irrésistiblement en moi et d'un coup de pied rageur, j'agrandis le trou dans le plafond et saute à travers, atterrissant en souplesse quelques mètres en contrebas. À cet instant, seul le vrombissement de mon cœur survolté me parvient aux oreilles.

Les sept malfrats sont trop choqués par mon apparition pour songer à tirer. Et pas question de leur laisser le temps de reprendre leurs esprits.

Je me précipite sur eux, gagnant en vitesse à chaque foulée, et me propulse dans les airs pour décocher un coup de pied sauté au dénommé Smitty, faisant voler son arme. Il se remet vite sur pied, mais je suis encore plus vive et lève la jambe de toutes mes forces, l'atteignant dans les parties. Smitty plié en deux sous le choc, ça me laisse une seconde pour prendre la mesure de la situation. Je me dirige instinctivement vers le lapin gras et lui fait tomber l'arme des mains d'un coup de pied bien senti. Son fusil d'assaut va glisser sous une pile de chaises cassées.

C'est alors que je perçois un bruit sec en provenance du cochon et de ses deux moutons, j'incline la tête et entends quelque chose siffler à un millimètre sur ma droite, manquant de justesse mon oreille. Je ne suis plus qu'adrénaline tandis que je cours vers le corps immobile de Serge. Sans même réfléchir, je l'empoigne par la taille. Soulever Serge devrait physiquement m'être impossible, et pourtant je le hisse sur mon épaule comme s'il ne s'agissait que d'un oreiller de plumes. Je fais un pas en avant, un deuxième, j'ai l'impression d'être dans une scène au ralenti. Une balle puis une seconde viennent ricocher à mes pieds. Toujours inconscient, Serge ballotte sur mon épaule, ses bras noueux rebondissant mollement dans mon dos. Je me jette alors vers la sortie en prenant soin de ne pas laisser tomber mon précieux chargement.

Une demi-seconde plus tard, je jaillis au travers des portes battantes, direction la voiture, mes pieds ne faisant qu'effleurer le sol. Nous ne laissons derrière nous que la mallette et le collier de rubis.

16.

Je n'ai aucune idée du temps qu'il me faut pour ramener le corps inconscient de Serge jusqu'au véhicule, ni de celui que je prends à fouiller ses poches pour trouver les clés. Toujours est-il qu'il revient à lui à l'instant où je les trouve. Il porte la main à sa tête ensanglantée. Je l'aide à s'installer à l'arrière, puis m'assieds au volant.

Le temps que la fusillade reprenne, j'ai déjà démarré. Ce n'est qu'au moment où je sors du parking, pneus crissant sur l'asphalte, et qu'une balle fait exploser la vitre arrière que les lois régissant l'espace et le temps semblent revenir à une certaine normalité. Je tourne la tête pour m'assurer que Serge n'a pas été touché, puis mets le pied au plancher, atteignant les cent quatre-vingts au compteur alors que je m'engage sur le pont de l'Unité.

— Anthem, me dit Serge de la banquette arrière, tu peux ralentir maintenant. Ce n'est pas dans leur intérêt de nous suivre.

Je croise son regard dans le rétroviseur, j'y lis de la stupeur et, si je ne me trompe pas, une certaine fierté également. Je ralentis à cent vingt et prends une profonde inspiration. À mesure que l'adrénaline reflue, mon cerveau semble tourner à vide : comment vais-je pouvoir lui expliquer ce qu'il vient de se passer ? Comment me l'expliquer à moi-même ?

— Ça va ta tête ? lui demandé-je sans quitter la route des yeux.

— J'ai juste une petite coupure, répond Serge en pressant un mouchoir contre sa plaie. Et mal au crâne.

— Serge, je suis dés...

— Tu viens de griller deux feux rouges, me coupe-t-il tandis que je traverse un carrefour. Je constate que tes pouvoirs de conductrice, eux, n'ont pas grandement augmenté.

Sa remarque me fait penser aux cours de conduite qu'il m'a donnés dans cette même Motoko il y a à peine plus d'un an. J'ai réussi à bousiller les deux rétroviseurs latéraux en moins d'une semaine. Il s'est montré tellement patient avec moi les deux fois. Beaucoup plus que je ne le méritais.

— C'est la première fois que c'est moi qui te conduis quelque part, blagué-je de manière peu convaincante.

— Nous avons vécu ce soir un assez grand nombre de premières, toi et moi.

— Désolée de pas être restée dans la voiture, m'excusé-je à nouveau, souhaitant en dire davantage mais ne trouvant pas les mots.

Serge ne cherche aucunement à me tirer les vers du nez. Il se penche vers l'avant et, sa tête près de la mienne, me dit d'une voix douce :

— C'est moi qui suis désolé que la soirée ne se soit pas déroulée comme prévu.

— Et moi donc, renchéris-je, les intestins noués à l'idée de ce qu'ils peuvent bien faire à Gavin en ce moment.

— Tu es consciente du fait que leurs exigences vont être de plus en plus élevées. Ces gens-là ne sont ni intelligents ni raisonnables, déclare Serge, une moue de dégoût s'imprimant sur ses traits d'habitude si neutres.

Je hoche la tête, le cœur lourd, et m'essuie la sueur qui perle à mes tempes d'un revers de manche. J'ai passé ces quelques dernières heures à m'interdire de penser l'impensable, mais je ne peux plus m'en empêcher maintenant.

— Est-ce que tu crois qu'il est toujours en vie ?

Nos regards se croisent à nouveau dans le rétroviseur.

— Oui, finit-il par lâcher. Pour l'instant.

Les lèvres serrées, je cligne des yeux pour en chasser les larmes et me concentre sur la circulation. Un trou béant s'ouvre dans ma poitrine quand j'imagine Gavin se faire rouer de coups, le canon d'un pistolet pointé contre sa tempe. Une partie de moi souhaiterait n'être jamais allée à cette fête, si cela pouvait lui sauver la vie. En même temps, je ne peux pas concevoir un monde dans lequel nous ne nous serions pas rencontrés. Les larmes remontent de plus belle, les feux stop des voitures devant moi devenant des marbrures rouges mouvantes.

— Pour l'instant, mais pas pour longtemps, murmuré-je.

Serge reste silencieux quelques secondes.

— J'ai toujours admiré ton ouverture d'esprit, Anthem. Surtout sachant comment tu as été éduquée.

— Tu dis ça par rapport à l'argent ?

— L'argent, oui, mais aussi la danse. Tu travailles tellement dur depuis toujours, avec tant de persévérance et d'abnégation.

Je ne sais pas trop où il veut en venir, je conserve donc le silence tandis que j'emprunte la rampe du garage souterrain de la tour Fleet. Lorsque je me gare à côté de la Seraph, Serge me surprend en abaissant le loquet de ma portière.

— Mais tu dois faire beaucoup plus attention. Une personne douée comme tu l'es ne peut pas se permettre de négliger sa propre survie.

Je pivote sur mon siège afin de lui faire face.

— Surtout en ce moment, poursuit-il, alors qu'il apparaît que tu es en phase de découverte de certains nouveaux dons. Tu ne peux pas affronter les ravisseurs de Gavin sans protection.

Joignant le geste à la parole, il se penche vers le tableau de bord et ouvre la boîte à gants, suffisamment longtemps pour que j'y voie l'éclat du canon d'un revolver. Puis, sans dire un mot, il le referme.

— Merci, lui chuchoté-je.

En cet instant, il n'y a plus rien à ajouter.

Une demi-heure plus tard, je me faufile dans le hall et regagne ma chambre sur la pointe des pieds. Je fouille mon sac à dos et y déniche les trois barres vitaminées que j'y ai mises ce matin. Mon corps épuisé accueille avec gratitude le concentré d'énergie. Après une première bouchée pénible à avaler, j'ai vite fait de dévorer deux barres, gardant la troisième pour plus tard. Je froisse les emballages en boule et me mets à faire les cent pas.

Il est temps, me dis-je alors. Temps de voir ce que je suis devenue.

Je marche jusqu'à la barre fixée sur le mur opposé. Même après tout ce qui s'est passé ces derniers jours, mon corps se coule automatiquement dans la combinaison de battements que nous avons répétés pour *Giselle*, effectuant quelques dizaines de pliés entrecoupés de positions, une main posée légèrement sur la barre. Je passe de la quatrième à la cinquième position, puis inverse le mouvement, battant des jambes en ciseau de plus en plus rapidement, jusqu'à ce que mes pieds ne semblent même plus toucher le sol de bois.

Je décide de tenter un saut expérimental, un grand jeté de la barre jusqu'à mon lit, sauf que les lois de la physique ne m'accordent aucune chance de le réussir.

Et pourtant, j'y arrive. J'atterris comme une plume en plein milieu de mon couvre-lit. Je me retourne vers la barre, évaluant la distance à environ cinq mètres.

C'est peut-être un extraordinaire coup de bol. Mais en mon for intérieur, je sais que ce n'est pas le cas. J'ai la profonde certitude que je peux le refaire aussi souvent que je veux.

Je serre les dents et me concentre avant de m'élancer en sens inverse. Je m'élève dans les airs sans faire un bruit, me prenant presque à souhaiter de retomber au milieu du tapis pour découvrir mes limites. Mais j'atterris au sommet de la barre, où mes pieds nus s'agrippent en souplesse, me faisant sentir le grain poli du bois verni.

Face au miroir accroché à l'angle de la chambre, je saute au bas de la barre en exécutant une série de fouettés. À deux mètres, mon reflet me confirme que je suis toujours bien moi. Toujours cette fille maigrelette au regard suspicieux et à la bouche butée, avec ma peau laiteuse de rousse et la constellation de très légères taches de rousseur qui parsèment mon corps. Mais de plus près, quand je me penche, mes yeux brillent d'un riche éclat d'émeraude et non plus du vert bruyère d'avant.

Je prends une profonde inspiration, puis retire mon col roulé. Je croise les bras sur mes seins nus, couvrant par ce geste la majeure partie de ma cicatrice. J'ai les mêmes petites épaules, le même cou osseux. Les mêmes bras maigrichons, le tout lié dans la même posture parfaite, fruit de nombreuses années de ballet. Je roule les épaules vers l'arrière et décroise les bras. La même poitrine presque plate et, en son centre, une ligne déchiquetée de sutures de fil noir, délicatement nouées à leur extrémité.

Enfin, je laisse courir mon regard tout le long de la cicatrice. J'attrape à deux doigts un petit bout de fil plastique qui dépasse de la suture et tire dessus, dénouant méthodiquement chaque point et faisant glisser le fil de sous ma peau. Je ne ressens quasiment aucune douleur, juste un léger pincement. Serrant les mâchoires, je continue sans relâche – dénouer, faire coulisser, dénouer, faire coulisser. Les coutures ne laissent d'autre trace qu'une légère boursouflure rosée piquetée de chaque côté de petits points roses. Apparemment, mon nouveau cœur ne me rend pas juste plus rapide et plus forte, il me fait également guérir à une vitesse surhumaine.

La cicatrice s'étend de mon sternum à la naissance de mes seins. La plaie est refermée, mon cœur mutant solidement ancré dans ma poitrine. Ma rage nouvellement trouvée et la faculté de pouvoir la transformer en actes, de frapper jusqu'à briser des os, de courir jusqu'à presque m'envoler, tout cela fait désormais partie intégrante de qui je suis, cousu en moi pour le restant de mes jours. Logé au même endroit où je stocke ma souffrance, ma peur, mon amour.

Je regarde mes yeux verts luisants dans le miroir et souris tristement, faisant le deuil de celle que j'étais auparavant. L'ancienne Anthem Fleet n'existe plus. Je ne suis plus la petite fille timide qui virevoltait en cercles parfaits dans une salle tout en miroirs. C'est maintenant à moi de trouver un moyen de battre les ravisseurs, de tournoyer assez vite pour libérer Gavin. J'entame une série de pirouettes devant le miroir, tournant tout d'abord sur la droite, puis dans l'autre sens. Toutes les deux rotations, je lance mon pied nu à la verticale, l'imaginant qui atteint le menton masqué de Miss Cafard à chaque fois.

Mon cœur vrombit d'un espoir stupide et impétueux.

Après une douzaine de coups de pied, je porte une main à ma cicatrice. L'avertissement de Serge me revient en mémoire. Je suis prête à tout risquer si cela signifie que Gavin reste en vie.

17.

Je fends l'eau, me concentrant sur la sensation de mes muscles brûlants et le rythme de ma respiration. Le soleil n'est pas encore levé. Je suis dans notre piscine à contre-courant, un rectangle turquoise tout en longueur qui trône derrière une grande baie vitrée, à l'étage inférieur de notre penthouse, de l'autre côté du bureau de mon père. L'angoisse qui me ronge me propulse inlassablement et j'alterne les nages pour lutter contre la poussée constante du courant artificiel.

À mesure que je nage, ma peur et mon épuisement se muent progressivement en une énergie farouche, la certitude que Gavin est bel et bien vivant ancrée au plus profond de moi. Ma détermination à le sauver grandit à chaque nouveau mouvement de crawl, gagnant en assurance ainsi qu'en impatience.

Je mouline des bras et bats des jambes à un tel rythme que j'envoie de grandes gerbes d'eau en dehors du bassin, inondant la pièce. Je baisse d'intensité, me rappelant de ne pas laisser parler mon cœur à pleine puissance.

Je nage jusqu'à ne plus sentir mes bras, sors de la piscine et enfile un peignoir de bain en éponge noir, avec l'inscription INDUSTRIES FLEET brodée dans le dos. Je vais m'allonger dans une chaise longue, à peine essoufflée. Un lever de soleil exceptionnellement beau filtre à travers la paroi de verre, sa teinte fuchsia est tellement intense qu'elle rendrait presque Bedlam attirante. Je décide de l'interpréter comme un présage que Gavin est toujours en vie.

Je ferme les yeux et laisse reposer ma tête contre la toile de la chaise longue, me disant qu'après le petit déjeuner, je trouverai un moyen de les débusquer, de les anéantir, de faire le nécessaire et plus pour récupérer Gavin. Je me retrouve rapidement perdue dans un rêve éveillé où je surprends Miss Cafard par-derrière, l'agrippe violemment par les cheveux, la fais parler jusqu'à ce que… mon téléphone bipe.

Je m'essuie les mains sur le tissu éponge et extirpe mon portable de ma poche. C'est sans doute Zahra qui vient aux nouvelles, ou peut-être ma mère qui m'envoie un texto de l'étage pour me demander où je suis.

Mais c'est un numéro inconnu qui s'affiche à l'écran, rempli de zéros et de quatre. Une bulle d'angoisse pure me monte dans l'estomac alors que j'ouvre le message : Salut Princesse. Ravie de te voir hier soir. T + folle qu'on croyait. On attend le reste des $$$ dimanche soir minuit. Si le compte y est pas, ce sera la dernière fois que tu verras Beau Gosse vivant. Pas d'entourloupe 7 fois.

Je manque m'étrangler lorsque arrive un deuxième texto du même expéditeur : une photo de Gavin. Sa mèche châtain clair lui tombe sur le visage, son œil visible est plissé en réaction au flash, comme s'il n'avait pas vu la lumière depuis longtemps. Un bleu qui a viré au jaune lui mange la moitié de la face, son œil bouffi est surmonté d'une croûte sombre. On sent son mouvement de recul face à l'objectif et il tient en main la une du *Daily Dilemma* dont le bas est maculé de sang. Je zoome de deux doigts et découvre qu'il s'agit du journal d'aujourd'hui. La preuve que Gavin est toujours vivant.

Un soudain accès de tremblements me fait lâcher le téléphone.

— Fais chier ! crié-je en le ramassant de la flaque d'eau où il est tombé, avant de l'essuyer frénétiquement avec un pan de ma sortie de bain.

Je me mords l'intérieur des joues et respire à fond par les narines. Il n'y a aucun moyen pour que je puisse réunir le reste de la somme – ou même quelque chose d'approchant – d'ici dimanche. Mon père avait raison : ils ne vont pas hésiter à demander toujours plus. Je me prends à rêver du compte en banque qu'ont alimenté mes parents, mais je n'ai pas légalement le droit d'y toucher avant mes dix-huit ans, dans sept longs mois…

Je resserre le peignoir autour de mon corps frissonnant et me lève, cogitant à cent à l'heure. La seule solution c'est de trouver où ils le retiennent, me dis-je soudain, m'enfonçant les ongles dans la chair tendre de mes paumes. Une fois localisé, je le libérerai, par la ruse… ou par la force. Mais par où commencer ? Je pense d'abord à Serge. Nous avons conclu une alliance tacite désormais.

Mais je sais qu'il ne me laissera pas m'approcher des kidnappeurs toute seule. Je ne peux pas lui demander de risquer sa vie à nouveau, et ça m'étonnerait que je puisse encore le sauver in extremis comme la dernière fois.

Je passe la baie vitrée et marque une pause devant la porte à moitié ouverte du bureau de mon père. Une photo aérienne de Bedlam y occupe tout un mur, Bedlam-Nord y apparaît comme une oasis de verdure, le vert du renouveau, de l'espoir et du dollar, tandis que le reste de la ville n'est que grisaille, le gris des pigeons, du béton et des armes.

En parcourant des yeux la jungle urbaine que constitue la Rive gauche, je prends conscience que j'ai besoin avant tout de quelqu'un qui y habite. Et si je veux avoir une chance de soustraire Gavin aux mains de Miss Cafard, de préférence quelqu'un qui n'ait pas peur de jouer selon ses propres règles.

Je ne connais qu'une seule personne qui réponde à ces critères.

Une heure plus tard, me voilà à bord d'un taxi, mon sac de danse sur les genoux, roulant sur le pont des Soupirs. J'ai raconté à mon père que j'allais à Seven Swans pour essayer de me remettre dans le bain. Il m'a tapoté la tête d'un air absent en disant : « Ça, c'est bien ma fille, l'amour du travail bien fait avant tout. » Par chance, ma mère est dans l'une de ses semaines où elle n'émerge pas avant midi.

— Vous êtes sûre que vous voulez aller là-bas ? me demande le chauffeur. Il lui manque deux dents devant et sa licence officielle le présente comme un certain Ishmaël

Green. Je hoche la tête tout en scrutant le dédale de rues qui s'étale devant moi. Je n'ai aucune idée de la façon dont je vais mettre la main sur Ford, mais je crois pouvoir retrouver le labo de Jax sans trop de difficulté, et j'espère qu'elle me dira où il se trouve. Non pas que je me fasse une joie de retourner au labo, loin de là. Rien que d'y penser, j'ai l'impression que ma peau rétrécit, devenant trop petite pour tout ce qu'elle contient.

Alors que nous arrivons à quelques pâtés de maisons de la destination, j'aperçois Ford par miracle dans la rue. Il est habillé comme d'habitude, coupe-vent noir en vinyle à bandes blanches et bas assorti. Je le vois s'engouffrer dans un MégaMart.

— Arrêtez-moi là, dis-je au chauffeur en fourrant à la hâte quelques billets dans la fente du réceptacle en plexiglas prévu à cet effet. Et gardez la monnaie !

Je sors au pas de course et franchis les portes coulissantes du supermarché.

À l'intérieur, je suis accueillie par un vigile boutonneux qui n'a pas l'air plus âgé que moi, un fusil-mitrailleur Uzi en bandoulière sur la poitrine. Après m'avoir lorgnée de pied en cap, il lâche un bâillement sonore puis me tend un prospectus avec les promotions du jour.

— Bienvenue à MégaMart, soupire-t-il d'une voix monocorde. Maintenant, circulez.

J'essuie mes paumes moites sur mon pantalon, acquiesce d'un signe de tête et me lance à la recherche de Ford dans les rayons blafards. Je ne sais pas encore ce que je vais lui dire. Les allées sont étroites et les sols crasseux, tout semble enrobé d'une couche de poussière poisseuse dans cet entrepôt où cartons et cageots s'amoncellent du sol au plafond. Tout autour de moi, des familles nombreuses se chamaillent tout en entassant dans leurs chariots d'énormes blocs de fromage, des casiers de bière et des conserves de haricots blancs de la taille de barils de pétrole. Une vieille femme au dos courbé par les ans farfouille dans un gigantesque bac de chaussettes multicolores intitulé : 3 POUR LE PRIX DE 3, 5 POUR LE PRIX DE 4.

J'ai déjà vu des affiches et des pubs pour MégaMart à la télé, la chaîne colonise la Rive gauche avec ses magasins comme une algue toxique, mais c'est la première fois que je m'y aventure. Un vigile est posté au bout de chaque allée, chacun armé de son Uzi ridiculement grand.

Alors que je contourne une pyramide de sacs de vingt-cinq kilos de Dog Tonus, des croquettes pour chien, je repère Ford. Il est au rayon pharmacie, étudiant avec attention un étalage de gros pots de compléments protéinés. Je me rapproche de lui, faisant attention à laisser quelques pas entre nous.

— Alors, toujours en quête de plus de muscles ?

Il fait volte-face, arborant la mine patibulaire du dur à cuire jusqu'à ce qu'il me reconnaisse.

— Anthem ! s'exclame-t-il en souriant de toutes ses dents. Tu es revenue ! Jax va être tellement heureuse que je t'aie retrouvée !

— Il me semble que c'est moi qui t'ai trouvé.

— Peu importe. (Il balaie ma remarque d'un haussement d'épaules, puis son visage s'assombrit.) T'aurais jamais dû partir si tôt. C'est dangereux. Pour ton… tu sais quoi, dit-il en baissant les yeux sur ma poitrine et en moulinant de la main. Pour ta nouvelle situation, conclut-il maladroitement.

— Eh bien, tout va très bien, je me porte comme un charme, marmonné-je en me sentant devenir écarlate.

Un vigile s'approche de nous.

— Circulez, dit-il.

Ford hoche la tête en regardant d'un œil méfiant la mitraillette de l'homme.

« Circulez » semble être le nouveau slogan de Méga-Mart.

— Quelle bande de dingues dans ce magasin, grommelle Ford lorsque nous nous sommes éloignés. Ils croient vraiment que les gens ici vont déclencher une émeute pour de la lessive ou trois boîtes de thon ?

— Écoute, il faut que je te parle d'un truc...

— Pas ici, m'interrompt-il en m'attrapant le bras. Il y a des caméras partout et les gorilles ont la gâchette facile. Laisse-moi juste payer ça, dit-il en me montrant un énorme aérosol de mousse à raser, et je t'emmène quelque part où on pourra discuter.

Je le suis jusqu'à la caisse où un garçon encore plus jeune que le vigile de l'entrée attend patiemment que Ford compte les vingt-trois dollars cinquante-neuf en petite monnaie. Une fois que nous sommes sortis, il pousse un soupir de soulagement, effectue quelques rapides foulées sur place puis se détend les vertèbres du cou, comme s'il venait de terminer une séance de musculation.

— Je déteste cet endroit, mais c'est si peu cher...

— Donc... (j'ai bien vu les quatre caméras de sécurité postées au-dessus de la devanture et détourne le visage) j'ai besoin d'informations.

— Pas ici, je connais un endroit, me répète-t-il en remontant la fermeture Éclair de son coupe-vent. C'est à deux minutes.

— C'est pas le labo, j'espère, dis-je.

Je n'y remettrai les pieds pour rien au monde.

Il me rassure d'un signe de tête et démarre d'un bon pas. Je n'ai pas d'autre choix que de le suivre. Il traverse la rue, puis tourne deux fois à droite avant de s'arrêter devant une porte verte criblée d'impacts.

— Essaye d'avoir l'air plus vieille, me marmonne-t-il en ouvrant la porte d'une épaule, et moins jolie aussi.

Genre quelqu'un va m'accorder un coup d'œil ici ! remarqué-je intérieurement en pénétrant dans un espace mal éclairé. C'est une salle où trône un large bar circulaire, une dizaine de tabourets autour déjà occupés par des ivrognes affalés sur le comptoir, alors qu'il est à peine dix heures du matin. Il fait tellement sombre que je dois attendre que mes pupilles s'adaptent pour à nouveau suivre Ford. Il me prend par la manche et m'entraîne jusqu'à un box au fond de la salle, par-delà le bar. L'odeur combinée d'alcool, de bière et de mauvais tabac me monte un peu à la tête.

La barmaid, une jeune fille tout en rondeurs à la vilaine peau, vêtue d'un décolleté bleu aux manches bouffantes, décoche un sourire étincelant à Ford. Elle se rembrunit en me voyant derrière lui, mais je passe devant elle sans décrocher un mot.

— Je suis si content que tu ailles bien, me dit-il tandis que nous nous glissons chacun d'un côté de la table en bois. Laisse-moi te payer un EnergyFizz ou autre pour fêter ça.

— Non merci. (Je reprends ma respiration en me préparant mentalement à exposer mon cas.) En fait, je suis venue te voir pour te demander une faveur.

— Tout ce que tu voudras.

— Bon, ils ont toujours Gavin.

Ford opine gravement du chef en frottant son menton mal rasé, le regard indéchiffrable.

— Qui ?

— Gavin. Mon petit ami. C'est à cause de lui que je courais sur le pont. C'est lui qui m'a offert ça du reste, dis-je en sortant le médaillon en forme de cœur de sous mon pull et en lançant à Ford un regard appuyé.

— Holà ! Du calme, je me souviens de tout ça. Je voulais savoir *qui* l'a toujours, réplique Ford en croisant les bras.

— Ah, excuse-moi.

Je me lance alors dans la description de ses ravisseurs en tâchant de me souvenir des détails significatifs. La manière dont ils parlaient, comment ils ont réagi à la présence de Serge. Leurs armes, leurs masques, leurs véhicules.

Après que j'ai fini, Ford s'adosse contre sa banquette. Mes yeux sont désormais acclimatés à la pénombre et je distingue une petite cicatrice du côté droit de son menton. Sans doute le souvenir d'une bagarre dans un bar.

— Je ne connais pas ces gens, mais d'après ce que tu m'en dis, ça m'a tout l'air d'être des pros appartenant au Syndicat, finit-il par réagir. As-tu déjà réfléchi au fait que tu t'attaques à beaucoup plus fort que toi ?

— Chaque minute de chaque jour, avoué-je.

Mais je ne peux pas me permettre de croire ça. Peu importe qui ils sont. Ce qui compte, c'est que je sorte mon petit ami de leurs sales pattes.

— Tu peux m'aider ?

Ford pousse un long soupir et pince les lèvres, momentanément en pleine concentration, un sillon se formant au milieu de ses épais sourcils.

— Si je devais mettre de l'argent, je parierais bien qu'ils le retiennent vers Hadès. Mais c'est pas comme si ça pouvait t'aider.

— Pourquoi pas ? Et d'abord, c'est où Hadès ?

— C'est comme ça qu'on appelle le vieux centre commercial derrière le stade. Le rez-de-chaussée est un immense marché noir. Tous ceux qui possèdent un intérêt dans les trafics de Bedlam y ont forcément au moins un gars. Mais tu peux pas te pointer là-bas comme une fleur, Anthem.

— Bien sûr que si, réponds-je du tac au tac, essayant d'avoir l'air plus confiante que je ne le suis en réalité. J'ai bien réussi à te trouver, toi.

— Tu sais vraiment pas ce que tu racontes, insiste Ford. Une fille comme toi, je lui donne quoi, dix minutes avant qu'elle se fasse bouffer toute crue. T'en sortirais pas vivante.

— Ne juge pas si vite de ce que peut ou ne peut pas faire une fille comme moi, haussé-je le ton en me penchant par-dessus la table. Tout se passera très bien, surtout si tu m'accompagnes.

— Y a pas moyen, lâche-t-il à mi-voix. J'ai toujours évité les mecs du Syndicat comme la peste. (Les lèvres pincées en une moue bornée, il fixe son regard derrière moi, sur le bar.) Entre moi et le Syndicat, il s'est passé des choses… et plutôt des vilaines.

— S'il te plaît, le supplié-je, je n'ai pas d'autre choix.

Il se masse l'arrière du crâne, comme pour dissiper une tension musculaire. Puis il pousse un soupir, ce que je considère comme un bon signe.

— Tu devais vraiment être amoureuse, déclare-t-il finalement.

— Je l'étais… je veux dire, je le suis.

Un silence gêné s'installe entre nous.

— Je ne peux tout de même pas ne rien faire et attendre qu'il meure, ajouté-je à mi-voix. Tu n'as jamais fait de folies pour quelqu'un que tu aimais, toi ?

Ford prend une profonde inspiration et la conserve en bouche jusqu'à ce que ses joues gonflent puis il exhale lentement l'air avant de me répondre.

— Si.

— Alors tu me comprends, non ?

— Il a vraiment de la chance, ton petit ami, dit-il en me lançant un regard que je n'arrive pas à déchiffrer. J'espère qu'il le sait au moins.

Sur ces mots, il extrait son corps musclé du box et se tient près de moi en me tendant la main. J'observe un court instant le cal épais qui recouvre ses phalanges et prends sa main après un battement d'hésitation.

— Merci, commencé-je, je sais que c'est pas ce…

— Allons-y tout de suite avant que je change d'avis, me coupe-t-il en me tirant de derrière la table.

18.

À l'extérieur du bar, je calque mon allure sur celle de Ford et remonte mon écharpe sur mon nez pour ne pas respirer les odeurs nauséabondes d'un camion à ordures qui passe bruyamment à côté. Nous devons marcher courbés contre le vent tandis que nous empruntons la direction sud-ouest, la brume humide nous engluant le visage. Je me laisse distancer d'un ou deux pas par Ford, ce qui me permet d'observer à loisir ses cheveux coupés ras coiffés d'un bonnet gris, ainsi que ses larges épaules. Je lui suis reconnaissante d'avoir accepté de m'aider. Mais s'il avait raison ? Est-ce que je m'attaque vraiment à de trop gros poissons ? Je regarde ensuite quelques secondes la photo de Gavin sur mon téléphone, esquissant une grimace en voyant à nouveau son visage tuméfié. L'estafilade qu'il a au menton. Le journal maculé de sang.

Il n'y a pas d'alternative. Pas de décision à prendre. Je ne peux pas laisser mourir Gavin. *Je souffre déjà*, me dis-je en réajustant mon sac sur mon épaule et en rattrapant Ford, *alors autant aller souffrir en enfer.*

Après qu'on a parcouru en silence une dizaine de pâtés de maisons, il s'éclaircit la gorge.

— J'aimerais te demander, ça fait quoi ?

— Ça fait quoi *quoi* ?

— Ton nouveau cœur ! s'exclame-t-il d'une voix trop forte qui me fait jeter des regards furtifs aux alentours, angoissée que quelqu'un ait pu l'entendre.

Par chance, il n'y a pas âme qui vive à l'horizon, mis à part un lièvre apparemment sauvage qui se repaît de l'herbe grasse poussant autour d'un immeuble à l'abandon.

— C'est assez bizarre, réponds-je vaguement. Je veux dire, je te conseille pas de laisser Jax s'approcher de toi un scalpel en main !

— Je t'ai vue courir, chuchote-t-il en réduisant la distance qui nous sépare. Quand tu t'es enfuie du labo. Je t'ai vue détaler dans cette allée comme une… enfin, je voyais même plus tes jambes ! Tu cavalais à une vitesse incroyable !

Je rougis, embarrassée à l'idée qu'il m'ait regardée à mon insu.

— Ça me semble facile maintenant de courir comme ça. C'est un des trucs bizarres avec lesquels je dois vivre.

Ma main se porte instinctivement à mon sternum, mes doigts glissant sur le léger renflement de la cicatrice.

— Raconte-m'en plus. Je veux dire, t'es pas *obligée*, mais depuis que je t'ai vue courir, j'arrête pas de me demander si… si t'es pas un peu en partie colibri. Ce serait pas complètement de la balle ?

Je lui adresse un petit sourire pincé, les joues toujours en feu.

— Je suis quasi certaine de ne pas *vraiment* avoir de colibri en moi. Ce cœur m'a l'air d'être principalement mécanique. J'imagine qu'il est entouré d'un genre de tissu cellulaire, mais je l'entends tout le temps vrombir comme un disque dur qui rame. Surtout quand je suis nerveuse, ou quand je vais vite. J'ai souvent l'impression qu'il va me jaillir un jour de la poitrine.

— Jax m'a assuré que ça ne pouvait pas se produire. Je l'ai cuisinée à ce sujet, confie-t-il, l'air soudain timide.

— Vraiment ?

Je suis étonnée qu'il se soit senti concerné à ce point-là.

— Je me faisais de la bile, admet-il, penaud, surtout après avoir magistralement foiré en tant qu'assistant chirurgien.

— Oh mon Dieu ! m'exclamé-je en réalisant pour la première fois qu'il était présent lorsque Jax m'a ouvert le thorax. On est pas obligés d'aborder le sujet, tu sais.

— Je suis tombé dans les pommes, dit-il en arborant un sourire gêné, l'air mal à l'aise rien que d'en parler. À la seconde où elle a brandi le scalpel, je me suis évanoui.

— Tu n'as donc pas…

— J'ai manqué toute l'opération, avoue-t-il.

Nous poursuivons notre route en silence, longeant la côte sinueuse qui délimite la frontière du Crime jusqu'à passer le pont le plus méridional de Bedlam, le pont de la Paix. Fraternité est un des quartiers les plus craignos de la ville, figurant toujours en bonne place dans la rubrique criminelle du *Daily Dilemma*. À quelques intersections au sud du pont, Ford nous fait passer à droite sous une bretelle d'autoroute d'où goutte une eau verdâtre, alors même qu'il n'a pas plu à Bedlam depuis plusieurs semaines, le temps demeurant exclusivement froid et nuageux.

— Courir vite n'est pas la seule chose que je puisse faire, dis-je en rompant le silence, je m'étonne moi-même sur ce coup-là.

Je lui détaille alors ce qui s'est passé lorsque j'ai secouru Serge. Ma capacité à esquiver les balles. L'incroyable force que je me suis découverte quand j'en avais besoin. Ford réduit l'allure jusqu'à s'arrêter lorsque je lui décris la manière dont le temps semble ralentir quand l'adrénaline me booste.

— Tu as esquivé des balles ? C'est un truc de *malade* ! souffle-t-il, éberlué. Je donnerais n'importe quoi pour pouvoir faire ça !

— Dis pas ça. Fais-moi confiance, il y a un million de choses que tu n'es pas prêt à sacrifier.

Comme Gavin, pensé-je.

Ford hoche lentement la tête, ses sourcils froncés n'en formant plus qu'un.

— J'imagine que tu as raison.

— Tu es la seule personne à qui j'ai raconté tout ça, lui confie-je à voix basse. Merci. De m'avoir écoutée, je veux dire.

— Ne t'inquiète pas, je suis plutôt bon pour garder les secrets. Ça vient sans doute du fait d'avoir vécu à trois dans un appartement d'une pièce. (Il désigne alors de la main un imposant building qui s'élève droit devant nous.) Nous y sommes.

Quand je vois l'endroit, je m'arrête net et laisse échapper un petit rire sans joie, un misérable « Ha » qui a tôt fait de disparaître dans la vacuité de l'immense parking gris. C'est un vieux centre commercial comme Ford me l'avait annoncé, autrefois nommé le Great Shopping Arcades mais dont la plupart des lettres ont été soit vandalisées, soit usées par les assauts du temps, ne laissant subsister que des fantômes entre le H intact et le ADES final. Vu de l'extérieur, le colossal bâtiment en ruine qui s'étend sur deux pâtés de maisons ressemble à une forteresse moyenâgeuse, les gigantesques aires de stationnement quasi vides qui l'entourent faisant office de douves.

Nous ralentissons l'allure en atteignant la frange intérieure du parking et je tends l'oreille, à l'affût du moindre bruit qui me parviendrait du centre commercial. Or je n'entends rien d'autre que les voitures qui filent sur la voie rapide à proximité et les roucoulements de quelques pigeons aux prises avec de vieux hot-dogs emballés dans de la cellophane. Dans la lumière grise de onze heures du matin, aucun son ne résonne sur l'immense parking. Il est désert, abstraction faite de quelques dizaines d'épaves éparpillées sur toute sa longueur. Ce cadre pourrait presque sembler paisible si je ne savais pas que nous nous trouvons aux portes de l'enfer.

Nous arrivons devant des portes en verre surmontées du signe HEESECAKE, et Ford marque une pause en se tournant vers moi.

— T'es sûre de vouloir faire ça ? (Ses yeux sombres luisent de scrupules informulés.) Il est jamais trop tard pour changer d'avis.

Je hoche la tête, ravalant une remontée acide qui m'arrache une grimace. Je m'appuie de tout mon poids sur la porte, m'attendant à ce qu'elle soit fermée, mais à ma surprise elle s'ouvre facilement.

À l'intérieur, le contraste avec le parking est saisissant : ça grouille de monde et le bruit est omniprésent. Dans la cour de marbre abîmé qui occupe le centre du rez-de-chaussée, une foule de gens, dont de nombreux enfants qui pour certains n'ont pas plus de six ou sept ans, est rassemblée en grappes autour d'étals de fortune. Les cris des aboyeurs se mêlent aux rires gras, aux bruits de bagarres et de marchandages, le tout faisant écho dans l'espace caverneux. Il n'y a pas d'électricité, seuls des générateurs alimentent quelques projecteurs qui laissent la majeure partie de l'étage dans l'ombre. Je resserre les pans de ma veste autour de moi.

Ford ne me quitte pas d'une semelle. Je lui suis reconnaissante de m'avoir accompagnée ici.

— On est suivis, m'annonce-t-il en m'indiquant discrètement du pouce un gamin de sept ou huit ans à la peau caramel et aux cheveux crépus.

Deux prothèses auditives bleu phosphorescent lui sortent des oreilles et il m'arrive à peine au coude.

Ford lui dit bonjour en lui adressant un petit sourire, et le gamin a tôt fait de nous emboîter le pas.

— Big-bangs, affaleurs, gloussettes ? récite-t-il en souriant à moitié.

Il a du mal à garder le même sérieux que les adultes que nous croisons et qui vendent des pièces détachées, de la nourriture, des médicaments ou même des munitions. Nous empruntons une allée de traverse au hasard et nous

nous retrouvons en lisière d'un groupe de gens agglutinés autour d'une table recouverte d'une nappe de feutre ; l'air est chargé de la fumée âcre de cigarettes roulées. Le croupier effectue un lancer de dés et annonce : « Sept » à grand renfort de gesticulations tandis que la populace entassée donne voix à son mécontentement. Je contourne le groupe la tête basse, évitant soigneusement de regarder une estrade où une femme coiffée d'un haut-de-forme s'énerve contre trois filles en négligés transparents, jarretelles de dentelle noires et hauts talons scintillants de mauvais qualité.

— Vous devez me rapporter six cents chacune aujourd'hui, sinon c'est même pas la peine de revenir demain, les menace-t-elle.

Je frémis rien qu'à imaginer ce qu'elles vont devoir faire pour obtenir cet argent.

Pendant ce temps, le gamin m'examine comme s'il essayait de voir dans quelle catégorie me situer.

— Voyons voir, t'es pas ici pour des munitions, ni pour la biogénique, t'es sûrement pas une des filles à louer…

Je me tourne vers lui.

— La biogénique ?

Il se rengorge, manifestement fier.

— C'est BodMod que tu cherches, cœurs et autres pièces détachées ? Trois dollars et je t'y emmène, dit-il en tendant la main.

Cœurs et autres pièces détachées. L'intitulé me fait frissonner malgré moi.

— Non merci, petit gars, on a ce qu'il nous faut pour aujourd'hui, le rembarre Ford.

Je pose une main sur son avant-bras pour le retenir.

— J'ai envie d'aller y jeter un œil.

Il faut que je voie cela. Existe-t-il vraiment d'autres personnes que Jax qui font des expériences sur le corps humain à la même échelle ?

— Tu es sûre ? me demande Ford, l'air mal à l'aise.

Je hoche la tête.

— Je te donnerai un dollar, annoncé-je au gamin, mais *après* que nous serons arrivés.

— Deux et c'est mon dernier prix, enchérit-il, aux anges de savoir si bien négocier.

— Marché conclu, lui dis-je avant de le suivre aussi discrètement que possible.

Sur la droite d'abord, nous longeons des stands de cacahuètes grillées, de boudin noir et de bière. Il nous fait ensuite emprunter un interminable corridor sombre qui sent principalement le formol, mais sous l'odeur duquel on devine les effluves métalliques du sang et de la chair en décomposition. Je me mets immédiatement sur mes gardes, mon cœur martelant un avertissement dans ma poitrine.

Nous dépassons quelques agrégats de fauteuils miteux, généralement tournés vers d'antiques postes de télé qui diffusent soit des séries à l'eau de rose, soit des dessins animés. Une vieille femme, un garçonnet et un jeune homme de l'âge de Gavin se partagent deux transats défraîchis, chacun des trois relié à une perfusion.

— Transfusions, chimio, des trucs dans ce goût-là... C'est ça que tu recherches ? Si c'est le cas, je connais le bonhomme qu'il te faut, me chuchote le gamin.

— Ça ira, merci.

J'ai envie de lui dire que je suis servie question organes illégaux. Un me suffit largement.

Devant nous, un café aux fenêtres condamnées a été reconverti en ersatz de cabinet médical. Une femme d'un certain âge aux cheveux de la couleur et de la consistance de la barbe à papa s'y ennuie ferme derrière son comptoir, et j'avise au-dessus d'elle un panneau, jadis un menu, qui maintenant indique :

LA TRIPE RIT

Reins : $ 25 000 pièce + main-d'œuvre

Bras et jambes prothétiques : $ 9 000 pièce + main-d'œuvre

Cœur artificiel : $ 100 000 + main-d'œuvre

Foie : $ 15 000 + main-d'œuvre

Pancréas : $ 20 000 + main-d'œuvre

Yeux : $ 6 000 pièce + main-d'œuvre

Augmentation mammaire : $ 2 000 la paire + main-d'œuvre

Organes spécialisés disponibles sur devis : renseignements à l'intérieur.

— Par les couilles de Bedlam ! (Je me sens vaseuse tout d'un coup. Je m'accroche au bras de Ford de peur de m'évanouir si je ne fiche pas le camp d'ici immédiatement.) C'est une blague ? Des yeux ? Y en a vraiment qui achètent les *yeux* de gens morts pour se les faire greffer ?

— J'ai pourtant essayé de te prévenir, me dit-il en m'entraînant vers le hall central. C'est une vraie cour des miracles ici, alors on fait ce qu'on est venus faire et après on se bar…

— Donne-moi mes deux dollars et après je te montrerai des trucs bien plus fous que ça ! l'interrompt le gamin, ses prothèses auditives phosphorescentes baignant son visage d'un halo bleu dans la pénombre. Cet étage, c'est de la gnognotte par rapport à ce qui se passe au-dessus.

— On cherche des gens, lui dit Ford en s'accroupissant et en le regardant avec un air à la fois sérieux et plein de tendresse.

J'imagine qu'il doit avoir des frères et sœurs plus jeunes.

— Mais on va les trouver tout seuls, ce sont des gens méchants.

— Je connais tous les méchants ici, déclare fièrement le garçon, je fais plein de courses pour eux.

Je lève les yeux sur les balcons intérieurs du centre commercial et vois plusieurs types musclés aux amphétamines se balader, l'éclat du métal brinquebalant sur leur torse surgonflé trahissant le fait que certains sont armés. Je fouille dans ma poche de jean et en tire deux billets froissés que je tends au gamin.

— Cinq dollars de plus si tu nous aides à retrouver quelqu'un, dis-je. C'est une blonde, elle porte du rouge à lèvres. Elle a un petit pistolet à la crosse nacrée.

Le garçon se frotte le menton, l'air songeur, avant de demander :

— Elle fait dans quoi, c'te fille ?

— Je sais pas trop. Kidnapping, cambriolage, extorsion de fonds… Un des gars de sa bande s'appelle Smitty. Un grand type chauve, ajouté-je, dans l'espoir que ce nom lui dise quelque chose.

Le gamin s'arrache une peau morte de ses lèvres gercées avant de la mâchonner consciencieusement.

— Allons faire un tour au troisième, y a une tripotée de grands chauves là-haut.

Nous lui emboîtons le pas sur un escalator, hors service depuis bien longtemps à en croire la rouille et l'absence de rampe d'un côté. Le gosse a le pas rapide et léger et il nous faut presque courir pour suivre son allure. Arrivée au troisième étage, je sens ma gorge se nouer. Il se dégage de ce lieu une tension presque palpable, notamment du fait des gardes du corps hargneux, bourrés de drogues et d'augments corporels en faction devant les différentes boutiques reconverties. J'ai l'impression qu'ils ont tous le regard braqué sur nous.

J'ai la bouche pâteuse en passant devant un magasin de lingerie où se déhanchent derrière des vitres crasseuses des femmes bien vivantes, légèrement vêtues de plumes et de dentelles. Un rideau de velours rouge froufroute dans l'embrasure de la porte, laissant émerger une femme en tailleur suivie d'un homme également tiré à quatre épingles. Le gamin, lui, continue d'un pas vif en direction d'une librairie délabrée et je ne le lâche pas d'une semelle, Ford sur mes talons.

Les vitrines de l'échoppe sont intégralement tapissées de feuilles du *Daily Dilemma* et de vieilles bandes dessinées aux pages brunies et racornies par le temps. Il ne reste qu'un petit carré de verre d'une dizaine de centimètres de côté d'où l'on peut regarder à l'intérieur.

Le jeune garçon me fait signe du menton d'y jeter un coup d'œil.

Ford se tient en retrait pendant que je m'accroupis. Je balaye la salle des yeux et repère vite un grand chauve qui ressemble fort à Smitty, assis à même le sol, accoudé à une étagère cassée, en pleine lecture d'une BD. Je distingue des piles de livres le long du mur et vers le fond de la boutique une porte en métal. Mes yeux s'y retrouvent comme aimantés : Gavin pourrait bien être derrière !

— C'est ce chauve-là ? me souffle le gamin.

J'acquiesce de la tête. Le sommet glabre de son crâne est comme dans mon souvenir, une boule de billard avec un creux en forme de V à l'arrière.

Smitty tourne les pages de sa BD plus vite qu'il ne pourrait les lire lorsque s'ouvre la porte métallique. Une blonde tout en courbes en sort, mais ce n'est pas la coupe au carré platine à laquelle je m'attendais. Sans doute Miss Cafard portait-elle une perruque. Ses vrais cheveux lui tombent autour du visage en jolies bouclettes dorées, et il émane d'elle une douceur et une beauté que je n'avais pas perçues auparavant. Mais il me suffit de voir le rouge à lèvres brique sèchement appliqué sur sa bouche pour savoir qu'il s'agit bien d'elle. Elle attrape un sac de toile sur l'une des étagères et se met à fouiller dedans. Mon cœur a beau faire le bruit d'un avion au décollage, je l'entends entonner le premier couplet d'un vieux refrain populaire :

De tous les bandits de Bedlam, il n'y a que toi que je veux,
De tous les bandits de Bedlam, seul toi m'rends courageux,
C'est pour ça, mon loup qui ment, qui vole, qui joue,
Que dans ta p'tite caboche j'ai dû faire un trou.

C'est la même voix éraillée qui peuple mes cauchemars. Je ferme les paupières quelques secondes pour résister à l'envie de foncer à l'intérieur sans plan préalable.

— C'est elle, chuchoté-je en me tournant vers Ford.

Il se penche à son tour, sa tête juste au-dessus de la mienne, et examine la scène. Miss Cafard épaule son sac de toile et fait mine de se diriger vers la sortie.

— Elle arrive, barrons-nous d'ici, dit Ford d'un ton qui n'admet pas la réplique.

Déjà il a positionné son corps entre moi et la vitrine et fait signe au gamin de bouger.

— *Maintenant !* insiste-t-il en sentant mon hésitation.

Je trébuche et manque me casser la figure, mais les mains de Ford sur mes épaules me retiennent, et nous nous engageons au pas de course le long d'un corridor sombre qui empeste l'urine. Lorsque nous nous retrouvons au bout du couloir dans une obscurité quasi totale, Ford remercie brièvement le gamin et lui glisse quelques billets dans la main.

— Ne dis à personne que nous sommes passés ici, tu dois nous le promettre, lui dit-il gentiment mais fermement.

— Promis juré, lâche le garçon, le visage bleui par la lumière de son appareil auditif. Vous reviendrez ?

— Probablement, dis-je en même temps que Ford dit non.

Il me jette un regard surpris, mais je me contente de hausser les épaules. Je suis sûre et certaine qu'ils retiennent Gavin prisonnier ici. Il faut juste que j'échafaude un plan qui me permettra de le faire sortir d'ici.

— V'là ma carte de visite, se rengorge le gamin en me tendant un bristol écrit à la main.

Rufus Mitz
Guide d'Hadès, champion de billes.
De petites mains pour de grands services.

— Si vous revenez, vous aurez sans doute besoin de mon aide, ajoute-t-il.

— Tu nous as déjà bien fait avancer, le remercié-je avec sincérité.

Sans lui, nous n'aurions jamais trouvé la librairie. Je ne peux m'empêcher de lui ébouriffer les cheveux d'une main avant qu'il ne se recule d'instinct.

— Je vais vous montrer un meilleur chemin pour sortir, gratos cette fois !

Nous le suivons dans une cage d'escalier remplie d'enfants de son âge. Je me demande s'ils sont tous orphelins ou si leurs parents se trouvent ici quelque part, vendant leur marchandise au marché noir. Je me demande s'ils vendent tous de la drogue, s'ils mangent à leur faim, s'ils dorment à l'intérieur même de ce bâtiment insalubre, mais je n'ose pas poser la question. Je n'ai pas envie d'entendre leur réponse...

Quand enfin nous arrivons à l'air libre, Ford me jette un regard noir.

— Ne fais pas ça !

— Faire quoi ?

— Tu sais parfaitement *quoi* ! Ne remets jamais les pieds ici, à moins d'avoir une armée avec toi. Tends-leur une embuscade où ça te chante, mais pas ici. Il y a des gens qui meurent entre ces murs, Anthem, et personne n'en sait jamais rien. Quant à la disposition de cette librairie, poursuit-il en mettant d'une main sa capuche pour se protéger de la bruine qui commence à tomber, je n'aime pas ça du tout : une fois à l'intérieur, tu n'as plus qu'une seule issue possible. Imagine qu'ils t'y enferment !

Je hoche la tête pour la forme, ne l'écoutant que d'une oreille. Peu importe ce que Ford raconte, je reviendrai. Seule.

À trois heures de l'après-midi, je suis attablée à la maison en train de dévorer un saladier de pâtes généreusement saupoudrées de parmesan, en compagnie de Lily qui prépare un soufflé à la citrouille. Je lui suis reconnaissante de sa compagnie confortable. Avec elle, pas besoin de faire semblant, voire de parler la plupart du temps. Quand j'entends mes parents rentrer de Dieu sait où, je plaque un sourire sur mes lèvres et prends une profonde inspiration, attendant qu'ils se soient débarrassés de leur manteau. Lily lève les yeux de sa préparation et m'adresse un clin d'œil que je lui renvoie. Sous sa casquette noire floquée INDUSTRIES FLEET, son visage rond qui irradie de douceur et ses grands yeux verts n'ont pas manqué d'enregistrer la tension qui règne ces derniers jours à la maison – il faudrait vraiment le vouloir pour l'ignorer ! Elle sait sans aucun doute que la version officielle servie aux médias n'est qu'un mensonge, mais je ne lui ai pas raconté ce qui s'est réellement passé.

Ma mère s'approche de moi et me prend dans ses bras avec effusion, me plantant un baiser sonore sur chaque joue, sa peau encore froide de l'air extérieur. Elle prend place sur le tabouret de bar à côté du mien et s'éclaircit la gorge tout en délicatesse.

— Nous avons parlé avec ton père, chérie, vois-tu, commence-t-elle à mi-voix.

Mon père fait alors à son tour son entrée dans la cuisine et s'adosse contre le chambranle, m'adressant un bonjour de la tête et un sourire fatigué.

— Et puisque nous n'avons eu aucune nouvelle de ton… ami… nous nous sommes dit qu'il était probablement temps d'aller voir la police…

NON ! Je me raidis d'un coup, mon esprit tournant à cent à l'heure pour trouver quoi lui répondre. Je ne peux pas les laisser contacter la police. Si jamais les flics parvenaient à déterminer où se planquent les kidnappeurs et lançaient une offensive trop brusque, Gavin pourrait mourir. Je ne dois laisser personne s'immiscer dans cette affaire à ce stade, pas quand je suis à deux doigts de la régler toute seule.

— J'allais justement vous dire…, soufflé-je d'une voix que j'espère mi-soulagée, mi-triste, les yeux rivés sur le marbre du plan de travail.

— Nous dire quoi, mon chou ? demande ma mère en me frottant le dos d'une main.

— Ils ont relâché Gavin. Ce matin. Il m'a téléphoné. Vous aviez bien raison, quand ils ont vu qu'on ne payait pas, ils ont laissé tomber. (Je tâche de me recroqueviller sur moi-même et serre les yeux dans l'espoir d'y faire naître un semblant de larmes.) Mais ne vous en faites pas, j'ai mis un point final à notre relation. Ça n'aurait jamais pu marcher entre nous.

Du coin de l'œil, je vois Lily qui lève la tête de son soufflé, et je prends bien garde à éviter son regard. C'est une chose de mentir à mes parents, c'en est une autre de mentir à Lily.

— Eh bien, lance finalement ma mère, manifestement incertaine du ton à adopter.

Je sens ses yeux s'appesantir sur mon visage, comme si elle cherchait à lire en moi.

— Dieu merci, le calvaire est terminé ! souffle-t-elle.

— Et ça s'est passé aujourd'hui ? intervient mon père.

— Ce matin. Il est passé me voir à la sortie du cours de danse. C'est là que j'ai rompu avec lui, débité-je d'une voix de robot.

— Et tu vas… bien ? s'enquiert ma mère.

— Ça va, soupiré-je. Je suis triste, bien sûr, mais ça va.

Mes parents hochent la tête à l'unisson, l'air sincèrement préoccupé, mais ils ont tôt fait de trouver des excuses pour regagner leurs quartiers respectifs : mon père dans son bureau, ma mère dans sa chambre, pour s'allonger un peu.

Me voilà donc seule avec Lily. Elle me tend le saladier où elle a préparé le soufflé à la citrouille, pour que je le lèche comme quand j'avais dix ans.

— Vraiment, Ant ? me souffle-t-elle.

Je secoue la tête, puis porte un doigt à mes lèvres.

— Tu es sûre que tu te sens bien ? chuchote-t-elle. Parce que tu n'en as pas l'air…

— Pas super, non, admets-je au bord des larmes.

Quand j'étais petite, je racontais tout à Lily. Plus maintenant.

— Mais je vais tout remettre en ordre.

Elle hoche la tête prudemment.

— Je suis là, tu sais, si tu as besoin de quoi que ce soit, murmure-t-elle. Je sais que tu ne m'as pas demandé de conseils, ajoute-t-elle après une pause, mais laisse-moi te dire que les garçons valent rarement tout le temps qu'on peut leur consacrer.

— Celui-là si, répliqué-je, tu le rencontreras un jour, tu verras.

À 20 h 27, lorsque je me suis assurée que Serge est à l'étage avec mon père et Lyndie Nye pour une réunion de crise à propos du projet controversé de stade lancé par les industries Fleet, je me rends au garage souterrain et retiens mon souffle en apposant mon pouce sur le clavier numérique qui orne la poignée de portière de la Seraph. Je ne peux me retenir de sursauter au bruit sourd de la sécurité qui se désengage. Je sors de ma poche de jean la minuscule clé de la boîte à gants que j'ai subtilisée dans le bureau de mon père.

Je sais que Serge y garde un pistolet depuis que j'ai dix ans et, le temps que je tourne la clé dans la serrure, me voilà replongée dans la scène : j'émerge d'une sieste sur la banquette arrière et vois Serge qui, calmement, méthodiquement, nettoie une arme à feu. Il éjecte la cartouche, démonte chaque partie, les polit minutieusement avant de les réassembler et de ranger le pistolet dans un compartiment de la boîte à gants. J'avais été terrifiée sur le coup et avais fait semblant de me rendormir. Mais avec les années, j'ai trouvé de plus en plus réconfortant de savoir qu'avec tous ces crimes à Bedlam, nous n'étions pas sans défense dans la voiture, et que notre garde du corps savait ce qu'il faisait. Jusqu'à la semaine dernière, je me considérais chanceuse d'être si bien protégée. J'ai désormais conscience que ce n'était qu'une illusion. Dans cette ville, personne n'est jamais à l'abri du danger.

L'idée de prendre un pistolet en main ne m'enchante pas, loin de là, mais je suis à court d'options. Je ne peux pas me permettre de voler à nouveau des bijoux à ma mère. C'est déjà un miracle qu'elle ne s'en soit pas rendu compte. Je n'ai rien à offrir aux ravisseurs. Et quand on se trouve à court de carottes pour faire avancer une mule entêtée, il ne reste plus guère que le bâton…

Une fois la boîte à gants ouverte, je passe la main à l'intérieur jusqu'à toucher la jointure recherchée. J'ouvre alors le compartiment secret et pose les doigts sur le plastique froid de la crosse. L'arme est plus lourde que ce à quoi je m'attendais. Je pars du principe qu'elle est chargée, tout en espérant ne pas avoir à m'en servir. Il ne me reste qu'à souhaiter qu'en la pointant sur la bonne personne, j'obtiendrai l'avantage. *Une vie pour une vie*, pensé-je tandis que la chair de poule m'envahit les avant-bras. *Si ça doit en arriver là…*

Je fourre l'arme à l'arrière de mon jean et récite une petite prière mentale pour que je ne me tire pas accidentellement dessus. Je referme ensuite la boîte à gants puis sors de la voiture. Après avoir verrouillé la Seraph, je rabats la capuche de ma veste en laine sur mes yeux et me mets en route, les jambes flageolantes, en me racontant toutes sortes de mensonges pour continuer à avancer : *Ton plan est solide, Ant, tu peux le faire.* J'ai beau être morte de trouille, je n'ai que ma détermination à laquelle me raccrocher. Ma détermination et un pistolet que je ne suis même pas sûre de savoir utiliser.

19.

Le troisième étage d'Hadès fourmille de monde le soir. La foule y est un peu moins tapageuse qu'au marché du rez-de-chaussée, mais ici et là sont réunies des grappes de gens – des hommes surtout, mais pas que, tous habillés de couleurs sombres, le visage gris et marqué par la vie à la dure. Ça joue aux cartes, ça boit au goulot de bouteilles dissimulées dans des sacs de papier kraft, tandis que des gamins, dont je reconnais certains, aperçus lors de ma visite précédente, acheminent enveloppes et colis d'une boutique délabrée à une autre. Le cœur vrombissant sous l'effet combiné du stress et de l'adrénaline, je me dirige vers la librairie.

Je ralentis l'allure en arrivant à proximité, toutes les cellules de mon corps à l'affût du moindre signe de Miss Cafard ou de l'un de ses acolytes. S'ils sont là tous ensemble, il faudra me résoudre à revenir plus tard. La porte du magasin est ouverte, et je ne distingue personne à première vue. Les mêmes piles de livres en équilibre précaire jonchent la moquette défraîchie, et je repère la BD que feuilletait Smitty, ouverte sur le comptoir à côté de la caisse. Y trônent également un cendrier qui déborde de mégots portant des traces de rouge à lèvres et plusieurs bouteilles vides de vodka Blackout. Je traîne un moment à proximité de la porte en essayant de capter le moindre son à l'aide de ma superouïe. Dès que je me suis assurée que rien ne bouge dans la boutique, je m'approche du comptoir. La bande dessinée s'intitule *Killerella* ; sur une image, une fille à couettes en robe moulante et aux yeux qui lui mangent la moitié du visage pointe un fusil démesuré sur un monstre marin à mi-chemin entre l'homme et la pieuvre. *Ah, ces fameuses bombes sexy et leurs mitrailleuses lourdes*, songé-je, me rappelant avec effroi que j'en suis quasiment une à présent, avec le pistolet de Serge coincé dans le jean. Je roule des épaules, redresse le torse, et m'apprête à aller inspecter la porte en métal au fond du magasin.

C'est à cet instant que je perçois du mouvement derrière moi, accompagné d'un grognement. Puis le bruit d'une pile de livres qui s'écroule.

Je fais volte-face et découvre un type à la musculature sèche, la vingtaine, aux cheveux blond sale et portant un blouson de cuir, qui se précipite sur moi, prêt à abattre la crosse de son fusil d'assaut sur ma tête. Mon adrénaline ne fait qu'un tour et mes oreilles s'emplissent d'un rugissement de sang. La librairie décrépie et ses étagères vides virent au blanc autour de lui, et le moment se fractionne instantanément en une série de micromouvements. Tout à coup, je peux prédire au millimètre où ses pieds vont se poser, suivre les mouvements de sa mèche tandis qu'il court comme au ralenti. Dans cette temporalité d'escargot asthmatique, j'ai tout le temps du monde de lancer une attaque.

Je vais à sa rencontre et déplie la jambe, le bout de ma bottine à deux doigts de s'écraser sur sa tempe. Mais il sait se battre. Il esquive sur la droite et j'atterris mal, effectuant une roulade peu gracieuse sur la moquette usée. Le temps que je reprenne mes esprits, il charge à nouveau, crosse en avant.

J'évite l'impact de justesse, me relève d'un bond et me propulse immédiatement dans les airs. Je me retrouve en suspension à une hauteur que les lois de la gravité ne devraient pas autoriser et j'atterris sur lui, l'envoyant au tapis et faisant valdinguer son fusil contre un rayonnage en métal.

Assise sur sa poitrine pour l'immobiliser, j'essaie de lui coincer les bras sous mes genoux. Mon cœur bat à une telle vitesse que c'en est douloureux. J'ai un instant l'impression qu'il est transpercé de mille bouts de verre acérés, et me demande l'espace d'une seconde si la création de Jax va me lâcher alors même que j'en ai le plus besoin. Puis la sensation reflue et je peux à nouveau me concentrer sur l'homme qui se débat sous moi.

Ses yeux sont rivés aux miens et ses lèvres se tordent en un rictus moqueur.

— Princesse, tiens donc ! T'es un sacré numéro, toi, tu sais ! ronronne-t-il.

Je le fusille du regard, démangée par une furieuse envie de lui arracher les yeux. Une seconde s'écoule, le temps pour lui de libérer une main et de m'attraper par le chignon. Un cri inhumain et plein de rage s'échappe de ma gorge, et avant même que j'aie eu le temps d'y réfléchir, j'ai saisi le pistolet dans mon dos, l'ai armé et le pointe sur le front du voyou. *Comment je sais faire ça ?* Toujours est-il que je l'ai fait.

— Pose tes sales pattes par terre, je suis venue chercher Gavin, dis-je d'une voix calme, bien que toutes les cellules de mon corps vibrent de frayeur.

— Rosie, s'écrie le type sans se départir de son sourire de maniaque, y a de la visite pour toi !

Nous restons dans la même position pendant de longues secondes, moi le chevauchant, tenant mon arme braquée sur son front à deux mains, de peur de ne plus pouvoir masquer mon tremblement. Il a beau transpirer à grosses gouttes, il continue de sourire et garde la même lueur de défi dans ses yeux moqueurs.

La porte de métal au fond de la boutique finit par s'ouvrir en grinçant, et la voilà soudain qui se tient devant moi. Suffisamment proche pour que je puisse dire que le chewing-gum qu'elle mâche est aromatisé au raisin et qu'elle ne l'a pas depuis longtemps en bouche. Miss Cafard en personne me toise de toute sa hauteur. *Rosie*, ricané-je intérieurement, presque écœurée par la douceur florale de ce prénom. Ses cheveux lui tombent autour du visage en vaguelettes ondulées et son maquillage vient renforcer sa mine sévère : elle porte cette fois un fard à paupières chromé et un rouge à lèvres criard. Mais à y regarder de plus près, elle est pourtant sexy dans sa robe de skaï, et son maquillage ne masque pas totalement le fait qu'elle est plus jeune que je ne l'aurais cru, la vingtaine tout au plus. Son petit nez épaté et ses grands yeux bleus lui donnent l'air innocent, presque poupin. Smitty ne tarde pas à faire son apparition. Il referme la porte derrière lui. Tous deux sont armés.

— Je vais le tuer, annoncé-je.

Joignant le geste à la parole, je plaque le canon froid de mon pistolet contre sa tempe et savoure la manière dont il se tortille sous moi, impuissant.

— Avant que vos balles ne m'atteignent, je lui aurai déjà explosé la cervelle. Alors posez vos armes par terre devant vous.

Et lentement, miraculeusement, ils le font. Smitty le premier. Puis Miss Cafard pousse un grognement, roule des yeux et s'exécute à son tour.

— Je suis venue chercher Gavin, répété-je, la gorge prise, espérant que ça passe pour de la colère vengeresse ou même de la folie. Je ne partirai pas sans lui. Éloignez-vous de vos armes et libérez Gavin, sinon je tire.

— Elle est complètement barrée, cette rouquine, marmonne Smitty en reculant.

Il a de la salade collée sur son double menton, comme si je l'avais interrompu en pleine dégustation de taco. Miss Cafard – Rosie – ne pipe mot. Elle rajuste calmement ses cuissardes avant d'effectuer quelques minuscules pas vers l'arrière sans me quitter de ses yeux bleus glacés. Elle arque un sourcil et ses lèvres rouge criard se tordent en un sourire de pitié. Puis elle hausse les épaules et fait un signe à Smitty.

— T'as entendu la demoiselle ? Vas-y, sors-le de son trou, dit-elle d'un ton neutre.

Smitty se rend derrière le comptoir à pas lents et tape une série de touches sur la caisse enregistreuse. Il fixe le comptoir d'un air bovin, mais rien ne se passe.

— C'est quoi le code déjà ? demande-t-il à Miss Cafard.

— Putain, Smitty, t'as vraiment du fromage blanc à la place du cerveau ! s'emporte-t-elle en allant le taper elle-même.

Le dessus du comptoir coulisse alors et Miss Cafard se penche à l'intérieur pour murmurer quelque chose que je ne parviens pas à entendre malgré ma superouïe tant mon cœur bat à cent à l'heure. L'écho qui résonne me pousse à conclure que l'espace en dessous doit être relativement grand, sans doute une pièce de stockage… et de séquestration.

— Retourne-toi, aboyé-je au blond en me relevant, un œil rivé sur Miss Cafard. Les mains sur la tête !

Après qu'il m'a obéi, j'expédie d'un coup de talon le pistolet nacré et le fusil de Smitty derrière moi, l'arme toujours braquée sur la tête de mon otage.

Les secondes s'égrènent. Personne ne bouge. On entend la musique qui vient du dehors, accordéons et tambours sont venus rejoindre les cuivres qui s'époumonaient déjà quand je suis montée à la librairie. La fanfare semble se rapprocher. Tant mieux. Gavin et moi nous éclipserons plus facilement en nous fondant dans la foule. Gavin… son nom me fait frissonner à l'idée de sa proximité. Se trouve-t-il réellement à quelques mètres ? À l'intérieur d'un comptoir de librairie ? C'est peut-être un piège, me dis-je soudain. Il faut que je me prépare au pire, ils sont vraiment capables de tout.

C'est alors que deux mains se matérialisent sur le rebord du comptoir, puis le sommet d'un crâne. Des cheveux châtains. Et le visage de Gavin qui apparaît comme dans un rêve.

— Salut, Anthem, soupire-t-il.

Il m'adresse un sourire fatigué avant de s'extirper du trou avec difficulté. Il cligne des yeux bien que la boutique n'ait plus qu'une ampoule qui fonctionne et il tient à peine sur ses jambes.

— Gavin ! m'écrié-je, les larmes aux yeux.

Encore quelques secondes auparavant, je ne réussissais pas à me défaire de l'appréhension qu'ils l'aient déjà tué. Mais je le vois de mes yeux maintenant, à trois mètres de moi. La blessure sous son œil a viré au jaune tandis que ses paupières gonflées sont violacées. À part ça, il ne semble pas blessé. Il a les cheveux sales et emmêlés, mais ses vêtements sont propres et, à première vue, il n'a pas perdu de poids. Je n'ai qu'une envie, le serrer dans mes bras, le prendre par la main et nous enfuir. Hélas, Rosie et Smitty se sont positionnés de chaque côté de lui. Tous deux arborent un petit sourire qui ne me dit rien qui vaille.

— Tu vas bien ? demandé-je bêtement.

Bien sûr qu'il ne va pas bien.

— Ça va. Mais Anthem, il vaudrait mieux que tu partes, répond-il en me suppliant du regard.

— Nous partirons d'ici tous les deux, répliqué-je.

Ne se rend-il pas compte que c'est moi qui tiens le flingue ? Que je suis venue le sauver ?

Ce n'est qu'à cet instant que je remarque un anneau de métal juste au-dessus de sa chaussure. Gavin se tourne légèrement et je découvre avec horreur un câble épais qui serpente jusqu'à l'intérieur du comptoir. Il est enchaîné.

— Je vous ai dit de le laisser partir ! beuglé-je en enfonçant sans ménagement le canon de mon pistolet dans la nuque du blond à terre. Sinon je bute votre ami !

— J'ai une meilleure idée.

C'est Rosie qui a parlé. Elle me sourit de toutes ses dents, l'une d'elles est tachée de rouge à lèvres.

Mes yeux glissent jusqu'à sa main et je frémis en constatant qu'elle tient une autre arme, un bon vieux revolver argenté.

— Je pourrais tout simplement tuer Beau Gosse, qu'est-ce que t'en penses ? Qui aura le cran de tirer en premier, hein ? Toi ou moi ?

— Je vais le faire ! menacé-je.

Et je ferme les yeux, le doigt crispé sur la détente, prête à encaisser le choc du coup de feu… mais je reste pétrifiée.

En imaginant le crâne qui explose sous l'impact, les éclaboussures de sang partout sur les murs et sur moi, la fin de sa vie, aussi misérable qu'elle ait été, je ne peux pas passer à l'acte. Mes bras se mettent à trembler. Il ne me reste plus qu'à espérer que Rosie bluffe aussi.

— Je l'aurais parié.

Son ton sarcastique me fait rouvrir les yeux sur son pistolet pointé sur le cœur de Gavin. Il ne se débat pas, il ne supplie pas, il la regarde droit dans les yeux, attendant son geste.

— Bon, il est temps de mettre un terme à ce petit jeu, je m'ennuie ferme.

— Non ! m'écrié-je. Je vais poser mon arme !

Rosie se contente de me décocher un sourire carnassier avant de prendre une inspiration.

Puis le temps se replie sur lui-même. Il y a la détonation. Sourde. Et à travers l'air qui vibre, je vois Gavin, pantin désarticulé, tomber au ralenti, une fleur de sang s'épanouissant sur son T-shirt gris autour du pistil de l'impact, jusqu'à recouvrir tout son torse. Ma gorge emplie d'un *NOOOOOON !* hystérique menace de m'étouffer et je tremble de tous mes membres. Le temps que s'écoulent ces secondes irréelles, ils sont sur moi. Smitty me plaque une main sur la bouche tandis que le blondinet me déleste de mon pistolet et le vide de ses balles qui rebondissent mollement sur la moquette mitée.

Je les repousse violemment et me rue vers Gavin, me disant que je dois l'emporter loin d'ici, l'emmener aux urgences, chez Jax même s'il le faut, mais il a déjà le teint cireux et ses paupières – Dieu merci – sont closes. La balle l'a pénétré sur la gauche de la poitrine, pile là où est situé son cœur. S'il y a bien quelque chose que je connaisse en anatomie, c'est ça.

Je prends sa tête entre mes mains et passe frénétiquement mes doigts dans ses cheveux, tandis qu'en arrière-plan, une voix suraiguë continue de beugler : *NOOOOOON !* jusqu'à ce que Rosie me flanque une baffe et que le cri s'arrête enfin.

— Ferme ta petite gueule ! (Elle se tient au-dessus de moi, l'arme du crime toujours en main.) Allez, Princesse, casse-toi maintenant. T'as plus rien à foutre ici, et je préférerais ne pas avoir à te tuer aussi. C'est suffisamment chiant de se débarrasser d'un cadavre, surtout que les flics ont le chic pour sentir ce genre de trucs.

Pendant qu'elle parle, le canon court de son revolver oscille sous mon nez pour m'indiquer la sortie. Je rassemble ma salive et lui crache au visage, la mettant au défi de me tirer dessus.

— Messieurs ? Un petit coup de main serait apprécié pour virer cette connasse hors de ma vue, grince-t-elle en s'essuyant le front du revers de la main.

Ils m'attrapent chacun sous une aisselle et commencent à me traîner vers la sortie. Je vois le corps inerte de Gavin étalé sur la moquette, le T-shirt trempé de sang, puis Rosie s'agenouiller à son côté pour inspecter les dommages qu'elle a causés.

Je sens mes forces me revenir. Au galop. Je n'aurai aucun problème à me libérer d'eux. Je me secoue et parviens à atteindre Smitty d'un coup de pied qui l'envoie à terre, mais la porte au fond de la boutique s'ouvre alors, et en sortent trois nouveaux costauds : deux petits métis baraqués qui pourraient bien être jumeaux, suivis d'une géante aux cheveux violets. Je me rappelle les avoir vus au Dimitri's, c'est le reste du gang de Rosie.

Une fois qu'ils sont tous sur moi, un par membre au moins, je me retrouve impuissante. J'ai beau me tortiller dans tous les sens et invoquer ma force herculéenne, rien à faire.

J'aperçois du coin de l'œil Smitty qui se relève, ramasse une bouteille de vodka Blackout sur le comptoir, et celle-ci qui fuse vers ma tête à pleine vitesse.

Puis le noir m'accueille, noir comme le sang de Gavin à travers son T-shirt. Je suis soustraite au monde et à toutes ses horreurs.

Je reprends connaissance sur le carreau d'Hadès, au rez-de-chaussée du centre commercial. Je sens le pistolet de Serge me rentrer dans les côtes à l'intérieur de ma veste, puis j'ouvre les yeux sur Rufus, penché au-dessus de moi, et qui me secoue la jambe.

— Réveille-toi ! Il faut bouger avant qu'ils te voient !

La fanfare que j'ai entendue tout à l'heure se rapproche. Aux percussions, aux tubas et à l'accordéon se mêlent à présent des voix qui entonnent un chant funèbre sur un tempo rapide.

C'est en hommage à Gavin, me dis-je immédiatement. *Ils savent que Gavin est mort.* Mais non, bien sûr que non. Rosie est assez pro pour avoir nettoyé la scène du crime en deux temps trois mouvements.

Rufus est en train de me pincer les oreilles et les joues.

— Debout, tête de nœud !

Je lève les yeux sur son visage poupin, sur ses grands yeux bruns et ses joues roses, teintés de bleu par son sonotone qui brille dans la faible lumière.

Je ne sens plus rien. Je ne vois plus rien. L'espace d'un instant, j'ai envie de me jeter au milieu de la foule en brandissant le pistolet de Serge, jusqu'à ce que quelqu'un juge bon de m'abattre. Je suis prête à mourir, ici et maintenant, pour rejoindre Gavin au plus vite.

Mais par respect pour Rufus et pour l'infime chance qu'il a de devenir un jour un adulte sain d'esprit, je me retiens. Je prends la petite main encore potelée qu'il me tend et le laisse m'entraîner loin du chœur funèbre. C'est pour lui que, pas après pas, je force mes jambes à s'extirper de l'abîme de désolation au fond duquel je suis embourbée.

— Je sais de quoi t'as besoin : de bonbons, me dit-il d'un air grave en m'escortant jusqu'à l'air libre.

Il sort de sa poche un sachet, en extrait un rouleau de réglisse et me le dépose dans la main comme s'il s'agissait d'un bijou inestimable.

— Les bonbons, ça aide toujours.

Plus rien ni personne ne peut m'aider. L'espoir est mort. Ici comme partout ailleurs. Je porte néanmoins le disque à ma bouche et le laisse fondre sur ma langue.

— Merci, murmuré-je. Rufus, je peux te demander une faveur ?

— Les faveurs sont pas gratuites, rétorque-t-il du tac au tac.

Ça me rappelle Ford qui n'avait d'yeux que pour mon collier sur le pont des Soupirs, il y a quelques millions d'années de cela. *Rien n'est gratuit*, songé-je amèrement tandis que mes doigts s'attardent sur mon pendentif. *Tout coûte trop cher dans la vie.*

Mais Rufus ne devrait pas savoir ça. Pas encore. Il n'a certes pas été gâté par la vie, mais quand même. Si seulement il pouvait quitter cet endroit, prendre un bus et partir loin d'ici. Je sais qu'il ne le fera pas. Hadès est tout ce qu'il a.

Je lui glisse un billet de vingt dollars puis passe ma main dans ses cheveux crépus et tout doux.

— Ne monte plus au troisième étage, s'il te plaît. C'est pas un endroit pour les gamins.

— Ouais ouais, marmonne-t-il à contrecœur.

Plus tard, après des adieux comme sous anesthésie, et une crise de sanglots derrière une colonne de béton, je me mets en mode automatique, vidée de toute émotion. Et je marche, sans jamais me retourner sur le colossal centre commercial qui sert désormais de sanctuaire à la dépouille de Gavin.

Je rentre à la maison à pied sous un croissant de lune minimaliste, mais qui fournit encore trop de lumière à un monde qui n'en mérite aucune.

Lorsque j'entre dans le garage pour remettre le pistolet dans la boîte à gants de la Seraph, Serge m'y attend, assis derrière le volant. En voyant mon état, il bondit hors de la limousine et m'enserre dans ses bras de géant. Je m'abandonne à son étreinte, tremblant de tous mes membres.

— Raconte-moi, tu saignes…

J'ai le vague souvenir d'une bouteille qu'on me fracasse sur le crâne, mais je ne ressens de douleur qu'au ventre, rien à la tête.

— Gavin est mort. Ils l'ont tué sous mes yeux.

Ma voix est tellement plate et désincarnée que j'ai l'impression que c'est une autre qui parle.

Serge ne dit rien, mais il pousse un long soupir.

Je me dégage de ses bras et attrape le pistolet dans mon dos.

— Désolée de l'avoir emprunté. Je ne m'en suis pas servie.

Il me le prend des mains et le range immédiatement dans la poche intérieure de sa veste.

— C'est moi qui devrais m'excuser. J'aurais dû être là à tes côtés.

— Il fallait que j'y aille seule. Je ne pouvais pas mettre une autre vie en…

Je claque des dents tellement fort que je n'arrive même pas à conclure ma phrase.

— Anthem, tu es en état de choc, assieds-toi un instant dans la voiture.

Serge met le contact et tourne le chauffage au maximum, mais même lorsque le thermomètre indique trente degrés, je suis encore glacée. Il va ouvrir le coffre et en rapporte un de mes vieux pulls d'uniforme scolaire que j'enfile par-dessus mon blouson. Les minutes s'écoulent en silence. Je finis par arrêter de claquer des dents et mes frissons se calment.

— Je suis désolé que tu aies perdu ce garçon, Anthem. Mais toi, tu vas bien. Tes parents n'ont pas besoin de savoir quoi que ce soit.

Approchant mes doigts encore gelés des grilles d'aération, je murmure :

— Je ne vais pas bien, je n'irai plus jamais bien.

— Prends les jours l'un après l'autre, Anthem, l'un après l'autre.

20.

Quand j'arrive à l'étage, la pendule dans le hall m'indique que je rentre à une heure plus que décente : 22 h 15 ! Je n'arrive pas à croire qu'il se soit écoulé si peu de temps alors que j'ai l'impression d'avoir vieilli de trente ans depuis ce matin. J'entends des bruits étouffés de conversation en provenance du salon, ainsi que le cliquètement de tasses de porcelaine sur leur soucoupe. Mes parents reçoivent. Je me pince les joues et attache vite fait mes cheveux en un chignon qui dissimule le sang séché au sommet de mon crâne, puis me prépare à jouer la fille épuisée qui rentre d'une dure soirée de révisions à la bibliothèque.

Je me suis assoupie sur mon livre, répété-je intérieurement, *je suis crevée de chez crevée, je file au lit directement.* Mais lorsque j'arrive au salon, l'invité se trouve n'être autre que… *Will ?* Je me fige sur place, ne sachant quelle attitude adopter. J'ouvre la bouche, mais ne parviens qu'à toussoter.

Will se lève d'un bond de sa chaise entre mes parents pour venir me planter un bisou mouillé sur la joue, avant d'approcher sa bouche de mon oreille. Ce n'est qu'au prix d'un colossal effort de volonté que je réussis à ne pas reculer.

— Calme-toi et souris, me chuchote-t-il. Je leur ai dit que tu avais oublié ton bouquin de physique à la bibliothèque et que tu étais partie le rechercher. Ils n'y ont vu que du feu.

Je lui adresse un hochement de tête imperceptible pour lui signifier que j'ai compris et me force à sourire tandis qu'il me prend par le poignet d'une main moite pour me mener jusqu'au divan. Le cœur battant, j'attends que quelqu'un me dise ce qu'il se passe.

— Coucou, hasardé-je.

Mes parents ont l'air aux anges. Je ne les ai jamais vus aussi radieux depuis ma disparition.

— J'étais en train de leur dire combien j'étais heureux que nous nous soyons remis ensemble, annonce Will.

Je me tourne vers lui et lui renvoie un sourire horrifié.

— Mon petit doigt me disait que tous les deux vous vous retrouveriez, dit mon père avec un clin d'œil. Il y a des attirances contre lesquelles on ne peut pas lutter, n'est-ce pas ?

Les rires forcés qui s'élèvent alors dans la pièce me donnent la nausée.

— C'est la meilleure nouvelle que j'aie entendue depuis des semaines ! s'exclame ma mère, ses syllabes traînant sous l'effet du vin qu'elle a ingurgité. Ça me rendait si triste que vous ayez eu… cette petite dispute.

Elle a les yeux qui luisent sous le coup de l'émotion, et aussi du chardonnay dont il ne reste plus qu'un fond dans la bouteille.

— On est si jeunes en même temps…, me lancé-je, désireuse de désamorcer les faux espoirs que les mensonges de Will font naître en eux.

La pression qu'imprime Will sur mon poignet m'empêche de finir ma phrase.

— Ça vous dérange si je vous emprunte Anthem quelques secondes ? me coupe-t-il avant de décocher à mes parents le sourire breveté Hansen, celui qui découvre dents du haut *et* dents du bas.

— Mais fais donc, William, lui dit mon père avec un clin d'œil qui se veut jeune et complice. Allez, les enfants, allez donc discuter dans la chambre d'Anthem. C'est vraiment un plaisir de te revoir parmi nous, Will.

— Tout le plaisir est pour moi, monsieur. (Mais lorsqu'il se retourne vers moi, son sourire figé est contredit par l'intensité malsaine de son regard qui me file la chair de poule.) À très bientôt, j'espère, lance-t-il par-dessus son épaule tout en m'entraînant par le poignet. Allons-y, *ma chérie* !

— Lâche-moi tout de suite, chuchoté-je violemment dès que nous sommes sortis du champ de vision de mes parents. Qu'est-ce que tu oses venir faire ici ?

— Tout te sera révélé une fois dans ta chambre, ma chère, ricane-t-il. Et quand je dis tout, je pèse mes mots !

Dès que j'ai claqué la porte derrière nous, c'est bouillonnante d'indignation que je me retourne vers lui, les mains sur les hanches.

— À quoi tu joues exactement ? De quel droit débarques-tu chez moi pour en plus mentir à mes parents ?

— Voyons, *chérie* ! s'exclame Will en se laissant tomber sur mon lit et en ouvrant les bras. Viens faire un petit câlin et je t'expliquerai tout.

— Will !

— C'est bon, Anthem, je blague. Tu n'as vraiment aucun sens de l'humour. J'ai bien compris que tu ne me portais pas dans ton cœur ces derniers temps, je ne suis pas si stupide.

— Alors pourquoi t'es venu ici ?

— Eh bien, dit-il en laissant traîner le mot, sais-tu que tu m'as cassé une dent avec ton petit caca nerveux de la dernière fois ? Celle que tu vois là n'est que temporaire. Ils sont en train de me préparer un implant. Ça prend beaucoup de temps. Et d'argent aussi. (Il se retire alors une canine de la bouche et l'observe à la lumière du plafonnier.) Et pendant que j'étais assis sur le fauteuil du dentiste à attendre qu'il me l'extraie et racle le nerf mort, j'ai commencé à me demander : *Comment Anthem est-elle devenue forte au point de pouvoir me casser une dent ?* Je veux dire, et sans vouloir t'offenser, t'es quand même une crevette de moins de cinquante kilos !

Il darde ses yeux bleus sur moi, guettant ma réaction.

— Dégage de mon lit !

— Bientôt, *ma chérie.* Mais en fait non, je vais y rester un bon moment, je crois, il est tellement… confortable, dit-il en partant d'un grand rire.

Quelque chose ne tourne pas rond chez lui manifestement, il n'a pas perdu qu'une dent la dernière fois.

— Enfin, reprend-il, les mains derrière la tête, il y avait forcément quelque chose qui clochait, et je me suis décidé à résoudre ce mystère.

— Et alors, qu'as-tu donc trouvé ? murmuré-je sans du tout avoir envie d'entendre la réponse.

— Ta petite expérience t'a rendue plus jolie, tu sais. Tu vois, avant tu valais à peu près un sept, mais maintenant... tu es entrée dans la cour des dix haut la main.

— C'est marrant : plus tu parles, plus tu deviens laid.

— J'espère juste que ta cicatrice va s'estomper, rigole-t-il à nouveau. Il y en a qui sont plutôt sexy, mais celle que tu as bat tous les records, je dois avouer.

Ses paroles me pétrifient et je sens mon cœur palpiter à m'en donner le vertige. Se pourrait-il qu'il soit au courant ?

— De quoi tu parles ? dis-je en l'attrapant par le col de sa chemise oxford et en approchant son visage du mien jusqu'à distinguer entre ses dents des miettes des cookies que mes parents lui ont servis.

Ma chemise aurait-elle glissé lorsque je lui ai décoché mon coup de pied ? M'aurait-il espionnée d'une manière ou d'une autre ?

— Je sais tout, espèce de monstre de foire ! Je sais ce dont tu es capable, et j'ai toutes les preuves sur mon ordinateur. Alors il est plutôt dans ton intérêt de me lâcher !

— Qu'est-ce que tu as fait ? chuchoté-je.

Je le projette sur ma descente de lit en peau de mouton, celle-là même où il y a quelques semaines encore on s'était embrassés pendant des heures.

Je vais fermer le loquet de ma chambre puis retourne me poster au-dessus de lui. Je sens mon corps tout près de rentrer en mode furie destructrice.

Mais je ne le fais pas. Je ne peux pas. Pas ici.

— Je pense qu'il vaut mieux éviter toute violence à mon égard, tu ne crois pas ? grimace Will.

Il croise les jambes et se redresse, les mains sur les genoux comme s'il allait méditer en position du lotus. Ses yeux bleu clair scintillent de fierté à l'idée du chantage qu'il m'agite sous le nez.

— Les preuves vidéo que j'ai pourraient tomber entre de mauvaises mains.

— Comment oses-tu ? soufflé-je, soudain abattue.

Je m'assieds à quelques pas de lui sur le tapis, les épaules tombantes. Gavin est mort de toute façon, comment puis-je encore me laisser atteindre par quoi que ce soit ?

— Anthem, Anthem, Anthem, tu ne peux pas savoir comme ça a été un jeu d'enfant. Je me suis pointé ici un samedi pendant que tu étais à la danse ou à je ne sais quelle autre activité. J'ai apporté des fleurs à ta mère. Je lui ai raconté mon plan pour reconquérir ton cœur et blablabla. Je lui ai fait promettre de garder secret mon amour pour toi. Tes parents rêvent de nous voir ensemble, je suis sûr que tu le sais déjà. J'ai fait semblant de passer aux toilettes, et hop, j'ai filé dans ta chambre et planqué une petite caméra de rien du tout. J'imagine que je suis le genre de mec curieux qui aime savoir ce qui se passe dans la vie des gens.

— Où est-elle ? demandé-je d'une voix étranglée par la fureur.

— Ah ça, je te le dis pas, je garde cette information pour moi. Les images que j'ai de toi sautant comme une putain de sauterelle à travers ta chambre, je les garde pour moi aussi. À condition que tu fasses juste une petite chose.

— Où est cette caméra ? sifflé-je en me jetant sur lui.

Il m'esquive en roulant sur le côté, mais je vois à sa grimace qu'il n'en mène pas si large que ça.

— Tu essaies rien qu'une fois de me menacer comme ça, et je te promets que les vidéos se retrouvent direct sur les réseaux sociaux. J'ai même pensé à un nom de site spécialement pour toi : AnthemFleetEstUnMonstre.com, ça sonne plutôt bien, tu trouves pas ?

— Qu'est-ce que tu veux au juste ? dis-je en m'écartant de lui.

Par la fenêtre, le mince croissant de lune qui ne sert tellement à rien semble me narguer. Je ravale un sanglot.

— Les gens à l'école croient que tu m'as largué. Tu savais ça ?

La bouche de Will se tord à l'évocation de ce qui, pour lui, est une terrible humiliation

— Non. Mais où est le problème ?

— Il n'y a pas de problème… enfin, il n'y en a plus, dit-il doucement en arrachant des poils du tapis avant de les rouler en boule entre ses doigts, tout en évitant soigneusement mon regard. Parce qu'on vient de se remettre ensemble, comme je le disais à tes parents.

— Mais on n'a pas…

— Mais si, *chérie*, c'est comme ça que fonctionne ce chantage, tu vois : tu redeviens ma petite amie, tu te tiens à mes côtés comme une bonne petite ballerine obéissante, tu me donnes la main quand on est en public, tu m'embrasses fougueusement avant qu'on rentre en cours… Tu vois le topo, non ?

— Mais pourquoi ? Pourquoi me demander ça ? Tu me *détestes* !

C'est en le formulant à voix haute que je comprends à quoi il joue : c'est avant tout une histoire de contrôle, de pouvoir.

— Pourquoi ? Parce que personne ne rompt avec Will Hansen. Et personne ne balance de coup de pied dans les dents de Will Hansen. Et surtout, Anthem, c'est parce que je le *peux* !

— Et si je refuse ?

Mais je connais déjà la réponse à cette question.

— Si tu refuses, je rentre chez moi et je mets les vidéos en ligne. Je suis sûr qu'il y a bien des gens qui seraient intéressés par les activités illégales du savant fou qui t'a fait ça dans son labo clandestin. Je suis persuadé que nos scientifiques seraient ravis de faire des expériences sur un cobaye comme toi. Ça te plairait, une vie sous microscope ?

— Prends ta caméra et fous le camp d'ici, m'étranglé-je.

— Dès que tu auras accepté le marché…

De longues secondes de silence s'égrènent. Il n'y a que de la haine dans le regard que nous échangeons. Je détourne les yeux la première, je n'ai plus l'énergie de lutter.

— Marché conclu.

— Eh bien, voilà, c'était pas si dur, dit-il en se levant.

Il se dirige vers la photo noir et blanc accrochée au-dessus de mon lit, celle de deux danseuses en plein saut, leur corps gracieux dessinant des arabesques. Il en retire un petit morceau de plastique blanc fixé à même le cadre.

— Ça va tout de même me manquer de te voir te déshabiller, me dit-il, goguenard.

En me frôlant, il coule un regard vers mon lit défait.

— Mais je n'aurai sans doute pas longtemps à attendre avant de profiter de ce spectacle en direct, non ? (La main sur le bouton de porte, il se retourne vers moi.) Toi et moi, il nous reste encore quelques affaires à régler, me glisse-t-il encore, ses yeux lubriques parcourant mon corps de bas en haut.

— Sors d'ici, chuchoté-je.

Je claque la porte derrière lui avant de m'écrouler par terre, vidée. Ce faisant, je sens mon chignon se détacher. Je porte d'instinct les doigts à mon crâne, mais à part le sang séché qui colle quelques mèches, je ne trouve aucune trace de blessure, même pas de croûte.

Je me recroqueville, attendant que les larmes reprennent. Mais rien. Je ne suis plus qu'un vide béant, un néant à jamais glacé.

21.

Je reste plusieurs jours d'affilée dans ma chambre, ne dormant et ne mangeant qu'à peine.

Les quelques heures de sommeil que je grappille par-ci par-là ne m'apportent aucun repos. Que des cauchemars rouge sang. Je me résous donc à rester dans le noir, à contempler le plafond. La fissure presque imperceptible qui court de mon plafonnier aux moulures d'angle. Les chiffres de mon réveil digital qui m'indiquent qu'il fait jour, puis nuit. Je touche du bout des lèvres aux trois repas quotidiens que m'apporte Lily, puis les repousse, incapable d'avaler plus de quelques bouchées. Tout a goût de cendre et de sang. J'ingurgite juste ce qu'il faut pour éviter de m'évanouir.

Tous les matins, ma mère vient à mon chevet et s'assied à côté de moi. Elle me met la main sur le front, le visage chiffonné de lignes inquiètes.

— Tu es toujours brûlante, s'étonne-t-elle en retirant vivement la main, comme si elle s'était brûlée.

Mon nouveau cœur m'a manifestement donné la faculté de générer de la chaleur rien qu'en me concentrant, en retenant mon souffle et en serrant les poings.

Je lui marmonne quelques mots de sous les trois couvertures supplémentaires qu'elle a empilées sur moi, m'efforçant de la rassurer suffisamment pour qu'elle n'appelle pas le Dr Sprogue sans pour autant qu'elle me fasse aller à l'école. J'avale sans faire d'histoire les médicaments qu'elle m'apporte, les faisant glisser avec une gorgée d'eau du verre posé sur ma table de nuit et murmurant un faible « Merci, maman » avant de refermer les paupières pour dormir et évacuer ma prétendue fièvre.

Dans l'ensemble, mes parents me laissent tranquille, confiant à Lily le soin de passer me voir toutes les deux ou trois heures pendant qu'ils sont au bureau. Il y a même des soirs où tous les deux rentrent si tard du travail qu'ils ne viennent même pas dans ma chambre.

Je marque le début de chaque nouvelle journée en effaçant consciencieusement les SMS que m'a envoyés Will pendant la nuit. Des trucs du genre : *Ta petite frimousse me manque*, ou *Vivement qu'on soit à nouveau main dans la main*, mais le matin du quatrième jour, je sens qu'il commence à perdre patience. Son dernier message, envoyé à deux heures du matin, est plutôt explicite : *Tu ne pourras pas te cacher éternellement.*

Lorsque Lily fait son apparition avec un bol de porridge fumant, je devine à son regard que je dois faire peine à voir.

— Ant, me dit-elle doucement, ses yeux vert pâle irradiant d'empathie, je vais te faire couler un bain. J'ai de l'huile de lavande, c'est tout à fait ce qu'il te faut. Et, ajoute-t-elle en baissant encore la voix, si tu as besoin de parler de quoi que ce soit, tu sais que je suis là.

Je secoue la tête et me tourne contre le mur.

— Non merci, murmuré-je, incapable de soutenir le regard plein de compassion de Lily.

Elle me prépare néanmoins un bain et l'odeur de lavande vient flotter jusque dans ma chambre. J'ai les cheveux gras et la tête qui me démange, mais je reste allongée là, coincée dans ma bulle comme une mouche prise entre le rideau et la vitre. Je n'arrive à rassembler ni la volonté ni la force suffisantes pour me lever. Le poids de la mort de Gavin est comme une enclume sur ma poitrine, si lourd qu'il m'empêche même de pleurer.

Le vendredi, après que j'ai évité l'école pendant presque une semaine, Zahra me prévient qu'elle va passer. Elle m'a bombardée de messages et d'appels, auxquels j'ai à peine répondu. Mon téléphone est resté sur le chargeur dans la salle de bains, coincé en mode vibreur. Une à deux fois par jour, je me suis forcée à lui envoyer une banalité du genre : *Toujours malade*. Quand je la sentais insistante et qu'elle me demandait s'il s'était passé un truc, je développais : *Non, juste malade comme un chien*.

C'est le type de réponse qui la met en rage : le manque de détails, le côté factice de l'excuse. Elle sent le secret à des kilomètres. Et moi qui suis supposée ne plus en avoir après mon enlèvement. Je suis censée être la même Anthem qu'elle a toujours connue. Celle qui lui a toujours tout dit. Avant, il n'y avait pas le moindre détail que je ne partageais pas avec Zahra. Si j'étais coincée quelque part sans tampon et que j'avais du sang sur le jean, elle voulait savoir jusqu'à la taille de la tache. Mais ça, c'était avant. Maintenant, je n'ai plus pour elle que des mensonges et, au mieux, des semi-vérités. Je suis tout aussi incapable d'être une bonne amie que de me doucher, de m'alimenter, voire de remonter mes persiennes et de regarder par la fenêtre.

Je n'ai eu ni le temps ni le courage de lui répondre de ne pas venir, et la voilà qui débarque, avec à la main un bouquet de dahlias violets si gros qu'il lui cache la tête.

— T'as été super rapide, coassé-je.

Elle a dû m'envoyer le texto alors qu'elle était dans le hall de l'immeuble.

Z. pose l'énorme bouquet sur le lit à côté de moi. Elle me regarde comme si elle était venue rendre un dernier hommage à ma dépouille.

— C'est quand la dernière fois que t'as aéré ? demande-t-elle en fronçant le nez.

Elle se dirige vers la baie vitrée qui donne sur mon balcon, tire d'un coup sec le cordon des persiennes et ouvre grand les portes-fenêtres.

— C'est beaucoup mieux comme ça. Tu as besoin d'air, ma petite Anthem. Et ne le prends pas mal, mais t'as vraiment une gueule de déterrée.

Je me détourne du flot de lumière qui envahit soudain ma chambre, mettant mes mains en visière, puis me redresse péniblement.

— C'est normal, je suis malade.

J'ai envie de mourir, corrigé-je intérieurement.

— Mouais, que tu dis… C'est marrant comme t'as jamais été assez malade pour louper un jour d'école avant, et là, ça fait presque une semaine qu'on t'a pas vue. Tu te souviens quand t'as gagné le concours d'orthographe en cinquième et que tu t'es effondrée à la fin, on a découvert que t'avais quarante de fièvre !

Je laisse échapper un soupir.

— J'ai vieilli, tu sais, ou peut-être que je suis encore plus malade...

— C'est cela, oui, ironise Z., pas convaincue pour un sou. Écoute, j'imagine même pas ce que tu traverses à attendre des nouvelles de Gavin. J'aimerais juste que tu puisses te confier à moi.

Un long silence s'ensuit. Je me mords l'intérieur des joues, tellement tentée de tout lui raconter. Mais si je commence à lui dire la vérité, je sais que je ne pourrai plus m'arrêter. Tout ce que j'ai travaillé si dur à enfouir risquerait de resurgir sans que je réussisse à m'autocensurer. Mes visites sur la Rive gauche. Mes expéditions à Hadès. Mon cœur chimérique. Les menaces de Will. Z. ne me laisserait jamais céder à son chantage. Elle me forcerait à faire quelque chose – le dénoncer, le menacer à mon tour, et lui, par vengeance, révélerait mes secrets. *Oh, Zahra, pardonne-moi,* pensé-je en lui offrant un faible sourire.

— Ça va, Z., lui dis-je plus agressivement que voulu. Je t'ai dit que j'étais malade, c'est tout.

Elle baisse les yeux sur le lit, se demandant manifestement si elle s'y assied ou pas. Elle reste finalement debout.

— Je ne peux rien pour toi si tu ne me dis rien, lâche-t-elle d'un ton plat. Peut-être que tu... que tu ne veux plus de moi dans ta vie. C'est ce dont j'ai l'impression ces derniers temps.

Elle lève les yeux du tapis pour croiser les miens une fraction de seconde, avant de les reporter sur la ville qui s'étend par-delà la fenêtre.

— Bien sûr que si, c'est juste que… je traverse une mauvaise période, là. Et je me pose plein de questions sur ce qui est bon pour moi, parce que…

Ne prononce pas son nom ! Si tu prononces son nom, ton cœur va se déchirer à jamais.

Mais il me brûle le bout de la langue et c'est trop tard, la vanne aux mensonges est ouverte :

— Parce que, en fait, Gavin et moi on a rompu…

Mes mots se tarissent aussitôt que les deux syllabes de son prénom ont résonné.

— Rompu ? s'étonne Zahra en se rapprochant du lit. Ça veut dire qu'ils l'ont libéré ?

— Désolée de pas te l'avoir dit. J'étais vraiment… dans le brouillard. Ils l'ont laissé partir il y a quelques jours. Il m'a contactée. Il va bien. Mais je me suis dit que les choses ne pourraient jamais marcher entre nous. Mes parents…

Je fais un geste vague de la main, trop épuisée et dégoûtée de moi-même pour continuer à mentir.

Zahra se mord la lèvre, les sourcils arqués en signe de compassion tandis qu'elle me dévisage.

— Mais un jour ça pourrait marcher, non ? Quand tu seras un peu plus vieille et que tes parents te lâcheront la grappe.

Je hoche la tête en guise d'assentiment et ferme les yeux. *Rien ne pourra plus jamais exister entre Gavin et moi*, ai-je envie de lui crier. Au lieu de cela, j'ouvre la bouche et m'apprête à broder encore.

— Un jour peut-être, mais pour le moment il faut que j'aille de l'avant.

Je sens le rouge de la honte me monter aux joues. Je suis en train de profaner la mémoire de Gavin.

— Aller de l'avant ? répète Z., incrédule.

Je n'arrive pas à la regarder en face.

— Je me demande si ça vaudrait pas mieux que je me remette avec Will, énoncé-je, écœurée par le goût amer de ces mots dans ma bouche. Je sais que tu vas pas être d'accord, c'est un peu pour ça aussi que je me suis montrée distante.

Quelles conneries je suis en train de lui débiter ! Ce n'est qu'au prix d'un effort de volonté que j'ose affronter son regard. *Jamais elle n'ira avaler ça.*

Et pourtant si. Elle a un mouvement de recul, comme si je l'avais agressée physiquement.

— T'as vraiment pris un coup au cerveau, marmonne-t-elle, genre un sacré gros coup ! Merde, Anthem, tu te rends pas compte que tu tombes dans le piège classique de la codépendance ? Je te rappelle la définition, dit-elle en arpentant la pièce de long en large, la codépendance c'est se réveiller le matin et ne pas savoir comment on se sent avant d'avoir vu son petit ami.

— C'est peut-être ce qui m'arrive, répliqué-je d'une voix distante.

— « Will décroche haut la main la palme du plus gros connard de Cathédrale, et Dieu sait pourtant qu'il y a une sacrée concurrence ! » s'emporte-t-elle, les yeux voilés de larmes. Dixit Anthem Fleet, il y a environ deux semaines. Il t'a traitée comme une moins que rien, t'as déjà oublié ça ?

— J'ai changé d'avis, murmuré-je, les yeux rivés sur ses rangers qui lui montent jusqu'aux genoux, espérant de tout cœur la faire fuir pour ne pas avoir à rajouter encore aux mensonges. J'ai eu tort de dire ça.

— Je vais y aller, dit Zahra lentement, comme si elle n'était plus sûre que je comprenne ses paroles. Tu m'appelleras quand l'Anthem que je connais sera de retour, si elle revient un jour. Parce que ça, je ne sais pas qui c'est.

Ces mots me font sentir comme une robe souillée, comme un tas d'immondices qu'on a du mal à seulement regarder. *Tu as hélas raison*, approuvé-je tristement en mon for intérieur tandis qu'elle sort en claquant la porte. Pas étonnant qu'elle ne me reconnaisse plus, je ne sais plus non plus qui je suis.

22.

Cette nuit-là, je suis réveillée par une main qui me secoue doucement l'épaule. Je bondis de sous mes couvertures, prête à me jeter sur la porte. *Ils sont venus terminer ce qu'ils ont commencé.*

Une petite voix intérieure me dit pourtant que ce n'est pas le cas.

Le temps de ramasser une ceinture qui traîne par terre, j'ai déjà la main sur le bouton de porte lorsque j'entends mon prénom.

— Anthem, c'est moi.

Je baisse la ceinture que j'avais empoignée comme un fouet et laisse mes yeux s'acclimater à la pénombre. Les dents de Ford brillent à la lueur du clair de lune qui filtre sur le côté de mes persiennes. La poussée d'adrénaline se mue immédiatement en une vague de colère.

— Comment as-tu fait pour entrer ? chuchoté-je, mon cœur palpitant toujours de ce réveil en sursaut.

Je colle l'oreille contre la porte pour m'assurer que mes parents n'ont pas décidé de venir me rendre une petite visite nocturne.

Je le vois hausser les épaules, comme si la réponse à ma question était l'évidence même.

— Disons que je suis plutôt doué pour entrer par effraction. Te fais pas de bile, je ne suis pas passé par le hall. Personne ne m'a vu.

Je suis debout face à lui, en caleçon de garçon et débardeur taché de soupe à la carotte, une minuscule partie de moi impressionnée qu'il ait pu pénétrer si aisément une telle forteresse. Mais globalement je suis en colère, très en colère.

— Putain, Ford ! Qu'est-ce que tu fiches ici ?

Mon adrénaline retombée, mon manque d'activité de ces derniers jours me rattrape et je vois des mouches noires s'agiter devant mes yeux tandis qu'un bourdonnement me monte aux oreilles. Je titube jusqu'à mon bureau et ouvre le tiroir du bas où je garde un stock de confiseries. Ce n'est pas du tout le régime indiqué pour une danseuse avec mes ambitions, mais mon nouveau cœur et la peur qu'il tombe en panne m'ont fait radicalement changer mes habitudes alimentaires. Je sors un paquet de SugarKrisps, l'ouvre fébrilement et m'en enfourne une poignée, laissant tomber par terre la moitié des pétales sur un tas de vêtements sales.

— Waouh, lâche Ford en me dévisageant, t'as les lèvres toutes bleues !

Je hoche la tête tout en engloutissant une nouvelle poignée de céréales.

— Mes 'oigts auchi, ajouté-je la bouche pleine en lui montrant ma main libre.

Le bout bleu clair de mes doigts donne vraiment l'impression que je les ai trempés dans de l'encre.

Je cligne des yeux en déglutissant la dernière bouchée de SugarKrisps, qui raclent douloureusement ma gorge sèche.

Va-t'en, pensé-je bien fort. Je n'ai qu'une envie, retourner dans mon lit, vide, et seule, jusqu'à ce qu'un autre matin vienne.

Ford inspecte ma chambre baignée du clair de lune avant de fixer à nouveau son regard sur moi.

— Tu as l'air… euh…

— Pas en grande forme, je sais, complété-je.

Je m'assieds d'une fesse sur mon bureau, attendant que Ford continue. Mais il garde le silence.

— Pourquoi es-tu venu jusqu'ici ? C'est juste une petite visite de courtoisie ?

— Je suis au courant de ce qui s'est passé, finit-il par dire en s'asseyant au bord de mon lit, masse sombre qui vient jurer sur mes draps blancs. En ne te voyant pas revenir, je suis reparti faire un tour à Hadès et j'ai trouvé Rufus. Il m'a tout raconté, contre sept dollars cinquante, tu le connais. Et me voilà ici pour voir comment tu t'en sors…

— Merci, eh bien, je vais mal, comme tu peux le voir, dis-je en laissant tomber la boîte vide de SugarKrisps par terre sans même me soucier de la ramasser. Et Rufus, il allait bien ?

— Égal à lui-même, et tout mignon.

— Dommage qu'il soit sans doute destiné à se faire tuer ou à devenir accro avant même d'avoir atteint ses douze ans, noté-je amèrement.

— Je sais ce que ça fait, tu sais.

— Ce que *quoi* fait ?

— La mort d'un être qui t'est cher. Comment on se sent mort de l'intérieur. Désespéré, en colère, et tellement, tellement seul...

— Je croyais que tu vivais avec trois autres personnes ? lui fais-je remarquer.

— Oui. Avec mon oncle et ses deux filles. Mes parents se camaient aux affaleurs. Ça a fini par les tuer. Si mon oncle était pas intervenu, je serais sans doute mort moi aussi à l'heure qu'il est.

— Je suis désolée, Ford, ça a dû être atroce.

Honteuse, je baisse les yeux sur mes mains, la teinte bleue de mes doigts est déjà en train de s'estomper.

Je vais jusqu'à la fenêtre et relève un peu les persiennes, laissant apparaître un croissant de lune acéré comme une faux. Elle semble si énorme et si proche que j'ai l'impression de pouvoir tendre le bras et en casser un morceau. Je me détourne rapidement, je n'ai aucune place pour la beauté dans mon cœur en ce moment.

— T'aurais jamais dû y retourner, me gronde Ford, et encore moins toute seule. Je te l'avais bien dit.

— C'est trop tard maintenant, dis-je en me laissant tomber à côté des céréales renversées incapable de tenir sur mes jambes. Il est mort, et repenser à ce que j'aurais pu ou dû faire ne sert plus à rien. Crois-moi, j'ai essayé.

Nous restons tous deux silencieux pendant de longues secondes. *Maintenant, va-t'en,* pensé-je en posant ma tête sur mes genoux. Je veux retrouver mon lit, la fissure sur mon plafond et la petite bulle que je me suis aménagée où rien ne bouge.

— Eh bien, à un de ces quatre, Ford, cette page est définitivement tournée...

Il secoue la tête, se lève et s'approche de moi. Il me tend les mains pour que je les attrape. Je n'esquisse même pas un geste pour les prendre. Je baisse les yeux sur le tapis, ramasse quelques pétales sucrés pris dans les longs poils et les dépose dans l'emballage vide.

— Allez, lève-toi. Rien n'est terminé ! T'es toujours vivante, non ? Même si tu n'en as pas vraiment l'air en ce moment.

— Je ne suis pas d'humeur à écouter de grands discours, marmonné-je, va-t'en.

— Non, répond-il sobrement, les mains toujours tendues vers moi, suffisamment proches pour que je distingue de petites coupures sur ses phalanges et le cal sur ses pouces.

Cette vision me rappelle les paroles de Jax : « Ford était boxeur avant d'être forcé d'abandonner les rings. » Je secoue la tête, mais il ne bouge toujours pas. Ford est peut-être un battant, mais toute la combativité que j'avais en moi s'est évaporée à l'instant où la ballc cst sortic dc l'arme de Rosie.

— La dernière chose dont tu aies besoin en ce moment, c'est de rester toute seule, déclare-t-il avec force.

Je le sens prêt à me charger sur son épaule si jamais je m'avise de ne pas coopérer.

— Quand j'ai découvert mon père mort d'une overdose, reprend-il, je suis resté muet pendant un mois. Ma mère était encore vivante, défoncée nuit et jour. On habitait dans les couloirs du métro jusqu'à ce que mon père meure. Mon oncle a réussi à l'amener à peu près clean à l'enterrement, mais lorsqu'elle a fait mine de poser ses mains sur mes épaules, je me suis enfui et suis resté caché derrière une pierre tombale durant toute la cérémonie. J'avais juste envie de mourir pour être aux côtés de mon père. (Il m'empoigne les bras et je le laisse me relever sans y mettre beaucoup du mien.) Mais après quelque temps, j'ai recommencé à parler. Mon oncle m'a appris à boxer. J'ai décidé de vivre à nouveau.

— J'ai aucune envie de décider de vivre, gémis-je d'une voix grinçante. Je suis en deuil.

Une voiture pétarade en bas dans la rue et je me plaque les mains sur les oreilles, fatiguée de ma superouïe.

— C'est comme ça que tu le pleures ? En te mettant en mode zombie ?

— T'aurais une meilleure suggestion ? rétorqué-je d'un ton sec.

— Relève la tête et bats-toi. Franchement, si je pouvais courir à cent à l'heure, c'est ce que je ferais.

— J'ai assez donné question combat. (Ma poitrine et mes oreilles commencent à me brûler. Je porte les mains à ma cicatrice, me demandant s'il peut la distinguer dans le halo de la lune.) Désolée de te décevoir.

Je l'entends lâcher un profond soupir, suivi de ses pas lourds vers la porte.

— Tu sais quoi ? dit-il, attendant que je lève les yeux sur lui pour continuer. Le monde n'a pas besoin d'une autre fille au cœur brisé.

Avant que j'aie eu le temps de répondre, il s'est glissé hors de ma chambre. Je regarde la porte, la bouche grande ouverte, une repartie insatisfaisante logée dans ma gorge : *Je me fous de ce dont le monde a besoin.* C'est alors que, profitant de cet instant où j'ai baissé ma garde, l'image du corps ensanglanté et sans vie de Gavin me revient brutalement à l'esprit. La rosace cramoisie qui enflait à l'endroit de son cœur, la froideur de sa main dans la mienne. Et Rosie qui souriait en contemplant son œuvre. Ce sourire...

Je me mords la joue, luttant pour respirer, pour secouer cette image qui me colle à la rétine, pour oublier la visite de Ford et me détendre suffisamment afin de pouvoir grappiller quelques heures de sommeil. Mais lorsque je baisse les yeux, je découvre que j'ai les poings serrés à m'en faire blanchir les phalanges.

23.

— Quel plaisir de vous revoir parmi nous, Anthem, me salue la proviseure Bang de derrière son énorme bureau en acajou.

Elle penche son petit corps replet vers moi, son sourire professionnel tremblotant sur ses lèvres.

— Merci, réponds-je avec lassitude, attendant qu'elle m'explique pourquoi elle m'a convoquée dans son bureau à l'heure même où j'effectue mon retour au lycée.

Je me suis douchée, j'ai lavé, lissé et coiffé mes cheveux, mais je n'ai rien pu faire pour rembourrer mes joues creusées. Je déglutis ce qui me semble être une bouchée de gravier et tâche de me concentrer sur le grain de beauté qui orne sa paupière droite. *Focalise-toi là-dessus, Anthem, évite son regard*, me répété-je intérieurement, peu désireuse de confronter ses petits yeux porcins noyés dans sa chair flasque, des yeux qui m'examinent trop attentivement à mon goût.

La proviseure fait la moue, les deux coudes sur le bureau, son double menton reposant sur ses doigts boudinés. Affiché derrière elle trône le Mur du pouvoir de Cathédrale, un gigantesque poster comprenant les portraits de tous les anciens élèves ayant eu une brillante carrière et qui couvre les deux siècles depuis la fondation de l'école, que ce soient des politiciens, des P.-D.G., des présentateurs télé ou des athlètes reconnus.

— Vous n'avez pas l'air terriblement en forme, renifle-t-elle. Êtes-vous bien sûre d'être suffisamment remise pour suivre les cours ?

En forme, je ne le suis pas du tout, mais après la visite de Ford, je me suis dit que ça commençait à bien faire. J'ai annoncé hier à ma mère ma « guérison » et passé toute la journée à nettoyer ma chambre : j'ai rangé, frotté, aspiré, m'accordant à peine quelques rechutes catatoniques avant de me remotiver de plus belle. Et aujourd'hui, malgré la tristesse qui m'enveloppe tel un manteau de plomb, j'ai réussi à m'extirper du lit en temps et en heure, arrivant même au lycée avec plus d'une demi-heure d'avance.

— Ça va aller.

Ma voix me parvient faible et distordue, comme si je l'entendais à travers de l'eau. Je me racle la gorge et me redresse sur mon siège inconfortable qui fait face au bureau. J'ordonne aux muscles de mes lèvres de se recourber en sourire, mais ne suis pas sûre que ça fonctionne. J'ai perdu l'habitude.

— Il est de mon devoir de vous informer que certains membres du corps enseignant ont évoqué la possibilité d'un test d'évaluation du stress sur votre personne.

Je ne peux réprimer un mouvement de recul.

— J'ai juste été victime d'une grosse grippe. Mentalement, je suis… (je me tapote le crâne de l'index en cherchant les adjectifs adéquats) calme. Sereine. Équilibrée.

Pas question que je passe une journée à l'infirmerie à me faire ausculter et questionner par toute une équipe de psychiatres et autres Drs Maboul.

Bang étrécit ses yeux porcins et penche la tête de côté.

— Avec tout ce que vous avez traversé comme épreuves ces derniers temps… (le fantôme d'un sourire connaisseur vient hanter ses lèvres l'espace d'un instant) je pense qu'un peu de Trankilamine ne vous ferait pas de mal…

Ma mâchoire se décroche et je la dévisage, incrédule. C'est bien la première fois que j'entends un adulte parler aussi ouvertement des Pharms. C'est encore plus surprenant de la part de quelqu'un qui passe régulièrement à la télé pour dénoncer les ravages des drogues illégales qui circulent dans la ville. La pièce se met à tourner autour de moi, les lourdes tentures de velours rouge semblant tout à coup capter l'oxygène de la pièce. Bang a-t-elle le pouvoir de me forcer à subir la batterie de tests ?

Ils sont normalement réservés aux élèves à problèmes, et moi je n'en ai jamais causé. Mis à part le jour où j'ai pris la tête dans les classements devant Olive Ann, sa fille. Les gamins qui sont sous Trankilamine sont faciles à repérer : le changement de personnalité se fait du jour au lendemain et ils affichent en permanence un air placide. Il y en a une bonne dizaine au lycée. Sans parler de tous ceux qui prennent d'autres traitements : outre la Trankilamine, le Concentrator et la Stabiline sont aussi très populaires. Chacun de ces Pharms joue avec les neurones et la chimie du cerveau pour rendre les consommateurs plus joyeux, plus concentrés sur leurs études, en tout cas moins problématiques.

Je n'ai aucune envie de me retrouver au nombre de ces lobotomisés souriants. D'après ce que j'ai entendu, les tests de stress consistent en une journée entière d'entretiens divers et d'évaluations médicales. Je ne tiendrais sans doute pas une demi-journée avant que mon cœur se brise en mille morceaux et que le flot de tout ce que je garde en moi se déverse en un torrent de révélations. Qui plus est, ma douleur fait partie intégrante de qui je suis, et je ne veux à aucun prix être bourrée de médicaments qui me la retireraient.

— C'est très aimable de vous préoccuper de mon bien-être, réponds-je en pinçant les lèvres avant de m'arracher une peau morte au coin de l'ongle du pouce, mais je me sens réellement mieux. Je reprends la danse dès demain.

— Et comment allez-vous faire pour rattraper vos cours ? demande-t-elle, feignant de s'inquiéter de mon sort.

J'imagine aisément sa joie à l'idée qu'Olive Ann me repasse devant et finisse l'année major de la promotion. Si seulement je pouvais lui dire que je n'en ai plus rien à faire de terminer première, que je cède volontiers la place à sa fille.

— Je persiste, je suis sûre qu'une petite cure de... vitamines ne pourrait vous être que béné...

— Je vais aller voir tous mes profs aujourd'hui pour établir un planning de rattrapage. (Je réalise que ma voix monte dans les aigus à la fin de ma phrase et tâche de conclure au plus vite.) Comme je vous le disais, madame, je me sens tout à fait bien.

Alors laisse tomber, OK ?

— Très bien, Anthem. Nous en reparlerons à la fin de la semaine, d'ici là je suspends les tests…

D'un signe de tête, je l'informe que j'ai compris. Je jette un dernier coup d'œil à son presse-papiers, un scorpion emprisonné dans une boule d'ambre, et me lève en attrapant mon sac à côté du siège. Un léger vertige s'empare de moi. Il faut que je mange davantage, maintenant que je ne suis plus au lit toute la journée.

Avant de quitter la proviseure, je pense à la seule chose qui pourrait la tenir éloignée de mon cas.

— Vous savez que mon père n'a jamais porté ces tests dans son cœur, bien au contraire. (Je n'ai honnêtement aucune idée de ce qu'il en pense, on n'en a jamais vraiment parlé ensemble.) Ça va sans doute pas mal le chambouler d'apprendre que vous suggérez que je les passe, ajouté-je, histoire d'en remettre une couche.

Les joues déjà rosées de la proviseure virent au rouge sombre. Papa est le plus généreux donateur de l'établissement. Le poste de Bang pourrait bien être en danger si elle ne le brosse pas dans le sens du poil.

— Nous faisons tout pour le bien-être de nos étudiants, soupire-t-elle, manifestement exaspérée. Nous verrons en fin de semaine comment vous vous débrouillez. Si jamais nous décidons de poursuivre la voie pharmaceutique, ce sera bien sûr en accord avec vous et votre famille.

Pendant qu'elle parle, mes yeux se portent sur le Mur du pouvoir et je repère la photo de ma mère en bas à gauche. Elle est juste à côté de celle de Maurice Dodge, aujourd'hui reporter criminel vedette de Channel 10, aux tempes grisonnantes et aux bajoues rebondies, qui adore répéter à longueur d'émission que « Manny Marks ne fait rien contre le crime ! ». Ma mère était tout simplement splendide à l'époque : cheveux blonds gonflés, lèvres pulpeuses recourbées en un sourire ravageur. Elle avait dix-sept ans et aucun souci, elle ne s'appelait pas encore Hélène Fleet, mais Hélène Harkness.

— Bon, on se revoit en fin de semaine alors.

— C'est cela, dit-elle en me congédiant, avant de décrocher son téléphone dont les clignotants s'énervent depuis déjà plusieurs minutes.

Qu'est-il arrivé à cette fille ? Cette question me tourne en boucle dans la tête tandis que je sors du bureau. Ma mère avait l'air si pleine d'espoir et d'innocence sur ce cliché. Rien à voir avec cette femme hantée et bourrée de médicaments que je connais.

Je marque une pause dans la luxueuse salle d'attente lambrissée. *Je suis en passe de devenir comme maman*, réalisé-je soudain. Si je n'arrive pas à me sortir de la torpeur qui me plombe, je risque de sombrer dans la tristesse et l'apathie pour le restant de mes jours. Mais ces pensées s'évaporent dès que j'ouvre la porte donnant sur le couloir et que je découvre qui m'attend.

— Ah, Rouquine, te voilà ! m'accueille Will qui a dégainé son sourire carnassier, comme si les paparazzis rôdaient à proximité. Ça a pris des *plombes* ! Je commençais à me dire que tu t'étais évanouie. Qu'est-ce qu'elle voulait, la vieille mégère ?

J'ouvre la bouche pour lui marmonner une vague excuse comme quoi je dois m'organiser pour rattraper mes devoirs, mais il m'interrompt aussitôt :

— Laisse tomber. Peu importe. On a pas des masses de temps, alors je vais te briefer sur l'état de notre relation.

N'ayant guère le choix, je hoche la tête misérablement et le laisse me tirer par le creux du coude. Je me sens autant d'énergie qu'une serpillière et en aucun cas préparée à suivre Will dans sa mascarade perverse.

— On prend les choses doucement pour le moment, m'explique-t-il en baissant la voix tandis que nous nous dirigeons vers l'aile est du bâtiment où nous avons tous deux notre prochain cours.

Il parle tellement bas que je dois me pencher contre lui pour saisir ses paroles. Vue de l'extérieur, notre attitude doit faire croire que nous nous sommes vraiment remis ensemble.

— Souris, Rouquine ! me tance-t-il les dents serrées.

Il assortit ses paroles d'un coup de coude dans les côtes, manifestement peu convaincu par ma performance d'actrice.

— Pas d'état de grâce pour toi, si jamais tu te loupes, tu sais ce qui va être posté sur les réseaux sociaux !

— OK, acquiescé-je, tout en résistant à une furieuse envie de lui mettre mon poing dans la figure.

— Maintenant, je vais dire quelque chose et tu vas rire. Fais semblant d'être une fille prête à tout pour récupérer son petit ami.

Et comme je n'arrive pas à trouver d'alternative, je m'exécute et lâche un rire proche de l'aboiement, réussissant même à forcer un sourire. Autour de nous, les gens nous regardent, ils nous adressent des signes amicaux et je les vois intégrer le fait que Will et moi sommes à nouveau un couple.

Chaque minute qui passe, j'ai l'impression de mourir un peu plus.

Nous croisons Zahra et j'ai le réflexe de tendre la main vers elle, mais Will accélère le pas, sa pression se fait douloureuse sur mon bras.

— Zahra..., commencé-je.

Mais je lis un tel dégoût dans ses yeux que c'est comme si elle m'avait frappée.

Je me rends alors compte que je n'aurais jamais dû remettre les pieds ici. Je n'ai pas la force de jouer la comédie exigée par Will. Je suis trop solitaire pour être isolée de la sorte.

Lorsque nous arrivons vers le labo de physique, j'entends les chuchotements atteindre leur paroxysme, une centaine de paires d'yeux braqués sur nous.

— Tu vois leur tête ? siffle-t-il. Ils sont soulagés. Le couple idéal est *de retour*. Ils ont besoin de nous, Anthem, tout comme des paysans ont besoin de la royauté.

— Tu me fais vomir, répliqué-je sur le même ton en essayant de me dégager de lui.

Will laisse éclater un petit rire sans joie et me serre la main de plus belle, jusqu'à me couper la circulation. À mon tour, je me mets à serrer la sienne, m'imaginant lui arracher le bras, le faisant tourner sur son axe comme on tourne le couvercle d'un bocal, avant que ses muscles et ses tendons rompent dans un *plop* qui serait si satisfaisant...

— Aïeee ! gémit-il en manquant s'étaler.

Il me lâche la main comme si elle le brûlait.

Son cri me ramène au présent et je remarque qu'on focalise toujours tous les regards.

— Qu'est-ce que tu m'as fait, espèce de monstre ! me glisse-t-il en secouant la main pour vérifier qu'il n'a aucun doigt cassé.

— Désolée, dis-je tout en lui décochant mon sourire le plus authentique de la matinée. Je sais sans doute pas encore très bien doser ma force...

— On se voit à la pause, et t'avise pas de me refaire un coup comme ça, sinon la vidéo va faire le tour du Web !

Il pivote sur ses talons et va se mêler à la foule des « paysans ».

J'entre dans le labo de physique, la mâchoire serrée. Je me fais du souci, mais je ne sais pas si j'ai plus peur de Will ou des pensées violentes qui m'habitent. Je vais m'installer à ma place habituelle à la paillasse du premier rang et sors mon cahier sans regarder personne. Je l'ouvre à la dernière page, retrouvant mes notes d'il y a deux semaines.

Première loi de Newton

En l'absence de force, un corps immobile restera immobile.

Un corps en mouvement conservera sa vitesse à moins qu'une force ne vienne s'y appliquer.

Tandis que M. Shrum se met à écrire une formule au tableau pour une interro surprise à laquelle je suis sûre d'échouer, je mordille le bout de mon stylo tout en relisant mes notes.

Je repense à Ford à la porte de ma chambre, à la déception dans ses yeux. « Le monde n'a pas besoin d'une autre fille au cœur brisé. »

— Allez, tout le monde, on y va, s'exclame M. Shrum.

Il me fait signe du menton de fermer mon cahier.

Je sors une feuille blanche et range le reste de mes affaires dans mon sac. J'inscris soigneusement mon nom en haut de la copie. J'écris la date. Puis je me concentre sur les lignes jusqu'à ce qu'elles se déforment, en réfléchissant à la loi de Newton.

Je prends soudain conscience que je n'ai plus envie d'être un corps immobile. Il faut juste que je trouve la force qui pourra me remettre en mouvement.

24.

À minuit et quart, je m'extrais du siège passager de la Motoko de Serge et pénètre dans le bar clandestin où m'a emmenée Ford il y a quelques semaines. Une vieille chanson monte du juke-box, un chœur d'instruments à cordes rythmé par une batterie au tempo lent, sur lequel une voix plaintive de femme s'élève :

Tout est histoire de bleu et noir,
Tout tourne autour de toi et moi,
Quand tu étais mon homme à moi…

L'atmosphère est lourde de fumée de tabac roulé et d'une autre odeur plus discrète, une douceur artificielle qui semble provenir d'un groupe de fumeurs de pipe installés dans un coin sombre de la salle.

Dès que mes yeux se sont ajustés à la semi-pénombre, je me focalise sur la barmaid derrière le comptoir. Je sens la pression retomber quelque peu en découvrant que c'est la même fille que la dernière fois. Le même décolleté bleu aux manches bouffantes, la même acné disgracieuse qui vient ternir son joli visage. Je vais me poster juste en face d'elle tandis qu'elle verse un liquide brunâtre dans trois verres à shot. Elle lève brièvement le regard sur moi, enregistrant ma présence avant d'apporter les shots au bout du comptoir. Je desserre l'épaisse écharpe grise qui me ceint le cou et jette un coup d'œil à mon reflet dans le miroir derrière le bar. J'ai les traits émaciés sous ma casquette noire et les yeux enfoncés dans leurs orbites. Mon aspect concorde étonnamment avec ce que je ressens : je suis un fantôme.

Lorsque la serveuse revient, je me surprends à pointer du doigt la bouteille au liquide brunâtre qu'elle vient juste de reboucher.

— Je vais m'en prendre un.

Elle hoche la tête et me verse un shot.

— Ça fera neuf dollars.

Je glisse un billet de dix sur le comptoir et fais cul sec. On dirait du liquide de refroidissement, mais j'ai la fierté de réussir à ne rien recracher. Quelques secondes plus tard, je sens une agréable chaleur se répandre en moi.

— Autre chose, dis-je à la barmaid une fois que j'ai recouvré la faculté de parler.

— Ouais ?

— Je cherche Ford.

Elle attrape d'une main un verre à bière humide et se met à l'essuyer.

— Et pourquoi tu le cherches ?

Je m'occupe les mains avec un sous-verre qui traîne sur le bar, le laissant retomber dès que les mots BLACKOUT VODKA me sautent aux yeux. Les dernières images d'avant mon évanouissement dans la librairie du centre commercial me reviennent : la bouteille vide brandie par Smitty, avant qu'elle ne vienne se fracasser sur mon crâne.

— J'ai besoin de son aide.

Elle scrute mon visage un bref instant, se demandant sans doute si elle peut me faire confiance. Je remarque qu'elle a un tatouage artisanal sur l'intérieur du poignet : « Nous nous soulèverons. »

— Va pas lui causer de souci, dit-elle d'une voix neutre en griffonnant une adresse sur son carnet de commandes. Sinon c'est moi qui vais t'en causer, pigé ?

Je hoche lentement la tête, curieuse de savoir quelle relation elle entretient avec Ford.

— Promis. Ford est un ami.

— J'espère bien, grommelle-t-elle.

Elle déchire la feuille du carnet et la plie avant de me la tendre.

— Il traîne parfois là-bas une fois la nuit tombée. S'il y est pas, alors je peux pas t'aider.

Je la remercie et prends congé, légèrement grisée par l'alcool. Une fois sortie, je déplie le papier : « Chez Jimmy – à l'angle de Vine et Bergamot. »

De retour dans la Motoko, je donne à Serge la nouvelle adresse. Il se contente d'acquiescer.

— Merci de me servir de chauffeur, dis-je, désireuse de combler le silence.

J'étais sur le point de m'y rendre seule lorsque Serge m'a interceptée dans le garage au sortir de l'ascenseur, insistant pour me conduire.

— Pas la peine de me remercier.

— Tu ne te demandes pas ce que je fabrique ?

— J'imagine que tu as de bonnes raisons, répond-il, les yeux fixés sur la route, l'air alerte malgré l'heure tardive.

— Je crois que… oui, marmonné-je avant de regarder le paysage défiler par la fenêtre.

À vrai dire, je suis ravie d'être en voiture et non à pied dans ce quartier peu recommandable.

Bergamot Street est une avenue assez large, bordée d'arbres centenaires, et qui devait être une rue commerçante très fréquentée par le passé. Aujourd'hui, toutes les devantures sont barricadées, soit par des planches, soit par de lourds rideaux métalliques, et ornées de tags et graffitis, SYNDI-K, MOISISSURE NOIRE et TOXIQUE – DÉFENSE D'ENTRER étant ceux qui reviennent le plus souvent. Au-dessus des boutiques s'élèvent de petits buildings de deux ou trois étages, aux fenêtres également barricadées. C'est plutôt facile de repérer Chez Jimmy, l'adresse se trouvant sur une petite colline, au deuxième étage du seul immeuble allumé du pâté de maisons.

Je dis à Serge que je risque d'en avoir pour un moment et qu'il ferait mieux de rentrer.

— Je vais t'attendre.

— Serge...

Il soutient mon regard sans sourciller, les narines dilatées. Sentant que je ne vais jamais gagner à ce petit jeu, je finis par baisser la tête.

— OK, merci.

Je reste quelques minutes sur le trottoir devant l'immeuble, écoutant le bruit rythmique de poings tapant dans un punching-ball. Je me demande si c'est Ford.

Le seul moyen de le découvrir, c'est d'y aller. J'appuie sur la sonnette. Les bruits sourds s'arrêtent et j'entends bientôt des pas dévalant l'escalier, le loquet du judas qui se soulève, puis plus rien. Plus aucun mouvement.

— Ford ?

Silence.

— Ouais ? répond-il finalement.

— Hey, euh… tu m'ouvres ?

— Je sais pas trop. Je me tâte…

— Il fait froid dehors, et noir.

Bergamot Street fait partie du quartier des Lowlands, tristement célèbre dans les journaux depuis que l'électricité y a été coupée suite à plusieurs inondations sévères.

— Bon, bon, attends un peu.

D'après les bruits qui me parviennent ensuite, il a déverrouillé au moins quatre sécurités. Lorsque la porte s'ouvre enfin, il arbore un large sourire. Il est torse nu et tout transpirant.

— Excuse-moi, je comptais pas réellement te faire poireauter sur le trottoir, me dit-il en me faisant entrer dans un vestibule étroit avant de vérifier à droite et à gauche que la rue est déserte. Tu es venue toute seule, hein ?

— Bien sûr. (Je me fais toute petite pour ne pas frotter contre lui en me glissant à l'intérieur.) Avec qui voudrais-tu que je vienne ?

— Je sais pas, murmure-t-il en refermant l'un après l'autre les quatre verrous.

Il croise ensuite les bras sur son torse, prenant soudain conscience qu'il est à moitié nu.

— Comment est-ce que tu m'as trouvé ?

— La fille du bar auquel tu m'as emmenée. Il me semble qu'elle t'aime bien, non ?

— Ah, Michelle ? On est sortis ensemble au collège, c'est une vieille amie.

Nouveau silence gêné.

— Écoute, j'ai bien réfléchi à ce que tu m'as dit, expliqué-je en essayant de garder les yeux sur son visage et non sur ses abdominaux saillants. Et je crois que tu as raison.

— J'ai dit quoi, déjà ? (L'ampoule couverte de poussière qui pendouille du plafond clignote avant de s'éteindre. Ford donne une petite tape dedans et la lumière revient.) Désolé, Jimmy vole toute son électricité.

— Parce que Chez Jimmy est vraiment tenu par un Jimmy ?

— Y en a même deux en fait, Jimmy Sr et Jimmy Jr. Jimmy Sr me laisse m'entraîner après les heures de fermeture. Et comme j'aime garder profil bas… (Il marque une pause.) Mais revenons à nos moutons, tu étais sur le point de me dire en quoi j'avais raison.

— Tu m'as laissé entendre que tu pourrais peut-être m'aider, lui rappelé-je. Je… je crois que l'heure est venue pour moi d'apprendre à me battre.

Il opine du chef avant de m'examiner des pieds à la tête, la mine sérieuse.

— Tu es sûre que tu es prête à dire adieu à tes bras de crevette anorexique ?

Il les attrape et palpe mes biceps.

Je sens le rouge me monter aux joues, et avant d'en avoir conscience, me voilà à nouveau plongée dans l'admiration de son torse sculptural.

— Euh… oui.

— Alors, c'est parti.

Il gravit les marches deux par deux avant de se retourner, me faisant signe de le suivre.

— Laisse-moi tout d'abord te montrer mon bureau.

25.

— Encore ! me crie Ford.

Je le vois dans le miroir, il garde une bonne distance de sécurité derrière moi, sautillant d'un pied sur l'autre et décochant de temps à autre un coup de poing dans l'air tandis que j'attaque avec hargne l'énorme sac de sable accroché au plafond.

Je dois avouer que j'aime plutôt bien Chez Jimmy, ce gymnase décrépi aux relents de vieille chaussette. L'équipement a beau dater du siècle dernier, ça ne ressemble à aucun autre endroit que je connaisse. Les murs sont tapissés de portraits d'anciennes gloires de la boxe, et la salle contient plusieurs dizaines d'objets à frapper sans retenue.

— Direct au ventre, uppercut, puis coup de pied dans l'estomac ! Mets-y tout ton cœur, Verte !

Je réprime une grimace d'agacement et exécute la séquence, les yeux rivés sur le sac de vinyle rouge que mes poings dégantés martèlent sans répit jusqu'à ce qu'il se soulève légèrement à la fin de l'enchaînement. Le premier soir où l'on s'est entraînés, la semaine passée, Ford m'a appelée Rouquine tandis qu'il me bandait les mains avec de la gaze. Je lui ai dit de ne plus jamais m'appeler comme ça, lui expliquant que quelqu'un que je détestais utilisait ce surnom. Il a rigolé et décidé de passer à Verte : « C'est la couleur de tes yeux lorsque tu es dans ta bulle. Et accessoirement, la couleur de tout ton argent. »

Une partie de moi hait ce sobriquet, mais à chaque fois qu'il s'en sert, ça me donne un surcroît d'énergie. Ça me rappelle pour quoi je suis ici, comment j'ai causé la mort de Gavin et que c'est mon boulot d'amener devant la justice ceux qui l'ont tué.

— C'est tout ce que t'as dans le bide ? beugle Ford.

Et je fais volte-face pour découvrir son sourire goguenard.

— Et si c'était *toi* qui attaquais le sac de sable pour changer ? ahané-je en reprenant mon souffle.

Cela fait déjà une heure et demie qu'on y est. Après l'échauffement, il m'a fait courir et soulever de la fonte. On en est au stade du travail des enchaînements sur sac, Ford insistant particulièrement sur la technique. Ce soir, c'est le huitième soir d'affilée que Serge me retrouve à minuit au parking et me conduit à la salle. C'est le huitième soir aussi qu'il persiste à m'attendre dehors dans la voiture, alors que chaque fois je l'invite à se joindre à nous.

L'école continue d'être une torture, avec Will qui exige que je parade à ses côtés le plus souvent possible et Zahra qui me fait la gueule, ne daignant m'adresser que quelques mots les rares fois où j'arrive à la coincer seule. Je la surprends parfois à me regarder de loin à la cafétéria ou dans les couloirs alors que je suis au bras de Will, la mine triste et confuse, comme si elle n'en croyait toujours pas ses yeux. Sa tristesse me donne néanmoins un mince espoir qu'elle pourra un jour me pardonner, à défaut de me comprendre. Dans ces moments-là, j'ai l'impression que si je réussissais à enfin tout lui dire, les choses entre nous redeviendraient comme avant. Mais lorsque Will s'aperçoit que je la regarde, il agite sous mes yeux sa saloperie de clé USB et je suis forcée de me terrer à nouveau derrière mon mur de mensonges.

Dès que je me serai débarrassée de lui, me rassuré-je, je raconterai tout à Z.

Outre les répétitions de ballet, une distraction bienvenue qui me permet un temps d'oublier l'horreur de l'école et le trou noir de chagrin et de culpabilité qui me vrille les entrailles, les entraînements avec Ford sont le seul rayon de soleil qui me fait aller de l'avant dans le marasme qu'est devenue ma vie.

— Ah oui ? C'est ça que tu veux ? Eh bien admire, et apprends !

Ford se lance alors dans un enchaînement impressionnant de coups de pied et coups de poing, terminant sur un coup de pied retourné. Après l'avoir en effet admiré, je me mets face au miroir pour travailler mon direct du gauche, mon coup le plus faible selon lui, tout en sautillant et esquivant un adversaire imaginaire. Mes yeux ont toujours cet air hanté, mais mon corps est déjà en bien meilleur état que la semaine dernière. Les heures d'entraînement et de musculation ont porté leurs fruits : mes bras et mes jambes malingres – bien que forts – ont gagné en volume, tandis que mon ventre, déjà plat du fait de mes années de danse, s'orne désormais d'une véritable plaquette de chocolat. Qui plus est, à la fin de chaque séance, j'ai l'impression que mes biceps sont taillés dans le roc tellement ils sont fermes.

— OK, à toi maintenant, me dit Ford en m'indiquant le sac de sable du menton, un filet de sueur lui glissant le long de la tempe. Et cette fois, tu le décroches, OK ? Dis-toi que c'est ce punching-ball qui a tué ton petit ami.

Je ne le ferai jamais tomber, raisonné-je intérieurement tout en m'en approchant. Je me prépare néanmoins à donner tout ce que j'ai. C'est comme ça que chaque séance se termine, par une attaque sauvage où je ne retiens plus mes coups, Ford m'encourageant à chercher ce qu'il appelle ma zone folle. *Si seulement il savait !* Ma folie ne se limite pas à une zone, c'est un véritable continent.

Je commence à tournoyer sur moi-même, prenant davantage d'élan à chaque nouveau tour jusqu'à arriver à portée du sac ennemi : j'arme alors ma jambe droite et décoche un plat du pied en plein milieu. *Puissamment.* Plus fort en tout cas que j'aie jamais frappé ce sac, réalisé-je en entendant un *crac* sonore. Ce n'est que lorsque je vois le punching-ball s'élever à l'horizontale que je me rends compte de ce que je viens de faire. Ses cent kilos de sable vont s'écraser avec fracas dix mètres plus loin sur un tas d'haltères.

— Par les couilles de Bedlam, Verte ! T'as cassé la putain de chaîne ! s'écrie Ford.

Les mains sur les hanches, je lève les yeux sur l'anneau d'acier auquel le sac était accroché : un des maillons de la chaîne est rompu net, oscillant faiblement dans un grincement.

— Oups…

Ford me dévisage, bouche bée.

— Bon, OK, disons que j'arriverai à réparer ça demain matin, marmonne-t-il. À partir de maintenant, tu ne te battras plus contre ce sac. Tu es prête à affronter un adversaire en chair et en os.

— Toi ?

Je suis ses mouvements tandis qu'il danse autour de moi, fendant l'air de ses mains bandées.

— Tu vois quelqu'un d'autre ici ? Allez, Verte, montre-moi ce que t'as dans le ventre !

Il affiche un large sourire confiant. Je baisse les yeux sur mes propres mains, sur mon petit doigt éraflé, sur le cal qui s'est formé sous la bande blanche dont il m'a recouvert les doigts. Le premier soir, je lui ai demandé où étaient les gants. « Pas de gants, m'a-t-il répondu. On se bat à mains nues à Bedlam. On cherche à faire couler le sang. »

Ça ne change rien, me souviens-je avoir pensé tandis qu'il me faisait faire le tour du propriétaire. La douleur physique, une main fracturée, ce n'est qu'un mince prix à payer en comparaison de ce que je ressens à l'intérieur. Alors, oui, OK pour se battre à mains nues.

Mais maintenant que je suis sur le point de me battre pour de bon, j'ai peur de me prendre un coup de poing sur le nez : cela susciterait un interrogatoire de la part de mes parents, des semaines de suivi, voire l'obligation de me plier aux tests psychiques de la proviseure Bang. Et j'ai encore plus peur de tuer Ford malgré moi.

Je me mets en position de défense, me protégeant la tête tandis que nous entamons notre danse d'approche.

— Ford, s'il te plaît, on n'a pas à faire ça...

J'entends mon cœur monter en régime, il bourdonne à mes oreilles, pompant le sang à travers tout mon corps tandis que je change de pied d'appui pour ne pas lui offrir d'ouverture.

Nous ouvrons les hostilités par quelques swings avant que je ne pose les mains sur ses épaules pour essayer de le mettre à terre.

— Le premier au tapis a perdu !

Ford grimace, ses biceps bandés et glissants de sueur. De peur de le blesser, je n'y vais pas trop fort. Il se dégage facilement de mon emprise et me repousse avant d'enrouler une jambe autour de ma jambe d'appui pour me faucher. Je commence à tomber vers l'avant, mais me rattrape à la dernière seconde, lui décochant une série de coups de poing au torse pour l'éloigner de moi. Je me rends alors compte qu'il la joue fair-play lui aussi. Il n'a pas envie de frapper une fille. Je sautille devant lui et délivre un coup de pied à quelques centimètres de son visage avant de reculer à nouveau. Lorsqu'il se rapproche, je me baisse et fonce droit sur son estomac, que j'atteins de plein fouet avec mon épaule droite. Il se retrouve projeté dans les airs, atterrissant au-delà des limites du tapis. Il récupère rapidement de son choc initial, se relève d'un bond, mais je fonds sur lui à nouveau et le plaque à terre, lui coinçant la glotte de mon avant-bras. Mi-assise, mi-allongée sur lui, je l'immobilise dans les règles de l'art, celles qu'il m'a enseignées.

Je me permets un coup d'œil de côté dans le miroir et vois une fille en débardeur noir maintenant au sol un gaillard qui fait deux fois sa taille. J'ai l'impression de nager en plein rêve, comme si je voyais la scène sur grand écran, ayant du mal à réaliser que c'est vraiment moi. Le cou de Ford palpite sous mon bras, chaud et tellement vulnérable qu'il me rappelle que je dois y aller mollo.

Je relâche légèrement la pression et annonce le décompte à voix haute – « Un, deux, trois » – lorsque je m'aperçois de quelque chose d'anormal : Ford essaye d'articuler des mots tout en tentant de déloger mon avant-bras de sa gorge, son visage est en train de virer au violet. Je retire mon bras au plus vite, effrayée par ma capacité à faire mal et mon manque de contrôle patent.

— Désolée, désolée, désolée, m'excusé-je, encore plus rouge que lui désormais.

Ford se frotte le cou d'une main.

— T'inquiète, c'était juste ma trachée, coasse-t-il en me regardant bizarrement. C'est pas comme si je m'en servais tous les jours…

Mon cœur fait un bond dans ma poitrine quand je vois son regard, la manière dont il penche la tête et m'étudie, un mélange de stupéfaction et de quelque chose d'autre que je n'arrive pas à déchiffrer.

— Ben quoi ?

— Rien, rien, répond-il en se massant toujours le cou. C'est simplement la première fois de ma vie que j'ai peur d'une fille !

Mon visage s'empourpre encore davantage, comme s'il m'avait surprise sans mes vêtements. Il est la première personne, hormis Will, qui soit témoin de l'étendue de mon côté sombre.

— Il faut fêter ça alors, non ? répliqué-je en tâchant de conserver un ton léger.

Il éclate de rire, un rire qui résonne comme un hennissement dans le gymnase désert.

— Tu vas être une sacrée combattante. En fait, tu l'es même déjà.

— J'en... j'en sais rien, bafouillé-je, me détournant de lui pour aller boire au lavabo.

J'évite soigneusement de me regarder dans le miroir et tâche d'ignorer les papillons qui m'ont envahi l'estomac. Les attentions de Ford me rendent nerveuse, mais ça fait tout de même du bien d'être bonne dans un domaine, de savoir que je vais pouvoir utiliser ce que j'ai appris pour démanteler le gang de Rosie.

Ces dernières nuits, les quelques heures de sommeil que je suis arrivée à grappiller après mes séances de boxe nocturnes ont été remplies de rêves de vengeance où je retrouvais les kidnappeurs et leur faisais souffrir le martyre.

Tout ce que j'ai pu faire jusqu'à présent, c'est mémoriser les consignes de Ford, me contentant d'espérer que ce sera suffisant pour que Rosie soit punie et incarcérée à vie dans une cellule de haute sécurité de la prison de Bedlam, une sinistre tour de métal noire juchée sur la colline de l'Homme mort, en périphérie de la ville. Avec d'étroites meurtrières en guise de fenêtres et des barbelés électrifiés tout du long de l'infranchissable mur d'enceinte, elle ne devrait jamais pouvoir s'en évader.

Je me penche sur le robinet, avalant à grands traits l'eau tiède qui s'en écoule, mon cerveau bloqué sur l'image du cou de Rosie entre mes deux mains... jusqu'à ce que l'eau me jaillisse dans les yeux.

Je relâche le robinet métallique et découvre qu'il est complètement tordu.

C'est pas moi qui ai fait ça, si ?

Je me retourne vivement, mais Ford est occupé à ramener le sac de sable à son emplacement d'origine. Si je ne fais pas plus attention, il ne restera plus grand-chose de Chez Jimmy.

Je déglutis avec difficulté. Après tout, Rosie ne passera peut-être pas le restant de ses jours derrière les barreaux, réalisé-je. Si je suis aussi forte que je semble l'être, je ne pourrai peut-être pas m'empêcher de la tuer...

26.

Lorsque sonne la cloche annonçant le déjeuner le lendemain midi, une partie optimiste de moi – que j'avais oubliée – se met à carillonner de concert. Normalement, l'heure du déjeuner est la pire de ma journée parce que je suis obligée de la passer en compagnie de Will et de sa cour, endossant mon rôle de petite amie modèle, même si un peu froide. Mais aujourd'hui, c'est jour de fête, Will étant obligé d'assister à une réunion du conseil des élèves.

Mon sac bourré de livres sur l'épaule, je pousse les portes de la cafétéria. L'atmosphère est saturée de l'odeur de boulettes de viande sauce bolognaise. Il fait plutôt chaud pour une journée d'hiver, et bien qu'il reste quelques nappes de brouillard dans l'air, une bonne cinquantaine d'élèves, manteaux ouverts, sont assis autour de tables sous l'auvent qui donne sur la cour de l'école. Par conséquent, la cafétéria est beaucoup plus calme que d'habitude, seuls une centaine d'élèves sont disséminés autour des tables rondes en aluminium.

J'ai vite fait de repérer Zahra, installée à notre place habituelle contre le mur du fond. Elle est recroquevillée sur son téléphone portable, habillée de son pull bordeaux, une relique du collège qui met ses courbes en valeur. Il lui va beaucoup mieux qu'à moi. Lorsqu'elle lève les yeux et me voit, je lui adresse un grand signe de ma main libre et me dirige vers elle. Elle lève imperceptiblement les sourcils, me regarde un instant d'un air neutre avant de se reconcentrer sur son écran. *C'est déjà un début*, me dis-je en me rapprochant d'elle.

Je zigzague entre les tables du devant où les élèves de seconde ont tendance à se regrouper pour jouer à leurs jeux de rôle, puis me faufile entre les deux tables de la team de Glace, comme les appelle Z., qui empestent le parfum. La team de Glace – la prochaine génération qui prendra les rênes du pouvoir laissé vacant par Bang et Fitz en tant que reines du lycée, une fois la cérémonie de remise des diplômes passée – enfreint allègrement le règlement intérieur en termes de bijoux, chacune des filles portant aux oreilles et aux doigts des pierres suffisamment précieuses pour nourrir un petit pays pendant au moins un an. Leur chef s'appelle Martha Marks, fille du maire Manny Marks. C'est une grande brune aux dents du bonheur qui est fan de chevaux depuis la maternelle. Ça fait longtemps que je la connais, et elle s'est toujours montrée sympa avec moi. Depuis que mes parents me traînent à tous les galas de charité qu'ils écument, elle a toujours été là aussi, parmi la meute de petites filles régulièrement accoutrées d'une robe à crinoline assortie d'un gros nœud de velours rouge. Une fois, alors que j'avais onze ans et elle dix, nous avons passé toute la soirée cachées sous la table du maire, dissimulées par de grandes toiles cirées, à jouer avec les petits poneys en plastique que Martha avait apportés dans une mallette rose.

Là, elle se tient debout avec quelques-unes de ses amies, en pleine conversation chuchotée, les yeux rivés sur une autre fille, la seule élève de première qui soit dans mon cours de physique avancé, Duffy Doolittle. Celle-ci se trouve cinq tables plus loin, près de la baie vitrée de la cafétéria, la paupière inférieure barbouillée de mascara, ses cheveux blonds lisses montés en ananas au sommet de son crâne. Elle est en train de crier sur l'un des types attablés avec le groupe des camés notoires. Je ne devrais pas être capable de percevoir ses paroles de là où je suis, mais je l'entends dire :

— Je t'avais donné des sous pour cent, pas pour cinquante !

J'aperçois alors Roderick Dodge, casquette vissée sur la tête, qui se recroqueville sur son siège pour échapper à la furie de Duffy. Il marmonne quelques mots et hausse les épaules.

— Va te faire foutre, Roderick ! rétorque Duffy, manifestement surexcitée.

Il lui répond quelque chose que je ne saisis pas, et Duffy pète un câble. Elle l'empoigne par le revers de la veste et le soulève de sa chaise. Elle est tout en sueur, comme si elle sortait d'une course de fond. Martha Marks et le reste de la team de Glace se sont juchées sur leurs sièges, tordant le cou pour ne pas perdre une miette du spectacle. Je me décale sur le côté pour voir aussi ce qui va se passer.

Il lève une main sur Duffy, puis se ravise.

— Je me casse, annonce-t-il avant de se frayer un chemin dans la foule qui s'est amassée en direction de la sortie.

Mais Duffy ne lâche pas l'affaire et se lance à sa poursuite en hurlant d'une voix aiguë :

— Tu pourras pas te planquer ! Je te retrouverai ! On avait conclu un putain de marché !

C'est alors que je repère les deux flics en uniforme postés aux portes de la cafétéria. Soudain, ils se mettent en mouvement et fondent sur Duffy. Elle a le visage littéralement rouge de rage.

— C'est bien elle ? demande l'un des policiers à la proviseure Bang.

Celle-ci hoche la tête et l'agent se met alors à débiter son discours vieux de mille ans :

— Vousêtesenétatd'arrestation. Toutcequevousdirez pourraetseraretenucontrevous. Pasdephotos'ilvousplaît vousconnaissezlaloi. Quiconqueenprendraseverraconfisquersonappareil.

Duffy pousse un gémissement d'animal blessé et essaye de s'échapper, mais l'un des policiers lui plaque les mains dans le dos et lui attache les poignets avec des menottes en plastique. Elle tombe par terre et se roule dans tous les sens pour tenter de se libérer, en vain. Les flics la remettent d'aplomb, l'un des deux lui souffle quelque chose à l'oreille et, tête basse, elle se laisse escorter hors de la cafétéria, sa queue de cheval ananas oscillant presque comiquement sur son crâne.

Une fois qu'elle est sortie, la salle s'anime d'un brouhaha et le temps que j'atteigne Zahra – qui continue discrètement de filmer la scène avec son portable –, j'ai entendu mentionner plusieurs fois le mot Zenithin.

— C'est quoi le Zenithin ? dis-je en arrivant à son niveau.

Elle met fin à son enregistrement et me jette un regard qui veut dire : *Je t'en veux toujours terriblement, alors fais gaffe à ce que tu me racontes.*

— Tu suis vraiment rien à rien, soupire-t-elle après un temps de silence. Le Zenithin, c'est une version encore plus puissante – et illégale – du Neuroboost.

— Le médoc qui stimule la mémoire ?

— J'ai entendu dire que Roderick en avait acheté tout un stock à un dealer du Syndicat. J'imagine que Duffy a voulu avoir un ascendant sur ses concurrents, explique Zahra tout en tapant un texto sur son portable.

Message bien reçu, Z., j'ai compris que je n'étais plus ta priorité.

— Ça expliquerait pourquoi elle cartonne en physique, dis-je, tout en me demandant, mal à l'aise, si je reste debout ou si je prends une chaise. Elle répond aux questions du prof presque avant qu'il les ait posées.

— Le Zenithin transforme ceux qui en prennent en machines, explique Z. en visionnant la vidéo qu'elle a faite de l'intervention des flics. Ça fait se sentir super intelligent et totalement inarrêtable. Mais je te raconte pas les effets secondaires : tu perds le sommeil et ça te rend complètement enragé. Perso, c'est pas mon truc, je suis déjà assez enragée comme ça, conclut-elle avant de m'adresser un demi-sourire.

Je ne peux m'empêcher de remarquer qu'elle s'est mis des extensions aux cils et en ressens un pincement au cœur. Avant, on se les collait l'une pour l'autre lors des grands événements. Jusqu'à ce que je vienne foutre en l'air notre relation.

— Au fait, qu'est-ce que tu fiches ici ? T'es pas censée être à la table du pouvoir avec son altesse le roi des branques ?

Je baisse les yeux sur le sac contenant mon repas, tout appétit soudain évaporé.

— Je suis désolée, Z. C'est à propos de ça que je suis venue te voir. Je sais que tu comprends pas ce truc avec Will, mais… tu me manques sacrément, tu sais.

Elle incline légèrement la tête, lèvres serrées comme pour dire : *Toi aussi, tu me manques.*

C'est le moment ou jamais, décidé-je. *Je vais tout lui déballer : le chantage de Will, mon opération, tout…*

J'ai les mains qui tremblent en tirant une chaise pour m'asseoir à côté d'elle, je suis à deux doigts de pouvoir enfin libérer mon cœur de ce poids qui m'oppresse depuis trop longtemps.

Mais alors même que je pose les fesses sur le siège, la voix de Will me fait sursauter :

— Ah, te voilà ! Viens t'asseoir avec nous, chérie.

Il pose ses mains sur mes épaules et les serre, fort. Je me retiens de crier.

— Et la réunion du conseil des élèves ? lui demandé-je en me tournant vers lui, bien que son visage soit bien la dernière chose que j'aie envie de voir.

— Repoussée. La vice-présidente s'est cassé la jambe au ski ou quelque chose dans ce goût-là.

— C'est moche, dis-je d'un ton monocorde pour masquer ma déception.

— Alors, tu viens ? m'enjoint-il, manifestement déjà à court de patience et jetant un coup d'œil par-dessus son épaule pour s'assurer que personne ne nous observe.

— Je vais m'asseoir ici aujourd'hui.

Je croise le regard de Zahra. Elle a l'air vaguement dégoûtée de me voir en compagnie de Will, comme si l'un de nous deux venait de lâcher un pet.

— Anthem, j'aimerais bien savoir, on s'est remis ensemble, oui ou non ? Parce que si c'est pas le cas, je peux m'en aller. Je peux toujours aller faire un tour en salle informatique, histoire de mettre quelques vieux films en ligne, tu sais…

Will part d'un petit rire forcé, mais sa menace n'a vraiment rien de drôle. Derrière lui, je vois que quelques personnes nous regardent, parmi lesquelles Olive Ann Bang et Clémentine Fitz. Les poils de ma nuque se hérissent.

— Parfait, dis-je d'un ton glacial, j'arrive.

— T'es sérieuse, Anthem ? me demande Zahra, les yeux ronds comme des soucoupes.

— T'es sérieuse, Anthem ? répète Will d'une voix de fausset. Tu préfères la compagnie de Will à la mienne ? (Il se retourne vers Zahra, les yeux exorbités.) Toi, tu restes assise dans ton coin, on s'en balance pas mal de tes commentaires, OK, Zahra ? Rien à battre de ce que tu penses.

— Tu lui parles pas comme ça, interviens-je faiblement.

Je sens le rouge me monter aux joues en enregistrant du coin de l'œil la foule grandissante d'élèves qui ne perdent pas une miette de l'altercation.

— Présente-lui tes excuses, Will.

— Sinon quoi ? Sinon tu romps avec moi ? rigole-t-il. Désolée, chérie, je gâche pas mon oxygène pour des conneries comme ça.

Misérable, je baisse les yeux au sol, le motif en damier noir et blanc se fondant en un gris uniforme. Lorsque je relève la tête, je lis une détresse et un choc incommensurables dans le regard de Zahra.

— Waouh, Anthem, merci de ton soutien ! lâche-t-elle, pleine d'une ironie qui me transperce le cœur. J'ai plus rien à faire ici de toute façon.

Elle repousse violemment sa chaise et contourne Will, non sans lui donner un coup d'épaule au passage, pour se diriger vers le patio couvert.

— Et hop, problème résolu, se rengorge Will. Tu viens, *chérie* ?

— Je reviens tout de suite, lui dis-je avant de me précipiter à la poursuite de Z.

Je la retrouve dans le patio et à peine lui ai-je touché l'épaule qu'elle fait volte-face.

— Quoi encore ?

— Accorde-moi juste deux minutes. Ce qui vient de se passer me rend carrément malade. Il a été… plus qu'horrible. Je suis désolée.

— Excuses rejetées. Comment fais-tu pour sortir avec un tel connard ? chuchote-t-elle, consciente que les élèves assis à proximité n'ont d'yeux que pour nous.

— Je sais bien de quoi ça a l'air, réponds-je à voix basse en lui prenant la main, cette main que j'ai prise pour la première fois à la maternelle lors de notre sortie au muséum d'Histoire naturelle de Bedlam. Mais laisse-moi juste t'expli…

— Je crois que j'ai assez donné question patience, me coupe Z. sèchement en arrachant sa main de la mienne.

Les yeux embués de larmes, elle s'éloigne de moi à reculons.

— Amuse-toi bien, OK ? J'espère pour toi qu'il vaut le coup !

Elle pivote sur ses talons et s'en va dans la cour.

Je ravale un cri de frustration et m'apprête à rejoindre Will, la respiration saccadée. Je manque m'étaler sur une chaise en fer forgé en travers de mon chemin.

— Putain de merde ! m'emporté-je, à bout de nerfs, en la repoussant d'une main.

Mais je ne contrôle pas ma force et l'envoie valdinguer à plusieurs mètres. Elle va s'échouer sur la pelouse qui borde la terrasse du patio. Tout le monde se retourne pour me dévisager, les conversations soudain suspendues.

— Quoi ? Vous avez jamais vu de chaise ?

Puis je presse le pas vers les portes de la cafétéria, mon cœur ricochant dans ma poitrine comme une boule de flipper. Des nuages noirs menaçants se sont amoncelés devant le soleil d'hiver, et avant que je ne sois rentrée, de grosses gouttes se mettent à tomber.

Je me fige sur place et triture mon pendentif en forme de cœur, soulagée que l'orage subit ait détourné l'attention de ma petite personne. C'est la bousculade tandis qu'un flot d'élèves se rue à l'intérieur pour échapper aux trombes d'eau.

C'est maintenant officiel, me dis-je. *J'ai tout perdu. Même ma meilleure amie.*

27.

— On rrrecommence au début, dit Madame* Petrovsky avec son lourd accent.

Elle lève les bras en fouetté au-dessus de la tête, son étole de tulle noire s'envolant au passage pour retomber gracieusement sur le parquet poli du studio.

— Un, deux, trois, quatre* !

Au décompte de Madame*, les douze niveau six que nous sommes prennent la pose pour la scène la plus cruciale de *Giselle*, celle où l'héroïne revient d'entre les morts pour sauver son amant, le duc Albrecht.

Nous exécutons la chorégraphie en silence, comme la plupart du temps. Madame* croit fermement que nous devons entendre la musique en notre for intérieur, être à l'écoute de notre mémoire musculaire plutôt que de suivre le diktat des violons. Les seuls bruits audibles sont le *tap-tap* de nos pointes à l'atterrissage des sauts et la symphonie en sourdine de nos respirations.

Il y a quelques semaines, j'étais dans le rôle-titre, mais après toutes les répétitions que j'ai manquées, je peux m'estimer heureuse que Madame* accepte de me laisser participer au spectacle. J'ai en effet réussi le tour de force de la convaincre que j'ai ma place au sein du corps de ballet* malgré ma « cheville foulée » et ma « grippe ». À mon tour de réussir chaque mouvement à la perfection afin qu'elle ne change pas d'avis. Par bonheur, mon nouveau cœur m'aide à danser mieux que je l'aie jamais fait.

Le jour de mon retour au studio, je l'ai persuadée de me donner ma chance de danser l'ouverture avec les autres filles, et j'ai réussi un sans-faute dans l'enchaînement. Madame* m'a alors lancé un regard étrange avant de hocher lentement la tête et de me gratifier d'un sourire hésitant. « Je ne sais pas comment tu es arrivée à cela, Anthem. Très belle performance. Tu peux rejoindre le corps, mais Constance restera première danseuse. » L'ancienne moi aurait été dévastée de perdre le rôle de Giselle, mais j'ai ressenti un soulagement intense à pouvoir retrouver la normalité du ballet.

La représentation a lieu dans moins d'un mois, et les répétitions ont apporté à chacune son lot d'ongles de pied cassés et de muscles endoloris. Je ne suis pas en reste, mais mon corps me permet de guérir à vitesse grand V.

— Et pointe, et pas de jambe*. Et on tourne, relevé, tourne, relevé*, récite Madame* calmement tandis que toutes les douze, nous sautons et tournons à l'unisson, formant un cercle qui se transforme en ligne avant de se refermer.

Le sang bat à mes tempes et je sens mon cœur qui vrombit sous l'effort fourni. Mes membres sont tout en élasticité, et bien que je sois revenue principalement parce que mes parents attendaient ce geste de ma part, j'ai retrouvé avec bonheur cette concentration et cette dépense d'énergie qui m'ont toujours plu dans le ballet.

La danse et les séances d'entraînement avec Ford sont les deux activités qui me font retrouver quelques traces de mon ancienne personnalité profondément enfouie sous des couches et des couches de douleur.

J'attrape les mains de Nina Chase et Liberty Sewell tandis que nous reformons le cercle, puis nous nous ployons vers l'avant sur la pointe des pieds pour le grand relevé avant de partir chacune de notre côté dans une série de fouettés. Je me sens grisée lorsque je m'élève sur la triple pirouette.

— Anthem ! Tu es trop vite, trop haut ! me reprend Madame* lorsque j'atterris. Reste avec le groupe, s'il te plaît, pas de… qu'est-ce que c'est le mot déjà ? Pas de pyrotechnie !

J'acquiesce d'un signe de tête et me reconcentre sur mon reflet dans le miroir, espérant que cela m'aidera à rester synchro avec mes camarades. Je me sermonne intérieurement : ce n'est pas parce que mon cœur me rend plus rapide, plus forte et plus endurante que je peux m'autoriser à l'être. Du moins pas pour le moment.

Tandis que nous reprenons une énième fois les mouvements à partir du début, mon esprit se met à vagabonder, se portant d'abord sur Zahra puis sur Ford. Nous nous sommes affrontés chaque soir depuis le jour où je l'ai cloué au tapis, et je sors victorieuse à chaque fois. La nuit dernière, il avait apporté un mannequin et un couteau à cran d'arrêt pour m'entraîner au lancer. Le fouetté de poignet, la position du bras, ce n'est pas si différent du ballet après tout. Il m'a suffi de quelques jets pour atteindre la cible en plein cœur. On s'est ensuite affrontés dans un petit combat, et une fois de plus, je lui ai fait mordre la poussière. À présent, il rigole à chacune de ses défaites avant de me taper dans la main. « T'es une machine, Verte ! »

Une machine douée d'un cœur chimérique, me dis-je en atterrissant à quelques centimètres du repère au sol, satisfaite de cette légère imperfection qui me met au niveau de mes partenaires biologiquement normales.

Au même moment, j'entends le bruit si particulier d'os qui craquent, suivi d'un cri déchirant. Constance Clamm s'est effondrée comme une poupée de chiffon et se tient la cheville, son visage n'est plus qu'un masque de douleur.

Je me précipite auprès d'elle avec les autres filles, mais Madame* nous chasse immédiatement et court à son bureau chercher une poche de glace dans son mini-congélateur.

— Encore une cheville ! soupire-t-elle en revenant. Le malheur nous poursuit… Anthem ! m'appelle-t-elle, ses yeux cerclés de khôl plissés de souci.

Je sais d'avance ce qu'elle va me dire. *Non, non, non,* ai-je envie de crier. Mes yeux s'écarquillent et je sens mes joues qui me brûlent. *C'est pas juste, choisissez qui vous voulez, mais pas moi !* Elle me fait signe d'approcher, se penche vers moi et me chuchote à l'oreille :

— Tu vas reprendre le rôle de Giselle, on verra après comment la blessure de Constance évolue.

— Non ! pleurniche Constance, comprenant ce qui vient de se dire tandis que sa cheville a déjà doublé de volume. Je serai rétablie demain, je vous le promets, Madame*, geint-elle doucement en pressant le pack de glace sur sa jambe blessée.

— Attendons de voir ce que dit le médecin, la console Madame*. Pour le moment, c'est Anthem qui dansera Giselle.

Constance me lance un regard éploré et je ne peux m'empêcher de compatir. Fut un temps où je voulais ce rôle à tout prix, mais apparemment j'ai revu mes priorités.

— Je te rends le rôle dès que tu es remise, tenté-je de la réconforter.

Abattue, Constance baisse les yeux en hochant la tête, mais je vois bien qu'elle ne me croit pas.

Je reste après la fin du cours pour travailler ma partie solo, et enfile des jambières rapiécées pour rester au chaud maintenant que la chaleur humaine a déserté la salle. Ironiquement, le personnage de Giselle est une jeune fille au cœur fragile. Elle tombe amoureuse d'un homme déjà fiancé à une princesse. Ils ont une liaison fougueuse, puis Giselle meurt. Mais son fantôme ne peut trouver le repos jusqu'à ce qu'elle sache son amant, le duc Albrecht, hors d'atteinte de ceux qui en veulent à sa vie. *Et Giselle le protège,* songé-je, en me regardant dans le miroir. *Et ensuite, son âme trouve enfin le repos.*

J'exécute les enchaînements des premier et deuxième solos, puis recommence plusieurs fois, prenant bien garde à ne pas sauter trop haut ou tourner trop vite sur moi-même. Cet effort de modulation de mes nouveaux pouvoirs exige toute ma concentration.

Mais mon cœur vrombit dans ma cage thoracique, tel un moteur qui monte en puissance, m'encourageant à accélérer encore et toujours. J'arrête de danser et regarde autour de moi. Le soleil s'est couché sur le fleuve il y a déjà belle lurette et c'est une nuit brumeuse et sans étoiles qui enveloppe désormais le studio. Madame* est rentrée chez elle. Personne n'est là pour me regarder.

Je repense aux coups de pied retournés que j'ai pratiqués avec Ford. Aux différents coups de poing auxquels il m'a initiée, au lancer de couteau. Je me mets alors à sortir de la chorégraphie de *Giselle*, effectuant des pirouettes de plus en plus rapides, des doubles tout d'abord, puis des triples. Plus vite, plus vite, mon cœur ronronnant de plaisir, jusqu'à ce que mes pieds ne fassent plus qu'effleurer le sol. Je jette un coup d'œil à mon reflet et découvre avec stupéfaction que je tournoie *dans les airs* ! Je suis en suspension à une dizaine de centimètres du sol ! Une seconde plus tard, l'impossibilité physique d'une telle prouesse gagne mon cerveau et je retombe sur les fesses.

Je secoue la tête, incrédule.

— C'est pas possible, c'est juste pas possible, dis-je tout haut.

— Tout à fait mon avis, s'élève une voix derrière moi.

Je vois dans la glace du studio une silhouette se détacher des ombres. Ford. Ses baskets couinent sur le plancher ciré.

— Qu'est-ce que tu fais ici ? lui demandé-je, inquiète, en me retournant pour lui faire face. Il s'est passé quelque chose ?

— Alors comme ça, on aurait pas le droit de s'introduire dans un studio de danse rien que pour le plaisir ? (Puis il baisse la voix.) Je voulais te prévenir que je ne serai pas à la salle ce soir, j'ai une course à faire pour Jax.

— T'aurais pu m'envoyer un texto.

— De temps en temps, je fais mon jogging dans le coin, et comme j'ai vu un peu de lumière, je me suis dit que j'allais venir jeter un œil. En tout cas, je suis pas déçu du voyage.

— Ça fait combien de temps que tu regardes ?

— Assez longtemps pour voir combien tu es extraordinaire, répond-il en souriant, avant de préciser : la manière dont tu danses, bien sûr.

Il me semble qu'il rougit légèrement en le disant.

— Merci.

À mon tour de sentir mon visage s'échauffer, comme s'il m'avait prise en flagrant délit de… de je ne sais quoi d'ailleurs. En même temps, il a été témoin de quelque chose qui ne devrait pas être possible. Je vais à la barre récupérer une serviette pour éponger une sueur inexistante. Peu importe, je m'essuie tout de même le visage.

— On dirait que la transplantation t'a donné un peu plus que le pouvoir de courir vite et de me mettre la pâtée à chaque combat, souffle-t-il à mi-voix en se rapprochant de moi.

— Je sais pas. Peut-être bien. (Mon regard croise le sien dans la glace et je détourne les yeux avant lui.)

C'est… c'est la première fois que je me rends compte que je peux faire… ça.

— Je crois que c'est « voler », le mot que tu recherches, dit Ford sans tourner autour du pot.

Il lève la jambe pour la faire reposer sur la barre en une parodie de ballerine qui s'étire, puis se penche en avant, manquant perdre l'équilibre.

— Écoute, Verte, c'est une chance incroyable, profites-en !

— Tu parles ! murmuré-je. C'est juste un truc de plus qui vient confirmer que je suis un monstre !

— Tu sais, les gens disaient qu'il pouvait voler.

— Qui ça ?

— L'Espoir. (Ford me dévisage comme si j'étais débile.) Me dis pas que t'as jamais entendu les rumeurs folles qui couraient à son sujet !

— Pas vraiment, non, avoué-je. Qu'est-ce que vous avez tous, vous les garçons de la Rive gauche, avec ce personnage imaginaire ? De toute façon, je ne vole pas, et puis je ne suis pas l'Espoir, je suis plutôt une désespérée…

— Tu sais, Verte, tu te sous-estimes carrément, dit-il en changeant de jambe sur la barre. J'y connais rien en danse classique, mais d'après ce que j'ai vu, t'assures vraiment comme une bête.

Mes yeux s'embuent de larmes.

— Je vivais littéralement pour ça avant, ma plus grande ambition était de devenir danseuse étoile.

— Laisse-moi te dire que ça se voit !

— Mais maintenant… ça me paraît tellement anecdotique. (Mon regard se porte sur mes pieds, sur le cal, les oignons et les ongles cassés que j'ai accumulés au fil des années.) Je veux dire, j'échangerais sans une seconde d'hésitation n'importe lequel de mes talents si ça pouvait ramener Gavin à la vie.

— Ne dis pas ça. (Il retire sa jambe de la barre et se rapproche encore de moi). Ne va pas abandonner tout ce pour quoi tu as travaillé si dur ! (Il marque une pause, s'efforçant de trouver les mots justes.) Crois-moi sur parole, laisser tomber quelque chose dans lequel on s'est investi à fond… c'est franchement pas la voie la plus évidente à suivre…

J'étudie son visage à la recherche d'un indice, hésitant à pousser plus loin.

— Tu veux parler du fait que t'as abandonné la boxe ?

— Quelque chose dans ce goût-là, oui. Je te raconterai peut-être ça un jour. Mais écoute-moi, Verte. À propos de Gavin… il serait peut-être temps de penser à un plan.

— Un plan ?

— Pour les retrouver. C'est pas pour ça que tu es venue me demander de t'entraîner ? Pour pouvoir les livrer à la justice ?

La justice. Rien que le mot me fait pâlir.

— Je sais pas si j'y crois encore…

— Ouais, ben jusqu'à ce soir, je croyais pas non plus que les gens pouvaient voler, sourit-il.

— Je ne sais pas *voler*, Ford, grimacé-je.

— Vraiment ? Parce que d'où j'étais, ça y ressemblait fortement, réplique-t-il en arquant un sourcil fourni. Tu veux pas réessayer un petit coup ? Cinq dollars que t'arrives à rester en suspension pendant plus de trente secondes.

— Si ça peut te faire plaisir, concédé-je tout en ne voulant pas admettre que je suis au moins aussi curieuse que lui de voir si je peux rééditer l'exploit. Mais j'aimerais que la postérité retienne que c'est un pari complètement stupide !

— Complètement stupide, fait-il semblant d'écrire dans sa paume, c'est bien noté.

Il lève ensuite sur moi un regard chargé d'espoir. Je fais claquer ma langue contre mon palais pour manifester mon agacement, mais il ne bronche pas, attendant placidement que je me lance.

— C'est bon, j'y vais.

Je roule des épaules et adopte la cinquième position, bras au-dessus de la tête, avant de reprendre de zéro la séquence de tout à l'heure.

Je répète les mêmes pas, les mêmes pirouettes, utilisant Ford comme repère, mes yeux se fixant sur son visage à chaque nouvelle rotation. À mesure que je progresse dans la chorégraphie, je sens mon corps qui s'élève dans les airs. Mes orteils ne prennent plus appui sur le sol, mais bel et bien sur *l'air* !

J'y suis, je tourne sur moi-même en suspension : je *vole* !

J'aperçois Ford qui met le chronomètre en marche sur son portable, il lève le pouce et je crois lire un *You-hou !* sur ses lèvres.

Et comme précédemment, dès que mon cerveau prend pleinement conscience de ce que je suis en train de réaliser, la peur me gagne et je retombe lourdement, cette fois sur le dos.

— Aïeeeuh !

— Oh-mon-Dieu ! s'exclame Ford, les yeux brillants. T'as tenu vingt-deux secondes, Verte !

Je me redresse et tends les jambes pour étirer mes mollets. Ma poitrine tambourine comme un moteur de jet.

— Tu crois que tu peux y arriver sans rotations ? m'interroge Ford.

Il vient s'accroupir à mes côtés et me palpe doucement les muscles des bras, me mettant soudain mal à l'aise. Je me fustige aussitôt : pourquoi être embarrassée ? Il ne s'agit que de Ford après tout.

— Ça coûte rien d'essayer !

Je me relève et me dirige vers l'un des coins du studio, mon cœur déjà revenu à son rythme de croisière – de fait, je ne l'entends qu'en tendant l'oreille. Une fois en place, je pivote sur les talons, prends une profonde inspiration et me mets à courir. Après six ou sept foulées dynamiques, j'atteins le milieu de la salle et, les bras en arrière, me propulse dans les airs. Et me voilà en suspension, le cœur vrombissant telles les pales d'un hélicoptère.

Je vois bien dans la glace que je suis à une hauteur qui défie les lois de la nature, plus proche du plafond que du sol, et que j'y reste beaucoup plus longtemps que ça n'est humainement possible : mon élan continue de me porter vers l'avant, et même si la parabole s'infléchit vers le bas, c'est comme au ralenti. Je reste bien trois à quatre fois plus de temps en l'air que la gravité ne devrait me le permettre.

Au lieu de m'observer dans le miroir du studio, je me focalise sur Ford qui se tient en face de moi. *N'y réfléchis pas, Anthem.* Si j'y pense trop fort, je risque de tomber à nouveau.

Lorsque j'atterris, c'est tout en grâce et en souplesse, rebondissant à peine avant de me stabiliser. Mon cœur ronronne comme un chat maintenant, comme si je venais de répondre pile poil à ses attentes. J'y porte la main, non plus effrayée de ses capacités cette fois, mais éprouvant une sorte de… fierté.

— Alors ? Impressionnant, non ? demandé-je à Ford, un sourire triomphal aux lèvres.

— Méga, ouais, répond-il, c'est juste… incroyable.

Il me tourne soudain le dos, comme s'il était gêné. Ce qui a le don de me rendre nerveuse moi aussi. Je me rends tout à coup compte que nous sommes seuls tous les deux. Physiquement proches l'un de l'autre. Le silence s'alourdit et je me remue les méninges pour trouver quelque chose à dire.

À mon grand soulagement, Ford parle le premier.

— Bon, maintenant dis-moi si tu crois que j'ai de l'avenir dans le ballet ? dit-il.

Il adopte une pose grotesque avant d'effectuer une série d'entrechats pataudss, la capuche de son sweat lui retombant sur la tête.

— Tout est possible, rigolé-je, reconnaissante de ses pitreries. Si tu promets de travailler dur, je peux peut-être t'enseigner l'art du plié*. Vas-y, accroche-toi à la barre.

— Cool, ça va vraiment me servir à Bedlam-Sud, plaisante-t-il, si y a des mecs qui veulent s'attaquer à moi.

— Tu ne crois pas si bien dire. Utilisée correctement, la danse peut s'avérer extrêmement intimidante. Redresse-toi.

Je pose une main au bas de son dos et l'autre sur sa clavicule pour corriger son dos voûté en permanence.

— À vos ordres, Madame*.

Je capte un instant le reflet de mes yeux dans le miroir, ils sont vert foncé à nouveau, de cette brillance d'émeraude qu'ils avaient prise juste après que Jax m'avait opérée. *Ford a raison,* me dis-je alors. *L'heure est venue d'aller débusquer Rosie et sa bande.*

28.

— Te revoilà ! s'écrie Jax en me trouvant sur le pas de sa porte avec Ford un peu plus tard, vers une heure du matin.

Elle frappe dans ses mains abîmées comme un enfant devant une montagne de cadeaux de Noël, avant de faire un pas en avant et de me serrer dans ses bras.

— Ça me fait tellement plaisir que tu ailles bien. En même temps, j'en aurais mis ma main au feu. Tu allais à une telle vitesse le jour où tu t'es échappée. Tu m'as fait penser à Rat-tat-tat, l'un de mes patients transplantés les plus rapides.

— Ah oui. Désolée d'avoir filé comme ça, marmonné-je avant de m'extirper de son étreinte, sans relever la comparaison flatteuse avec son rat. J'imagine que je cours plutôt vite, en effet.

— J'espère que tu as fait attention à bien bouger et t'alimenter comme je te l'avais dit !

— Je me suis réveillée deux ou trois fois avec les doigts et les lèvres bleus, mais en mangeant, les choses reviennent vite à la normale.

— Bien, bien, bien, fait Jax en ramassant un dossier sur son bureau.

Elle prend ses lunettes accrochées au col de son T-shirt orné de la table périodique des éléments et du slogan LES SAVANTS LE FONT PÉRIODIQUEMENT, puis les chausse.

— La patiente souffre de ralentissements mécaniques occasionnels, palliés par l'ingestion de… de quel type de nourriture ?

— Du sucré, avoué-je. Moi qui n'avais pas le bec sucré avant…

— Maintenant, tu ne peux plus t'en passer. Effet secondaire tout à fait classique. Les colibris raffolent bien de nectar après tout, explique Jax en finissant de prendre des notes.

Son écriture est un enchevêtrement indéchiffrable de symboles et de lettres qui ressemblent plus à des hiéroglyphes. Elle remet le capuchon et plante le stylo dans sa tignasse argentée.

— Et qu'est-ce qui nous vaut le plaisir de ta visite, Anthem ? dit-elle tout en attachant un bracelet à mon bras droit pour me prendre la tension, appuyant sur la pompe jusqu'à ce que ma circulation soit coupée. Ne fais pas attention à moi, poursuit-elle, je rassemble juste quelques données. Ça ne te dérange pas, hein ?

— Bien sûr que non, réponds-je en suppliant Ford du regard pour qu'il abrège l'examen.

— À propos de données, intervient-il immédiatement, j'ai raconté à Anthem la fois où t'étais infiltrée dans la base de données des flics.

— Ah. (Jax a la décence de rougir un peu à ces mots.) Anthem, j'espère que tu ne me considères pas comme une horrible bonne femme. C'est juste que j'aime bien aller faire un tour sur mon dossier toutes les deux ou trois semaines, histoire de m'assurer que l'enquête me concernant piétine toujours.

Je secoue la tête ; s'introduire dans ma poitrine est mille fois plus horrible qu'un petit piratage de données informatiques, mais je garde cette pensée pour moi.

— Nous cherchons quelqu'un…

— Ford m'a briefée sur les kidnappeurs, me coupe Jax en défaisant le brassard du tensiomètre. Ça a pas l'air d'être des rigolos.

— C'est sûr, acquiescé-je, les yeux baissés sur le sol poussiéreux.

Est-ce que ça signifie qu'elle refuse de m'aider ?

— Prends pas cet air maussade, Anthem ! Bien sûr que je vais t'aider. Tu es mon *magnum opus*, ma plus grande œuvre, comment pourrais-je te refuser quoi que ce soit ? déclare-t-elle avec un large sourire.

Sur ces mots, elle part farfouiller dans une grande armoire remplie de matériel informatique.

— Qu'est-ce qu'elle fait ? demandé-je à mi-voix à Ford.

Le singe de Jax commence à pousser des petits cris excités dans sa cage, il bat des deux poings son poitrail blanc tout en découvrant ses petites dents pointues.

— Ferme ton clapet, Mildred, lui enjoint Ford en ignorant ma question.

— *Mildred* ? Le singe s'appelle Mildred ?

— Je lui ai donné le prénom de ma tante, me renseigne Jax en fermant un tiroir avant d'en ouvrir deux autres.

Sa blouse blanche porte l'inscription HÔPITAL DE BEDLAM dans le dos, et je me demande à nouveau ce qu'elle a bien pu faire pour atterrir ici, avec ses lunettes rafistolées au scotch, dans ce labo aux tuyaux rouillés qui fuient et à la chaleur humide à en crever, en compagnie d'un singe enragé.

— Une vraie foldingue, poursuit Jax. Ma tante, pas le singe, ha ha !

Son rire nerveux fait écho dans la pièce, bientôt suivi de hurlements aigus de Mildred.

— Elle est un peu parano question traces informatiques, me chuchote Ford, c'est pour ça qu'elle a au moins dix PC et quelques milliers de câbles dans ses tiroirs.

Nous nous retrouvons bientôt tous les trois serrés devant un écran d'ordinateur portable affichant en lettres jaunes sur fond noir les fiches signalétiques des criminels les plus notoires de la ville, le plus souvent assorties d'une photo prise soit par des caméras de surveillance, soit lors d'un passage par la case prison. D'après l'aisance qu'a Jax à naviguer sur l'Intranet de la police, je constate que ce n'est sans doute pas la première fois qu'elle s'y promène.

— On va commencer par limiter la recherche aux membres du Syndicat, marmonne Jax. C'est sûr que presque tout le monde en fait partie maintenant, mais bon…

En effet : quatre mille deux cent soixante-trois résultats ! Je me laisse retomber lourdement sur le tabouret que m'a avancé Ford.

— C'est pas comme ça qu'on va les retrouver, soupiré-je.

— Ajoute des critères, Jax, suggère Ford. Essaye juste les femmes par exemple.

— Ah ah ! s'exclame Jax triomphalement, ses boucles argentées rebondissant mollement au sommet de son crâne. Il ne reste plus que trois cent quatorze candidates !

— C'est possible de chercher par âge ? Elle a la vingtaine, dis-je, et elle est blonde.

Presque instantanément, une photo pixellisée, sans doute d'une caméra de surveillance, apparaît à l'écran. La date en bas à droite révèle qu'elle a été prise il y a un an et demi. On y voit une fille qui pourrait bien être Rosie, les cheveux un peu plus courts et coiffés en brosse. Le demi-sourire qui lui orne les lèvres, flouté par les pixels, la fait paraître espiègle. À côté d'elle se tient une grande silhouette brune, mais comme elle a la tête tournée, elle n'est pas identifiable. Mes yeux se fixent alors sur un gamin gisant sur le lino du centre commercial, les mains au visage. Je ne peux réprimer un frisson d'écœurement en voyant qu'il est assez jeune pour porter des moufles reliées par un fil. Il est allongé dans une mare de lait – probablement les courses qu'il faisait pour sa famille.

Et elle, pendant ce temps, elle *sourit.*

ROSE THORNE : SEXE FÉMININ, BLONDE, 1,62 m, 54 kg, tatouage sur l'épaule droite.

PSEUDONYMES : KATRINA KINICKIE, SHADRA BLACK, GWENDOLYN GOODWIN.

CHEFS D'INCULPATION : Coups et blessures, larcins, vol qualifié, vol à main armée, association de malfaiteurs, trafic de stupéfiants, complicité de meurtre. APPRÉHENDÉE LORS D'UN DÉLIT DE FUITE (TEDDY'S KWIK-MART, LOC. EXURBIA SUD-OUEST) À BORD D'UN 4×4 LANDPUSHER CROSSOVER JAUNE, immat. SHOO4512.

ARRESTATIONS : 1.

CONDAMNATIONS : 0.

ARRANGEMENT ENTRE DÉFENSE ET ACCUSATION : La partie civile est actuellement active sur le terrain en tant qu'informatrice de police n° 5611.

Je pointe du doigt la dernière section à l'intention de Ford en lui donnant un petit coup de coude dans les côtes.

— Ça veut dire qu'elle bosse pour la police ?

— J'en ai bien l'impression, répond-il en haussant les épaules. Je me demande quel effet ça leur ferait d'apprendre que leur indic a tué quelqu'un.

Je réprime un frisson puis me reconcentre sur l'écran. Si je livre Rosie aux flics, la laisseront-ils repartir libre ?

COMPLICES ET ASSOCIÉS :

Smith Macoumb, RECHERCHÉ pour vol qualifié, association de malfaiteurs, coups et blessures.

Karl Small, RECHERCHÉ pour attaque à main armée, trafic de stupéfiants.

Emmet Cask, RECHERCHÉ pour association de malfaiteurs, larcins, attaque à main armée.

Maximilien et Augustus Luz, RECHERCHÉS pour coups et blessures, trafic de stupéfiants, association de malfaiteurs.

Jessa Scorpio, RECHERCHÉE pour prostitution, traite de personnes, association de malfaiteurs, coups et blessures.

Nous lisons tous les trois dans un silence religieux. Le seul bruit dans la pièce provient de Mildred qui prend un malin plaisir à racler une cuillère en métal contre les barreaux de sa cage.

Rosie a les cheveux beaucoup plus courts et d'un blond plus doré que son blond platine actuel, mais ses lèvres écarlates, ses pommettes haut perchées, même la manière qu'elle a de se tenir – droite et raide, occupant beaucoup plus d'espace que sa petite stature ne devrait le lui permettre – me font la reconnaître sans l'ombre d'un doute. Et le nom, Rose Thorne, ne peut pas être une simple coïncidence. L'image d'un véhicule jaune garé sur le parking du Dimitri's on the Water vient alors me vriller l'esprit.

— C'est elle, j'en suis sûre, soufflé-je. Le nom et la voiture collent parfaitement.

— Ouais, mais ça nous apprend rien, soupire Ford, l'air grave. Je pensais qu'on aurait au moins son adresse…

— Écoutez, intervient Jax, vous avez quand même des indices, non ? Il vous suffit de retrouver la voiture, ça doit pas être si dur.

— Dit celle qu'a pas mis le nez dehors depuis trois ans, rigole Ford.

Pendant qu'ils se chamaillent, mon cœur monte soudainement en régime, papillonnant d'adrénaline, tandis que j'imagine Rosie et ses sbires – ses « complices et associés » – en train de semer la terreur à bord de leur monstre routier, à la recherche de gens à dépouiller et exploiter. Combien de vols, de meurtres et autres actes de violence gratuite pourra-t-on éviter si nous réussissons à mettre Rosie et son gang hors d'état de nuire ?

Je prends la souris des mains de Jax et vais zoomer sur le visage de Rosie. Ce sourire... C'est l'expression de quelqu'un habitué à se tirer de tous les mauvais pas, quelqu'un qui pense que c'est *normal* de détruire des vies et de s'en sortir impuni.

C'est à moi que revient la tâche de lui faire ravaler ce sourire à jamais.

— Je vais trouver un moyen, dis-je à personne en particulier.

Je me lève de mon tabouret et me mets à arpenter la pièce en me creusant le cerveau pour trouver la méthode la plus rapide pour localiser le véhicule.

Il ne s'agit plus seulement de Gavin, il s'agit de la sécurité de toute la population. Des gens de cette ville qui essaient tout simplement de faire bouillir la marmite au jour le jour. Ils ne méritent pas d'aller acheter du lait à l'épicerie du coin pour revenir chez eux traumatisés à vie par une attaque gratuite.

J'attrape un bloc-notes sur le bureau – cadeau de « Vivirax : parce que tout le monde mérite la paix intérieure » – et y recopie la liste de noms :

Smith Macoumb
Karl Small
Emmet Cask
Maximilien Luz

Augustus Luz
Jessa Scorpio
Rose Thorne

Puis je note l'immatriculation et le modèle du 4×4 jaune.

29.

Le soir suivant, je constate avec étonnement que mes parents sont à la maison avant moi. La cantate de Bach qui s'échappe des haut-parleurs encastrés de la salle à manger me guide jusqu'à eux. Je les trouve attablés autour d'un plat de coquelet fumé, contemplant à travers la baie vitrée un orage électrique dont les éclairs viennent zébrer le crépuscule aubergine.

— Nous nous sommes permis de commencer sans toi, me dit ma mère en souriant lorsque j'entre dans la pièce, sa fourchette garnie de viande pâle suspendue à mi-chemin de sa bouche. Nous étions tout bonnement morts de faim. Les réunions se sont enchaînées toute la journée, et nous allons prendre un verre chez le préfet de police plus tard dans la soirée. J'espère que ça ne te dérange pas, ma chérie.

— Bien sûr que non, ça fait plaisir de vous voir.

— Ah, ma ravissante première danseuse ! tonne mon père en guise de bonjour. C'est un plaisir pour les yeux de te voir si fraîche et en forme, mon chaton. C'est vrai que nous ne faisons que nous croiser ces derniers temps.

Je prends place à la longue table en palissandre où trône un chandelier à six branches qui éclaire la scène d'une lumière chaude.

— Je sais, avec le ballet, les cours et tout, j'ai été super occupée. Et vous, avec cette histoire de stade...

Je laisse ma phrase en suspens en apercevant Lily qui m'apporte une assiette de coquelet accompagnée d'un généreux cône de riz noir. Elle a remarqué mes nouvelles habitudes alimentaires et adapte ce qu'elle me prépare, notamment en ne lésinant pas sur les féculents.

Mais la vue du poulet miniature – pattes attachées avec de la ficelle et brins de romarin sortant de la cavité où jadis se trouvaient ses entrailles – me soulève le cœur ce soir.

— Merci, Lily.

— De rien, réplique-t-elle en me décochant un sourire plein de tendresse.

Elle s'éclipse ensuite en cuisine pour tout nettoyer avant de rentrer chez elle.

— Tu as eu le temps de rattraper les cours que tu avais manqués ? me demande Harris tout en détachant consciencieusement les pattes de sa carcasse avant de les porter à sa bouche.

Je détourne le regard, l'estomac au bord des lèvres.

— Ouais, il me reste plus qu'une dissert' à rendre pour le cours de propagande et politique, réponds-je tout en me forçant à avaler au moins du riz.

— Et comment ça se passe avec Will ? me demande ma mère sur un ton enjoué en se resservant du vin blanc.

— En quoi ça vous regarde ? rétorqué-je.

Une milliseconde plus tard, je regrette déjà de ne pas avoir donné de réponse standard du genre : *Super ! Trop bien !*

— Je faisais juste la conversation.

Je vois une émotion furtive voiler son regard. De l'irritation ? De la colère ? De la peine ? Mais l'instant est passé et elle s'est recomposé un masque de neutralité.

— Ta mère essaie juste de te témoigner son soutien, me réprimande mon père, accompagnant ses paroles du regard-qui-tue, l'air de dire *Ne va pas bouleverser ta mère, tu sais bien comment elle est.* Il se trouve qu'elle et moi trouvons ce jeune homme formidable, c'est tout.

Un jeune sociopathe formidable, ça oui, commenté-je en moi-même. Je regarde tour à tour mes deux parents, soudain furieuse à l'idée qu'ils ne se soucient que de ce que ma relation avec Will peut *leur* apporter. Une union Fleet-Hansen serait sans conteste l'opération matrimoniale la plus profitable depuis que le candidat à la mairie Mark Mannings a épousé Belinda Bullett, fille du chef de la police, Branford Bullett Jr.

— Désolée de vous décevoir, déclaré-je d'une voix glaciale, mais si j'étais vous, je ne compterais pas sur une relation éternelle entre Will et moi.

— Ma chérie, tu sais bien que nous ne souhaitons que le meilleur pour toi, murmure Hélène prudemment. Personne n'a parlé d'*éternité.*

Elle pose alors ses mains manucurées sur le bois verni de la table, soudain fascinée par la carcasse à peine grignotée qui gît dans son assiette.

— Parfait, dis-je, les lèvres pincées.

Un éclair vient fendre le ciel tel un couteau rutilant, faisant momentanément virer nos visages au blanc maladif.

— Pardon, ajouté-je en guise de conciliation.

Mon père ramasse l'édition du jour du *Daily Dilemma* sur la chaise d'à côté et plonge le nez dedans.

— Arrête-moi, dit-il la bouche pleine. Je le lis en boucle depuis ce matin, prends-le, chérie.

Ma mère le lui arrache des mains et le plie avant de le mettre hors de sa portée.

NOUVELLE VAGUE DE PROTESTATIONS AUTOUR DU PROJET DE STADE FLEET, lis-je à l'envers.

— Oh, bonté divine ! s'exclame Hélène en levant les yeux au ciel. Encore des manifestations ?

Je me saisis du journal et l'ouvre à la page de l'article. La photo qui l'illustre montre une centaine de manifestants brandissant des banderoles où l'on peut lire : DES ÉCOLES, PAS DES STADES ! RÉHABILITEZ NOS QUARTIERS AU LIEU DE LES RASER.

— Typique des habitants de Bedlam-Sud, grogne mon père en se renversant dans sa chaise. Ils sont jamais contents de ce qu'on leur donne.

— Et qu'est-ce qu'*on leur donne* exactement ? demandé-je du tac au tac.

Mon père m'adresse un regard où je crois discerner une lueur de défi.

— Eh bien, Anthem, un nouveau stade, pour commencer. Et des emplois.

Les yeux baissés, je hoche la tête. Le bois de la table est suffisamment brillant pour que j'y distingue le reflet roux de mes cheveux. Puis je reprends le journal et lis tout l'article.

— D'après ce qu'ils disent, ils n'ont jamais demandé qu'on rase leurs maisons pour construire un stade à la place.

— Fais-moi confiance, mon chaton, ils seront encore mieux dans les HLM que nous allons leur livrer. Ce seront des appartements hyperfonctionnels, plus de moisissures ni de graffitis. Les résidences seront sécurisées, plus de crainte des malfrats. Et en plus ils auront la chance de pouvoir assister à leurs chers matchs de KillBall dans leur stade flambant neuf ! Ils devraient être aux anges !

— Mouais, c'est pas trop ce que je vois sur la photo, dis-je en me penchant dessus.

La centaine de mécontents, en plus de leurs banderoles, forment une chaîne humaine pour interdire l'entrée du site à une enfilade de grues de démolition. Dans un coin du cliché à l'arrière-plan, je distingue un groupe de cinq personnes âgées qui font le même geste bizarre, les doigts croisés, main sur la poitrine au niveau du cœur.

— Qu'est-ce qu'ils fabriquent avec leurs mains, là ? demandé-je en pointant le groupe du doigt.

— Mais rien du tout, soupire ma mère, ça date d'avant ta naissance, ça. De l'époque où l'Espoir rendait toute la population de Bedlam-Sud complètement dingue.

L'Espoir. Je repense à ce que m'a dit Ford au studio la dernière fois : « Les gens disaient qu'il pouvait voler. » Ce sont ensuite les paroles de Gavin qui me reviennent à l'esprit, lorsqu'il m'expliquait que l'Espoir avait été victime d'une sorte de conspiration.

— Et ça signifie quoi au juste ?

Je scrute de plus près les cinq seniors qui regardent la caméra d'un air digne et déterminé.

— Il me semble que c'est censé être un mix entre le V de la victoire et les doigts croisés pour porter chance, explique ma mère. On le voyait vraiment partout à l'époque. Et puis, il y avait aussi leur chant de ralliement.

— « Nous nous soulèverons », dit doucement Harris, les lèvres relevées en un petit sourire triste.

À cet instant même, un coup de tonnerre résonne.

— Régina l'avait peint sur son mur, tu t'en souviens, chérie ?

J'ouvre la bouche, puis la referme. *Régina ?* La petite fille modèle sur les photos aurait été une populiste ? Pourquoi se serait-elle rangée du côté de l'Espoir et de son mouvement ?

Je cligne des yeux, me rappelant soudain le tatouage sur le poignet de la barmaid : « Nous nous soulèverons. »

Les yeux gris de ma mère fusillent mon père tandis qu'elle se lève de table et jette sa serviette dans son assiette.

— Bien entendu que je m'en souviens.

Elle pivote sur ses talons et part dans sa chambre. Il aura suffi de quelques minutes pour que l'atmosphère détendue de la salle à manger se charge de gros nuages noirs.

Mon père finit son verre de vin en une lampée avant de me décocher une deuxième version du regard-qui-tue. Il ne fait usage de celle-ci que lorsque l'un de nous évoque la mémoire de Régina. Je l'ai intérieurement surnommé le regard ne-retourne-pas-le-couteau-dans-la-plaie. Je hausse les sourcils puis les épaules, souhaitant lui faire comprendre que c'est lui qui a prononcé son nom, pas moi.

Un nouveau coup de tonnerre nous fait tous deux sursauter.

— Donne-moi ce journal, dit-il en se levant de table à son tour et en quittant la pièce.

Quelques secondes plus tard, j'entends claquer la porte de son bureau.

Je tâche de m'imaginer ma sœur décédée en train de peindre un slogan Rive gauche sur le mur de sa chambre. Mes parents avaient-ils moins couvé Régina que moi, la laissant libre de se balader dans toute la ville ? L'avaient-ils punie en découvrant le slogan incriminant, avait-elle dû le recouvrir immédiatement ? Je reste un temps assise dans la pièce vide, la musique classique ne parvenant en rien à apaiser la tempête qui se déchaîne dans mon crâne. Je me lève enfin et me dirige vers la cuisine afin d'y jeter mon coquelet intact à la poubelle.

Je suis surprise d'y trouver Serge en train d'éplucher une clémentine. On dirait une balle de ping-pong orange entre ses grosses mains.

Nous échangeons un sourire un peu nerveux. Je tends l'oreille pour m'assurer que personne ne s'approche de la cuisine, mais non. Lily est déjà repartie chez elle, ma mère doit être en train de gober du Vivirax afin de se préparer pour le gala de charité auquel ils vont assister ce soir.

— La représentation est pour bientôt, d'après ce qu'on me dit.

Serge prend des pincettes. Il affecte un ton cordial mais relativement neutre, comme si ces dernières semaines ne nous avaient pas rapprochés l'un de l'autre.

— Oui, d'ici quelques semaines à peine.

— Tu te sens prête ?

— Je m'améliore de jour en jour, réponds-je dans un haussement d'épaules.

C'est en le disant que je prends conscience que c'est vrai, physiquement tout du moins : jamais je ne me suis sentie aussi bien dans mon corps.

Serge me pose une main sur le crâne, vrillant son regard dans le mien. Les mots qui sortent alors de sa bouche ne sont guère plus qu'un murmure :

— J'aimerais t'aider dans tes recherches.

Sa proposition me laisse pantoise. D'accord, je lui ai parlé hier dans la voiture de ce que Jax avait découvert, mais c'était juste pour faire la conversation.

— Tu veux dire, tu m'aiderais à trouver ces… ces gens ? chuchoté-je en retour.

Il hoche imperceptiblement la tête, avec cette maîtrise de soi qu'il a acquise au cours de ses nombreuses années passées au service de seigneurs de la guerre, de P.-D.G. et de généraux. S'il y a bien quelqu'un dans cette ville capable de dénicher n'importe quelle information, c'est assurément lui.

— Je veux bien, merci.

Je vais chercher papier et stylo près du téléphone et écris : « 4×4 jaune LandPusher, immatriculation SHOO4512. »

Serge glisse le papier dans la poche avant de sa veste.

— C'est comme si c'était fait.

— Merci, Serge, réponds-je, à la fois soulagée qu'il me soutienne dans mon projet et reconnaissante de son geste.

— Je te donne des nouvelles au plus vite, me promet-il avant d'aller emprunter les escaliers qui mènent au bureau de mon père.

Je me retrouve toute seule dans la cuisine, avec un évier rempli de vaisselle sale. Je me remonte les manches et fais couler l'eau, aussi chaude que je puisse le supporter, avant de me mettre à faire la vaisselle tout en me demandant si c'est ce soir que je débarrasserai Bedlam de Rosie Thorne.

30.

Deux heures plus tard, mon téléphone vibre. C'est un message de Serge : 4, Larkspur Alley (fais attention à toi).

Ça y est. Je fais de mon mieux pour contrôler le tremblement qui s'est emparé de mes mains et vais ouvrir mon armoire. Je prends mon temps pour enfiler un jean noir et une parka à capuche noire, non sans avoir au préalable ramassé mes cheveux sous un bonnet également noir. Je me retiens de trop réfléchir à ce qui se passera une fois que j'aurai retrouvé le LandPusher.

Avant de quitter ma chambre, j'adresse un bref texto à Ford : Dsl, trop crevée pour passer ce soir, vais me coucher tôt.

J'utilise la bonne vieille technique des oreillers sous les draps, au cas où mes parents passeraient, puis emprunte l'ascenseur de service, le seul qui n'ait pas de caméra à l'intérieur, pour descendre au parking. Une fois franchie la porte de sortie, je saute par-dessus le petit grillage qui sépare la tour Fleet de nos voisins. Une vibration dans ma poche m'avertit que Ford a répondu : OK, Verte, fais de bo rêves.

Je me sens coupable, mais en même temps, les risques que je m'apprête à courir rendent mon mensonge plus que nécessaire. La première fois que je me suis attaquée au gang Serge a été blessé, à notre deuxième rencontre c'est Gavin qui y a laissé la vie. Je ne pourrais plus jamais me regarder en face si jamais il arrivait quelque chose à Ford. D'ici à ce qu'il arrive lui aussi à esquiver les balles, il va bien falloir que je me débrouille toute seule.

Je suis le point bleu clignotant du GPS de mon téléphone jusqu'à l'adresse fournie par Serge, située dans le quart sud-est de la ville. Je me mets directement en mode sprint, direction le pont de l'Oubli.

Mes poumons s'échauffent vite et bientôt mes pieds ne touchent presque plus terre. J'accélère encore. Les poutrelles et traverses métalliques du pont défilent sur le côté comme si je les voyais par les fenêtres d'un train, une ligne noire qui ondule, rien de plus. De temps à autre, je croise une voiture en sens inverse, mais la plupart des rues sont désertes dans ce quartier de la ville. Maisons mitoyennes et petits immeubles austères alternent sur mon parcours, je ne distingue néanmoins que peu de traces visuelles du Syndicat. Quelques télés dans des salons diffusent leur lueur blafarde, mais à part ces rares couche-tard, le voisinage est étrangement paisible, avec dans l'air une odeur pas déplaisante de feuilles brûlées. Je fais une halte à un carrefour pour consulter mon téléphone, je ne suis plus très loin du but et adopte maintenant une allure plus modérée.

J'arrive finalement à un cul-de-sac, ce qui ne me plaît pas beaucoup puisque ça signifie qu'il n'y a qu'une seule issue. À son extrémité, une école, l'école primaire Jackson Jones. Ça me rappelle un exposé sur Jackson Jones que j'ai présenté en cours d'histoire en troisième. Il était maire à l'époque où l'Espoir nettoyait la ville, jusqu'à ce qu'il disparaisse et que Jones périsse brûlé par un cocktail Molotov lancé par la fenêtre ouverte de son bureau. C'était la dernière fois que quelqu'un avait pu s'approcher du bureau du maire sans subir de scan corporel intégral, la dernière fois aussi qu'on encourageait les forces de l'ordre à ne pas recourir systématiquement à la violence. Depuis, les lois Jackson Jones ont donné à la police carte blanche pour juguler le crime. Je me souviens en avoir fait un éloge enthousiaste lors de mon exposé en classe, mais maintenant je me demande bien à quoi ont servi ces lois : le crime, les gangs et les mafias n'ont jamais été aussi florissants à Bedlam !

J'inhale une bouffée d'air froid et passe à côté d'un mât en haut duquel ne flotte aucun drapeau en me dirigeant vers l'école où les lumières sont en veilleuse. Comme le parking de devant est vide de toute voiture, je longe le bâtiment et prends le soin de m'accroupir au niveau de chaque fenêtre jusqu'à arriver à l'angle.

Bingo ! Un coup d'œil me suffit pour repérer le Land-Pusher jaune. Je ne sais pas comment Serge a fait son compte, mais il mérite un coup de chapeau.

Je me jette aussitôt dans un taillis qui me permet de ne pas quitter le véhicule des yeux, et j'attends. Il n'y a personne à l'intérieur. Le seul mouvement que je détecte est celui d'un rat qui trottine le long du bâtiment. Après que j'ai patienté plusieurs minutes, accroupie dans mon buisson, je me décide à essayer les portes de l'école. Elles s'ouvrent du premier coup ! Je m'y glisse le plus silencieusement possible, me mordant les joues pour éviter que mes dents claquent. Je me retrouve dans un couloir banal d'école élémentaire : des loupiotes éclairent faiblement des murs décrépis, un lino défraîchi et de grands panneaux de liège qui, à l'extérieur de chaque classe, arborent les œuvres des élèves. Mon regard s'arrête sur un collage criard représentant les fonds marins lorsque j'entends des bris de verre et une voix masculine qui s'écrie :

— C'est cent putains de dollars que tu viens de nous faire perdre !

Mon cœur a beau palpiter d'appréhension, je me force à avancer, l'oreille tendue vers la source de l'éclat de voix. Au bout du couloir, une lumière vive se déverse par la porte ouverte d'une salle de classe. Je reste collée au mur, sachant que si jamais les kidnappeurs décidaient de sortir maintenant, les ombres ne suffiraient pas à me cacher. J'en ai les bras tout crispés et mon corps se met au diapason, prêt à fuir au moindre problème.

Tandis que je me rapproche de la salle ouverte, une odeur de formol me monte aux narines. Ça me rappelle Hadès et le menu de l'ex-café offrant reins, colons et autres organes de rechange à la demande. Je distingue aussi deux voix masculines à présent, l'accent traînant de Smitty me faisant l'identifier à coup sûr. C'est comme s'il se baladait en permanence avec des cailloux dans la bouche.

— On embarque tout ?

— Tout ce qu'ils ont, ouais, répond l'autre type.

D'après le volume de leur voix, je dirais qu'ils se trouvent au fond de la salle, et je retiens mon souffle en jetant un coup d'œil furtif à l'intérieur.

Il y a plusieurs rangées de paillasses de laboratoire, derrière lesquelles sont rangés des tabourets. Une table périodique des éléments est accrochée au tableau, et un squelette au sourire figé occupe un coin de la salle. Contre le mur opposé, une table est recouverte de pots de métal qui contiennent une sorte de matière visqueuse et grise, surmontés d'une pancarte : NE PAS DÉRANGER – DISSECTIONS EN COURS. Un petit smiley a été ajouté à la main sous ces mots.

Sur la paillasse la plus proche de moi, un fatras de becs Bunsen, d'éprouvettes et de béchers de toutes les tailles, de bouteilles plastique remplies de solutions aux couleurs exotiques et de quelques bocaux, certains contenant une fine poudre bleu clair, d'autres tirant sur le vert. Et au fond de la salle, une porte marquée ÉQUIPEMENT est entrebâillée.

Je me glisse dans la pièce et m'accroupis derrière une paillasse, mais je me fais repérer avant d'avoir eu le temps de baisser la tête. Le mec est petit et râblé, les cheveux noirs en pétard. Il faisait sans doute partie du groupe masqué qui avait kidnappé Gavin.

— Plus un geste ! hurle-t-il, le pistolet déjà en main.

Dans l'autre il tient un gros bécher et, coincé sous le bras, un bocal de poudre bleu clair.

Bouge ! me dis-je. *Tu es plus rapide que lui !* Il me suffit d'une fraction de seconde pour me retrouver près du poste de dissection où des crapauds conservés dans du formol semblent me fixer de leurs yeux globuleux. Comme je l'ai anticipé, plusieurs scalpels traînent sur le plan de travail. Pas le temps de réfléchir. Le type crie, mais la seule chose que j'entends, c'est l'adrénaline qui me bat les tempes. Je fais volte-face au moment même où il arme le chien, percevant nettement le *clic* de la balle s'insérant dans la chambre de tir. Du coin de l'œil, j'enregistre la présence de Smitty dont la silhouette pesante vient de franchir la porte du fond. J'expire brièvement par le nez avant que mon bras ne se déroule tel un fouet, libérant le scalpel d'un coup sec du poignet.

Le temps semble s'écouler au ralenti tandis que le projectile fend l'air en tournoyant sur lui-même. Il vient heurter le poignet du petit brun qui appuie sur la détente avant de lâcher l'arme. L'espace d'un instant, je ne comprends rien du tout à ce qui se passe, entendant juste le cri de douleur de Smitty qui se plie en deux.

J'attrape à deux mains un microscope sur la table de dissection et fonce sur eux. Le court sur pattes tient sa main qui pisse le sang, une petite mare s'est déjà formée sur le lino gris. Smitty, lourdaud comme il est, est en train de sautiller sur place en se tenant le pied. J'hésite une demi-seconde, puis, comme pour abréger les souffrances d'un oisillon tombé du nid, je ferme les yeux et abats le microscope sur le crâne chevelu du petit.

Il est dans les vapes, mais il respire encore. Je trouve l'arme de Smitty sous un bourrelet de graisse à sa ceinture et m'en saisis en un tournemain avant de le jeter sur une table hors de sa portée. Le pied de Smitty saigne abondamment. Il y a un trou bien net au bout de sa chaussure. Il pousse des petits gémissements de chien apeuré.

— S'il te plaît, glapit-il, me tue pas, s'il te plaît !

J'avise de la corde dans un placard à fournitures et j'ai vite fait de saucissonner les deux malfrats en les attachant au radiateur.

— Je suis désolée qu'il t'ait tiré dessus, dis-je en regardant Smitty de haut.

Il lève les yeux sur moi, puis détourne le regard.

— Mais ouais, c'est ça, maugrée-t-il.

— Drogue ? Trafic d'organes ?

Voyant qu'il ne répond pas, je lui flanque un coup de pied dans sa grosse cuisse. Il dodeline de la tête en se tenant le pied à deux mains et en poussant de petits cris pathétiques.

— Réponds-moi, Smitty Macoumb !

— On revend tout ça à un mec, finit-il par cracher, on pose pas de question.

Ce ne sont que des petits joueurs, me dis-je. Smitty et l'autre gorille doivent être en bas de la chaîne alimentaire, parmi ces fourmis ouvrières du Syndicat qui se chargent de toutes les basses tâches. Je ne sais pas à quel échelon se trouve Rosie, mais j'ai bien l'intention de le découvrir.

— Ton pote, là, c'est Karl Small ?

Smitty confirme d'un mouvement de tête.

— Et *elle*, elle est où ?

— Elle se balade ici et là, dit-il en faisant un geste vague de la main. C'est pas comme si elle me prévenait à chaque fois qu'elle a envie d'aller aux chiottes. (Une plainte sourde à l'arôme prononcé d'oignon s'échappe alors de sa bouche.) Va falloir que tu laisses tomber toute cette histoire, parvient-il à dire, les yeux rivés aux miens. Tu vas finir par te faire buter. Personne a envie de tuer un petit brin de fille comme toi, mais tu nous laisses pas le choix...

— Vous m'avez déjà tuée, ce que tu vois ici n'est que mon fantôme...

— C'est pas elle que tu veux. Elle ne fait qu'obéir aux ordres du Boss.

— Quel boss ? demandé-je les yeux écarquillés.

— Le Boss..., commence-t-il avant que sa tête ne retombe sur son torse, le regard perdu.

Il faut que je lui appelle une ambulance.

Je teste la solidité des nœuds qui retiennent les deux lascars au radiateur pour m'assurer qu'ils ne pourront pas s'en débarrasser avant l'arrivée de la police. En sortant, j'essuie soigneusement du revers de mon T-shirt toutes les surfaces susceptibles de porter mes empreintes, sans oublier le scalpel et les deux pistolets. Je m'empare ensuite d'une blouse de laboratoire pour les déposer en évidence sur la table des produits chimiques, avant de mettre le scalpel dans un bocal telle une fleur solitaire dans son vase.

Une fois dehors à respirer l'air frais de la nuit, je m'efforce de calmer le tremblement de mes mains pour composer le numéro des forces de l'ordre, celui qu'on trouve affiché partout dans Bedlam : AIDEZ À FAIRE TRIOMPHER LA LOI À BEDLAM – APPELEZ LE 999.

— J'aimerais signaler un cambriolage en cours à l'école élémentaire Jackson Jones, dis-je d'une voix mal assurée.

Le temps que je raccroche, la Seraph vient se garer silencieusement sur le parking, Serge au volant. Gagnée par le soulagement, je m'élance vers lui.

— *Go, go, go !* Il faut qu'on se tire au plus vite !

Serge acquiesce.

— Mets ta ceinture. Mon petit doigt m'a dit que tu aurais peut-être besoin d'aide, dit-il avant de partir pleins gaz, à une vitesse que je n'aurais pas soupçonnée possible pour un tel véhicule.

Nous avons déjà parcouru un bon kilomètre et approchons du pont lorsque nous entendons au loin le bruit des sirènes hurlantes. Je suis un fantôme qui n'a jamais été là.

31.

Le lendemain matin, je suis debout suffisamment tôt pour cueillir le *Daily Dilemma* avant mon père. Smith Macoumb et Karl Small font la une. C'est les mains tremblantes que je lis l'article consacré à leur arrestation, soudain certaine qu'ils ont révélé l'identité de qui les a ficelés et livrés sur un plateau à la police.

> Les deux malfaiteurs étaient notamment recherchés pour vol qualifié, association de malfaiteurs, coups et blessures et trafic de stupéfiants.
>
> Le préfet de police Bullett a déclaré ce matin : « Quiconque a appréhendé ces deux criminels après les avoir surpris en flagrant délit de cambriolage à l'école primaire devrait se faire connaître afin qu'on puisse le remercier à la hauteur de son geste. »

Mes yeux quittent le journal pour aller se perdre au gré du motif à fleurs de lys du papier peint qui tapisse le couloir. Il n'est pas fait mention de moi ni de ce à quoi je ressemble. Peut-être ne veulent-ils pas que la police soit au courant de mes activités nocturnes pour mieux pouvoir se venger par la suite.

Je replie le journal exactement comme je l'ai trouvé et le dépose sur le paillasson devant la porte d'entrée, histoire que mon père ne remarque rien qui sorte de l'ordinaire. Il va falloir que je sois plus prudente dorénavant. Et aussi que je me lance à la poursuite des autres avant qu'ils ne s'attaquent à moi.

Une fois revenue dans ma chambre, j'envoie un texto à Serge : Il me reste encore qq noms, tu peux m'aider à les retrouver ?

Je retire ensuite la liste de la boîte en métal planquée sous mon lit et y biffe les deux premières lignes.

~~*Smith Macoumb*~~
~~*Karl Small*~~

Lorsque sonne minuit, j'emprunte l'ascenseur de service jusqu'au parking souterrain et retrouve Serge au volant de la Motoko. Je lui jette un coup d'œil mais son profil est toujours aussi calme et imperturbable.

— Tu as lu la presse ?

Il acquiesce et je sens un fantôme de sourire lui éclairer fugacement les lèvres.

— Qu'est-ce qui va se passer si l'un d'eux dit qui je suis à la police ? Toute leur petite bande doit savoir que c'est moi qui ai livré Smitty et Karl Small aux flics...

— Ils n'en feront rien, crois-moi. Le Syndicat a un code : ils ne collaborent jamais avec la police. En plus, dans le cas présent, s'ils te balancent, ils vont devoir répondre de l'homicide de Gavin, ce qui est beaucoup plus grave que ce pour quoi ils ont été arrêtés.

Je hoche la tête et médite les paroles de Serge tandis que la Motoko file dans les rues désertes et que nous franchissons la frontière du Crime sur le pont de la Paix.

Il nous faut encore presque une heure de route à travers la Rive gauche avant d'apercevoir l'usine de la PharmConn au beau milieu de la zone industrielle. Dans ce complexe aux bâtiments noirs de suie en lisière sud de la Rive gauche, seuls quelques-uns sont encore opérationnels : la centrale électrique, la déchetterie, la casse et la distillerie où est brassée la Buzz Beer, la bière officielle de Bedlam. Au-delà se dresse la silhouette menaçante de la centrale nucléaire, avec ses deux dômes surmontés de lumières rouges. Cela fait des années que je contemple depuis la fenêtre de ma chambre ces bâtiments et leurs cheminées qui dégorgent une épaisse fumée blanche voire parfois jaune crasseux.

Nous roulons au pas dans la contre-allée au pied de la colossale PharmConn, enclose entre des murs de brique de quatre bons mètres de haut. Autant dire une forteresse impénétrable pour le commun des mortels. Toutes les deux ou trois minutes, le *flap-flap-flap* des pales de l'hélicoptère de la société de gardiennage qui surveille le site vient emplir l'air de son fracas assourdissant, balayant les ruelles alentour de son puissant faisceau lumineux. Serge l'évite soigneusement, puis va se garer près d'une petite porte métallique aménagée dans le mur d'enceinte de la PharmConn.

— Chaque semaine, Maximilien et Augustus Luz viennent ici faire leurs courses de cachetons auprès de gardes corrompus qui les volent pendant leurs rondes. Ils les revendent ensuite au marché noir.

— Comment t'es au courant de tout ça, Serge ? demandé-je en me tapissant au fond de mon siège tandis que le faisceau blanchâtre de l'hélico nous passe juste à côté.

— Des contacts. Des connaissances, des mauvaises fréquentations, réplique-t-il, laconique.

Je ne cherche pas à en savoir plus et sors de la voiture. Je referme la portière aussi doucement que possible puis vais me fondre dans les ombres pile en face de la porte métallique.

Conformément aux infos de Serge, à une heure du matin pétante, deux types en blouse blanche s'en approchent, portant chacun à la main un sac de sport où je peux lire : BEDLAM GENERAL. Pas de doute, je reconnais Max et Augustus Luz à leur silhouette chétive et à leur visage de fouine. J'attends que l'hélico nous ait à nouveau survolés, sachant que j'ai ensuite une fenêtre d'action d'environ trois minutes avant qu'il ne repasse. À peine les deux types ont-ils franchi la porte que je prends mon élan, traverse la rue comme le vent et franchis le mur d'un grand jeté, atterrissant de l'autre côté sur un pied, tout en douceur. Ils ne m'ont pas entendue.

Le temps qu'ils se rendent compte de ma présence, l'un d'eux est déjà face contre terre et je lui attache les mains aux chevilles dans le dos avec une paire de menottes en plastique rigide. L'autre – son jumeau parfait à ce que je vois – se jette sur moi, mais grâce à la combinaison de crochets du gauche travaillée avec Ford, je mets moins de trente secondes pour l'étaler au sol. Il se roule instinctivement en boule en se protégeant le visage et en gémissant :

— Assez ! Assez !

Je l'attache à son frère en prenant soin de laisser les sacs de sport bien en évidence à côté d'eux, sachant que le projecteur de l'hélico ne va pas tarder à les repérer.

— Où est-elle ?

— Qui ? demandent-ils d'une même voix.

— Rose Thorne.

— Pourquoi on te le dirait ? crache l'un des deux.

— Parce que si tu le fais pas, j'envoie ton frangin à l'hosto !

Pour le persuader que je ne plaisante pas, je me saisis de son jumeau par le col et les soulève tous les deux, attachés qu'ils sont, à un bon mètre du sol.

Celui que je tiens laisse échapper un glapissement, les yeux écarquillés de peur. Je lui ai déjà cassé le nez et sa lèvre supérieure a doublé de volume.

— Y a un bar, le Double X. Sur Bergamot Street.

Ma vision périphérique enregistre alors le retour de l'hélicoptère. Je les laisse retomber et en deux temps trois mouvements, me voici de retour aux côtés de Serge dans la Motoko, composant le 999 sur mon téléphone. Une fois la police avertie, je tire la liste de ma poche et raye deux nouveaux noms :

~~*Maximilien Luz*~~
~~*Augustus Luz*~~

Il nous suffit d'une dizaine de minutes pour arriver au Double X. Presque aucune lumière ne filtre de ce bar à la devanture noire rempli de femmes du Syndicat. Pendant l'heure et demie que j'y passe à siroter un Sparkle-cola, je n'y vois pas un seul homme.

J'ai beau ne pas quitter la porte d'entrée des yeux, Rosie ne daigne pas s'y pointer. C'est à désespérer. Je suis sur le point de renoncer lorsque j'aperçois dans la foule la grande fille mince aux longs cheveux violets. Jessa Scorpio. Elle est debout près d'un rideau au fond de la pièce, perchée sur des semelles compensées de dix bons centimètres et vêtue d'une microjupe noire de la taille d'une serviette de table et d'un petit haut assorti en dentelle dont le décolleté ne laisse guère de place à l'imagination. Pour compléter le tableau, elle est coiffée d'un haut-de-forme en velours. Un attroupement se crée rapidement autour d'elle et elle se met à distribuer de petites fioles de verre emplies d'une poudre rose néon à chacune des filles. Une fois le flacon obtenu contre une liasse de billets, elles s'éloignent une à une, le débouchent et frottent leurs gencives de son contenu.

Puis la fille aux cheveux violets disparaît derrière le rideau.

Je descends du tabouret de bar et traverse la salle, des nœuds à l'estomac à l'idée du combat que je vais très bientôt devoir livrer. Je franchis le rideau à mon tour et découvre un couloir plongé dans la pénombre. Au bout, je l'aperçois qui scanne un badge pour entrer dans un bureau. Malgré la distance qui nous sépare, je me retrouve derrière elle en un battement de cils. Je m'engouffre à sa suite dans le bureau sans qu'elle entende rien et referme la porte derrière nous.

— Salut, Jessa.

Elle pivote sur ses talons et laisse échapper un grognement incrédule en me voyant :

— Dites-moi que je rêve !

Je prends le temps d'examiner la pièce et remarque au-dessus d'un coffre-fort massif une étagère sur laquelle sont soigneusement empilées des liasses de billets de cent. Jessa ne perd pas un instant et se jette sur le bureau enfoui sous la paperasse. Je l'atteins avant elle et déterre le manche d'un couteau à cran d'arrêt. Je l'ouvre aussitôt et le pointe en direction de sa poitrine. Je me demande une seconde quel effet ça ferait de le lui enfoncer dedans.

Je reprends immédiatement le contrôle et décide de le refermer.

— Je n'ai pas l'intention de te faire de mal, dis-moi juste où je peux trouver Rosie.

— J'ai pas flippé un seul instant, t'es tellement *pure* comme fille ! crache-t-elle, comme si c'était la pire insulte.

J'enregistre alors les murs, tapissés de photos de filles et de femmes d'environ treize à quarante ans. Je remarque ensuite une barre verticale de métal dans un coin de la pièce, soudée au sol et au plafond.

— On est dans quel genre d'endroit, là ?

— T'es vraiment conne à ce point ? s'étrangle Jessa, avant de désigner du menton un gros classeur ouvert sur le bureau, rempli de photos de filles en petite tenue. Les nanas que tu vois là, c'est toutes des compagnes.

Je lui adresse un regard d'incompréhension.

— Le genre de compagnes qui se louent à l'heure, tu vois ?

Oh. Je ravale ma salive, honteuse d'être si naïve.

— Où est Rosie ? reprends-je, fermant d'un coup sec le classeur, comme si ce geste pouvait effacer ce que fait Jessa pour gagner sa vie.

— Comment veux-tu que je le sache, ma poule ? Oublie-la, veux-tu ? Et lui aussi, oublie-le. (Elle marque une pause et attrape du bout des doigts une mèche de mes cheveux.) Tu sais que tu serais parfaite comme compagne...

Je pense à toutes ces jeunes filles dont le portrait orne les murs, obligées de vendre leur corps pour survivre. Mes oreilles se mettent à bourdonner et je pousse violemment Jessa qui va heurter le mur de plein fouet. Avant même d'avoir réfléchi, je saisis la barre à deux mains. Je ne sais pas bien ce que j'espère de cette manœuvre... je crois peut-être que je vais réussir à plier ce tube de métal ?

Toujours est-il que le poteau n'offre aucune résistance, comme s'il s'était liquéfié au contact de mes mains.

La barre se décroche immédiatement du plafond et je la courbe à mains nues pour aller emprisonner Jessa, avachie au pied du mur. Je tords le poteau jusqu'à lui coincer les bras contre le torse.

— Par les putains de couilles de Bedlam ! s'écrie-t-elle d'une voix de fausset, manifestement terrifiée.

Elle a beau se tortiller, rien n'y fait, elle est bloquée.

Bouche bée, elle me dévisage en tremblant, son haut-de-forme au sol à côté d'elle.

Je hausse les épaules comme si tout était on ne peut plus normal.

— Tu devrais peut-être envisager de changer de boulot, sinon j'ai peur que tu deviennes vite cynique...

Je n'aime pas trop les émotions qui se lisent successivement sur son visage tandis qu'elle essaye de donner un sens à tout ça. Il y a de la peur, mais également de la pitié, et je n'ai aucune envie qu'on me prenne en pitié.

Je quitte la pièce et referme la porte, puis appelle la police pour ma dernière livraison en date.

Une fois de retour dans la Motoko avec Serge, je ressors ma liste et y biffe une nouvelle ligne :

~~*Jessa Scorpio*~~

Il ne me reste plus que Rosie désormais, et un dernier nom en bonus : Emmet Cask.

Je laisse passer une semaine après l'arrestation de Jessa. Les articles s'enchaînent dans la presse et je n'ai qu'une trouille, c'est de me faire démasquer aux yeux de toute la ville. Quelqu'un pourrait très bien m'avoir prise en photo et vendre le cliché au *Dilemma.* Et si jamais ça devait se produire, ma vie telle que je la connais serait bouleversée du jour au lendemain. Mes parents m'enfermeraient à la maison à double tour. Ils me retireraient sans doute de Cathédrale et embaucheraient des tuteurs à domicile pour me faire finir mon année. Je deviendrais une recluse ou bien devrais carrément quitter la ville. Le pire des scénarios : je suis récupérée par un labo pour qu'ils étudient mon cœur chimérique...

Mais voilà que Serge m'informe qu'il a une piste sur le LandPusher jaune. Je décide de voir où elle mène. Cette nuit pourrait bien être celle où Rosie se retrouvera derrière les barreaux.

Je repère le véhicule garé sur la berge du fleuve, non loin du pont vers Nulle Part, et escalade les poutrelles d'acier qui le soutiennent pour obtenir une bonne vue d'ensemble. Un gros 4×4 noir finit par venir se ranger à côté du LandPusher, et un homme portant des lunettes de soleil en sort. J'en ai un petit sursaut d'anticipation, espérant voir émerger Rosie de la voiture jaune. Mais non. C'est Emmet Cask, le blondinet tout maigre qui m'avait ceinturée juste avant que Gavin ne meure.

Il tend une mallette à l'homme aux lunettes de soleil, qui lui remet un sac en papier kraft en échange. À une cinquantaine de mètres, la fresque que Gavin avait peinte pour moi est un témoin silencieux de la transaction. Les deux malfrats se mettent à palabrer et je projette ma superouïe dans leur direction pour entendre ce qu'ils disent :

— Dis au Boss qu'on a besoin de la même quantité pour la semaine prochaine, les gamins de la boîte de nuit kiffent trop le nouveau produit.

L'inconnu finit par regagner son 4×4 et a tôt fait de mettre les gaz et de disparaître. Je me prépare psychologiquement à confronter Emmet lorsque mon pied glisse et décroche un bout de ferronnerie rouillée qui va s'écraser en contrebas. Emmet lève les yeux et me repère du premier coup d'œil.

— Alors, Princesse, on s'amuse bien ? lance-t-il avant de courir vers l'entrée du pont.

C'est le cœur battant la chamade que j'évalue mes options. Le clapotement du fleuve Midland qui se réverbère bruyamment sous le tablier du pont me donne l'impression que je suis entourée d'eau. Je sors de ma (mauvaise) cachette et escalade les poutrelles métalliques jusqu'au pont proprement dit. Fait principalement de bois, il ne m'inspire guère confiance, d'autant que la plupart des planches ont l'air pourries. Je vais cependant me positionner au bout du pont, à quelques pas de l'endroit où il tombe à pic dans le fleuve, le vent frais me fouettant le visage et rabattant les relents de kérosène qui s'élèvent du Midland.

Emmet apparaît dans mon champ de vision, pistolet au poing. J'attends qu'il ne soit plus qu'à quelques mètres et bondis sur lui, fendant les airs à une hauteur et à une vitesse qui défient les lois de la gravité. Il est trop surpris pour penser à tirer et je le désarme d'un coup de pied dès mon atterrissage. Mais il est plus fort qu'il n'en a l'air, il réussit à me repousser en arrière et je chancelle à quelques pas à peine du gouffre béant.

Il tente de profiter de son avantage en se ruant sur moi et parvient à me faire tomber. Je sens soudain que j'ai les épaules dans le vide. Le bout des planches me scie le dos à travers mon manteau et je glisse inexorablement, les mains griffant frénétiquement l'air à la recherche d'une prise qui n'est pas là. Je hurle, mon esprit ramené brutalement au soir de ma rencontre avec Ford, celui de ma chute dans le fleuve.

Mais avant que je ne bascule, Emmet m'attrape par les jambes et me tire sur le pont, avec aux lèvres un sourire sadique qui me flanque la chair de poule.

— Crois pas que tu vas t'en tirer à si bon compte, ma jolie !

Je me dégage d'un coup de pied de son emprise et avise une planche mal fixée à portée de main. J'emploie toutes mes forces pour l'arracher du pont. L'espace devient alors blanc autour d'Emmet et les secondes semblent s'étirer en minutes. Je suis sur pied en un clin d'œil et j'ai tout le temps du monde pour lever la planche, pivoter sur moi-même, viser et la lui abattre violemment sur le crâne. La planche se brise en deux à l'impact, mais Emmet est toujours debout. Je l'attrape par le revers de sa veste et l'envoie valdinguer dans les airs. Il heurte la rambarde métallique dans un *clang* sonore et glisse à terre comme une chiffe molle. Je le rejoins et constate qu'il est inconscient, mais respire toujours.

Je sors de mon blouson la corde que j'ai préparée et passe un bon quart d'heure à le ligoter, nœud après nœud, jusqu'à être satisfaite de mon œuvre. Je jette alors la longueur de corde restante par-dessus une traverse métallique et hisse le paquet cadeau à plusieurs mètres du sol.

Après avoir contacté la ligne de police anonyme, je grimpe aux échafaudages et me planque dans un recoin pour les observer au travail. Ils arrivent rapidement sur place, font descendre Emmet et le fouillent méthodiquement. Ils tombent bien sûr sur le sachet contenant l'argent de la drogue, mais aussi sur ses clés de voiture. Menottes aux poignets, il est poussé sans ménagement à l'arrière de la fourgonnette. Et *pouf*, un nom de plus à rayer de la liste.

Lorsque je redescends finalement des échafaudages et me mets à courir vers Serge et la voiture, j'entends des gens applaudir. Je me retourne pour voir ce qu'il se passe. Un combat, sans doute, ou peut-être une partie de cartes clandestine, mais je n'aperçois que deux jeunes en haillons au visage crasseux, blottis autour d'un vieux baril dans lequel brûle un feu nourri. Ils continuent d'applaudir en me fixant du regard. Je leur fais un petit signe, prenant conscience qu'ils ont dû être spectateurs de mon combat avec Emmet Cask. L'un des deux jeunes croise alors les doigts et les porte à son cœur, l'air solennel. Le signe de l'Espoir.

Ne sachant pas trop comment réagir, je lui renvoie le signe. *Nous nous soulèverons,* me dis-je intérieurement avant de tourner la tête.

Je reprends ma course vers la Motoko, le corps encore endolori par les coups que m'a portés Emmet et par l'effort fourni pour arracher la planche du pont. Mon dos saigne de plusieurs coupures. Pourtant, au plus profond de moi, je ressens aussi une petite étincelle qui ressemble bel et bien à de l'espoir.

32.

Serge me dépose dans le parking de la tour Fleet à 2 h 10. On se souhaite une bonne nuit et je sors de la voiture. Je lui fais un petit signe de la main tandis qu'il repart vers chez lui.

À l'intérieur du parking souterrain, l'air est humide et, Serge parti, rien ne trouble plus le silence. Que le bruit de mes pas qui résonnent légèrement tandis que je me rends jusqu'au bloc des ascenseurs. Je sens un sourire qui se forme sur mes lèvres : je me rapproche de Rosie Thorne. À l'arrivée de l'ascenseur au sous-sol, les portes s'ouvrent avec un *ding* caractéristique.

— Il faut vraiment qu'on arrête de se rencontrer comme ça par hasard !

Mon sourire se mue en grimace : *Will*.

Je recule d'un pas en levant les yeux sur son affreux rictus satisfait. Ses cheveux blonds partent dans tous les sens, le blanc de ses yeux est totalement injecté de sang et ses paupières inférieures sont enflées et violacées.

Il sort de l'ascenseur et ouvre les bras comme si j'allais me jeter dedans.

Dégoûtée, je recule encore d'un pas.

— Ne me touche pas ! sifflé-je entre mes dents.

— Anthem, dit-il en secouant la tête comme si j'étais une élève incorrigible qui a à nouveau oublié ses devoirs. Nous avons toujours su que le moment viendrait où tu devrais me donner ce que tu m'as promis.

— J'ai fait tout ce que je t'ai promis, tout jusqu'aux trucs les plus ridicules. Zahra me parle plus du tout, j'imagine que ça te met en joie, non ?

Il se rapproche d'un pas et je sens l'aigreur de sa transpiration, sous-tendue de quelque chose de minéral.

— Eh bien, figure-toi que oui, ça me met en joie, rétorque-t-il en tendant une main aux doigts chauds pour me caresser la joue. Quelle salope, celle-là !

— C'est faux. T'es vraiment malade comme mec.

Son contact me révulse et j'essaie de me redresser en bombant le torse, mais rien n'y fait, il a toujours une bonne tête de plus que moi.

— Barre-toi d'ici, sinon j'appelle la séc...

— Ça m'étonnerait que t'appelles qui que ce soit, me coupe-t-il. Ça impliquerait de réveiller papa et maman, non ? Et ils se demanderaient ce que leur petite fille chérie fabrique dans le parking souterrain à... (il sort sa montre à gousset de sa poche, un cadeau prétentieux de son prétentieux de père, le procureur de la République) à 2 h 17 du matin.

Je pince les lèvres en passant mes différentes options en revue. Il ne fait pas le poids physiquement, mais si je le mets en rogne, il risque de poster les vidéos illico.

— Au fait, Anthem, qu'est-ce que tu fais ici à cette heure ? Je t'ai regardée partir il y a longtemps déjà, bien sûr tu cours trop vite pour que je te suive, alors j'ai décidé de t'attendre sagement. Et maintenant tu es de retour. Avec du sang sur ton chemisier.

Je reboutonne ma veste à la hâte. C'est vrai qu'Emmet s'est bien battu. Quelques gouttes ont dû me tomber dessus pendant que je le suspendais à la traverse du pont.

— Will, s'il te plaît, va-t'en, chuchoté-je, si tu ne veux pas que je te fasse mal.

— Tu ne vas pas me faire de mal, Anthem, ronronne-t-il en se rapprochant encore de moi. Ta nouvelle vie en tant que monstre a l'air de beaucoup trop te plaire pour que tu oses la compromettre. Alors on va monter ensemble, se mettre au lit, et faire ce qu'on aurait dû faire il y a longtemps déjà.

À l'instant où il termine sa phrase, j'entends s'ouvrir la porte de service. Will et moi faisons volte-face et c'est avec un immense soulagement que je découvre le visage renfrogné de Serge.

— Anthem, dit-il de sa voix de basse, il est grand temps d'aller te coucher. William, je vais vous raccompagner chez vous.

— Bonjour, monsieur LaForge, répond Will à deux doigts de bégayer, nous étions juste en train de…

— Il est très tard, l'interrompt Serge en le fusillant du regard.

Il pose une de ses grosses mains sur mon épaule et manœuvre pour s'insérer tout en douceur entre Will et moi.

— Trop tard pour que vous soyez ici. Anthem a besoin de sommeil.

— D'accord, je vais… euh, d'accord.

— Je vais te reconduire.

— Ce n'est pas la peine.

— Permets-moi d'insister, dit Serge en l'empoignant par le bras pour le guider jusqu'à la Seraph.

Par-dessus son épaule il me lance :

— Tes parents te croient endormie dans ta chambre. Je te conseille de faire en sorte que cela soit vrai d'ici quelques minutes.

Je le regarde installer Will sur la banquette arrière, une main sur sa tête comme le font les policiers. L'adrénaline qui me maintenait debout commence à refluer et je prends une profonde inspiration. La voiture démarre et, à la vitre, le visage de Will est un masque de fureur à peine contenue.

33.

Le lendemain matin, mes parents et moi quittons pour une fois la tour à la même heure.

— Viens, on te dépose si tu veux, me propose Harris dans l'ascenseur.

Je suis en uniforme de lycéenne, maman porte un tailleur pantalon bleu marine avec un chemisier en soie pervenche, tandis que papa arbore son habituel costume trois pièces, le *Daily Dilemma* du jour coincé sous le bras.

— OK, acquiescé-je sans enthousiasme.

Nous nous glissons dans la voiture où Serge nous attend, juste devant l'entrée officielle de la tour Fleet. Je suis coincée entre mes deux parents sur la banquette arrière et Serge, coiffé de sa casquette de chauffeur, m'adresse un petit signe de tête. Nos regards se croisent dans le rétroviseur central et il détourne les yeux le premier. Je ne peux m'empêcher de piquer un fard. Ça ne doit pas être facile pour lui de protéger mon secret vis-à-vis de papa et maman, ses employeurs, et aussi les personnes dont il est le plus proche depuis tant d'années.

À côté de moi, mon père laisse échapper un petit bruit guttural.

— Tout bonnement incroyable, marmonne-t-il.

Je tourne la tête vers lui et mon regard se pose sur la une du journal qu'il tient sur les genoux. Je me fige lorsque je découvre la manchette en énormes caractères : LE RETOUR DE L'ESPOIR ? À côté du gros titre se trouve une photo d'Emmet suspendu à la traverse du pont, le visage en sang et les yeux mi-clos sous la puissance du flash.

L'article en lui-même n'est pas très long et je tâche de le lire discrètement sans que mon père le remarque. Je parviens à en déchiffrer quelques lignes avant d'arriver à l'école :

> Pour la sixième fois en deux semaines, un membre du Syndicat activement recherché a été pris la main dans le sac, ligoté et livré à nos courageuses forces de police de Bedlam grâce à une dénonciation anonyme. Ariel Siegel, interrogée sur la scène du crime, déclare avoir été témoin de la scène. « Ce que j'ai vu ce soir, c'est l'alliance d'une vitesse et d'une force phénoménales. Clairement au-delà de ce qu'un humain peut normalement faire. J'ai toujours su que nous aurions une deuxième chance de remettre la ville sur pied après la disparition de l'Espoir. Eh bien, notre chance, la voilà », nous a confié Mme Siegel. Elle a en revanche refusé de décrire cette personne « incroyable », répétant qu'elle n'avait « aucun commentaire à faire » malgré notre…

— Anthem ! Ma mère me secoue le bras et je suis forcée d'arrêter ma lecture. Nous sommes arrivés.

— Désolée, dis-je en portant la main droite sur mon cœur qui bat la chamade.

Je sors de la voiture et me dirige vers l'école dont l'imposante tour grise de la cathédrale se détache sur le ciel blanc du matin. Les gros titres du matin sont toujours imprimés sur ma rétine, pas moyen d'y échapper. Il va vraiment falloir que je songe sérieusement à porter un masque.

— Alors maintenant t'as le garde du corps de ton père pour te protéger ? m'accueille la voix mielleuse de Will qui m'attend à côté de mon casier.

Je glisse mes manuels de physique et de latin en haut de la pile de livres branlante, tout en luttant contre l'envie de lui flanquer la porte de mon casier dans la figure. Au lieu de quoi je le referme à clé et m'éloigne. À grands pas.

Mais il me suit à la trace, se frayant tête haute un chemin à travers la foule qui encombre les couloirs.

— J'ai pas le temps de parler de ça, lui dis-je.

Je veux juste aller à la salle multimédia pour vérifier les unes de tous les journaux afin de m'assurer qu'aucun ne contient de description voire de photo de moi. Mais avec Will aux basques, je n'ai d'autre choix que de me diriger vers la bibliothèque, sachant que Will + salle multimédia = gros problèmes pour moi. Voilà l'équation depuis qu'il me menace de rendre ses saloperies de vidéos publiques.

— Je m'en fous que tu aies le temps ou pas, siffle-t-il entre ses dents. C'était de la grosse connerie ce qui s'est passé hier soir, alors à partir de maintenant j'aimerais que tu dises au toutou de ton père de me lâcher la grappe.

Le temps qu'on arrive au deuxième étage, il a les yeux exorbités et le souffle court.

Je pousse la porte de la bibliothèque, souhaitant plus que jamais aller m'enfermer seule dans la tour des thèses. Will, hélas, ne me lâche pas d'une semelle, et lorsque je marque une pause, je sens sa main venir s'enrouler autour de ma taille.

Je me dégage et me débrouille pour mettre entre lui et moi une table croulant sous les livres à ranger.

— Il n'a rien d'un *toutou*. Et en plus, je ne lui donne aucun ordre.

— Arrête ton char, Anthem, rigole Will. Ce mec est prêt à mourir pour toi. Ça ne m'étonnerait pas qu'il soit même *amoureux* de toi !

Will continue de s'esclaffer, allant jusqu'à se plier en deux. Il commence à sérieusement me taper sur les nerfs.

— T'es encore plus fou que je ne le croyais, lui lancé-je, la voix montant dans les aigus.

— Ah ah, on dirait que j'ai touché une corde sensible, là, non ? T'aurais pas une aventure avec le grand Serge, hein ?

Will respire bruyamment, comme s'il était sur le point de manquer d'air.

Je vois rouge tout d'un coup et me saisis d'un épais volume sur la table. Que je lui lance à la tête de toutes mes forces. Le livre ne fait que lui érafler la joue avant d'aller retomber dix mètres plus loin.

— Ah ouais ? Vraiment ? crie Will, son visage passant par toute la gamme du rose à l'écarlate.

La suite s'enchaîne alors très rapidement.

Il m'attrape par les épaules, me poussant plus fort qu'il ne devrait en être capable contre une étagère. Le choc brutal déloge une dizaine de bouquins qui vont s'écraser au sol. Je repousse Will qui va s'affaler, entraînant une chaise dans sa chute.

— Tu viens de signer ton arrêt de mort, crache-t-il d'un ton étrangement détaché. J'espère que tu vas kiffer toute la pub, espèce de petite salope !

Je me tiens au-dessus de lui, comme paralysée malgré l'adrénaline qui me parcourt les veines. Je m'apprête à le supplier de ne pas mettre la vidéo en ligne, mais je n'en ai pas le loisir.

— De là où je suis, je ne vois qu'une seule petite salope dans la pièce, grogne une voix familière.

Zahra apparaît de derrière une étagère, dans le coin où se trouve l'escalier menant à la tour des thèses. Sa veste réglementaire d'uniforme est presque intégralement recouverte d'épingles à nourrice, ses cheveux noirs sont teints aux racines en orange pétant.

Il me faut plusieurs secondes pour enregistrer qu'elle tient à deux mains une petite bombe aérosol.

— Et cette salope, c'est un mec qui pleurniche par terre…

Je sens mon cœur se gonfler d'amour pour Zahra comme jamais.

Will se recule tant qu'il peut avant de s'aider d'une chaise pour se relever.

— Tu m'envoies une seule giclée de ça et tu te fais virer illico ! la menace-t-il.

— Et tu crois que j'en ai quelque chose à battre de me faire virer du lycée ? rétorque Zahra en s'approchant de lui pas à pas, sa bombe lacrymogène toujours tendue à bout de bras. Je pense que ça vaudrait carrément le coup, Willy. Rien que pour t'entendre chialer. Ça fait tellement longtemps que tu mérites une bonne grosse giclée de gaz au poivre !

— Ne fais pas ça, Z., lui demandé-je, la voix étouffée par l'émotion. Je t'aime, Zahra, va pas foutre ta vie en l'air pour moi !

Elle se tourne vers moi et je remarque qu'elle a les yeux embués.

— Qui te dit que je fais ça pour toi ? me lance-t-elle avec un petit sourire.

Le temps de ces quelques mots, Will en a profité pour se relever et courir vers la porte. Zahra ne l'a plus dans sa ligne de mire.

— Tu la laisses tranquille ou tu peux être sûr que je te coincerai un jour ! le menace-t-elle tandis qu'il sort en trombe de la bibliothèque.

— Z., commencé-je en courant vers elle, tu as été époustouflante, comme dans un film !

— Cool, hein ?

Son visage se fend d'un sourire et je vois à ses yeux qu'elle se repasse la scène dans sa tête. Mais l'éclaircie est de courte durée et elle se rembrunit presque aussitôt. Elle va ramasser son sac et glisse le spray dans la poche extérieure.

— Je m'excuse. Pour tout, lui dis-je en m'approchant pour la prendre dans mes bras.

Elle a un mouvement de recul.

— Je sais bien, Ant, mais écoute, c'est vraiment le bordel ce qui se passe entre toi et moi. Ce petit jeu auquel vous vous livrez avec Will, faut que ça s'arrête tout de suite ! (Elle marque une pause et me toise d'un regard dur.) Y a pas moyen qu'on sauve les meubles tant que tu restes avec lui.

— C'est juste que je..., murmuré-je les yeux baissés.

Si seulement je pouvais tout lui révéler. Je lui dois la vérité, maintenant plus que jamais.

— Je... j'ai encore besoin d'un peu de temps.

— Il ne te reste plus de temps ! s'écrie Z., exaspérée. Il est complètement enragé, et crois-moi, ça ne va faire qu'empirer. Je ne supporte plus de te voir t'infliger ça au quotidien !

C'est ce moment-là que choisit M. Deckel, le vieux bibliothécaire à moitié sourd, pour faire son apparition, pile à l'instant où retentit la sonnerie. Zahra tourne immédiatement les talons et disparaît avant que j'aie pu en dire davantage, me laissant le soin d'expliquer à M. Deckel comment une cinquantaine de livres se sont retrouvés par terre.

Je pose mon sac et les ramasse un par un tandis que le bibliothécaire ouvre les stores en fredonnant une chanson.

Zahra a raison : Will *est* enragé. C'est une véritable bombe à retardement. Jour après jour, il sombre dans la folie et devient de moins en moins prévisible.

Je stocke les livres ramassés sur un chariot à roulettes, espérant que M. Deckel ne me demandera pas de les remettre en rayon. Tandis que je me baisse pour récupérer le dernier, l'image de l'arrestation de Duffy Doolittle à la cafète il y a quelques semaines me revient en mémoire.

Je la revois se débattre, insultant Roderick à qui mieux mieux, proférant des menaces…

Je prends soudain conscience que je possède des choses sur Will. Des choses potentiellement tout autant destructrices que ce qu'il a sur moi…

34.

Les Hansen habitent une maison proche du lac, dans une rue où les réverbères à l'ancienne en fer forgé ornent des pelouses tondues au millimètre. Les buissons et arbres sculptés qui décorent les jardins sont bien verts et épais malgré l'hiver glacial.

Nous sommes mercredi soir, il est 19 h 30. Je me suis assurée que Will était bien à Cathédrale, à discuter du budget prévisionnel pour le bal de promotion. J'ai fait un détour éclair par le lycée à la fin de mon cours de ballet, j'ai jeté un coup d'œil à travers les vitres de l'auditorium et vu Olive Ann exposer le planning au comité d'organisation. Will se trouvait à l'arrière du groupe, tapant furieusement sur les touches de son portable, le front luisant de sueur, à mon plus grand plaisir.

D'un doigt ganté, j'appuie sur la sonnette puis retiens mon souffle. *Souris !* me rappelé-je intérieurement. Lorsque la porte s'ouvre, je découvre la belle-mère de Will vêtue d'une robe de cocktail noire au décolleté plongeant. Je ne peux m'empêcher de regarder à deux fois ses attributs chirurgicalement augmentés, deux seins parfaitement bronzés juste au niveau de mes yeux, puis lève la tête et décoche un sourire plein de candeur. Son visage fermé est empreint de surprise sous la tiare de diamants qui coiffe ses cheveux bruns au carré.

— Anthem, dit-elle finalement.

Elle m'embrasse à quelques centimètres des joues avant de me faire signe d'entrer.

— Quel plaisir de te voir à nouveau, marmonne-t-elle en souriant du mieux qu'elle peut avec ses lèvres botoxées.

— Bonjour, Lydia, la salué-je en enlevant mes gants.

Je me frictionne ensuite les doigts et souffle dessus pour les réchauffer.

— Désolée de passer comme ça à l'improviste. J'aurais dû téléphoner au préalable.

— Will n'est pas à la maison, il a... il a un truc à l'école ce soir..., explique-t-elle maladroitement en haussant ses épaules bronzées.

— Bien. En fait, c'est à vous et à Rupert que je suis venue parler.

— Oh, réagit-elle en fronçant les sourcils. Eh bien, tu as de la chance, on s'apprêtait juste à partir à l'opéra.

— Ça ne devrait pas prendre longtemps.

Elle cligne des yeux avant de se tourner et de partir pieds nus au petit trot pour aller chercher le père de Will. De dos, elle paraît encore moins son âge, mais de fait, en tant que troisième épouse de Rupert, elle est sans doute plus proche du mien que de celui de son mari.

Quelques minutes plus tard, le procureur de la République Hansen – « Appelle-moi juste Rupert, je t'en prie !

Oh oh, Anthem, ça fait des mois que je ne t'ai vue et on dirait que tu as encore embelli depuis ! » –, Lydia et moi nous tenons à l'entrée du grand salon, un peu mal à l'aise. Un feu crépite dans la cheminée, qui fait danser notre ombre sur les tapisseries violettes ornant la pièce. Les cheveux blonds ondulés de Rupert Hansen sont coiffés avec une raie sur le côté à grand renfort de gel, ce qui ne masque pas ses tempes grisonnantes, tandis qu'il essaye de dissimuler un début d'embonpoint sous une large ceinture de smoking. Son nœud papillon est de travers et Lydia le lui réajuste d'une main experte. Je me racle la gorge et décide de me lancer.

— Je suis venue vous voir, parce que, comme vous le savez sans doute, Will et moi nous sommes remis ensemble…

— Rien ne pouvait nous faire plus plaisir, notre Will a vraiment besoin d'une fille comme toi pour conserver la tête sur les épaules, me coupe le procureur en m'adressant un sourire carnassier.

J'ai la désagréable impression qu'il me mange du regard et ne suis pas mécontente d'avoir gardé mon manteau. Je le resserre au niveau de la poitrine et me prépare à lâcher la bombe.

— Enfin, je me fais de la bile pour lui en ce moment. Ça fait plusieurs semaines qu'il a un comportement étrange, et j'ai bien l'impression qu'il…

J'ai répété cette partie-là de mon discours, enfermée à double tour dans ma salle de bains. Mes yeux s'emplissent de larmes, ce que je n'ai aucun mal à provoquer étant donné les centaines de raisons que j'ai de pleurer au quotidien.

— Qu'est-ce qu'il y a, ma puce ? s'enquiert Lydia en me prenant la main. N'aie pas peur de tout nous dire.

Je m'essuie les yeux du revers de la manche et fais semblant d'avoir du mal à ne pas chevroter.

— Je crois que Will est accro à une de ces drogues pour les études, m'étranglé-je, comme si cette nouvelle me bouleversait.

Je garde ensuite les yeux baissés sur le somptueux tapis aux motifs cachemire bleus et verts.

— Will ? Tu es sûre de ce que tu avances ? Ses notes sont toujours excellentes pourtant, je ne vois pas pourquoi il aurait recours à ces… drogues, s'indigne le procureur de la République.

— Je sais bien, c'est justement ça qui est terrible, soupiré-je. Il n'en a même pas besoin, mais je l'ai vu en train d'acheter un sachet il y a quelques jours, et depuis il se comporte comme un…

— Comme un petit con, complète Lydia à ma place.

Elle hausse les épaules en voyant les yeux ronds que nous lui faisons, son mari et moi.

— Voyons, Rupert. Tu sais qu'il ne m'a jamais appréciée. Il agit d'une manière totalement différente lorsque tu n'es pas là. Et je suis d'accord avec toi, Anthem. Ces derniers temps, il est vraiment sur les nerfs. En permanence en colère, avec l'air de cacher quelque chose.

Je hoche la tête en essayant de garder une mine triste, mais intérieurement je jubile. J'ai trouvé l'alliée parfaite en la personne de Lydia : elle aussi semble vouloir ne plus avoir Will dans les pattes.

— Bon, soupire-t-elle, contredisant la flamme qui brille dans ses yeux. Il ne reste qu'une chose à faire pour en avoir le cœur net, allons fouiller sa chambre.

— Lydia ! s'exclame Rupert. Tu ne crois pas que tu vas un peu vite en besogne ? Laissons-lui au moins une chance de s'expliquer.

— Il ne reculera devant rien pour vous cacher ça, dis-je doucement. Mais il a vraiment besoin d'une…

— D'une intervention ! me coupe Lydia qui se délecte manifestement de la situation. Rupert, il est inutile de discuter. Il faut que nous trouvions son… sa… c'est quoi déjà le mot, Anthem ?

— Sa planque ? hasardé-je sans vouloir paraître trop empressée.

— C'est cela, opine-t-elle, allons trouver sa planque.

Elle emprunte le long couloir sans plus attendre, son mari la suivant à contrecœur. Je reste un peu en retrait, marquant une pause sur le seuil de la chambre de Will tandis que Lydia déploie une énergie impressionnante à la mettre à sac. Elle fouille méthodiquement ses affaires telle une enquêtrice professionnelle.

Je me dandine nerveusement d'un pied sur l'autre, priant le ciel que j'aie raison. Si mes accusations sont fausses, je m'expose à la vengeance plus que terrible de Will. Je sens même monter en moi une attaque de panique en imaginant la scène : Will rentre du lycée, il trouve sa chambre sens dessus dessous, son père lui rapporte mes accusations, exigeant de savoir la vérité ; sans preuves, il n'aura aucun mal à se défendre et en quelques heures ma vidéo se retrouvera postée sur le Net.

Lydia délaisse le bureau de Will et va examiner son tiroir à chaussettes. Elle en sort une boîte métallique qui contenait à la base des pansements et adresse un froncement de sourcils à son mari.

— Eh bien, ouvre-la, soupire celui-ci.

Will m'a toujours dit que son père avait de terribles sautes d'humeur, et que quand il s'énervait, mieux valait ne pas rester dans les parages. Mais tout ce que je vois, c'est un homme fatigué engoncé dans son smoking et qui souhaite de tout son cœur que nous ne trouvions rien. Lydia retire le couvercle de la boîte. Vide.

Je franchis le seuil à mon tour et inspecte fébrilement la chambre. Si j'étais Will, où planquerais-je ma drogue ? Il a été si doué pour dissimuler la caméra chez moi que ça pourrait être… n'importe où. Voire nulle part. Je parcours des yeux les cadres accrochés à son mur : un portrait de son président préféré, un certificat d'excellence obtenu en cours de gouvernement, une photo du casting de *For Me and My Gal*, la comédie musicale du lycée où Will occupait le rôle principal l'an dernier – celui de Sammy Stilts, un homme simple que son intrigante de femme transforme en redoutable animal politique…

Mon Dieu, Will est tellement carré comme mec, si ça se trouve, je me plante complètement sur son compte.

C'est alors que mon regard se pose sur l'étagère fixée au-dessus de son lit. S'y trouvent un distributeur de chewing-gums vintage, un moulage de chaussures d'enfant en bronze, et quatre trophées parfaitement alignés. Sauf le dernier, qui est légèrement décalé.

Bizarre. Will est d'habitude un maniaque du rangement.

Je me rapproche de l'étagère tandis que Lydia s'attaque au tiroir des pulls.

— Chérie, il est possible qu'Anthem se soit trompée, suggère Rupert Hansen.

Le trophée a la forme d'un podium avec un petit personnage doré sur le socle qui parle dans un micro. La plaque annonce : WILLIAM HANSEN, PREMIER PRIX, CHAMPIONNAT DE DÉBAT JUNIOR.

Lydia vient se poster à côté de moi et remarque que la coupe est de guingois. Elle la prend en main et le socle se désolidarise du podium, laissant tomber un petit sachet plastique rempli de pilules orange.

Je la sens qui lutte pour réprimer un sourire triomphal. Elle a l'air aussi excitée que moi par cette découverte. Elle se penche pour ramasser le pochon et le brandit entre deux doigts.

— Ah ah ! s'exclame-t-elle avant de tempérer son enthousiasme. Désolée, mon chou. Mais au moins, maintenant, nous allons pouvoir lui apporter notre aide.

Rupert fait glisser quelques pilules orange dans sa paume et nous nous penchons de concert pour les examiner : elles sont estampillées d'un petit Z de chaque côté. Du Zenithin. La même drogue pour laquelle Duffy Doolittle s'est fait arrêter.

— Putain ! laisse échapper Rupert en envoyant valdinguer une des savates que Will a rangées devant son armoire. Il pourrait se retrouver en prison si je choisissais de le poursuivre.

— Mais tu ne vas pas faire ça, intervient Lydia en lui posant une main manucurée sur le bras.

Il se dégage d'un geste impatient.

— Je vais devoir passer plusieurs coups de fil, dit-il d'un ton bourru. *Je vais le tuer !* rugit-il en quittant la pièce, laissant sa femme et moi observer le petit tas de pilules.

Une heure plus tard, deux employés en blouse grise de l'unité de désintoxication psychiatrique de Weepee Valley font leur apparition dans la cuisine des Hansen. Lydia sert du thé à tout le monde, toujours pieds nus et en robe de cocktail, sa tiare de travers. J'ai retiré mes bottes et suis assise du bout des fesses sur un des tabourets de bar. J'ai prévenu mes parents que j'étais chez Will et, bien sûr, enchantés qu'ils sont, ils m'ont dit de rester aussi longtemps que je le souhaiterais. Si seulement ils connaissaient la raison de ma présence ici...

Le procureur de la République Hansen a tombé la veste et fait les cent pas dans la cuisine. Ça fait presque une heure qu'il est au téléphone avec Lyndie Nye ; elle travaille manifestement aussi pour les Hansen. Mon ouïe extrasensible m'est bien utile pour remettre en place les pièces du puzzle : Lyndie a appelé Weepee Valley en lieu et place de Rupert, lui assurant une bonne douzaine de fois que la clinique garderait le secret sur la désintox de soixante jours de Will.

Finalement, à 21 h 20, nous entendons la porte d'entrée s'ouvrir, les basses qui s'échappent du casque de Will se réverbérant dans le hall imposant.

J'ai soudain très chaud, je rechausse mes bottes et descends du tabouret pour suivre à distance les aides-soignants et les Hansen. Je tâche de me préparer mentalement à l'éventualité de cris de la part de Will, d'accusations assassines, voire à une tentative de fuite de sa part. Mais pour moi, le moment crucial de la soirée reste à venir…

— Qu'est-ce qui se passe ? s'indigne Will dans le hall. C'est qui ces mecs ?

Il toise les deux employés d'un regard mauvais tandis que ceux-ci se placent de chaque côté de lui. Tous deux le dépassent clairement en stature et en poids.

Je vois à son regard qu'il n'a pas encore compris : il a toujours cette lueur d'orgueil, celle du prince maître de son royaume… jusqu'à ce qu'il m'aperçoive.

— Toi !? s'étrangle-t-il, les yeux soudain étrécis. Qu'est-ce que tu as fait ?

— Anthem est venue parce qu'elle tient à toi, dit Lydia, des larmes perlant le long de ses joues liftées. Tu la remercieras une fois que tout ça sera derrière toi.

— Quand *quoi* au juste sera derrière moi ?

Sa voix de ténor monte perceptiblement et Will s'éloigne des employés en blouse grise en direction de sa chambre, mais son père l'arrête d'une main ferme sur l'épaule.

— Pas la peine de courir aller la cacher, William, assène-t-il d'une voix glaçante.

— Cacher quoi ? s'emporte son fils en faisant volte-face, les yeux fous, les narines dilatées, le front luisant sous les lumières du hall.

— Ta drogue, réplique son père du tac au tac. La drogue que tu as achetée avec *mon* argent. De l'argent que j'ai gagné en essayant de lutter contre la vente de stupéfiants dans les rues de Bedlam. Ironique, n'est-ce pas ?

— Je vois pas de quoi tu parles.

— Épargne-nous tes mensonges, veux-tu, tonne le procureur en poussant violemment son fils vers les deux aides-soignants.

Will trébuche sur le tapis et me fusille du regard avant de se remettre d'aplomb, assassinant cette fois son père des yeux. L'espace d'un instant, j'en éprouve presque de la pitié pour lui.

— Allez-y, messieurs, dit Rupert Hansen. Will, nous t'avons programmé un séjour de soixante jours de désintoxication et de thérapie à la clinique de Weepee Valley. Une fois que tu seras clean, nous pourrons discuter à tête reposée de toute cette histoire.

— Je n'irai pas ! s'écrie Will. Papa, je vais très bien ! Je ne me suis jamais senti mieux !

— Il me semble que tu n'as pas bien compris ce que je viens de t'expliquer : nous t'avons fait interner et ce n'est pas négociable.

Will a les yeux ronds comme des soucoupes.

— Ces pilules ne m'appartiennent même pas. Dis-leur, Anthem ! Dis-leur la vérité, sauf si tu veux que je leur parle de tes petites virées nocturnes.

Les deux armoires à glace en blouse grise s'approchent subrepticement de lui, prêts à l'attraper par le bras et le traîner jusqu'à l'ambulance spéciale qui l'attend devant la maison.

— J'ai déjà dit la vérité à tes parents, lui réponds-je en esquissant un pas vers lui. Tu as besoin d'aide, Will. Tu es paranoïaque, c'est un des effets secondaires… (Je me penche pour déposer un baiser sur sa joue et l'enlace par la taille. Je sens qu'il essaye de se dégager de mon étreinte, mais il finit par y répondre malgré lui, comme si une infime part de lui-même s'accrochait à l'espoir que je tiens encore un peu à lui.) C'est pour ton bien, *mon chéri.*

Il se recule d'un bond et dévisage son père, sa fureur se muant en une sorte d'impuissance.

— Papa, je te jure, j'ai jamais…

— Je ne veux plus entendre un mot de ta part, William. Tout ce que tu diras à partir de maintenant, je serai obligé de le considérer comme un mensonge.

Will me jette alors un regard de pure haine.

— C'est elle ! C'est elle qui a mis la drogue dans ma chambre pour me faire porter le chapeau !

— Permets-moi d'en douter, intervient Lydia. Ça fait plusieurs semaines que ton comportement est pour le moins imprévisible. Tu craches ton venin à la moindre occasion, tu restes debout toute la nuit, c'est même incroyable que nous n'ayons pas eu la puce à l'oreille avant !

Je me tourne alors vers le procureur, les yeux pleins de larmes de circonstance. *Fouillez-lui les poches,* articulé-je silencieusement à son intention.

Celui-ci ne perd pas une seconde.

— Laisse tes affaires ici, William, tu n'en auras pas besoin là où tu vas.

Il adresse un signe de tête aux deux gorilles qui lui vident immédiatement les poches. Un paquet de tabac à rouler, son portefeuille, ses clés. Et au beau milieu du porte-clés, scintillant comme le plus précieux des joyaux, la clé USB dont dépend toute ma vie.

— Non ! (Will a beau se débattre comme une furie, les deux blouses grises l'ont déjà traîné jusqu'à la porte.)

C'est elle qui a tout manigancé ! *C'est elle !* s'époumone-t-il.

— Ne tire pas sur le messager, William, le tance son père.

— Papa ! Ne me fais pas ça ! Tu commets une énorme erreur ! s'écrie-t-il alors que les employés de la clinique peinent à lui décrocher les doigts de l'encadrement de la porte.

— Reprends-toi, William ! siffle son père en les suivant au bas du perron. Je refuse que ma carrière soit gâchée par mon propre fils. Et je tolère encore moins d'héberger un drogué sous mon toit !

— Mais papa, cette drogue ne rend même pas dépendant ! gueule Will, sa voix montant dans des aigus que je ne l'aurais jamais soupçonné capable de pouvoir atteindre.

Les armoires à glace l'ont empoigné chacun par un bras et le soulèvent de terre, lui aboyant dessus pour qu'il se montre coopératif.

Profitant de la cohue, j'empoche ni vu ni connu le trousseau de Will.

35.

Le lendemain de l'internement de Will à Weepee Valley, Ford me donne rendez-vous à un nouvel endroit – le terrain Floyd Sherman – pour une ultime session d'entraînement.

J'ai utilisé l'imminence de la représentation de *Giselle* comme excuse pour ne pas le retrouver les soirs où j'étais occupée à traquer Rosie et ses acolytes. Mais depuis cet article du *Dilemma* sur le « retour de l'Espoir », je fais des crises d'angoisse. J'ai vraiment du bol que personne ne m'ait dénoncée après la nuit sur le pont vers Nulle Part. La prochaine fois, il se pourrait que je n'aie pas cette chance.

Pourquoi pas Chez Jimmy ? lui renvoie-je par texto. Pour toute réponse, je reçois un cryptique : Tu verras bien.

Je m'y reprends à plusieurs fois pour localiser l'endroit précis sur mon ordinateur, et repérer comment m'y rendre. Ça se trouve à deux kilomètres environ à l'extérieur des friches industrielles qui marquent la limite de la ville. Ce soir Serge conduit mes parents à un gala de charité, il va donc falloir que j'y aille à pied.

Même avec ma vitesse phénoménale, je mets presque trois quarts d'heure pour y parvenir. En arrivant sur place, je découvre que le terrain Floyd Sherman n'est autre qu'un ancien aéroport à l'abandon, bâti il y a un siècle, à une époque où Bedlam était une ville beaucoup plus petite. Les pistes sont recouvertes de mauvaises herbes, les terminaux réduits à des tas de gravats. Certains hangars sont toujours debout néanmoins, et de l'un d'eux émane une faible lumière. Je m'y dirige en m'interrogeant sur le choix insolite de Ford en matière de lieu de rendez-vous.

Le hangar est une structure métallique en forme de A aux murs envahis par des lianes de kudzu, et dont la plupart des fenêtres sont brisées. Toujours essoufflée par ma course de longue haleine, je me glisse sous le rideau de fer en me frottant les mains pour les réchauffer. À l'intérieur, deux puissants spots sont fixés à des poutrelles en surplomb, éclairant Ford de dos. Il est en train de mettre la dernière touche à une pyramide de canettes de bière vides qui repose sur la partie plate d'une moitié de tronc d'arbre.

— Hé, Ford !

L'écho de ma voix me revient démultiplié dans l'espace caverneux.

Ford place la dernière canette de bière Buzz en haut de l'édifice, me salue d'un signe de main et s'avance vers moi.

Me prenant les bras, il me gratifie de son habituel sourire chaleureux.

— Alors, t'as trouvé sans problème ?

J'acquiesce tout en sentant une boule se former dans mon ventre. Il m'a fait venir ici pour une séance de tir sur cibles.

— T'es sûr que je dois faire ça ? Je crois vraiment pas que j'en aie envie…

— Faire quoi ? Dégommer quelques canettes ? (Il hausse les épaules.) Rien de plus facile, Verte. Et en plus, il faut que tu sois préparée !

— La dernière fois que j'ai tenu un pistolet dans la main, je suis restée pétrifiée. Et à cause de ça, Gavin est mort.

Je baisse les yeux sur le ciment fissuré, m'attardant sur de vieilles taches de kérosène incrustées dans le sol. Elles me rappellent le test psychologique annuel à l'école, celui avec les taches d'encre. Si la proviseure Bang avait obtenu gain de cause le mois dernier et m'avait à nouveau soumise au test, je suis sûre que je l'aurais loupé. Heureusement, elle a laissé tomber sa croisade après que j'ai rattrapé mes devoirs en retard.

— C'est justement pour ça que nous devons en passer par là, reprend-il d'une voix douce. Je t'ai enseigné toutes les techniques de combat que je connais. Tu es forte, Anthem. J'ai même l'impression que chaque jour tu gagnes en puissance. Mais si quelqu'un te met un pistolet contre la tempe, il faut que tu saches comment manœuvrer.

Je suis parcourue d'un tremblement. Je déteste les armes à feu. Ce sont elles qui ont fait sombrer cette ville dans la violence. Quiconque possède assez d'argent peut s'en procurer une. Mais maintenant que je suis ici, force m'est de reconnaître que Ford a raison. Même si je n'en emporte jamais avec moi, je dois apprendre comment réagir si on me menace d'une arme.

— OK, finis-je par acquiescer en me dirigeant vers le centre du hangar, en face de la pyramide. Shootons quelques canettes !

Ford s'agenouille et extirpe un petit pistolet de sa basket montante. Violet foncé, couleur raisin, du même plastique mat que les petites voitures, il ressemble tellement à un jouet que j'ai un instant l'impression que c'en est un.

— On dirait un faux, hein ? dit Ford qui a interprété mon regard incrédule. Mais il est tout ce qu'il y a de plus réel.

— Violet ? (Je hausse un sourcil en lui donnant un petit coup de coude dans les côtes.) Intéressant comme choix de couleur.

— C'est juste un emprunt, se justifie Ford en rougissant légèrement. C'est tout ce que mon gars a bien voulu me lâcher.

— Ton gars ?

Je me rends compte que Ford possède tout un réseau de connexions dont je ne connais rien du tout. Je ne sais même pas où il habite. Tout à coup, cela me paraît extrêmement bizarre.

— Fred, il s'appelle Fred. Tu veux bien te concentrer maintenant ? Merci.

Il me place alors le pistolet dans la main et je dois faire un effort sur moi-même pour ne pas le poser immédiatement et repartir chez moi. Je m'efforce de me focaliser sur le poids de l'arme (elle est plus lourde qu'elle n'en a l'air), sur sa texture (lisse sur les côtés, avec un diamant gravé en creux sous la gâchette), sur sa taille (plus grosse que le pistolet nacré de Miss Cafard, mais plus petite que celle que j'avais prise des mains de Smitty). Mes paumes deviennent moites tout à coup, et je m'essuie la gauche puis la droite sur mon jean.

Ford est venu se positionner derrière moi.

— Bon, tu vois ce petit levier ? me demande-t-il en passant son bras autour de moi pour pointer du doigt la sécurité incurvée qui se trouve sur le dessus du pistolet. Tu le tires vers l'arrière jusqu'à ce que tu entendes un *clic.*

Je m'exécute et entends le bruit caractéristique de la balle tombant dans la chambre de tir. Un bruit que j'ai déjà entendu plus souvent que je ne le souhaiterais.

— Maintenant tu te tiens bien droite, pieds écartés, et tu lèves le pistolet à deux mains dans l'axe, l'index de la main droite sur la détente.

Je souffle pour repousser une mèche de cheveux de devant mes yeux et me mets en position. Ford passe ses deux bras autour de moi pour corriger ma posture et relever légèrement le canon.

— Ferme un œil, et après tu amènes l'arme à hauteur de ton œil ouvert jusqu'à apercevoir une des canettes dans l'alignement, juste au-dessus du canon. Une fois que tu es satisfaite de ta visée, il faut que tu te prépares à encaisser le recul : le pistolet va propulser la balle vers l'avant, ce qui par réaction va te pousser vers l'arrière.

Ses instructions sont claires et précises. Il a la bouche presque collée à mon oreille droite et je sens son souffle chaud qui me titille la nuque. Je me raidis soudain et me détache de lui de quelques centimètres. Cette proximité me fait l'effet d'être trop intime, le silence qui nous entoure trop absolu. Je pince les lèvres en me forçant à me reconcentrer sur ma tâche.

— OK, dis-je en ajustant la canette supérieure de la pyramide dans ma ligne de mire.

Je fléchis un peu mes genoux et me prépare à l'impact. Je suis prête.

— Quand tu appuies sur la détente, visualise ça comme une lente pression. Si tu y vas trop fort, trop vite, le recul va te faire perdre en précision. Vas-y progressivement jusqu'à ce que le coup parte. Tu bloques tes bras, tu inspires puis tu expires lentement tout en augmentant la pression sur la détente.

Les paroles de Ford sont comme du miel chaud à mes oreilles, je trouve apaisante la précision de chacune de ses phrases. Ma concentration est tout entière contenue dans cette ligne qui relie mon œil droit à la canette visée en passant par le pistolet.

J'inspire une bouffée d'air par le nez, inhalant le shampooing de Ford au passage. C'est fou comme il sent toujours bon.

J'expire alors doucement et appuie sur la détente. Le coup part dans une détonation assourdissante et je le ressens dans tout mon corps, la violence du recul me faisant tomber à la renverse. Mais les bras de Ford sont là pour me rattraper. Je me redresse et décide d'ignorer le bourdonnement qui m'envahit les oreilles – après tout, j'en ai déjà fait l'expérience au centre Hadès et en salle de chimie. Je jette un œil à la pyramide de canettes : elle est encore intacte.

— Bien, commente Ford.

Étonnamment, je l'entends par-delà le bourdonnement qui continue de me résonner aux oreilles.

— Remets tes mains d'aplomb et tire à nouveau. Et cette fois, tu touches la cible, OK ?

Je répète les étapes une par une, me concentrant cette fois intensément sur le U de Buzz. J'ai l'impression qu'un vague halo émane de la canette, tout ce qui l'entoure semblant s'en éloigner. Ça doit être comme pour mon ouïe : lorsque je me focalise sur un objet en particulier, il ressort beaucoup plus clairement. Je presse à nouveau la détente, lentement, prenant garde à ne pas dévier et à laisser mon corps absorber le choc. Instantanément, la bière du haut s'envole du sommet de la pyramide et va s'écraser contre le mur du fond avant de retomber à terre.

— *Yes !* s'exclame Ford. Encore ! Toutes les canettes doivent y passer !

J'aligne à nouveau ma mire, visant cette fois la rangée d'en dessous. Et à nouveau j'en dégomme une. Encore et encore, je fais valdinguer les canettes ; à chaque nouveau tir, j'anticipe mieux le recul et parviens à rester debout. Une fois le chargeur vidé, Ford me montre comment le recharger et je ramasse une à une les balles à embout doré dans sa main calleuse pour les insérer dans le barillet.

Je vide successivement cinq chargeurs, la totalité de la boîte, m'autorisant à varier les plaisirs sur la dernière série : je tire de côté, puis en pleine course, avant de me lâcher sur la dernière que je tire de sous un genou. Ce dernier coup a beau ne pas faire mouche, il me vaut au moins un grand éclat de rire de la part de Ford, lequel vient me taper dans la main.

— Je te décrète officiellement prête à te battre, avec ou sans arme à feu, annonce-t-il avant de me décocher un regard que je n'arrive pas à déchiffrer. Enfin, c'est pas comme si t'avais attendu mon feu vert...

— Qu'est-ce que tu veux dire par là ? bafouillé-je, sentant mes joues s'empourprer.

— Allez, Verte, dit-il en shootant dans des douilles du bout du pied. J'ai lu le *Dilemma*. C'était quoi déjà le gros titre de la rubrique criminelle ? « Criminel suspendu au pont : le Justicier frappe encore » ?

— Et tu t'es dit que c'était moi ? Ça pourrait être n'importe qui !

Ford me dévisage, un sourcil froncé et les bras croisés. Il suffit de quelques secondes pour que nous éclations tous les deux de rire.

— J'en étais sûr ! sourit-il en me donnant un petit coup d'épaule. Le Justicier, hein ?

— OK, OK, admets-je en le repoussant à mon tour. Il est *possible* que ça ait été moi.

— J'imagine que t'as maintenant pris le pli de travailler en solo, reprend-il, de nouveau sérieux. Mais fais gaffe, ils seront sans doute préparés à ta venue la prochaine fois. J'aimerais bien t'aider, si tu acceptes...

Je hausse les épaules d'un air évasif. Je n'ai aucune envie de lui dire que la raison pour laquelle je travaille seule, c'est que je ne peux plus me permettre qu'il arrive malheur aux gens à qui je tiens. Ford a beau être fort comme un bœuf, il saignerait comme n'importe qui s'il se prenait une balle.

— Je te laisse y réfléchir, Justicier. Pour le moment, allons voir de plus près les trous que tu as faits.

Il me prend par le bras et m'entraîne jusqu'au centre de l'entrepôt où je ramasse plusieurs canettes au sol.

À chaque fois, l'impact de la balle est quasi pile au milieu de la boîte de bière, dans le U de Buzz.

— Incroyable ! murmure Ford en posant son œil contre le trou net qui traverse une des canettes de part en part. Il aurait adoré te connaître.

— Qui ça ? demandé-je, le regard attiré par deux paires d'initiales gravées sur la surface lisse du rondin sur lequel les bières étaient posées.

— L'Espoir.

— Comment tu peux savoir ça ? Si ça se trouve, il m'aurait plutôt détestée…

Ford secoue la tête.

— Quand j'avais six ans, je venais souvent ici avec mon cousin plus âgé de quelques années et d'autres gamins. On s'était fabriqué un parcours d'obstacles avec des rampes et tout et tout pour s'amuser avec nos motos de cross. Et y avait ce type. L'air déprimé, mais vraiment super fort. Le genre de mec qui pouvait soulever une voiture par-dessus sa tête. Je l'ai vu de mes yeux. Il s'entraînait ici même. Il s'était accroché un gros sac de sable en toile de jute en faisant passer une corde au-dessus de la poutre, là. C'était pas du matos de super qualité, mais ça lui suffisait pour s'entraîner. Il me laissait le regarder, il m'a même appris un truc ou deux en boxe. Et il avait pris l'habitude de disposer des canettes de bière sur ce rondin, comme j'ai fait, pour ses séances de tir. De temps en temps, il amenait quelques potes à lui, et aussi une fille un peu plus tard. Ils allumaient un feu dans un grand baril vide et passaient des heures à discuter autour, à raconter tout ce qu'ils feraient pour changer le visage de la ville.

J'écoute Ford religieusement, observant les muscles de son visage s'animer tandis que ses yeux bougent de-ci de-là, plongé qu'il est dans son propre passé. Mon regard finit par revenir sur les initiales gravées, RF+LE, et je trace leur contour du bout des doigts. Ils étaient suffisamment amoureux pour inscrire leurs noms sur du bois. L'espace d'un instant, je regrette que Gavin et moi ne l'ayons pas fait.

— J'étais trop jeune pour vraiment comprendre, continue Ford. Mais plus tard, après sa disparition, j'ai vu sa photo à la télé une fois qu'ils l'ont eu identifié. Je me suis alors rendu compte que le type avec qui j'avais taquiné le punching-ball, c'était l'Espoir.

— Il a donc existé pour de vrai, dis-je à voix basse. Gavin aussi croyait en son existence.

— Et comment ! Ça a été un vrai tournant pour la ville, Anthem. Les gens ont recommencé à croire les uns en les autres à partir du moment où il a nettoyé les rues de Bedlam de la majeure partie des criminels. Les gens se sont mis à parler d'un nouveau gouvernement, d'améliorer le quotidien des habitants, même de ceux de la Rive gauche. Tu t'en souviens pas ?

— J'étais pas née…

— Moi j'étais qu'un môme, mais je me rappelle bien, dit Ford en se tournant vers moi. Et maintenant, ça recommence.

Je le regarde avec de grands yeux ronds.

— Les gens parlent de ce que tu es en train d'accomplir, Anthem. À ta manière, toi aussi tu brises le cycle. Ce n'est pas si différent de ce qu'a fait l'Espoir.

Je me borne à secouer la tête, soudain frustrée. Jusqu'à maintenant, je considérais Ford comme la seule personne qui comprenait ce que j'essayais de faire, et surtout pour quoi.

— Tu sais bien que je n'ai rien en commun avec l'Espoir. Ce que je fais, c'est pour Gavin, c'est par vengeance. (Je m'interromps, ramasse une canette et l'envoie de toutes mes forces contre le mur du fond où elle va s'écraser.) Je pensais que tu savais ça.

— C'est peut-être ce qui te fait avancer pour le moment, réplique-t-il, mais je sais que tu es parfaitement consciente de ce qui se passe dans cette ville.

— Peut-être bien, concédé-je sans être du tout convaincue de voir les choses aussi clairement qu'il le prétend.

Quand un proche vient de mourir, c'est un peu comme si l'on portait un voile. Tout ce que j'ai vu, je l'ai vu à travers le filtre de mon chagrin. Je me détourne en priant que Ford arrête de parler de sauver la ville. Comme si ma présence suffisait soudain à ce que tout aille mieux. Comme si je pouvais toute seule venir à bout du Boss et du Syndicat. Comme si j'étais une superhéroïne. Je ne suis pas cette fille-là. Et je ne suis pas d'humeur à écouter un discours de motivation.

— Alors comme ça, c'est l'Espoir qui t'a appris à boxer ? demandé-je pour changer de sujet. Et ensuite, t'as commencé ta carrière pro ?

— Quelque chose dans ce goût-là, répond-il en baissant les yeux. Mais crois-moi, ça n'a aucun intérêt de parler de ça.

— Pourquoi donc ?

— J'ai dû faire beaucoup de compromis. (Il s'accroupit pour ramasser quelques canettes puis les replace en pyramide sur d'anciens sièges d'avion moisis.) Des types haut placés au Syndicat étaient prêts à me payer beaucoup d'argent pour que je boxe pour eux. Et c'est ce que j'ai fait, jusqu'à ce que je ne puisse plus…

— Boxer pour eux ? Tu sous-entends quoi au juste ?

Ford pousse un long soupir, les yeux au plafond comme s'il y cherchait la réponse.

— Ils organisent des combats en cage chaque mois ou tous les deux mois sur la Rive gauche. Ce sont de grands événements. Y a des paris en pagaille, des milliers de billets qui changent de main selon qui gagne. Ces deux mecs du Syndicat m'ont sponsorisé. Dans un premier temps, j'ai trouvé ça fun. J'étais plutôt doué. (Il hausse les épaules, et j'en déduis qu'il veut dire qu'il était super doué mais qu'il préfère rester modeste.) J'avais que seize ans. Je vivais avec mon oncle et mes cousines. Mes parents étaient déjà morts à cette date, tous les deux par overdose d'affaleurs comme je te l'ai raconté. On était sacrément pauvres avec mon oncle, il bosse sur les chantiers, mais à cette époque, il était dans une période de vaches maigres. Et moi qui pouvais ramener tout ce fric rien qu'en me battant : un combat par semaine et tout le monde mangeait à sa faim, on pouvait payer le loyer et même épargner un peu. Et puis je suis tombé dans l'engrenage. Au début, je gagnais quasiment tous mes combats, mais…

Il s'interrompt et serre les lèvres, comme s'il voulait ravaler le reste de l'histoire.

— Mais ? l'encouragé-je en lui mettant une main sur le bras, la retirant une demi-seconde plus tard lorsqu'il lève les yeux sur moi.

— Mais au bout de six mois, ils se sont rendu compte qu'ils pouvaient se faire un encore plus gros paquet de thune en pariant *contre* moi.

— Ils pariaient sur ta défaite ? demandé-je, stupéfaite. Mais c'étaient eux tes sponsors. C'est pas genre complètement illégal de faire ça ?

Ford grimace comme si ce souvenir lui était physiquement douloureux.

— Si, carrément. Ils plaçaient leurs paris contre moi, et puisqu'à ce moment-là j'étais le favori, la plupart des joueurs mettaient leur argent sur moi. Les types m'ont demandé de me coucher une première fois, puis une deuxième, et ils ont encaissé des sommes phénoménales.

— Alors t'as fait exprès de perdre ?

Il acquiesce d'un petit mouvement de tête.

— Je me suis couché une dizaine de fois. Peut-être encore plus. Je buvais beaucoup, me gavant de Pharms pour essayer de faire passer l'humiliation. J'avais pas d'autre choix : ils me menaçaient. Ils m'ont dit que si je laissais pas filer les combats, ils s'en prendraient aux gens qui m'étaient chers, au peu de famille qu'il me restait. (Il marque une pause et shoote dans une canette qui s'élève dans les airs avant de retomber.) J'ai fini par ne plus en pouvoir. Je me sentais sale. Tu vois ce que je veux dire ? Et un soir, j'ai eu comme adversaire ce gamin qui devait pas avoir plus de quatorze ans – il aurait jamais dû avoir le droit de combattre à cet âge –, je l'ai roué de coups, j'ai déversé toute ma rage sur lui. Et j'ai gagné, je l'ai foutu KO. Mes sponsors ont donc perdu un sacré paquet de pognon. Si bien qu'ils ont menacé de me tuer.

— J'imagine que c'est à ce moment-là que tu as laissé tomber la boxe.

— Exact. Si j'avais montré ma tronche, ils m'auraient tué sur le coup. Et depuis ce temps-là, je fais le mort. J'attends.

— T'attends quoi ?

— Je sais pas trop. (Il hausse les épaules et se rapproche imperceptiblement de moi.) Peut-être de trouver un moyen de vraiment peser, ajoute-t-il d'une voix réduite à un murmure. De faire davantage que de ravitailler Jax en bouffe et en formol. Quelque chose qui ait du sens. Avec quelqu'un qui soit plus fort que moi.

Il me caresse le visage de ses yeux noisette, dont la gaieté coutumière a disparu, puis se penche vers moi lentement, lentement.

Je sens mon corps lui répondre et me penche à mon tour, les yeux mi-clos. J'ai envie de sentir la chaleur de ses bras à travers son sweat-shirt. Sentir son odeur de propre...

C'est cet instant que choisit mon portable pour retentir d'une alerte message qui vient briser la magie du moment. Je m'éloigne brusquement de Ford, le visage en feu, tandis que je farfouille dans ma poche. Le SMS provient de Serge : Le LandPusher vient de sortir de la fourrière. Il est en mouvement sur Oleander, direction nord.

Oleander. La rue où habitait Gavin. La scène du crime originel.

— Serge a retrouvé la trace de la bagnole, marmonné-je à l'adresse de Ford, les joues toujours enflammées, le cœur battant à cent à l'heure et la culpabilité faisant rage dans mes veines.

Même si Gavin est mort, je ne peux m'empêcher d'avoir l'impression de le trahir. Il faut que je retrouve cette voiture, pour mettre éventuellement la main sur Rosie.

— Cette fois, je viens avec toi.

J'ouvre la bouche pour dire à Ford : *Non ! C'est trop dangereux, je ne peux pas prendre ce risque !* mais la détermination que je lis sur son visage me dissuade de le priver de ça. Si je refuse, il trouvera un moyen de me suivre. J'exhale un profond soupir et finis par acquiescer.

Je renvoie un SMS à Serge lui demandant de m'informer de la progression du véhicule, lui disant que je pourrai y être dans la demi-heure.

Il ne s'est rien passé entre nous, tenté-je de me convaincre. *Et rien ne se passera jamais.* Mon cœur est une machine. Une expérience biologique que je contrôle strictement. J'ai bien l'intention que rien ne change.

36.

Emportant avec nous un pistolet sans balles, nous quittons le terrain Floyd Sherman, dans un silence inconfortable. Nous sommes seuls sur des kilomètres à la ronde, sous une demi-lune pesante qui semble plomber le ciel. L'air est lourd d'une odeur de plastique brûlé. Devant nous à perte de vue, des bosquets d'herbe folle qui se courbent au gré des bourrasques glaciales.

Les halos de puissants projecteurs émergent des nuages à bonne distance de nous, portés par des hélicoptères qui volent en rase-mottes à l'extrême sud de la ville. Une enquête de police, rien d'inhabituel.

— C'est loin, remarque Ford après quelques minutes de marche. Prenons ma voiture.

Nous la trouvons derrière un mur de parpaing à moitié écroulé. C'est une Halcyon cubique vieille d'au moins dix ans, dont la peinture marron est presque intégralement recouverte d'une couche de poussière poisseuse. Le genre de voiture que conduisent les grands-mères, tout en lignes moches et équipée de sièges de cuir extralarges.

— C'est la tienne ?

— Plus ou moins, dit-il en souriant. Pourquoi cette question ?

— C'est juste que… (*Tu n'as pas de quoi te payer une voiture !*) C'est juste que tu ne m'as jamais dit que t'en avais une.

— Oh, mais j'en ai à la pelle des bagnoles ! réplique-t-il en m'ouvrant la portière passager.

Un effluve de rose s'échappe de l'habitacle et m'enveloppe tandis que je m'assieds. Il referme la portière et fait le tour de la Halcyon au petit trot avant de s'installer au volant. Un petit cadre contenant la photo de deux bambins est suspendu au rétroviseur central.

— Je ne les ai jamais pour très longtemps, c'est tout, conclut-il.

Il déboîte un élément du tableau de bord sous le volant, y introduit la main et farfouille à l'aveuglette tout en fredonnant. Je vois des étincelles bleues jaillir et soudain le moteur ronronne. Je ne peux réprimer un cri de surprise avant de lever les yeux au ciel, m'en voulant d'être si naïve. Pourquoi Ford ne volerait-il pas des voitures après tout ?

Je repose la tête sur l'antique napperon en dentelle qui orne l'appuie-tête et m'installe à mon aise, cherchant un plan de la ville sur mon portable pour pouvoir mieux guider Ford.

Il engage la première, puis nous laissons derrière nous l'ancien aéroport. Nos phares comme seule source de lumière en mouvement dans le paysage immobile, nous voilà partis, dévalant la colline pour aller rejoindre la masse sombre de l'autoroute.

Nous sommes vite de retour sur la grille géométrique de la ville, dans la ceinture industrielle qui s'étend au sud-ouest, là où commence Oleander. C'est une artère particulièrement longue et nous nous trouvons encore loin de là où habitait Gavin. Je renvoie un SMS à Serge, espérant une réponse rapide. Je n'ai même pas à attendre une minute. Voiture garée près d'un entrepôt au croisement d'Oleander et de Nightshade Avenue.

Je lui réponds immédiatement : Merci, j'ai un chauffeur pour la soirée. Profites-en pour dormir.

Nous parcourons les cinq cents derniers mètres tous feux éteints. La dernière chose dont j'aie envie, c'est bien qu'ils nous voient arriver.

— Prends à droite, dis-je à Ford.

À une cinquantaine de mètres devant nous est garé le LandPusher jaune, empiétant sur le trottoir à l'extérieur d'un entrepôt, celui de la Rid-Ex à en croire ce qui est marqué sur la tenture défraîchie au-dessus de la porte. Les vitres teintées du véhicule sont encore recouvertes des autocollants orange pétant de la fourrière de la ville où l'on peut lire une série de chiffres et l'inscription POLICE DE BEDLAM en grosses lettres noires.

— Gare-toi là, chuchoté-je.

Le bout de mes doigts fourmille d'une soudaine poussée d'adrénaline, et le temps que Ford fasse un créneau laborieux, je me prends à regretter qu'on ait utilisé toutes les munitions lors de la séance de tir.

Nous sortons de la voiture et refermons les portières aussi doucement que possible. Nous nous dirigeons lentement dans l'air frais et silencieux vers l'entrepôt Rid-Ex. Ford transfère le pistolet de sa chaussure à la poche arrière de son jean, puis il se ravise et me le confie.

— Garde-le, lui dis-je. Tu pourras au pire t'en servir pour bluffer.

Il opine du chef et je vois dans ses yeux qu'il est nerveux.

— Anthem, murmure-t-il en me prenant la main.

Il déglutit péniblement.

— Ne te sens pas obligée de veiller sur moi, OK ? Soucie-toi de toi en premier. Si jamais il devait m'arriver quelque chose, eh bien… assure-toi de t'en sortir saine et sauve.

J'acquiesce, m'efforçant de masquer une pointe d'irritation. Je n'aurais jamais dû le laisser m'accompagner.

— OK, mais ça vaut pour toi aussi dans ce cas-là, va pas jouer les héros.

En prononçant ces mots, je me rends compte combien ils sont vains : si l'occasion se présente, je sais parfaitement qu'il essaiera de me sauver la vie une troisième fois, quitte à mourir.

À partir de là nous décidons de communiquer par gestes et nous convenons de passer par l'arrière du bâtiment. Manque de bol, les doubles portes sont verrouillées. Ford porte un doigt à ses lèvres et sort de sa poche un trousseau de clés. Il en sélectionne une grosse biscornue qu'il introduit dans le canon de la serrure, et après quelques secondes de trifouillage, il parvient à ouvrir la porte.

Je m'engage la première dans la pénombre pour m'assurer que personne n'est susceptible de nous y attendre en embuscade. L'endroit ressemble à un hypermarché, avec des rayonnages métalliques à intervalles réguliers, occupés du sol au plafond par d'énormes barils. Mais au lieu de bidons d'huile ou de thon en gros, tous ces containers arborent des têtes de mort au pochoir, au-dessus des mots POISON – NE PAS PERCER.

Je capte un son de voix indistinctes qui s'élève de l'autre côté du hangar et fais signe à Ford de me suivre le long d'une allée bordée de barils contenant de la mort-aux-rats.

Lorsque nous ne sommes plus qu'à quelques mètres, je me hasarde à jeter un œil dans l'interstice entre deux fûts métalliques, gagnée par la chair de poule. J'aperçois un comptoir à côté des portes d'entrée. Éclairé par une lumière vacillante, un vieil homme y est occupé à compter de l'argent. Deux liasses de billets sont déjà posées sur son bureau miteux et il est en train d'en décompter méthodiquement une troisième.

— Trois cent vingt, trois cent quarante, trois cent soixante, trois cent quatre-vingts…, énonce-t-il d'une voix monocorde.

À côté de lui, encadrée par deux barils rouges où figure une silhouette de rat de dessin animé avec des X en guise d'yeux, se tient une femme de dos. Je reconnais immédiatement ses cheveux blonds dont les racines commencent à repousser. Je suis assez proche d'elle pour sentir l'odeur de son chewing-gum.

Je me tourne vers Ford et articule silencieusement : *C'est elle !* Je lui fais signe de ne pas se montrer, prends une profonde inspiration et m'avance dans le halo qui éclaire faiblement l'entrée de l'entrepôt.

— Salut, Rosie – que ce soit ton vrai nom ou pas, d'ailleurs.

— Tiens, tiens, voyez voir qui voilà, dit-elle en pivotant pour me faire face.

Ses cheveux sont montés en chignon au sommet de son crâne, son trench-coat en cuir est boutonné jusqu'en haut, son col raide relevé venant renforcer la dureté de ses lèvres rouges.

— Stavros, va faire un tour, s'il te plaît.

Le veilleur de nuit, un homme voûté par la vie, au nez pareil à un tubercule parcouru de capillaires explosés, se lève lentement de sa chaise et me lance un regard plein de pitié. D'un signe de tête, je lui indique de ne pas s'en faire pour moi et il acquiesce, attrapant au passage une bouteille d'alcool brunâtre dans un tiroir.

— À la semaine prochaine alors, dit-il à l'intention de Rosie.

— Oui, oui. Va faire une sieste quelque part, j'aurai besoin d'une heure environ, on a pas mal de trucs à se dire avec… mon amie.

Stavros sort d'un pas lourd, laissant sur le comptoir tout le liquide qu'il était en train de compter. Rosie empile les liasses et les fourre dans un petit sac à main de cuir noir. Après l'avoir soigneusement refermé, elle m'adresse un sourire.

— Tu ne me présentes pas ton copain ? Il m'a bien semblé entendre deux personnes se balader sur la pointe des pieds.

Ford ne se fait pas prier pour se montrer dans le cercle de lumière, le visage fermé tel celui d'un boxeur avant un combat.

— C'est donc elle ? me demande-t-il sans quitter un instant Miss Cafard des yeux.

— Eh oui, c'est moi la grande méchante en personne, glousse Rosie en faisant un tour sur elle-même.

Elle porte des talons hauts un peu guindés. Je la reconnais bien là.

— C'est elle, confirmé-je dans un souffle.

Une vague de fureur manque me submerger à l'idée qu'elle soit vivante et Gavin mort, si violente que j'en ai le tournis. Ma tête menace d'imploser au souvenir de Gavin me regardant droit dans les yeux avant qu'elle n'appuie sur la détente, secouant la tête comme pour m'assurer qu'il ne pouvait rien lui arriver, alors que ses si beaux yeux trahissaient sa peur. Et le sourire de Rosie tandis qu'elle visait son cœur…

— Celle qui a tué Gavin.

Rosie pouffe de rire et joint ses deux mains devant elle, mimant un pistolet.

— T'as vraiment le sens de la mise en scène, ma chérie !

Je la vois jauger Ford d'un regard appréciateur, ses yeux lourdement maquillés s'attardant sur son torse avant de se reporter sur moi.

— Tu l'as tué de sang-froid, sans aucune raison valable. (J'ai la voix tremblante, je me demande si je vais réussir à contenir la bulle de violence qui s'est formée dans ma poitrine.) Et maintenant, l'heure est venue de payer pour ton crime.

— Si naïve, soupire-t-elle. Tu vois, j'ai presque pitié de toi. Rentre chez toi, Princesse, d'accord ? Concentre-toi sur ton nouveau mec. On dirait que tu le négliges un peu trop, regarde son air de chien battu.

Je me rue sur elle, incapable de me retenir plus longtemps, avec une furieuse envie de lui arracher les cheveux, de lui briser les os, de lui faire avaler ses dents. En un clin d'œil, je la plaque au sol et lève le poing, prête à lui réduire le visage en bouillie. Je vois alors ses lèvres amorcer un sourire et sens quelque chose dans mon dos, une brûlure aiguë qui se mue immédiatement en un picotement glacial : je viens de me prendre une décharge de Taser.

Je suis immobilisée l'espace d'une seconde, suffisamment pour qu'elle ait le temps de se dégager d'une roulade. Ford accourt à mes côtés, il me tâte le pouls avant de crier quelque chose que je n'entends pas. Je vois ses lèvres bouger tandis que Rosie s'enfuit en courant entre deux rayonnages de produits chimiques. Il me faut encore plusieurs secondes pour récupérer mes sensations et mon ouïe, les mains de Ford me massant le cuir chevelu. Je le repousse et me remets debout d'un bond.

— Laisse-la-moi, je m'en occupe.

Ford hoche la tête, sortant son arme déchargée. Je lui fais signe de couvrir le côté gauche et pars sur la droite.

Je traverse l'entrepôt en sprintant, clignant des yeux dans la pénombre ambiante. Je n'ose qu'à peine respirer pour concentrer ma superouïe sur les bruits de pas de Rosie. Alors que je m'engage dans une nouvelle rangée d'étagères, j'entends des détonations qui résonnent de l'autre côté du hangar. J'emprunte aussitôt une allée de traverse qui s'étend tout du long de ce labyrinthe de poisons, prenant toujours garde à faire le moins de bruit possible. C'est alors que je capte un chuintement qui me glace le sang. La panique naissante m'étreint le cœur : une balle perdue a transpercé l'un des fûts toxiques, laissant le gaz industriel s'échapper à l'air libre. Il faut évacuer les lieux. *Tout de suite.*

Un nouveau coup de feu retentit, plus proche cette fois.

Je lève les yeux au plafond et remarque une palette de métal suspendue en l'air, une douzaine de barils empilés dessus. J'entends ensuite une respiration haletante et me précipite dans sa direction, les mains devant moi en guise de boucliers ô combien inadéquats.

Le souffle rauque provient de Ford, accroupi derrière des rouleaux de tuyaux. Dieu merci, il n'est pas blessé. Il pointe un doigt vers le plafond, désignant la lourde palette en suspension. Je comprends d'après sa pantomime qu'il a l'intention de la décrocher.

De nouveaux coups de feu résonnent dans l'immensité du hangar. Mes oreilles bourdonnent et il me faut un petit instant pour déterminer l'origine de la voix.

— Montre-toi, Princesse ! C'est bien ce que tu cherches, non ? Mourir pour lui ? Eh bien, abrégeons !

Je m'agenouille à côté de Ford et nous retenons tous deux notre souffle tandis que les émanations toxiques se répandent progressivement autour de nous. Le *clac-clac-clac* des talons de Rosie sur le revêtement en béton m'indique qu'elle se rapproche.

Mes yeux se reportent sur le mur où j'avise un levier rouge autour duquel plusieurs longueurs de chaîne sont enroulées. Un regard me confirme que c'est bien le mécanisme qui maintient la palette en l'air. J'y vais sur la pointe des pieds et repère en passant l'éclat de métal de l'arme de Rosie au milieu des barils à tête de mort. Elle n'est plus qu'à deux rangées de nous.

Je jette un regard à Ford qui n'a pas bougé, lui montre le levier et la chaîne qui le relie à la pile de fûts, puis lui fais signe de détaler au plus vite.

Il hésite une fraction de seconde, se lève, et part à toutes jambes vers la sortie.

J'entraperçois Rosie qui se déplace entre les barils de poison, à quelques mètres de moi désormais. Je focalise mes supersens sur elle et l'entends haleter dans l'air vicié par le gaz toxique.

— Vas-y, sors d'ici, grogne-t-elle, finissons-en !

Comme tu dis, on va en finir une bonne fois pour toutes.

— Je suis là, annoncé-je d'une voix claire en restant plaquée contre le mur.

Je la vois pivoter dans ma direction, pistolet levé. Une fois certaine qu'elle avance bien vers moi, j'emploie toute ma force pour débloquer le levier rouge jusqu'à ce que la chaîne se mette à se dérouler.

— Bye bye, Rosie !

Au-dessus d'elle, la palette commence à vaciller. Je m'évertue à retenir mon souffle, l'air toxique me montant déjà à la tête. Au moment où Rosie débouche devant moi, la lourde palette vient heurter violemment le haut des étagères. Elle lève les yeux et lorsqu'elle se rend compte de ce qui est sur le point de se passer, ses traits se figent en un masque de terreur. Une demi-seconde plus tard, les rayonnages se tordent sous le poids de la charge et les étagères vomissent leurs barils empoisonnés, enterrant Rosie sous des tonnes de métal.

Elle n'a aucune chance de s'en sortir.

Je n'attends pas que les derniers fûts viennent définitivement sceller son sort pour me décoller du mur. Une fois en action, je me fraye un chemin à travers l'enfer toxique qu'est devenu le hangar, plusieurs barils déversant désormais leur contenu mortel dans l'atmosphère.

Je ne suis plus qu'à quelques mètres des portes quand j'entends un *boum* sourd. Je les franchis d'un bond et me retourne à temps pour contempler un spectacle d'apocalypse : plusieurs tonneaux de produits chimiques explosent successivement, dégageant un nuage rougeâtre. À travers les vapeurs suffocantes, je distingue une des chaussures à talon de Rosie, attachée à une cheville tordue selon un angle impossible, son corps recouvert d'une montagne de barils. Je ravale avec peine une remontée acide, hésite une seconde, puis referme les portes.

Je m'éloigne du bâtiment d'une vingtaine de mètres avant qu'un haut-le-cœur me force à m'arrêter. Un flot de bile me remonte dans la gorge et me voilà à vomir mes tripes sur l'asphalte, à quelques pas à peine du Land-Pusher, les yeux voilés de larmes et tremblant de tout mon corps.

Dès que j'ai rendu tout ce que je pouvais, je laisse Ford me guider jusqu'à la voiture, à moitié aveuglée et la gorge en feu. Doucement, sans dire un mot, il m'aide à marcher jusqu'au siège passager où je m'affale sans autre forme de cérémonie.

Une fois qu'il a pris place au volant, nous restons assis un moment, silencieux, sans échanger un regard. À l'extérieur, le vent fait tourbillonner sacs plastique, emballages alimentaires et pages du *Daily Dilemma*. Au loin, des nuages de produits chimiques rouge et jaune viennent teinter les deux fenêtres en façade de l'entrepôt Rid-Ex et je suis reprise de violents tremblements rien qu'à la vue de ce spectacle. Je revois le corps de Rosie arrosé de gaz toxiques et enseveli sous des tonnes de métal. Une mort effroyable, inhumaine – même elle ne méritait pas cela.

— C'est pas ce que j'avais prévu, chuchoté-je, la bouche envahie de larmes. Pas du tout.

— Je sais, me dit Ford en prenant mes mains tremblantes dans les siennes. Respire un grand coup. Elle n'est plus là maintenant. C'est tout ce qui compte. Elle n'est plus là, et c'est fini.

Des sirènes de police résonnent alors dans le lointain.

— Allons-y, dis-je en me ressaisissant, il ne faut pas que les flics nous trouvent ici.

37.

La veille de la première de *Giselle*, je me rends chez Zahra, sur Lakeview Drive. Je me faufile dans la cour sous les branches du saule pleureur tandis qu'affluent les souvenirs d'enfance. Tous ces étés passés dans cette cour aux pavés bleus mouchetés de soleil, où nous construisions des maisons de fée avec des brindilles, que Zahra saupoudrait ensuite de pétales de marguerite. Si seulement je pouvais remonter le temps, jusqu'à cette époque bénie où nous étions tout l'une pour l'autre, comme deux jumelles. Tout ce qu'elle aimait, je l'aimais aussi, tous les vêtements qu'elle portait, je les portais aussi. Tout ce qui la faisait rire me faisait rire aussi. Le père de Z. avait alors l'habitude de dire en rigolant que nous partagions le même cerveau.

Mais tout cela est derrière nous. Je m'arrache une peau morte du pouce et fais la grimace en songeant au traitement que j'ai réservé à Zahra ces derniers temps. C'est tout de même elle qui me connaît le mieux, et je lui ai servi mensonge sur mensonge.

Je m'approche lentement de la porte d'entrée et me remonte un peu le bonnet sur le front. On est fin mars, mais le printemps n'a toujours pas pointé le bout de son nez. L'hiver semble durer plus longtemps chaque année. Je prends le temps de vérifier derrière moi que personne ne m'a suivie. Je m'attends quotidiennement à des représailles, que ce soit de la part du Boss du Syndicat ou de l'un de ses sbires. Je me fais aussi du souci pour Ford. Peut-être vont-ils comprendre son implication dans cette histoire et s'en prendre à lui. Mais rien ne s'est passé toute la semaine durant. Tout était calme. La routine.

Je lève la main pour frapper à la porte puis suspends mon geste, mon instinct me soufflant d'essayer la poignée. Elle coulisse sans un bruit.

— Zahra ? appelé-je à mi-voix.

La vieille horloge qui égrène les secondes dans le salon décoré avec goût est le seul son qui vienne troubler le silence. Je respire à pleines narines les senteurs familières de cette maison : une odeur de pistaches, de cire à bois, de pain et de fleurs fraîchement coupées.

J'entends une porte qui s'ouvre à l'étage et Zahra apparaît sur le palier, une main posée sur la rambarde.

— Salut, dit-elle.

— Salut. (Je souris en la voyant hésiter, le temps qu'elle décide si oui ou non je vaux la peine qu'elle descende.) Ça fait des jours que j'essaie de te mettre la main dessus.

— Ah ouais, réplique-t-elle dans un haussement d'épaules.

Sa coupe Pixie a poussé et menace de devenir coupe au carré, ses mèches orange maintenant teintes en rose. Elle s'étudie un instant dans le miroir ancien de sa grand-mère, le même où nous jouions enfants à invoquer le fantôme de Bloody Mary, la Vierge Sanglante.

— J'étais occupée, lâche-t-elle.

J'esquisse un pas en direction des escaliers, mes semelles s'enfonçant dans l'épaisse moquette. Je monte la première marche. La deuxième a toujours craqué et nous nous gardions bien de marcher dessus lorsque nous regagnions l'étage de nuit après une soirée films généreusement accompagnée de pop-corn, ou plus tard, quand nous revenions de boîte.

— Tu me manques, lui dis-je simplement, la voix cassée. C'est fini entre Will et moi. Je voulais que tu le saches. Non pas que ça ait une quelconque importance pour toi.

— Bien sûr que c'est important pour moi, rétorque-t-elle sèchement. Tout ce qui te concerne me touche. C'est *toi* qui n'as plus le temps de faire attention à moi.

Et *paf*, dans les dents. Je suis blessée par son accusation, mais elle a profondément raison.

— J'ai été en dessous de tout. Je déteste la situation où je nous ai mises. Je veux que tu me racontes tout, Z. Tout ce qui se passe dans ta vie. J'ai toujours voulu savoir, et aujourd'hui plus que jamais.

— Que tu dis, réplique-t-elle, loin d'être encore convaincue. T'es championne pour dire un truc et faire le contraire.

Je décèle malgré tout l'ombre d'un sourire qui flotte sur ses lèvres.

— Je dois quand même t'avouer que j'ai été assez impressionnée par la manière dont t'as réussi à faire interner Will à Weepee Valley.

— Ouais. (Je gravis quelques marches de plus, évitant soigneusement la deuxième pour que personne ne vienne gâcher notre reprise de contact.) Je me suis dit que ça te plairait bien.

— Quel psychopathe, ce mec ! s'énerve-t-elle en secouant la tête. Ce type a toujours été une source d'ennuis, même avant qu'il prenne des médocs. Je n'ai jamais compris que tu ne t'en rendes pas compte. C'est comme s'il t'avait jeté un sort…

— J'ai été stupide.

Je lâche involontairement un énorme soupir. Enfin, les choses vont pouvoir revenir à la normale. Les gens qui me voulaient du mal sont hors d'état de nuire. Will en a au moins pour six semaines en cure de désintoxication, sa clé USB est bien planquée sous mon lit. Quant à Rosie, j'ai beau avoir sa mort sur la conscience, je me persuade progressivement que sans elle Bedlam est déjà devenue plus sûre. Seule une de nous deux pouvait ressortir vivante de cet entrepôt. Je suis ravie que ça ait été moi.

— T'as l'air plutôt en forme, là, dit-elle en scrutant mon visage. Tout va bien pour toi ?

— Je crois que oui. Pour la première fois depuis un bon bout de temps, je me sens bien. Surtout maintenant que je suis ici et que tu ne m'as pas balancé de chaussure à la figure.

— Jamais je ne te lancerais de chaussure à la tête, s'indigne Zahra. Un magazine, je dis pas…

— Je le mérite.

— Pas mal, oui. Mais en même temps, j'en ai ma claque de te détester. Ça me donne des boutons.

Ça me fait tellement de bien de l'entendre dire ça que le soulagement me donne le tournis. Je m'accroche à la rambarde, mon cœur bondissant de joie à l'intérieur de ma poitrine. Pendant tous ces mois, j'ai réussi à me trouver de bonnes raisons pour ne pas révéler à Z. ce que je fais et qui je suis devenue. Mais de retrouver cette complicité de toujours, et mon moi d'avant, me fait soudain comprendre pourquoi je n'ai pas voulu le lui dire : j'ai trop besoin de cette relation.

Redevenir celle que j'étais avant, l'Anthem que Zahra a toujours connue, me permet d'oublier temporairement la justicière nocturne. C'est comme un cocon qui me préserve de toute la violence, la douleur et l'horreur que j'ai vécue sur la Rive gauche. Si la fille que je suis de jour fusionne avec sa version de nuit, je ne saurai plus qui je suis.

Et pour l'instant, ce que je souhaite le plus au monde, c'est redevenir amie avec Zahra.

— T'aurais dû voir la tête qu'il faisait quand ils l'ont emmené, dis-je d'un ton faussement triste avant de lâcher un soupir exagéré. Il était terriblement choqué, le pauvre.

— Je veux tous les détails ! me somme-t-elle, ses grands yeux violets écarquillés.

Elle me prend par les poignets et m'attire dans sa chambre. Je me réjouis à l'avance du scénario : pendant que je vais lui raconter l'histoire par le menu – la drogue planquée dans le trophée, Lydia et sa tiare, les deux armoires à glace de Weepee Valley, la crise de Will tandis qu'ils le traînaient –, elle fumera sa roulée à la fenêtre. Au moins, je peux être totalement honnête avec cette histoire. C'est déjà un début.

38.

Mes cheveux sont fixés en chignon au sommet de mon crâne à grand renfort de laque et j'ai un petit peigne métallique orné de plumes blanches scintillantes de chaque côté de la tête. On vient à peine d'apporter la dernière touche à mon maquillage de scène dans un nuage de poudre. Je porte un justaucorps blanc cassé assorti d'un tutu raide couleur cannelle, et mes chaussons de bal, récemment faits, me collent aux pieds telle une seconde peau.

Je suis en sixième position dans la file de danseuses qui attendent de faire leur entrée. Je roule des épaules, lève mes bras au-dessus de ma tête, prends une profonde inspiration et me jette dans un dernier plié préparatoire, ma tête touchant presque mes mollets enrubannés. Les violons entonnent alors les premières notes de la partition de *Giselle*. Je me redresse et me mets sur les pointes, jetant un regard à l'assistance tandis que le lourd rideau rouge commence à se lever. De derrière le rideau de gaze des coulisses, j'entrevois des rangées de sièges sans fin, tous occupés. Tous les yeux sont rivés sur la scène et j'entends presque les cœurs battre d'anticipation à l'unisson sous les envolées des violons.

Voici enfin venu le soir de la première et je suis corps et âme concentrée sur le ballet : mon esprit est focalisé, mes muscles tendus et prêts à entrer en action, le moindre pas de danse solidement ancré dans ma mémoire – pas celle de ma tête, mais celle de mon corps. Après un décompte de huit temps, la première danseuse s'engage sur la scène. Je suis la dernière de cette file de sixième année, juste derrière Mara Wood. Les danseuses s'avancent une par une et je leur emboîte le pas, apercevant au premier rang le maire, Marks, à côté de sa femme à la bouche perpétuellement pincée. Sa coiffure me fait penser à une brioche. Juste derrière eux sont assis Zahra et ses parents, Asher et Melinda Turk. De les voir présents me donne le frisson et je lève la main pour leur faire signe, oubliant qu'ils ne peuvent pas me voir en coulisses.

À côté des Turk, mes parents. Mon père est en train de chuchoter à l'oreille de ma mère et je vois ses lèvres fuchsia esquisser un sourire un peu crispé. Cela fait tellement longtemps qu'ils attendent ce moment. Leur fille dans le rôle-titre de Giselle… Je repense à ces entraînements quotidiens, à toutes ces années de sévices que j'ai volontairement infligés à mon corps. Et je porte une main à ma poitrine, à la cicatrice qui a presque intégralement disparu ; il ne suffit plus que d'un peu de fond de teint et de poudre pour la masquer.

Je me retourne vers la scène tandis que mes camarades de sixième année s'y épanouissent en une rose en pleine floraison avec grâce et rigueur. Quelques mesures encore et ce sera mon tour. Je me dresse à nouveau sur les pointes et les papillons de nervosité qui habitaient mon ventre disparaissent, remplacés par ma mémoire musculaire et une absence totale de pensées. À travers la lumière aveuglante qui inonde la scène, je distingue vaguement les contours de la salle : l'opéra de Bedlam est plein à craquer de l'orchestre jusqu'aux loges tout là-haut. L'assistance est une masse silencieuse, un mur d'énergie qui pulse juste en périphérie de ma vision.

Et maintenant je ne vois plus que les autres danseurs de mon groupe, ceux sur lesquels j'ai essayé de caler mes pas heure après heure ces derniers temps. *Ni trop haut ni trop vite*, tel a été mon mantra tout au long des répétitions.

Mon cœur vrombit, et vrombit encore, tel un chien impatient qui tire sur sa laisse, me suppliant d'accélérer. Je deviens la danse. Sur cette scène, je deviens Giselle, une jeune paysanne souffreteuse et naïve qui tombe passionnément amoureuse. Je saute et je chasse, je pirouette et je fouette en pointe, la musique se mouvant à travers moi et en moi. L'énergie du public irradie tous mes membres, qui se plient à ma volonté tels des élastiques de caoutchouc.

Il n'y a de place pour rien d'autre – le meurtre de Gavin, Ford, les armes à feu, les combats, la fin macabre de Rosie, l'odeur chimique de Rid-Ex qui me colle toujours à la peau, une semaine après les événements –, et je me sens plus vivante à présent que depuis bien longtemps.

Avant que je me rende compte de quoi que ce soit, c'est déjà la fin du premier acte et je regagne les coulisses sur une dernière pirouette. À l'instant où le rideau s'abaisse, les lumières se tamisent et j'ai le temps de bien voir l'assistance. Du mouvement à l'un des balcons m'attire l'œil et je tords le cou pour voir par-dessus la tête de Constance. Quelqu'un se tient adossé au mur, au fond d'une loge de côté en haut à droite. C'est la seule personne debout de tout l'auditoire.

Cette personne s'est introduite en douce, pensé-je. *Et elle veut ma mort.* La silhouette tourne alors la tête et j'aperçois une paire d'yeux marron familiers qui scintillent dans la pénombre. J'ai l'estomac qui se serre et, l'espace d'une seconde, c'est comme si mon corps se soulevait pour s'envoler le rejoindre. Il lève son pouce dans ma direction avant de mettre deux doigts dans sa bouche pour lâcher un sifflement puissant.

Un sourire énorme m'étire les lèvres et j'ai beaucoup de mal à me sortir de la tête la gentillesse qu'a eue Ford de venir tandis que commence l'entracte. Sans doute parce que je ne connais cette sensation que trop bien, et je sais qu'elle mène droit aux ennuis. Elle conduit à s'attacher tellement à quelqu'un que, quand on perd cette personne, on perd tout.

C'est au moment où j'éprouvais ces sentiments pour Gavin qu'il m'a été enlevé. Je ne peux pas me permettre que cela arrive à nouveau. Je ne serais pas assez forte pour y survivre.

C'est un très bon ami, rien de plus, me dis-je. *Et il ne pourra jamais être quoi que ce soit d'autre.*

Quand sonne le rappel, j'ai le souffle court et l'adrénaline qui pulse dans mes veines. Nous tirons notre ultime révérence, puis nous précipitons en coulisses. Tout le monde se congratule en arborant des sourires radieux. Les rumeurs vont bon train quant à la présence de plusieurs découvreurs de talents. Sadie Lockwood se penche vers moi et me glisse à l'oreille :

— Tu as été superbe. Je suis sûre qu'ils vont te réserver une place au corps de ballet de Bedlam.

— Je suis surtout contente de pas avoir commis de grosse erreur, réponds-je dans un haussement d'épaules.

En même temps, une partie de moi espère qu'elle a raison. Je me prends à rêver quelques secondes d'une vie consacrée à la danse, avec les muscles douloureux, les pieds meurtris, les bains aux sels d'Epsom, accompagnée constamment de mélodies toutes plus belles les unes que les autres et de chorégraphes tous plus caractériels les uns que les autres. Tout ce que j'ai toujours cru vouloir.

Peut-être puis-je réapprendre à désirer cette vie. Si je devais intégrer le corps de ballet, je pourrais sans doute fermer la parenthèse sur cette horrible année. Et ce cœur qui me restera à jamais comme souvenir me servira à exceller comme danseuse plutôt que comme tueuse.

Je me rejoue la représentation dans la tête tandis que j'ouvre la petite penderie de la loge marquée : ANTHEM FLEET. La tablette de la coiffeuse disparaît sous un énorme bouquet de roses rouge sang. Il y en a au moins deux douzaines. Je le ramasse et y plonge le nez en faisant un tour sur moi-même. Une petite enveloppe noire émerge des fleurs :

À notre diva.
Nous t'aimons très fort !
Maman et papa.

Je m'assieds et pendant que je défais mes chaussons de danse, des images de la soirée m'assaillent. La réception dans le hall avant la représentation, en compagnie de Zahra et de nos parents, l'apparition inattendue de Ford au beau milieu des spectateurs. J'espère que je pourrai le voir avant que mes parents ne m'emmènent fêter ça à leur façon…

C'est alors que je lève les yeux sur le miroir.

Une carte de visite y est scotchée en plein milieu. C'est une invitation imprimée sur un épais papier gaufré et rédigée en caractères un peu pompeux.

Le Boss vous invite à un gala en l'honneur
des nouvelles recrues SYN !
Ce mardi 30 mars au soir,
2212 Sumac Street.
P.S. : Habillez-vous pour réussir.

Une flèche tracée au moyen du rouge à lèvres violet foncé – celui que je mets pour l'acte deux – pointe vers l'invitation. Au-dessus, trois mots :

Nous nous soulèverons.

Je passe la tête par l'embrasure de la porte pour voir si le messager traînerait encore dans le couloir, mais mis à part Constance qui délace les rubans de ses chaussons, personne à l'horizon. Je rentre la tête et claque la porte, les mains soudain tremblantes. J'arrache l'invitation du miroir pour l'examiner de plus près.

Quelqu'un sait parfaitement qui je suis et ce que j'ai fait. *Mais qui ?* Je cligne lentement des yeux. *Nous nous soulèverons…*

J'ai l'impression d'avoir la bouche remplie de sable. Le Boss. Le numéro un du Syndicat. La main qui tirait les ficelles de Rosie sans jamais se faire voir.

Je ferme les yeux pour tâcher de chasser le vertige qui menace de m'envahir, le parfum des roses me prenant soudainement à la gorge. Il faut que je décide de la marche à suivre. Sumac Street se trouve à deux pas de chez Will, au nord de la ville dans un quartier chic. Comment se fait-il que le Syndicat organise une fête là-bas ?

Je me regarde dans le miroir, j'ai le visage recouvert d'un épais fond de teint blanc, pour mieux évoquer le fantôme de Giselle, et les yeux lourdement cerclés de khôl noir qui s'effile en traînées argentées. Je penche la tête sur la droite et me plonge dans les yeux verts de l'Anthem fantôme.

Si je ne veux pas passer le reste de ma vie à regarder en permanence par-dessus mon épaule, il va falloir que je fasse coffrer le Boss pour de bon.

Vas-y, me souffle une petite voix. *Vas-y et fais-le. Ce serait tellement facile. Tu sais exactement où le trouver.*

Lentement, je finis de dénouer mes rubans, puis utilise des ciseaux à ongles pour découper le tissu rigide qui me colle aux pieds. Je retire mon tutu gris argent de Giselle fantôme, enfile la petite robe noire simple que j'avais mise pour la réception et me rechausse.

Le temps que mes parents se présentent à la porte de ma loge, j'ai retiré la majeure partie de mon maquillage et l'invitation est soigneusement pliée en quatre et remisée dans mon soutien-gorge.

— À la danseuse étoile ! tonne mon père dans le hall en me souriant de toutes ses dents. Et au corps de ballet tout entier !

Tout le monde lève son verre aux cris de « Oyez ! Oyez ! ».

Il doit y avoir une bonne centaine de personnes dans le hall de l'opéra, et les conversations bourdonnent de droite et de gauche. Les plateaux de mignardises et de petits-fours circulent allègrement.

— Viens, Anthem, me dit ma mère à l'oreille. Allons dire bonjour à M. Marks.

Je la laisse me guider par le bras à travers la foule agglutinée autour du maire et salue au passage Martha, son épouse.

— Ravissante, tout simplement ravissante, m'accueille-t-il en me serrant la main, son habituel sourire étincelant rivé aux lèvres.

L'homme est petit – à peine quelques centimètres de plus que moi – mais il a une tête énorme. Je lui bredouille de vagues remerciements tandis qu'une douzaine de flashs crépitent simultanément. Il me faut quelques secondes pour y voir à nouveau clair, je demande alors par signes à ma mère si je peux aller me chercher quelque chose à manger – et mon estomac en gargouille d'approbation.

— Rapporte-moi un verre de vin, me chuchote ma mère.

Je hoche la tête avant de partir à la poursuite d'un serveur en livrée muni d'un plateau de ce qui m'a semblé être des crevettes au saté.

Au moment où j'effleure la pique qui m'est promise, deux bras familiers viennent m'enserrer la taille.

— T'as été géniale, Verte, me glisse Ford.

— Merci, réponds-je, non sans attraper deux crevettes au passage. J'aurais pu t'avoir une place, tu sais.

— On aime mieux rester debout, pas vrai ? dit-il en baissant les yeux.

Une petite fille est accrochée à la jambe de son pantalon.

— Qui est-ce ? demandé-je, stupéfaite.

On dirait Ford en miniature. Le teint mat, de bonnes joues rouges. Seuls ses grands yeux, au lieu d'être marron, sont bleus, et elle a de longs cheveux noirs bouclés qui lui tombent jusqu'à mi-dos. Elle porte une robe de velours rouge ornée d'une large ceinture blanche.

— Je te présente la plus jeune de mes cousines : Sam. C'est ta plus grande fan.

Je m'agenouille pour me mettre à son niveau et lui tends la main.

— Ravie de faire ta connaissance, Sam.

Sa main semble extraordinairement petite dans la mienne, plus légère que l'air. Elle parle d'une voix à peine audible, mais grâce à mes oreilles supersoniques, je l'entends parfaitement.

— Ta danse, c'était la plus jolie que j'aie jamais vue.

— Merci, lui réponds-je en souriant. Je suis sûre que tu deviendras une grande danseuse toi aussi.

Elle secoue la tête timidement.

— Tu pourras peut-être lui montrer quelques pas de danse un de ces quatre ? me lance Ford.

Et je vois le visage de Sam s'éclairer d'un large sourire.

— On va arranger ça, avec plaisir, acquiescé-je, sentant mon estomac visité par un chatouillement que je connais bien.

Sam repart se cacher derrière la jambe de Ford.

— Je me voyais pas comme un mec à aimer le ballet, mais maintenant je suis cent pour cent convaincu. Et j'adore Giselle, elle déchire bien !

— Tu trouves aussi, hein ?

Tandis que la fête bat son plein autour de nous, Ford et moi nous regardons, silencieux, les yeux dans les yeux, pendant quelques secondes de trop. Une seconde encore et me voilà un peu embarrassée de m'apercevoir à quel point il me fait me sentir libre et à l'aise.

— Je dois aller chercher du vin pour ma mère, dis-je tandis que le rouge me monte aux joues. Merci d'être venu.

— Attends, m'arrête Ford d'une main sur mon bras. Je vais ramener Sam à la maison, mais ça devrait être l'affaire d'une demi-heure. Ça te dit qu'on sorte ensuite pour célébrer ta prestation de folie ?

Mon cœur crie : *Oui !* C'est tout à fait ce dont j'ai envie. Mais je sens le bout de papier qui me brûle la poitrine, un de ses angles frottant contre ma cicatrice. J'ai en bouche comme un goût d'inachevé. Si je règle ça ce soir, peut-être pourrai-je enfin cesser d'avancer dans des brumes de deuil et de colère. Un jour, peut-être, je pourrai remettre tous les compteurs à zéro.

— J'adorerais, mais faisons ça un autre soir. Je suis vraiment crevée là. Je crois que je filerai me coucher direct en rentrant.

Je m'éloigne de lui et fais au revoir de la main à Sam qui me sourit timidement. Encore un pas, parce que je sais que si je ne m'en vais pas maintenant, je ne trouverai plus la force après. La dernière chose que je vois avant de fondre dans la foule, c'est le doute et la peine qui hantent le regard de Ford. On dirait qu'il sait que je ne vais pas rentrer dormir. Il me connaît sur le bout des doigts.

Continue d'avancer, me souffle ma petite voix interne. Et je pose un pied devant l'autre, et je souris à tous ces inconnus qui me félicitent, masse parfumée où je ne distingue plus les visages. Bientôt tout cela sera fini, et je vais pouvoir à nouveau traîner avec Ford et la petite Sam sans plus me soucier du Boss. Cet homme qui prend la vie d'innocents, et qui projette à coup sûr de prendre la mienne aussi.

39.

La réception post-représentation s'avère parfaite pour créer une confusion généralisée : Zahra croit que je rentre avec mes parents, mes parents décident d'aller prendre quelques verres avec le maire et sa femme (et Serge, bien sûr, les conduit), croyant que je sors avec Zahra. Chacun pensant donc que je suis avec l'autre, je parviens à quitter l'opéra de Bedlam sans être vue. Je referme le col de mon manteau après avoir récupéré l'invitation dans mon soutien-gorge.

Et me voilà qui cours si vite à travers les quartiers huppés de la Rive droite que j'en vole presque. Mes poumons, saturés d'air glacial, me brûlent. Mes bottines en nubuck noir battent les airs, ne reprenant appui sur le sol que toutes les deux ou trois foulées. Certains piétons tournent la tête, intrigués par cette tache en mouvement, mais personne ne me donne la chasse. Tandis que je poursuis ma course vers le nord, je pense à mes parents se glissant dans la Seraph, racontant à Serge combien ma performance était magnifique. Je pense à Zahra et à l'accolade chaleureuse et sincère avec laquelle elle m'a accueillie après le spectacle. Je pense à Ford rentrant chez lui avec la petite Sam sur ses épaules.

Puis j'arrête de penser à ce que j'ai laissé derrière moi pour me concentrer plutôt sur ce qui m'attend. Le Boss, qui qu'il soit. Le marionnettiste des coulisses qui m'a volé Gavin. Le dernier domino à abattre avant que je quitte définitivement ce jeu de vengeance harassant.

Sumac Street est une longue rue bordée de part et d'autre d'immenses propriétés, protégées par d'imposantes grilles et des haies touffues taillées au cordeau ne laissant entrevoir que de longues allées qui serpentent, deviné-je, jusqu'à des maisons luxueuses.

Je n'en reviens toujours pas que le Syndicat ait l'audace d'organiser une fête par ici.

Je coupe ma course en arrivant au numéro 2212 de la rue, la dernière résidence du pâté de maisons. La clôture semble plus ancienne que celle des autres propriétés, et les battants en fer forgé de la colossale grille d'entrée, décorés d'une unique guirlande orange surmontée d'un ballon, sont grands ouverts pour laisser passer les voitures.

J'entends le bruit sourd de basses qui provient de la maison et décide de longer les massifs de troènes plutôt que de m'engager directement sur la longue allée de gravier, bordée de chaque côté par des rosiers en pots. Elle traverse une immense pelouse qui devrait être morte par ces températures, mais ne l'est étonnamment pas. En haut de la colline se dresse la maison, ou le manoir, devrais-je dire. Elle est en calcaire blanc, son porche reposant sur deux fières colonnes. C'est une résidence construite tout en hauteur, datant de l'époque où les bâtiments étaient moins étalés qu'aujourd'hui. Elle reste quand même sacrément grande. À vue d'œil, je dirais qu'elle compte au moins huit chambres. Mes parents magnats de l'immobilier appelleraient ça du néogothique, ou peut-être du néocolonial. Enfin, quel que soit le nom de ce style architectural, tout l'effet est gâché par la vingtaine d'antennes satellites et autres paraboles qui polluent le toit et les côtés.

Je distingue une bonne quarantaine de véhicules garés au pied de la maison, la plupart d'entre eux des voitures de sport. Qui que soient les invités, ils ont manifestement de l'argent.

Les portes d'entrée – dorées, massives et ornées de lions rugissants en guise de heurtoirs – sont fermées et je ne suis pas suffisamment bête pour y frapper. Peut-être y a-t-il un comité d'accueil armé jusqu'aux dents juste derrière. Je fais le tour de la propriété et escalade la palissade en deux temps trois mouvements. Je découvre alors une somptueuse piscine en forme de S, illuminée par des spots bleus et orange au fond du bassin. Au-delà se dresse la maison proprement dite, tout en baies vitrées et angles ultramodernes qui jurent avec la devanture classique. À travers cette muraille de verre, il m'est facile de prendre le pouls de la soirée : une bonne centaine de personnes est massée à l'intérieur, en train de danser.

Je me dirige vers le patio où un attroupement de jeunes membres du Syndicat habillés de leur plus beau cuir noir échangent des blagues en esquissant des mouvements de danse, tâchant de se réchauffer dans un nuage de fumée de cigarette. Je décide de m'avancer vers un couple d'environ mon âge, un peu à la périphérie du groupe.

— Vous faites partie des nouvelles recrues ? leur demandé-je.

Le garçon est en T-shirt malgré le froid, avec des bretelles orange clipsées à son pantalon. L'éclairage de la piscine fait ressortir la chair de poule qui lui envahit les bras, ainsi qu'un tatouage apparemment tout frais et qui semble à deux doigts de s'infecter. SYNDI-KID, lis-je. La fille est une petite brune, engoncée dans un caban noir. Elle descend la dernière marche qui donne sur la pelouse en titubant, sans doute déjà saoule. Bizarrement, ces gens-là ne me font pas peur. Je suis même plutôt triste de voir que tous ces jeunes de mon âge mettent leur vie entre les mains d'escrocs et de tueurs.

— Ouais, dit la brune en manquant s'étaler sur moi.

Elle ouvre son caban pour me montrer un petit pistolet rose pétant, guère plus grand qu'un pistolet à eau.

— Le Boss vient de me le donner, il est classe, tu trouves pas ?

J'acquiesce et essaie de sourire, mais la vue d'une nouvelle arme à feu me file plutôt la nausée. Il doit y avoir au bas mot des centaines d'armes dissimulées ce soir. Je souffle sur mes mains pour les réchauffer un peu et pour qu'elles arrêtent de trembler.

— Il est où ? Normalement, il est censé me remettre la mienne ce soir aussi.

— Là-haut, troisième étage. Tu l'as déjà rencontré ?

Je fais non de la tête.

— Il est *canon*, mais genre *canon de chez canon* ! me chuchote-t-elle sur le ton du complot.

Je la remercie et me fraie un chemin à travers la grappe de jeunes qui encombrent les marches, pour pénétrer sur la piste de danse au son des basses saturées.

L'intérieur est tout bonnement somptueux. Ma mère piquerait une crise de jalousie en voyant la colossale cuisine dernier cri où tous les équipements possèdent des lignes épurées et futuristes. Murs et plans de travail sont d'un blanc brillant immaculé, et tous ornés d'écrans tactiles.

Des gens s'affairent autour d'un bar aménagé sur l'îlot central où officient deux barmaids en robe fourreau blanche et haut-de-forme. Les invités, eux, sont tous vêtus de noir, contrastant ainsi avec le blanc uniforme de la décoration intérieure. Quatre jeunes types sont assis sur l'îlot, un sourire béat aux lèvres. Ils se trémoussent au gré de la musique tonitruante qui s'épanche des haut-parleurs encastrés dans les murs.

Je passe ensuite dans le gigantesque salon, surchauffé par l'activité qui s'y déploie. Au plafond, une toile d'araignée géante composée de petites diodes blanches éclaire la salle et notamment l'imposant canapé noir circulaire qui trône en son centre. Les murs, eux, sont décorés de toiles représentant en gros plan le flanc d'un cheval noir de jais, ses muscles puissants ondulant telles des dunes de sable. Partout les gens dansent, crient et rigolent dans une atmosphère où la sueur menace de l'emporter sur le parfum. Une très belle femme habillée d'une courte robe blanche façon toge, avec une ceinture dorée à la taille et des escarpins assortis, fait le tour de la salle en portant à la main un plateau doré rempli de minuscules gobelets.

— Amour instantané ? me propose-t-elle en secouant un peu le plateau pour faire trembloter le contenu violet semi-liquide, semi-solide.

— Non, merci.

J'avise la cage d'escalier au fond de la salle et m'y rends, constatant au passage les ravages de l'Amour instantané : apparemment, ce breuvage vous décalque instantanément, comme son nom l'indique. Une douzaine de personnes sont accoudées à la rambarde, en proie à une crise de rire frôlant l'hystérie. Quelques-unes renoncent vite à rester debout et s'allongent à même les marches, secouées de quintes de rire spasmodiques. La musique a beau pulser et hurler, je perçois toujours le vrombissement de mon cœur. Plus je m'approche du troisième étage, et plus je me sens terrifiée. Et si c'était un piège ? Et si le Boss m'avait invitée ici à la seule fin de me liquider une bonne fois pour toutes ?

Je force tout de même mes pieds à grimper les marches une par une jusqu'au troisième étage, un couloir sombre bordé de portes fermées de part et d'autre. Je serre les poings et continue d'avancer. Au bout du long corridor, j'aperçois enfin une porte entrebâillée d'où émane une lumière bleutée.

Je m'en rapproche à pas feutrés, attirée par des rires féminins. Soudain, une voix masculine me parvient, faisant se hérisser les poils de ma nuque.

C'est lui. Ça ne peut être que lui.

Je jette un œil à l'intérieur de la pièce et vois des murs remplis d'écrans vidéo, chacun diffusant les images des caméras de sécurité de la ville. Il doit y en avoir trois cents au bas mot, qui occupent l'intégralité des parois de la pièce, mis à part pour deux grandes fenêtres. Il y a même des écrans fixés au plafond. La lumière qui règne est vacillante au point de paraître surnaturelle, animée d'une vie propre que lui confèrent les mouvements des gens espionnés, retranscrits par les caméras.

J'entrouvre suffisamment la porte pour pouvoir me faufiler. En face de moi, un bureau énorme, le seul mobilier de la pièce. Derrière se tiennent quatre personnes qui me tournent le dos, concentrées sur un des écrans, et qui s'esclaffent. Trois filles vêtues de minitoges (qui couvrent à peine leur popotin) et d'escarpins, sont serrées autour d'un homme assis dans son fauteuil.

C'est lui, pensé-je à nouveau. *C'est lui le monstre qui tire les ficelles du Syndicat. L'homme qui a pris la vie du seul garçon que j'aie jamais aimé.*

L'une des filles en toge tourne la tête et me voit. Elle donne un coup de coude à l'une des autres filles, et les trois s'écartent un peu de l'homme. Je remarque qu'il porte une veste de costume noire. Qu'il a une tignasse brune embroussaillée. Il fait de grands gestes tout en commentant la scène qui se joue sur son écran de contrôle. Sa main fait de petits moulinets dans l'air, ses longs doigts élégants me sont aussi familiers que les miens.

La révélation me frappe soudain comme un coup de tonnerre.

Je sais qui il est avant même qu'il se retourne. Je fais un pas en arrière et trébuche, en proie à un vertige soudain, me prenant les pieds dans le tapis persan.

Il pivote sur son siège et se retrouve face à moi, une vision tellement impossible que j'en oublie de respirer.

— *Toi ?* (Une lueur de surprise s'affiche dans son regard, qu'il a vite fait de remplacer par un sourire narquois.) Je me demandais si la célèbre vengeresse oserait pointer le bout de son nez. Et te voilà en chair et en os.

Je secoue la tête, à court de mots.

— Bienvenue chez moi, Anthem !

Je suis trop horrifiée et confuse pour pouvoir dire quoi que ce soit. Mon cerveau se livre à un ping-pong entre les images de la mort de Gavin – la librairie moisie, Rosie le tenant en joue, la chemise de Gavin trempée de sang – et celle que j'ai devant les yeux.

Gavin. Vivant.

J'ai passé et repassé cette scène dans ma tête un nombre incalculable de fois, et selon tous les angles imaginables. Le fardeau de culpabilité que j'ai dû endurer suite à sa mort, la barbarie de Rosie et de ses acolytes. Il y avait *tellement de sang*. Gavin était si pâle, si complètement vidé de tout souffle de vie. Je l'ai tenu dans mes bras. Je l'ai regardé mourir.

Et pourtant il est là. En smoking. Son nœud papillon noir négligemment défait.

Dans la maison du Boss. Dans le bureau du Boss. Dans son fauteuil. Parce que le Boss, c'est Gavin.

J'amorce un nouveau pas en arrière, tremblant de tous mes membres.

— Mesdemoiselles, dit-il, vous voulez bien nous laisser quelques petites minutes ? Je vous suggère d'aller m'attendre dans la chambre au bout du couloir.

Elles se bousculent pour sortir, pouffant et gloussant en chœur. *L'attendre dans la chambre au bout du couloir.* Une douleur terrible vient me transpercer le cœur.

— Tu as l'air surprise, dit-il, un rictus sarcastique aux lèvres.

Il se lève du fauteuil, passe derrière moi et me tapote la tête comme si j'étais un bon toutou. Je fais un petit saut en arrière et le dévisage, toujours trop sous le choc pour réagir. Il en profite pour claquer la porte et la fermer à clef.

Il s'approche de moi et je recule instinctivement. Un éclat métallique à l'intérieur de sa veste vient de m'attirer l'œil. Un revolver. Sa main s'y achemine lentement, mais sûrement.

— Gavin ? lâché-je dans un souffle en secouant la tête, mon esprit tâchant encore de donner un sens à toute cette absurdité.

Parce que la vérité est beaucoup trop douloureuse à encaisser. Des mensonges. Tout n'a été que mensonges. Une arnaque. Qui a commencé par notre rencontre même, et qui s'est poursuivie dans chaque geste, chaque mot.

Ses doigts se resserrent sur la crosse de son arme, et la honte qui m'ébouillante les veines se transforme instantanément en glace. Il sort le revolver de son holster, l'index déjà glissé dans la gâchette.

— C'était donc une gigantesque arnaque.

J'ai la voix qui tremblote, mais j'ai besoin de l'entendre de sa bouche. J'ai aussi besoin de gagner du temps.

Il s'approche de moi, sa main qui tient le revolver légèrement écartée du corps.

— Si tu t'étais bien comportée, tu n'aurais jamais eu à l'apprendre, me dit-il. Mais non, il a fallu que tu te conduises en boomerang : on te jette et tu reviens aussitôt. T'étais tout simplement censée rester bien loin de tout ça, et reprendre tranquillement ta petite vie de princesse, de sale gosse de riches. Pourquoi est-ce que c'était si *dur* pour toi ?

Sa voix est pincée et un peu décalée. Ce n'est plus la voix posée et un peu timide que j'ai connue, elle est plus grave, là, avec l'accent plus rocailleux de Bedlam-Sud.

Je secoue la tête, bouche bée, ne sachant toujours pas quoi dire. Chaque nouveau mot qu'il me lance à la figure est un couteau qui fait saigner mon cœur. *Sale gosse de riches... On te jette...*

— S'il te plaît, réussis-je à articuler, la voix lourde de sanglots réprimés. Gavin, range ce revolver.

À si faible distance, il ne me loupera pas, quelle que soit ma vitesse. Mes yeux vont alternativement de ses yeux à son arme, il a la mâchoire qui se crispe furieusement.

— Tu ne crois tout de même pas que je m'appelle vraiment Gavin, hein, *mon chou* ? Tout comme tu ne t'appelles pas vraiment Anthem *Flood*.

— En effet, murmuré-je en effectuant un petit pas de côté vers le bureau. Pourquoi moi ? reprends-je pour gagner un peu de temps, histoire de trouver un moyen de le désarmer.

— Je me suis posé cette même question un nombre incalculable de fois ce mois-ci, tu sais, dit-il, le souffle court, en agitant le canon de son arme. Vous êtes toutes les mêmes, en réalité. Contentes de vous. Chacune d'entre vous ô combien précieuse et unique ! De véritables flocons de neige ! Ça me répugne ce qu'ils vous enseignent dans vos bahuts privés de la haute. Bien que ça nous rende de bons services, j'avoue. Vous avez toutes la tête si bien enfoncée dans le cul que vous n'y voyez que du feu quand on vous manipule.

— Il y en a donc eu d'autres avant moi.

Tant que je le fais parler, il fera des moulinets avec le canon de son revolver. Sinon, il fera parler la poudre.

— Quoi ? Me dis pas que t'as toujours pas pigé ? (Sa voix monte dans les aigus sur la fin de sa question. Il a l'air sincèrement abasourdi.) C'était *l'arnaque parfaite.* J'ai mis deux ans à en peaufiner les détails. Et elle a fonctionné sur douze filles avant toi. On n'a pas eu le moindre problème jusqu'à toi, la treizième qui porte la poisse !

Douze. Je sens un flot de bile me remonter dans la gorge. Je recule de quelques pas, secouant la tête tandis que je réalise l'ampleur de ma naïveté.

— Franchement, tu livrais la rançon et après t'avais plus qu'à retourner à tes chaussons de danse et à tes petits poneys. Mais non, et en plus, depuis que tu fais la une des journaux, y a des gens qui commencent à vouloir t'imiter.

— Ah bon ?

Il m'apprend quelque chose.

— J'ai perdu vingt-six de mes bonshommes depuis que tu te la joues franc-tireur. Les gens passent de plus en plus de coups de fil anonymes aux flics pour nous balancer de droite et de gauche, tout ça pour soi-disant nettoyer la ville.

Une nouvelle émotion vient tempérer un peu le cocktail d'humiliation et de peur pour ma vie : un certain sentiment de fierté.

— T'as manifestement envie de mourir, dit Gavin en haussant les épaules. Pourquoi sinon venir à une soirée de recrutement du Syndicat ? Je comptais te laisser tranquille, même après ce qui est arrivé à Rosie. Mais maintenant que tu connais tous mes secrets, j'ai plus trop vraiment le choix...

Il a le regard froid et calculateur, un demi-sourire ourle ses lèvres, faisant apparaître une fossette sous sa pommette ciselée.

J'ouvre la bouche, mais rien ne sort. Au loin, j'entends des sirènes de police approcher. Peut-être que la personne qui a scotché l'invitation à mon miroir – cette personne qui croit en moi, qui croit en la chute possible du Syndicat – a rencardé la police. Gavin n'entend pas encore les sirènes. Les derniers dominos sont en train de tomber. Mon regard balaye la pièce et ses multiples écrans avant de se fixer sur l'un de ceux derrière Gavin. On y voit plusieurs membres du Syndicat qui s'en prennent à un jeune couple habillé pour sortir. Ils attrapent le sac de la femme et fouillent son compagnon jusqu'à trouver son portefeuille. Je réalise soudain que ces types-là sont des employés à sa solde, me dis-je soudain. Ce sont eux qui permettent de financer cette propriété gigantesque.

— Si ça peut te mettre un peu de baume au cœur, petit flocon de neige, dit-il en armant le chien de son revolver, sache que t'étais vraiment bonne au pieu.

La haine monte en moi comme un torrent de lave et je me concentre sur son arme. Il l'a prise à deux mains pour me viser, un de ses yeux marron fermé, l'autre, celui dont l'iris est pailleté de bleu, rivé sur moi.

Comme un animal acculé, je sens tous mes muscles se tendre, prêts à entrer en action. Mon seul espoir est de me propulser dans les airs et d'espérer qu'il sera trop surpris pour appuyer sur la détente avant que j'atterrisse sur lui. J'inspire un bon coup, fléchis un peu les jambes et me prépare à bondir. C'est alors que la vitre derrière Gavin explose en mille morceaux, coupant les retransmissions sur tout un mur d'écrans.

Dans la lumière blafarde qui reste, je distingue une silhouette accroupie, intégralement vêtue de noir mis à part pour les bandes blanches réfléchissantes au bas de son survêtement.

Noooooon !

Gavin pivote sur ses talons au moment où Ford se rue sur lui, le heurtant de plein fouet. Ils s'empoignent et tombent sur l'énorme bureau, Ford ayant pris le dessus sur son adversaire.

Pétrifiée de terreur, je regarde impuissante le bras gauche de Gavin chercher un appui sur le bureau. Puis un coup de feu retentit, assourdi par quelques fines couches de tissu et de la chair.

Ford s'effondre. Seules les personnes sur les écrans de surveillance sont en mouvement. Le corps de Ford, lui, est totalement immobile.

40.

Le silence qui résonne à la suite de la détonation est l'un de ceux qui peuplent mes cauchemars. J'ai beau courir vers leurs corps enlacés, j'ai l'impression de patauger dans de la semoule et d'avancer au ralenti.

L'arme toujours à la main, Gavin repousse Ford qui va s'écrouler par terre.

— Tout le monde veut jouer les héros à ce que je vois, commente-t-il sèchement.

— Non, non, non…, répété-je en boucle.

J'ai l'impression de revivre la même scène qu'il y a quelques semaines. Une image miroir. Sauf que tout est à l'envers maintenant, parce que Gavin est vivant et que c'est lui le tueur. Je m'agenouille à côté de Ford. Les mains plaquées sur son ventre, il est toujours conscient, mais plus pour longtemps.

Je lui écarte les mains et remonte son sweat-shirt, lui arrachant un cri de douleur. La mare de sang est rapidement en train de s'étendre à travers son T-shirt blanc. De la taille d'une balle de golf, la tache devient balle de baseball. Quelques secondes plus tard, elle est large comme un ballon de volley.

Les sirènes de police se sont rapprochées. Je jette un coup d'œil à Gavin et me rends compte qu'il les entend aussi maintenant. Je me retourne vers Ford et lui soulève le torse pour le bercer dans mes bras. Exactement pareil que la fois précédente. Sauf que cette fois ce n'est plus une performance d'acteur. Le sang est bien réel. Bien chaud et poisseux. C'est là que je me rends rétrospectivement compte que celui de Gavin était froid. Il est épais entre mes doigts, lourd de cette odeur métallique si caractéristique. Ford est si pâle, ses yeux si noirs. Il murmure quelque chose que je mets plusieurs secondes à comprendre :

— Bats-toi.

Je me retourne pour découvrir Gavin qui pointe son arme sur moi, me disant quelque chose que je n'écoute même pas. Les sirènes sont toutes proches à présent et leur son vient épouser celui du sang dans mes veines. Je me demande comment j'ai pu ne jamais déceler la lueur sadique qui brille dans ses yeux. Je suis face à un *inconnu*, me dis-je.

Et puis, comme une bourrasque vient parfois dissiper le smog jaunâtre en suspension au-dessus de Bedlam, cette prise de conscience fait s'évanouir les derniers lambeaux de peur qui m'empêtraient encore, comme si j'avais quitté mon enveloppe charnelle. Je me lève et m'apprête à faire voler le revolver de ses mains d'un coup de pied bien placé, lorsque le hurlement assourdissant des sirènes devient vraiment insupportable.

Gavin abaisse légèrement le canon de son arme, grimaçant dans le chaos sonore.

— VOUS ÊTES CERNÉS, tonne une voix relayée par mégaphone. SORTEZ DU BÂTIMENT LES MAINS EN L'AIR.

C'est alors un concert de freins qui crissent et de portières qui claquent. La brigade antiémeute se déploie en criant par-dessus les porte-voix. J'entends ensuite une douzaine de fenêtres qu'on ouvre à la hâte au premier étage, le flot de fêtards du Syndicat tâchant de s'échapper au plus vite. Le hurlement des sirènes emplit maintenant le bureau de Gavin, déjà saturé de l'odeur du sang de Ford. Puis vient le bruit de bottes qui gravissent l'escalier.

Gavin m'écarte d'un bras, les yeux hagards comme s'il ne me voyait plus. Je suis sûre qu'il dispose d'une planque parfaite où se réfugier, espérant glisser entre les mailles du filet avant que les flics prennent le troisième étage d'assaut.

Je le regarde détaler dans le couloir, avant de revenir auprès de Ford. Il a une respiration bruyante et hachée qui me fait penser à un accordéon en fin de vie.

— Poursuis-le, parvient-il à articuler à grand-peine. Le laisse pas filer.

La brigade antiémeute est presque là. Il reste au mieux une à deux minutes avant que l'étage soit noyé de gaz cauchemar voire de quelque chose de pire. Et il se trouve que le casier judiciaire de Ford n'est pas vierge. Ils croiront forcément qu'il appartient au Syndicat. Le temps qu'ils coffrent tout le monde, il pourrait même mourir que les flics s'en moqueraient bien.

Je secoue la tête.

— Oublie-le.

Les pupilles de Ford se dilatent et son regard se perd dans le vague. Il est en train de se vider de son sang.

— Attention, ça va faire mal, lui dis-je en drapant ses bras autour de mes épaules avant de le hisser sur mon dos.

Il pousse un grognement mais fait de son mieux pour s'accrocher à moi.

— Tu restes avec moi, Ford ! lui crié-je. Je t'interdis de perdre connaissance.

— Sinon tu me tues, c'est ça ? trouve-t-il la force de plaisanter.

— Très bien, continue les blagues, OK ?

Je m'enroule la main dans l'un des luxueux rideaux du bureau et fais tomber les derniers fragments de verre accrochés au cadre d'un grand coup de poing. J'enjambe ensuite le rebord avec mille précautions, Ford toujours sur le dos. Je distingue une avancée en dessous de nous, le toit de la cuisine sans doute. Tenant Ford du mieux que je peux, je recours à la seule solution qui s'offre à moi : sauter.

Ford hurle de douleur à l'impact et me lâche, roulant sur le côté. Je le réinstalle sur mon dos, puis descends le long de la gouttière.

L'hémorragie de Ford a désormais traversé sa veste… et mon manteau aussi. Chacun de mes mouvements lui arrache un nouveau gémissement.

— On peut le faire, lui dis-je lorsque nous atteignons la pelouse bleu-vert.

Je le remonte un peu plus haut sur mes épaules au moment même où me parvient le sifflement sinistre des bombes de gaz à l'intérieur de la demeure.

— Il faut juste que tu tiennes le coup encore un petit bout de temps.

À peine émet-il un grognement, la violence du choc de l'atterrissage a dû lui faire encore plus mal que je le pensais. *Il est en train de s'évanouir*, pensé-je, submergée par une panique qui va crescendo.

Je contourne la piscine en courant, m'engage dans un petit bosquet en évitant les phares des véhicules de police qui ont désormais envahi la pelouse. Par chance, personne ne nous arrête.

J'avise une trouée dans le grillage d'enceinte et réussis à m'y faufiler, Ford toujours sur le dos. Nous traversons la cour d'une autre propriété avant que j'ose revenir sur la route principale. Je tourne à droite, accélérant le pas autant que cela m'est possible avec les quatre-vingt-dix kilos du poids mort de Ford sur les épaules. J'ai les oreilles aux aguets, m'efforçant de percevoir avec mon ouïe supersonique les battements de son cœur.

41.

Le poids du corps de Ford semble doubler à mesure que je fonce à travers les rues de Bedlam et c'est gorge et mâchoires serrées que je me concentre sur ma course. Mes jambes battent le pavé à une cadence infernale même si j'ai l'impression que mes bras vont lâcher d'une seconde à l'autre. Toutes les deux à trois minutes, je dois faire une pause pour changer la manière dont je le porte : après l'avoir installé sur mon dos, je tâche de le caler sur une épaule comme un sac de ciment. L'arrière de mon manteau est désormais saturé de son sang. Les rares sons qu'il émet lors de mes pauses sont ceux d'un homme qui se noie… mais pas dans de l'eau. Je m'arrête pour le mettre en travers de mes épaules, ses respirations humides se font de plus en plus espacées.

— Ford ! lui crié-je. T'endors pas ! Je vais te trouver de l'aide !

Mais il a les yeux clos. Il est sans doute inconscient. Je balaie les environs du regard, calculant mentalement où se trouve l'hôpital le plus proche. Les hôpitaux dignes de ce nom – et non un de ces mouroirs infestés de bactéries – sont tous situés au nord, au-delà du cordon de sécurité que la police vient de mettre en place quelques rues plus loin.

La façade de verre de l'hôpital universitaire de Bedlam scintille en haut de la butte en face de moi, mais comment traverser le barrage policier avec Ford sur le dos ? L'autre hôpital le plus accessible est celui de Saint-Sauveur, à presque un quart d'heure d'ici – ma mère l'appelle la morgue surclassée.

Le sang me dégoulinant dans le bas du dos me fait changer de décision, et de cap.

— Reste plus qu'à recoudre la plaie, dit Jax, les dents serrées d'où dépasse un bout de fil chirurgical noir. Et après, faudra attendre.

— OK, dis-je en hochant faiblement la tête.

J'ai tenu la main de Ford durant toute la durée de l'opération. Jax a d'abord découpé son T-shirt pour le retirer, scrutant ses paupières fermées pour y détecter le moindre mouvement oculaire. Je lui ai passé des éponges, des tuyaux d'aspiration et des scalpels dès qu'elle en avait besoin. La balle à pointe dorée repose désormais dans une coupelle de verre sur le plateau, encore maculée de sang. Logée dans le poumon gauche de Ford, elle a provoqué une hémorragie interne qui a failli le noyer.

Cinq centimètres plus haut et c'était son cœur. Cinq centimètres plus haut et il mourait sur le coup. Je frissonne dans ma petite robe, nullement réchauffée par la fine blouse chirurgicale que m'a prêtée Jax.

— Allez ! chuchoté-je tandis que Jax enfile le fil sur l'aiguille. Réveille-toi !

La respiration de Ford est plus sereine maintenant, moins hachée. Grâce à la perfusion de sang dans son bras – je n'ose pas demander à Jax de quel sang il s'agit ni comment elle se l'est procuré –, le moniteur cardiaque émet un bip régulier au lieu des *bip-bip-bip* en rafales effrénées lorsque Jax l'avait branché. Mais la peau mate de Ford a toujours une teinte cireuse, et son poumon pourrait bien porter des séquelles à vie, sa cage thoracique étant localement réduite en bouillie d'os. *Des séquelles à vie.*

— C'est un dur à cuire, dit Jax d'un air absent, concentrée qu'elle est sur la peau de son patient pour mieux y faire pénétrer l'aiguille. S'il y a quelqu'un qui peut s'en sortir, c'est bien lui.

Juste avant qu'elle lui enfonce l'aiguille à travers l'épiderme, les paupières de Ford se mettent à papillonner. Ses yeux marron s'accrochent aux miens et j'y vois qu'il est toujours là, toujours lui-même. Il me presse faiblement la main et toutes les larmes que j'ai retenues jusqu'à présent s'écoulent en un flot incontrôlable.

— Je suis désolée, sangloté-je. Tu aurais dû me laisser me noyer ce jour-là. Tout ce que j'ai fait depuis, c'est tout foutre en l'air et blesser des gens…

Je m'arrête en voyant qu'il essaye de parler. Son filet de voix n'est guère plus qu'un chuchotement. Je me penche sur lui, faisant attention de ne pas laisser traîner mes cheveux sur son visage.

— Y a pas de désolée qui tienne, murmure-t-il d'une voix éraillée. Tu sais… Verte… toute ma vie… j'ai attendu…

Mais aussi vite qu'il s'est réveillé, le voilà qui sombre à nouveau dans l'inconscience.

— C'est tout à fait normal, commente Jax. Il va être dans le gaz, se réveiller, repartir, etc.

Je la regarde recoudre soigneusement la poitrine de Ford, l'aiguille rentrant et sortant à un rythme régulier. Son mouvement me fait apercevoir le tatouage qui lui orne l'avant-bras : le prénom Noa entouré d'un cœur rouge.

— Qui est Noa ? finis-je par demander, une fois la suture terminée et recouverte d'une bande de gaze blanche.

Jax garde les lèvres serrées pendant de longues secondes puis elle lève les yeux vers moi et me répond :

— C'était ma fille. (Elle se corrige presque aussitôt.) Noa *est* ma fille, c'est juste qu'elle n'est plus parmi nous.

— Je suis navrée de l'apprendre, soufflé-je, les larmes me montant aux yeux en songeant à tout ce que Jax a dû endurer dans sa vie. Qu'est-ce qui lui est arrivé ?

— Malformation congénitale du ventricule gauche du cœur. Elle avait six ans. (Elle prend une longue inspiration avant de poursuivre, ses yeux bleus magnifiés par les verres épais de ses lunettes.) Elle était mourante. Toutes les interventions chirurgicales avaient échoué. On a fait appel aux meilleurs spécialistes. J'ai fait jouer tous les contacts que j'ai pu au labo de l'université où je bossais. Et quand huit chirurgiens différents nous ont dit qu'il ne lui restait plus que quelques jours à vivre, j'ai essayé de corriger moi-même le problème… (Elle secoue la tête, faisant rebondir ses boucles gris argent.) Et… j'ai échoué. Elle est morte sur la table d'opération. Mon mari m'a poursuivie en justice. J'ai perdu mon labo, ma licence, ma famille, tout. Tout en même temps. Et maintenant… eh ben, je suis ici…

Je dévisage Jax tout en digérant son histoire tragique. Quelques larmes s'écoulent le long de mes joues.

— Comment fais-tu ? Comment réussit-on à se lever jour après jour, à vivre avec la mort de quelqu'un qu'on aime ?

Elle me regarde et lâche un soupir avant qu'un petit sourire triste vienne ourler ses lèvres.

— Grâce à des trucs comme le fait de t'avoir sauvée. Ça m'apporte un peu de paix. L'anomalie n'est pas de ne pas réussir à sauver quelqu'un – ça, ça arrive tout le temps, tous les jours, à tout le monde. Partout il y a des gens qui souffrent, des gens qu'on ne peut pas aider. Ce sont les quelques personnes que tu parviens à aider qui te permettent de supporter le reste.

Je baisse les yeux sur le sol sale pour méditer ces paroles tandis qu'elle s'affaire avec les intubations de Ford.

Pendant l'heure qui suit, nous restons toutes deux silencieuses au chevet de Ford, à attendre. Il ne se réveille pas. Les seuls sons que l'on entende sont sa respiration superficielle, les bips du moniteur cardiaque et la gamelle de Mildred qu'elle s'amuse à cogner contre les barreaux de sa cage.

« Toute ma vie j'ai attendu… »

Je fais courir mes doigts dans sa tignasse brune soyeuse.

Réveille-toi, Ford, ai-je envie de lui crier. *De nous deux, c'est toi, c'est toi qui n'as pas de sang sur les mains. C'est toi qui as encore une chance de goûter au bonheur.*

J'avale quelques perles d'eau salée à mesure qu'elles me glissent dans la bouche. Je le regarde, espérant qu'il va se réveiller et me dire ce qu'il a attendu toute sa vie.

42.

— C'est tout ce que je sais, répété-je au moins pour la vingtième fois en m'assurant de bien affronter le regard des deux policiers assis en face de moi, de l'autre côté de la table métallique vissée au sol.

Ce sont les menteurs qui détournent le regard et j'ai besoin de leur prouver que je n'ai rien à cacher.

— Je vous ai tout dit.

Tout du moins, tout ce que je peux leur dire. Ce qui n'est pas grand-chose.

La salle d'interrogatoire est glacée. J'ai la bougeotte sur ma chaise de métal, essayant en vain de trouver une position confortable. Mais à quatre heures du matin, après tout ce que j'ai enduré ce soir, je crois que le confort est devenu pour moi une notion complètement abstraite.

Je connais suffisamment le système pour savoir que je ferais mieux d'avoir un avocat à mes côtés, peut-être même Lyndie Nye, mais quand j'ai mentionné ce fait, les policiers m'ont dit qu'ils voulaient juste « discuter un peu de ce qui s'était passé à Sumac Street », et que si je voulais un avocat, il faudrait tout d'abord prévenir mes parents. Personne ne m'accuse de rien, ont bien insisté les flics lorsqu'ils m'ont interceptée au pied de la tour Fleet il y a quelques heures. En tout cas, pas pour le moment.

— Je suis totalement épuisée, dis-je.

Depuis combien de temps sommes-nous ici ? Deux heures ? Trois ? J'ai repris mon histoire une demi-douzaine de fois pour l'agent Rodriguez et le détective Marlowe, mais à chaque fois ils trouvent le moyen de me demander davantage de détails, de me reposer les mêmes questions de manière différente. Je ne peux pas vraiment leur en vouloir : mon histoire est loin d'être convaincante. Ils le savent, je le sais, et quiconque se trouve de l'autre côté du miroir sans tain de la pièce le sait aussi. Mais je ne suis pas près de leur parler de l'aide de Serge, ni des criminels que je leur ai livrés en paquets cadeaux. Ni bien sûr de la véritable raison de ma présence dans la résidence du Boss. Je pourrais être inculpée de mille crimes à l'heure qu'il est, notamment d'homicide volontaire, même si j'ai sans doute évité au moins autant de morts par mes actes.

Et pas question que je leur dise quoi que ce soit à propos de Ford.

Étalés entre nous sur la table, des dizaines de clichés noir et blanc pris par les caméras de surveillance connectées aux grilles d'entrée de la propriété de Gavin. Il s'avère apparemment qu'il surveillait tout, y compris l'intérieur de sa propre maison.

J'apparais sur l'une des photos : j'ai le visage tourné vers la caméra, une grimace inquiète me déforme les traits. Plusieurs montrent des fêtards arrivant en voiture, en moto ou à pied. Et il y en a une de Ford, la capuche de son sweat-shirt lui masquant la moitié du visage.

Je n'ai pas arrêté de répéter que je ne connaissais aucune de ces personnes, mais à chaque fois ils sont revenus sur le cliché de Ford, me demandant si j'étais sûre et certaine de ne l'avoir jamais vu. J'ai fait semblant de ne pas le connaître, ravalant la boule de tristesse qui menace de m'étouffer dès que mon regard se pose sur son visage. Sous sa capuche, il a un air paniqué. À cause de moi.

Les policiers m'ont demandé en long, en large et en travers d'expliquer le pourquoi de ma présence sur place et, pendant un temps, j'ai haussé les épaules, ouvrant et fermant la bouche comme un poisson.

Finalement, je me suis dit que je pouvais bien leur parler de Gavin. Je n'ai aucune raison de le protéger de la police. Je leur ai dit qu'il avait été mon petit ami, qu'il avait repris contact avec moi, me disant qu'il voulait me revoir. J'ai joué à la petite idiote folle d'amour, un rôle plutôt facile à assumer puisque c'est ce que j'ai été toutes ces dernières semaines.

J'ai récapitulé ce que j'ai pu, leur racontant que je m'étais rendue à la fête et que Gavin s'y trouvait avec un pistolet. Je leur ai dit avoir entendu des gens l'appeler le Boss, et les flics ont hoché la tête. Ça fait clairement un bon bout de temps qu'ils sont sur ses traces. Encore et encore, les flics me font revivre l'humiliation de l'arnaque montée par Gavin. Je laisse volontairement de côté toute mention de Ford et de la fusillade. Je ne me le pardonnerais jamais s'il se retrouvait impliqué de près ou de loin dans ce scandale par ma faute. Tant que j'arrive à voir sa photo sans vraiment la regarder, je réussirai à contenir mes larmes.

— OK, mademoiselle Fleet, ça a été une très longue soirée en effet. Je voudrais juste clarifier une dernière chose : vous dites que la dernière fois que vous avez vu le Boss alias Gavin Sharp avant cette nuit, c'était lorsqu'il s'est prétendument fait kidnapper, c'est bien cela ?

— Oui, dis-je d'une toute petite voix.

J'ai menti tant et tant ce soir, à la fois activement et par omission. Je m'efforce de leur donner une partie de vérité, juste ce qu'il faut pour pouvoir garder mes secrets. Mais quand même. Mes parents n'ont pas voulu négocier avec les ravisseurs. Ils voulaient les mettre au défi d'exécuter leurs menaces.

— Ça a vraiment dû être une épreuve pour vous, intervient Rodriguez.

C'est une grande femme aux épaules carrées, d'une petite trentaine, sanglée dans un costume gris perle. Elle a fait mine de s'ennuyer et d'être blasée tout au long de l'entretien. De s'ennuyer ou plutôt de ne pas me croire. Elle a joué le rôle du méchant flic tandis que le détective Marlowe endossait celui du brave type, allant jusqu'à me chercher une canette de soda à la machine.

Mon regard se pose sur le mur en miroir dans leur dos. C'est forcément une glace sans tain, comme dans les séries policières à la télé. Si ça se trouve, il y a une vingtaine de flics postés derrière à me dévisager. Ou aucun. Je n'en ai pas la moindre idée. Tout ce je souhaite, c'est rentrer à la maison, aller me coucher, et disparaître de la surface du monde le maximum d'heures possible avant de pouvoir rendre visite à Ford. Il est toujours inconscient dans le labo de Jax, mais il faut que je sois à ses côtés.

— Je vous l'ai déjà dit, ça a été une période *très* dure pour moi. J'étais furieuse envers mes parents. Mais il se trouve qu'ils avaient raison tout du long. Je me suis fait avoir.

Je parle cette fois en regardant droit dans le miroir, me surprenant à souhaiter qu'Hélène et Harris soient là pour m'entendre dire ces mots.

— Et lorsqu'il vous a appelée, vous n'avez pas hésité une seconde avant d'y aller ? Dans un endroit où vous ne vous étiez jamais rendue ? Pourquoi ne pas avoir demandé à vos parents de vous y déposer ?

Les yeux bleu-gris de Marlowe vrillent les miens, et je sais que je ne devrais pas me laisser avoir par son numéro de gentil flic, mais mon instinct me souffle qu'il est mon meilleur allié dans cette salle.

— Je ne voulais pas perdre une minute. J'étais super excitée à l'idée de le revoir, dis-je pour la dixième fois, la voix serrée par cette honte dont j'ai l'impression qu'elle ne s'effacera jamais. En plus, je savais que mes parents ne voudraient pas que je le revoie. Et de toute façon, ils étaient de sortie ce soir.

— Et vous dites que lorsque vous êtes arrivée sur place, il vous a avoué de but en blanc que ce n'était qu'une gigantesque arnaque ?

Marlowe fronce les sourcils, secouant légèrement la tête, comme pour dire : *Quelle ordure, ce type !*

— C'est ça, acquiescé-je dans un filet de voix.

Le simple souvenir de cette scène me lacère le cœur à coups de lame de rasoir ; peut-être que ce sera le cas à tout jamais.

— Et qu'avez-vous ressenti à ce moment-là ? (Rodriguez a pris le relais.) De la colère, non ? Un type qui m'aurait fait ça, j'aurais eu envie de le tuer.

— Je n'avais pas compris que vous me faisiez passer une évaluation psychologique, répliqué-je. Mais oui, j'étais bouleversée. Par contre, je ne suis pas quelqu'un de violent, donc l'idée de le tuer ne m'a même pas traversé l'esprit.

— Une toute dernière clarification, mademoiselle Fleet. L'homme que vous connaissiez sous le nom de Gavin Sharp pointait une arme à feu sur vous. Vous étiez donc en danger de mort imminent. Ça m'étonne alors beaucoup que vous ne soyez pas restée lorsque les forces de police sont arrivées. Ne vouliez-vous pas voir Gavin se faire arrêter ? me demande Rodriguez, un sourcil arqué.

J'ai l'impression qu'on me compresse le cœur et je prends le temps de réfléchir à la meilleure réponse à donner. Que lui dire ? Les secondes passent et je me creuse le cerveau à la recherche des mots adéquats. Sans pouvoir m'en empêcher, je regarde la photo de Ford et les larmes me montent immédiatement aux yeux.

— Mademoiselle Fleet ? Pourquoi être partie ? Pourquoi à ce moment-là ? Je n'ai pas vraiment compris la première fois.

— J'étais ravagée. J'avais envie d'être seule, dis-je, les yeux baissés, les joues brûlantes. J'étais morte d'embarras.

— Et le sang que nous avons trouvé à l'étage ? Vous nous demandez toujours de croire que vous n'avez aucune idée de la personne à qui il appartient ?

— Je ne vous demande pas de croire quoi que ce soit, répliqué-je. Vous croyez ce que vous voulez. Ça devait être le sang d'une des centaines de personnes présentes à cette soirée. Peut-être que Gavin a tiré sur des gens après mon départ. Je n'ai rien vu… donc je ne sais vraiment pas.

Ma voix se brise sur la dernière phrase et je me tais, reconnaissante envers Jax de m'avoir aidée à nettoyer les taches sur mes vêtements et de m'avoir prêté un pull et un manteau. Les miens étaient littéralement trempés du sang de Ford.

Nous restons comme ça à nous regarder en chiens de faïence pendant ce qui me semble être plusieurs minutes. J'éprouve soudain le besoin de sortir d'ici sur-le-champ. Je jette un coup d'œil à mon poignet, regrettant de ne pas avoir de montre.

— À moins que vous ne m'inculpiez, il va falloir que je rentre chez moi, là.

— D'accord, mademoiselle Fleet, dit le détective Marlowe en repoussant sa chaise de la table et en se levant. Nous allons détacher une de nos unités pour vous protéger les quelques jours qui viennent, le temps qu'on découvre où se planque le responsable de tout ça.

— Je n'ai besoin de personne pour veiller sur moi, réagis-je vivement.

— Il pourrait chercher à vous retrouver pour vous faire du mal. Après tout, vous connaissez son visage, et c'est quelqu'un de diablement dangereux.

Qu'il essaie ! songé-je tout en soutenant le regard de Marlowe. *Qu'il ose seulement essayer !*

— Bon, concédé-je finalement. Mais vous m'assurez que notre… conversation de ce soir restera strictement entre nous ?

— Absolument. Et voici ma carte, au cas où vous l'auriez perdue la dernière fois.

Il m'adresse un clin d'œil en me la tendant, ce que je trouve à la fois un peu flippant mais aussi étrangement réconfortant. Je fais semblant de ne pas le remarquer.

— Super. Merci, dis-je en commençant à me lever, les jambes chancelantes. Allez faire un tour du côté d'Hadès, le vieux centre commercial, ajouté-je sans grande conviction.

Je doute qu'ils y trouvent « le Boss alias Gavin Sharp », mais ça ne peut pas faire de mal de leur donner le début d'une piste.

— Ne vous inquiétez pas. On va faire le boulot, intervient l'agent Rodriguez en me posant une main sur l'épaule, les yeux dans les yeux. Et je compte sur vous pour faire le vôtre : vous préserver. Si un quelconque détail vous revient après vous être reposée, ça pourra grandement nous aider dans notre enquête.

Le détective Marlowe ouvre la porte et me la tient tandis que je passe dans la salle centrale du commissariat où de nombreux policiers s'affairent dans des effluves de café malgré l'horaire. Quatre agents sont en train de traîner deux jeunes. L'une des deux, une fille aux cheveux verts portant un manteau blanc sale en fausse fourrure, a un œil au beurre noir. Je suis sûre de surprendre un sourire que s'échangent deux des policiers antiémeute. « On va faire le boulot », a dit l'agent Rodriguez. Je me demande ce que ça signifie ici à Bedlam. Disperser des manifestants à coups de matraque ? Gazer des gens sans aucun prétexte valable ? Parce que d'après ce que j'ai vu, le boulot ne consiste pas à lutter contre le marché noir ou le trafic de drogues, il ne consiste pas non plus à arrêter les véritables criminels qui contrôlent cette ville, ni même à protéger les honnêtes citoyens.

Mon boulot à moi, me dis-je avec amertume alors qu'ils me raccompagnent jusqu'à la sortie, *c'est d'oublier tout ça. D'oublier quel qu'en soit le prix.*

Je suis trop sur les rotules pour rentrer en courant, je hèle donc un taxi. Quand enfin j'arrive à la maison, il est cinq heures du matin. J'engloutis quatre muffins à la myrtille de Lily, me traîne jusqu'à mon lit et sombre dans un sommeil rempli de cauchemars : je rêve de Gavin en uniforme de flic me menottant à la table de la salle d'interrogatoire, m'inculpant d'une liste de chefs d'accusation longue comme le bras tandis que mes parents, Serge et Will regardent la scène les bras croisés, impassibles comme s'ils ne me connaissaient pas.

Je passe la journée du lendemain à dormir par épisodes, faisant une apparition à la table du déjeuner le midi pour dire à mes parents que j'ai une dissertation d'histoire à rédiger.

Une fois le jour tombé, je suis totalement réveillée. Je brûle d'aller retrouver Ford, mais des voitures de police banalisées sont stationnées des deux côtés de la tour Fleet, contrôlant toutes les entrées et sorties. Je regarde la rue du haut de la fenêtre de ma chambre et me rends vite à l'évidence : pas moyen de sortir en passant par en bas. Il ne me reste plus qu'à espérer que le détachement de policiers sera trop occupé à surveiller la rue pour lever les yeux au ciel.

J'ouvre ma fenêtre et sors sur mon minuscule balcon. Je me retourne et attrape la gargouille juste au-dessus pour me hisser sur le toit. Je devrais être terrifiée, mais le chagrin et la rage me confèrent assurance et agilité. Ou peut-être que tout simplement je me fiche désormais de mourir.

Il me faut moins d'une minute pour escalader l'étage qui me sépare du sommet de l'immeuble, mes doigts et mes pieds s'accrochant aux briques décoratives qui ressortent de la façade. Je me déplace une main après l'autre, luttant contre le vent, jusqu'à me hisser sur le toit où je m'assieds sur une grille métallique au pied de la flèche qui surmonte le bâtiment.

Je reste assise en tailleur un moment, le regard perdu sur cette ville qui m'a conduite à ma perte. Cette ville que nous contribuons tous à mener à sa perte jour après jour. Avant, quand je croyais que Gavin était mort, j'éprouvais abattement et tristesse. Mais maintenant que je sais comment il s'est servi de moi depuis le début, je me sens juste… vide. Et au milieu de ce vide béant s'élève une prière désespérée : *Faites que Ford survive !*

Le vent mugit dans le soir gris et je repense soudain à Gavin. À ma stupidité sans nom pour m'être laissé manipuler de la sorte. À l'énorme injustice que je m'en sois sortie indemne alors que Ford, lui, est entre la vie et la mort… Mes yeux s'embuent, et je les ferme pour chasser les larmes. Je refuse de pleurer encore pour Gavin, il ne le mérite pas.

Pathétique, me dis-je. J'ai été tellement pathétique : les planques, les risques insensés que j'ai pris. Avoir échappé à la mort de justesse à la librairie, sur le pont, dans l'école.

L'entraînement avec Ford. La mort de Rosie. Tout ça pour rien. Tout ce que j'ai fait sous le noble prétexte de sauver ou de venger Gavin se retrouve souillé par ses infâmes mensonges.

Et pourtant, mon cœur continue de vrombir en vain, simple muscle boosté au turbo qui ne sait pas faire la différence entre bien et mal. Je suis si forte physiquement à l'heure qu'il est – j'ai les bras sculptés, le ventre plat et ferme, ma capacité à courir voire à voler est tout bonnement ahurissante, même pour moi –, mais je n'ai jamais eu l'esprit aussi peu clair que maintenant. Je balaie le paysage urbain du regard, avec le disque violet du lac qui a pris ma sœur, le reste n'étant qu'une masse de souffrances et de mensonges qui me donne la nausée.

Cette ville n'est bonne qu'à héberger les âmes mortes et les âmes perdues.

Je m'arrache finalement à ma sombre contemplation et me lève, prête à effectuer le grand saut. L'immeuble qui jouxte la tour Fleet, le Majestic, est un hôtel pour hommes d'affaires. La tour compte quatre-vingt-sept étages contre une soixantaine pour le Majestic. Une différence pas totalement négligeable. Je fais quelques moulinets d'échauffement avec les bras, puis plie et déplie mes genoux tandis que le vent glacial me plaque des mèches sur le visage.

Je recule de quelques pas, prends une profonde inspiration et sans même me laisser le temps de la réflexion, je lance ma course d'élan. En quelques fractions de seconde, me voilà qui m'élance du parapet de la tour Fleet dans l'oubli du ciel bleu-gris. Le cœur dopé à l'adrénaline, je fends l'air crépusculaire, ma capuche claquant au vent tandis que le toit de verre du Majestic se précipite à ma rencontre.

Dans ce moment suspendu, j'ai l'esprit partagé entre la terreur totale et une confiance sans borne. Le sang me bat aux tempes sur le rythme de *mort-mort-mort*, tandis que mon cœur, lui, m'assure que je vais vivre.

J'atterris plus en douceur que je ne l'aurais cru possible, orteils vers l'extérieur en première position de danse. Mais le toit de verre est beaucoup plus pentu que ce à quoi je m'attendais. Je tombe vers l'avant, mon corps aplati contre le panneau de verre pour tâcher d'y trouver une prise. La pente est décidément trop raide. Je me mets à glisser et m'efforce de contrôler ma chute vers une section plate du toit.

Dans la véranda en dessous de moi, quatre hommes en costume et une femme d'un certain âge vêtue d'une robe de cocktail ont une coupe de champagne à la main et profitent de la vue. C'est la femme qui me voit la première. Elle porte une main à sa bouche, l'autre me pointant du doigt. Je presse une paume contre le verre et articule : *Désolée.*

Je vais continuer à sauter d'immeuble en immeuble jusqu'à atteindre l'extrémité du pâté de maisons, histoire d'être sûre d'échapper à la vigilance des policiers en civil. Ensuite, je courrai sans jamais ralentir l'allure jusqu'au laboratoire de Jax. Ford se sera réveillé. Il a intérêt.

43.

Il est 5 h 24 quand j'arrive. Je repasse en mode marche, le souffle court lorsque mes pieds se reposent enfin sur le trottoir.

Jax m'a donné le code pour la porte, une série complexe de chiffres qui retranscrivent une de ses équations moléculaires favorites. Je longe le mur des cages, plus du tout repoussée par les lapins, les rats ni par Mildred, qui dort profondément sur les lambeaux d'un exemplaire déchiqueté du *Daily Dilemma*, une carotte desséchée dans sa petite main tannée. *Je suis l'une d'entre vous*, songé-je en faisant courir un doigt le long des barreaux. Une expérience. Prisonnière d'une cage invisible. Je prends une profonde inspiration et emprunte le couloir qui mène à la salle où se trouve Ford.

La petitesse de la pièce m'oppresse tandis que je rapproche le tabouret à roulettes du lit. Sous le bip désormais familier du moniteur cardiaque, je distingue la respiration de Ford. Ses poumons semblent beaucoup moins obstrués et il respire à un rythme beaucoup plus régulier. Je glisse une main dans sa chevelure noire et prends le temps de le regarder. Il a les joues creusées, ses pommettes douloureusement saillantes sous sa peau tendue. La lumière crue qui éclaire la pièce lui donne un teint verdâtre. Je tire de ma poche un stick de baume à lèvres et soulève le masque à oxygène pour en passer un peu sur sa bouche craquelée.

— Tu es le genre de garçon à ne jamais avoir touché un tube de baume à lèvres de sa vie, murmuré-je en lui massant d'un doigt la lèvre inférieure. J'en mettrais ma main au feu.

Alors réveille-toi et dis-moi d'arrêter mes trucs de midinette ! lui dis-je dans ma tête. Je vois ses yeux bouger rapidement sous ses paupières closes, une réponse automatique au processus du rêve, m'a expliqué Jax.

Je remets le masque à oxygène en place et m'assure qu'il n'est pas trop serré. Ses cheveux sont si doux sous ma paume. Je reste un long moment en silence à les lui caresser.

— Ils sont toujours en train de le chercher, dit une voix dans mon dos.

Jax vient d'entrer dans la pièce.

— Enfin, Gavin, je veux dire. Je me suis branchée sur la fréquence de la police, ils parlent d'une piste potentielle.

— Ils ne le trouveront jamais, dis-je en faisant pivoter le tabouret pour faire face à Jax.

Ses lunettes sont de guingois et, derrière ses verres épais, je remarque qu'elle a les yeux encore bouffis de sommeil. Elle porte un vieux sweat-shirt de l'université de Bedlam par-dessus une blouse bleue.

— Désolée de t'avoir réveillée.

— Sincèrement, j'apprécie la compagnie, réplique Jax en souriant. Alors, tu vas te lancer à sa poursuite ?

Je secoue la tête puis hausse les épaules. Je ne veux plus avoir affaire à lui, de près comme de loin. Le temps des nuits passées à traquer les méchants est bel et bien révolu. Tout ce que je ressens lorsque je pense à Gavin désormais, c'est un vide béant, plus profond et englobant que l'ont jamais été ma culpabilité ou mon chagrin. La fille qui était tombée amoureuse de son petit ami fictif est morte cette nuit-là dans le fleuve. La fille qui est assise aujourd'hui au chevet de Ford n'a plus rien en commun avec elle.

— Je suis sûre qu'il fera tout le nécessaire pour qu'on ne retrouve pas sa trace. Il est intelligent, concédé-je à regret.

Il a beau être un monstre, c'est un monstre suffisamment intelligent pour s'être fait faussement kidnapper treize fois d'affilée et avoir orchestré sa propre exécution.

— Toi aussi, tu es intelligente, me dit Jax.

— Pas assez pour sauver Ford, soupiré-je en observant sa poitrine se soulever à un rythme régulier. Combien de temps est-ce qu'on va attendre, Jax ? Combien de temps avant qu'on perde espoir ?

— Anthem, me reprend-elle, le regard dur. Tu connais pourtant la réponse. On ne perd *jamais* espoir.

Je hoche la tête. Plus aucun mouvement sous les paupières de Ford. Son rêve, quel qu'il ait été, doit être en train de changer radicalement.

44.

À onze heures et demie le lendemain soir, je suis penchée sur mes devoirs de physique, les formules dansant sur la page tandis que je dérive progressivement vers ce que j'appelle le coin sombre, un fil de pensées négatives qui tournent en boucle où Ford ne se réveille jamais et où Gavin me retrouve pour finir ce qu'il a entamé. Soudain, on toque à ma porte. Je sens mon corps se tendre en perspective d'une de ces conversations stressantes avec l'un ou l'autre de mes parents, venu sans doute me parler avec angoisse des examens finaux qui approchent, de la danse, de mon avenir. Si seulement ils savaient combien cela est dérisoire à mes yeux.

C'est épuisant de devoir faire mine que tout va bien, de jouer le rôle de la fille idéale. Mais il s'avère que ce n'est ni l'un ni l'autre cette fois, c'est Serge qui passe la tête dans l'embrasure de la porte.

— Bonsoir, Anthem, puis-je te dire un mot ?

Ravalant mon étonnement, j'opine du chef et me redresse dans mon fauteuil de bureau. Même après tout ce qu'on a vécu ensemble, c'est la première fois qu'il ose s'aventurer jusqu'à ma chambre.

— Bien sûr, entre, je t'en prie.

Je me lève, hésitant à lui offrir mon siège. Serge est le genre d'homme à respecter les convenances. Même à cette heure tardive, sa cravate est parfaitement nouée autour de son cou de taureau, et je ne vois aucun pli sur sa veste.

Serge fait un pas dans la chambre et me surprend en refermant la porte très précautionneusement.

— J'ai vu que tu avais ta lumière allumée. Tu ne dors pas beaucoup ces derniers temps, remarque-t-il d'un ton soucieux.

— J'ai besoin de moins de sommeil qu'avant, dis-je en haussant les épaules.

Il fronce les sourcils et m'adresse un regard acéré où je lis : *Ne faisons pas semblant d'ignorer ce qui se passe vraiment.* Je me demande s'il m'a suivie ces derniers jours, s'il est au courant de mes visites à Ford. Bien sûr, décidé-je de croire. Rien n'échappe à Serge.

Il marche jusqu'à ma baie vitrée qui surplombe la ville et se plonge dans la vue. De nuit, seuls des projecteurs, des enseignes lumineuses et quelques hélicoptères trouent l'obscurité. Je vais me placer à côté de lui, comme magnétisée par cet homme qui est mon ami et mon protecteur depuis toujours. Sa présence discrète, si différente de celle de mes parents toujours à me presser de questions et d'exigences multiples, me réconforte chaque fois. Je sens déjà les muscles de mon cou et du haut de mon dos se relaxer sensiblement.

— Tu as sans doute du mal à l'imaginer, commence-t-il d'une voix si basse que, malgré mon ouïe augmentée, je suis obligée de me pencher pour l'entendre, mais fut un temps où Bedlam était une ville encore bien plus sombre qu'aujourd'hui.

— Je veux bien croire que ça a été terrible lorsque ont eu lieu les premières attaques de métro. Ça a dû marquer la rupture entre la ville d'avant… et le Bedlam coupé en deux que je connais. J'arrive en effet pas à imaginer comment la Rive gauche est passée d'un quartier parfaitement normal à… ça, dis-je en balayant d'un geste du bras toutes ces zones sans électricité où les squatteurs s'amassent dans des immeubles délabrés.

— Il y a eu des émeutes. Des émeutes qui n'en finissaient pas. Les gens avaient une telle colère en eux. Chaque nuit amenait son nouveau cortège de victimes des éléments criminels de la société, il y avait une telle débauche de violence gratuite… C'est alors qu'est apparu l'Espoir, et les gens ont commencé à croire. Tous ceux qui désespéraient de l'avenir de cette ville ont cru que Bedlam pourrait malgré tout être reconstruite. Que toutes les plaies finiraient par cicatriser.

— Puis il est mort, interviens-je en me retenant de justesse de lever les yeux au ciel.

Les plaies ne se referment jamais totalement, ai-je envie de lui dire. Peut-être se referment-elles extérieurement, mais à l'intérieur, elles demeurent à vie.

— Et pourtant, à présent, dix-sept ans après sa mort, les gens recommencent à croire.

Je vois les yeux de Serge s'animer et venir vriller les miens.

Je fronce les sourcils. Dix-sept ans. Pile poil le nombre d'années depuis ma naissance. J'ouvre la bouche pour parler, mais Serge porte un doigt à ses lèvres pour me faire taire. Il pivote sur ses talons et regagne la porte, posant sa main massive sur la poignée.

— Ce serait fort dommage de retomber dans l'ombre avant d'avoir fini ce que tu as entamé.

Avant que je puisse répondre, il est parti. Je suis de nouveau seule dans ma chambre, la bouche grande ouverte, la gorge sèche, cent questions venant se bousculer dans mon esprit à la suite de cette phrase si lourde de sens.

Je n'ai rien entamé du tout, ai-je envie de me récrier. *C'est Gavin le responsable sur toute la ligne. Il m'a tout pris : ma virginité, ma capacité à aimer, le collier de ma mère, mon cœur humain…*

La seule chose qu'il n'ait pas prise, c'est ma vie. Je suis soudain assaillie par la certitude que Gavin ne tardera pas à mettre ma tête à prix et que mes jours sont comptés. Et même s'il ne m'élimine pas, combien de filles va-t-il encore manipuler dans la nouvelle ville où il aura posé ses valises ? Combien de vies va-t-il encore foutre en l'air ? Je repense à cet anonyme qui s'est introduit dans ma loge pour me tuyauter sur l'identité du Boss. Quelqu'un qui avait suffisamment foi en mon pouvoir de mettre hors d'état de nuire l'un des gros bonnets du Syndicat, ou tout du moins de l'empêcher de faire davantage de mal à cette ville exsangue.

Puis je pense à Ford, allongé sur son lit d'hôpital.

Serge a peut-être raison. Peut-être que la seule chose qu'il reste à faire est de se battre. J'ai l'estomac encore chamboulé en regardant l'endroit où il se tenait il y a quelques secondes à peine. C'est dur de tenir tête à un homme de si peu de mots.

— Tu as raison, lui annoncé-je en guise de bonjour le lendemain matin, tout en me glissant à côté de lui dans la Seraph.

Serge m'emmène à l'école et mes parents sont retenus ailleurs. Je claque la portière et il démarre sans avoir décroché un seul mot.

— Je veux finir ce que j'ai entamé, reprends-je.

— Très bien, déclare-t-il avec un petit hochement de tête.

— Bon, alors, qu'est-ce qu'on fait maintenant ? Comment on le coince ?

Il quitte Foxglove Street pour s'engager sur Church Row, et j'aperçois Olive Ann et Clémentine sur le trottoir, leur jupe encore plus mini que d'habitude.

— J'ai des amis qui s'intéressent à ce genre de choses.

— Serge, demandé-je après quelques secondes, comment se fait-il que tu me laisses faire tout ça ?

— Parce que je sais de quoi tu es capable. Je sais que tu es prête à faire des choses que personne d'autre ne fera à ta place.

— Capable de quoi ? D'être un monstre de foire ? plaisanté-je, à moitié seulement.

— Capable de rendre son unité à la ville, dit Serge sobrement.

J'acquiesce, le regard perdu droit devant. Un groupe bariolé de manifestants est en train de se rassembler sur le trottoir, brandissant des pancartes annonçant : J'HABITE RIVE GAUCHE ET J'EN SUIS FIER ou encore : DES ÉCOLES, PAS DES STADES. Une ado d'environ mon âge, voire plus jeune, porte une paire d'ailes faites maison sur le dos et un gros cœur en carton dans les mains au centre duquel est écrit : SOULÈVEMENT.

Je suis soudain traversée d'un frisson en prenant conscience qu'ils se dirigent tout droit vers le bureau de mes parents où la police les accueillera à coups de canon à eau et de gaz cauchemar, jusqu'à ce qu'ils renoncent et rentrent chez eux.

— Et tu penses quoi du stade ? demandé-je à Serge.

Pour toute réponse, il se gare près des grilles du lycée puis se penche pour m'ouvrir la portière.

— Je te ferai signe, dit-il. Prends bien garde à toi.

Il attrape alors ma main dans la sienne et la serre un instant, me faisant aussitôt me sentir moins seule.

45.

Le bruit de mes pas résonne sur l'allée de gravier qui serpente jusqu'au sommet des Falaises de Morass, un complexe immobilier haut de gamme bâti, comme son nom l'indique, sur les falaises qui surplombent le lac. Ça fait des années que l'entreprise de mon père travaille dessus, mais le projet a été mis en suspens il y a quelques mois déjà. Les résidences ne sont qu'à moitié construites, le temps que mon père parvienne à lever suffisamment de fonds pour terminer les travaux. Je l'entends se plaindre à ce sujet depuis deux ans au moins.

L'allée est longue et pentue et je la quitte pour longer un bosquet de bouleaux. De même, je range mon téléphone de peur que la lumière de l'écran ne vienne me trahir.

D'après les renseignements de Serge, c'est ici que Gavin se cache, sur cette colline tranquille à la verticale du lac. Super planque en effet. À l'abri des regards. Tellement à l'abri des regards, me dis-je dans un frisson, que si Gavin me repère, personne à la ronde n'entendra la détonation.

Reste pas plantée là, me houspillé-je tandis que la végétation se raréfie pour laisser place à une allée circulaire de béton, qui donne sur un garage d'un côté et le squelette d'une maison de l'autre – seules les cloisons sèches sont érigées, sans fenêtres encore ni portes.

Le rideau du garage est légèrement relevé, suffisamment en tout cas pour que je voie la moto de Gavin à l'intérieur. Je ne peux m'empêcher de grimacer en songeant aux douze autres filles qu'il a séduites avec son stupide engin. Je me considérais avant comme une fille qui ne donnait pas dans les clichés débiles, une fille qui avait des ambitions plus élevées qu'un garçon à grosse cylindrée. Je sais à présent que je n'étais pas plus maligne que ces autres filles que Gavin a mystifiées : moi aussi je poursuivais un idéal fantasmé, pas une véritable personne.

Je m'éloigne du garage pour m'approcher de la maison.

Il aura son pistolet. Tu dois être plus rapide que la balle qu'il tirera, me motivé-je intérieurement. C'est le corps aux aguets que je longe le mur extérieur, tâchant d'être aussi silencieuse que possible et terrifiée à l'idée de lui donner l'avantage en signalant ma présence par un craquement de brindille ou autre.

Je repère une porte un peu en hauteur débouchant sur une terrasse en construction : l'échafaudage de planches mal dégrossies ne comporte aucune balustrade et tombe à pic sur les rochers noirs et acérés qui bordent le lac en contrebas.

Je prends une profonde inspiration et me hisse sur la plateforme puis passe sous une arche pour pénétrer dans ce qui devrait être la future cuisine. Des tuyaux sortent du mur à l'emplacement d'un four à venir, et un peu plus loin pour l'évier probablement. Bien que la pièce soit dépourvue de meubles, il y a un carton qui traîne contenant des bouteilles de bière et des emballages de fast-food. Je passe ensuite dans ce qui sera un jour la salle à manger, puis l'aperçois dans l'enfilade, face à moi.

— Salut, Anthem, me dit-il d'un ton morne, le visage déformé par son sourire en biais qui me faisait craquer jadis, et dont aujourd'hui je lis toute la fausseté.

Il porte un pantalon de smoking avec un T-shirt blanc au col en V et son traditionnel blouson de cuir par-dessus. Il est assis sur une chaise pliante au milieu de la pièce nue, comme s'il m'attendait, une rangée de bouteilles de bière à ses pieds.

— Que c'est gentil de ta part de passer me voir ! Une bière ?

— Vaut mieux pas, réponds-je du tac au tac, ma fureur décuplée de le voir toujours aussi arrogant. Ça me ralentirait.

Sans autre préambule, je me rue sur lui. Je l'attrape par le col de sa veste, envoyant valdinguer sa chaise par la même occasion. Mon visage est à quelques centimètres du sien, tous deux le souffle court.

— T'es toujours amoureuse de moi, hein ? halète-t-il. Par contre, t'es beaucoup plus agressive que dans mon souvenir.

— T'es pas le seul à avoir une identité secrète, Gavin, lui soufflé-je avant de lui asséner un coup de genou dans les parties. Ça, c'était de la part des douze autres.

Il s'écroule au sol en gémissant, les mains plaquées sur son entrejambe. Je parcours la pièce des yeux à la recherche de quelque chose pour l'attacher. Je suis venue directement du lycée et n'ai strictement rien apporté.

Mais il se relève plus vite que prévu et se dirige en chancelant vers le mur qui sépare la cuisine de la terrasse extérieure. Là, il plonge la main dans un large conduit et au moment même où je m'apprête à sauter, il fait volte-face, armé du pistolet avec lequel il a tiré sur Ford.

La rage bourdonnant à mes oreilles tel un essaim de guêpes en colère, je m'élance dans les airs, jambe levée. La bouche de Gavin s'arrondit en un O de stupéfaction et il reste pétrifié en voyant la hauteur surhumaine de mon saut. Il n'a pas le temps de se ressaisir que mon pied vient s'écraser au milieu de sa poitrine, le propulsant à travers le trou ménagé pour la fenêtre. Il atterrit à plat dos sur les planches de la terrasse, lâchant son arme sous la violence du choc. Le pistolet glisse jusqu'à s'arrêter à quelques centimètres du rebord. Un peu plus et il tombait dans le lac en contrebas.

— Tu t'es fait injecter des CorMod ou quoi ?

Il est hors d'haleine, mais toujours aussi téméraire dans son attitude. Je remarque qu'il essaie de se rapprocher subrepticement de l'arme.

— C'est comme ça que t'as tué Rosie ? En te dopant aux Pharms ?

— Arrête de te tortiller, lui ordonné-je en le toisant de ma hauteur.

Le voir ainsi au naturel, avec son accent de la Rive gauche et son petit sourire narquois, ne me fait plus ni chaud ni froid. Il n'y a plus le moindre atome en moi qui soit attiré par lui.

— Rosie m'a attaquée avec un flingue. Un peu comme tu viens de le faire.

— Ouais, elle avait appris auprès du meilleur, ose-t-il encore se vanter.

— J'ai juste une question, lui demandé-je, sachant que je ne devrais pas. Qui a peint la fresque ?

Toujours à moitié allongé par terre, il m'adresse un sourire condescendant.

— C'est elle. Tout ce talent fauché dans la fleur de l'âge par une petite fille à jupe plissée, quelle tragédie.

— Tu me répugnes, toi et tous les cafards dans ton genre, grondé-je.

Pourtant, au plus profond de moi, je ne peux m'empêcher d'éprouver une pointe de remords en pensant aux heures que Rosie avait dû passer à me peindre sur le mur à partir d'une photo. Je ravale vite ce sentiment.

— Je t'annonce que la partie se termine aujourd'hui, et tu as perdu.

— Ah, vraiment ? fait-il.

Il se redresse, le poing levé tel un cobra prêt à mordre, assez proche de moi pour que je sente son odeur de transpiration et de nicotine.

J'esquive ses coups. Ses poings sont largement plus faciles à éviter que des balles. Je le laisse un peu se fatiguer avant de lui en asséner un, un crochet du droit sur le haut du crâne. J'ai beau l'avoir atteint de plein fouet, il parvient à m'attraper la jupe dans sa chute. Nous ne sommes plus très loin du bord de la plateforme désormais, à moins d'un mètre. Il profite de ma surprise pour me clouer les bras le long du torse et me faire basculer sous lui, les jambes à moitié suspendues au-dessus du vide.

En contrebas, l'équivalent d'une hauteur de dix étages, une ligne déchiquetée de rochers acérés, jonchés de détritus. Je sens le bout pointu d'une planche m'entailler une cuisse, faisant couler un filet de sang.

Je parviens à me libérer les bras et l'attrape par le col de la veste. D'un coup de pied, je shoote dans le pistolet qui vole par-dessus le rebord. La chute est si vertigineuse que je ne l'entends même pas tomber dans le lac.

— Et si nous tombions tous les deux ? murmure Gavin, les mâchoires serrées.

Nos deux visages sont presque assez proches pour que nos nez se touchent.

— Il n'y a pas de *nous*, rétorqué-je.

Il est plus fort que ce à quoi je m'attendais et réussit millimètre par millimètre à me pousser vers le vide. Encore bloquée sous lui, je vrille mon regard dans le sien. Je laisse les traits de mon visage s'adoucir, comme lorsque j'étais amoureuse de lui, j'avance mes lèvres d'un centimètre jusqu'à ce qu'elles caressent les siennes, puis ma langue s'insinue dans sa bouche jusqu'à goûter la bière qu'il a bue. Je le sens se raidir de surprise mais, tout comme Will avant lui, il se laisse embrasser. Sexe et violence sont inextricablement liés dans la tête de mecs comme eux. Pitoyable.

Je lui mords la lèvre, suffisamment fort pour qu'elle saigne. Il pousse un cri et me lâche pour porter ses mains à sa bouche, en un réflexe instinctif. Ça me donne tout le temps du monde pour me dégager de son emprise.

Un filet de sang lui coule de la bouche. Furieux, il se jette sur moi, aveuglé par la colère, les bras grands ouverts. Malheureusement pour lui, j'ai anticipé et me suis accroupie : à l'instant où ses bras menacent de se refermer sur moi, je saute à la verticale.

Gavin essaie de s'arrêter. Il arrive presque à attraper le bout des planches, mais son élan trop rapide l'entraîne inexorablement.

Un hoquet m'échappe lorsque je le vois passer par-dessus bord, criant et moulinant vainement des bras. Je me précipite, tremblant de tous mes membres, pour le voir s'écraser sur les rochers où il atterrit à plat dos, la bouche déformée en un cri désormais silencieux, les membres tordus selon des angles contre nature.

Les os fracassés, il repose sur les rochers noirs, les eaux sombres du lac venant lui lécher le bas du corps, les yeux et la bouche figés en une grimace pour l'éternité.

Je sens la bile me remonter le long de l'œsophage, le goût du sang de Gavin toujours sur les lèvres. Je me tourne pour vomir, l'acidité du renvoi me brûlant la gorge. Après plusieurs minutes où je reste prostrée sur place, ne bougeant plus, ne voyant plus, ne pensant plus, je me force à jeter à nouveau un coup d'œil en contrebas.

Il n'a pas bougé, les yeux ouverts et les bras écartés comme pour saluer l'immensité du ciel. Ses jambes sont progressivement envahies d'écume sale et d'algues poisseuses. Je balaie la berge du regard à la recherche d'éventuels promeneurs ou de SDF qui camperaient dans les environs. Aucun signe de vie, pas même un bateau croisant sur les eaux troubles du lac.

Son corps finira bien par être retrouvé. Il sera sans doute enterré dans le cimetière des pauvres, dans une tombe anonyme. Je ne saurai jamais sa véritable identité. Mais alors que je m'apprête à rebrousser chemin, je me rends compte que je sais parfaitement qui il est : un menteur et un voleur, doublé d'un escroc. Il aura bâti sa vie autour de sa beauté physique, de son charme et de son absence totale de mauvaise conscience. Je lève une main à mon cou et y sens le pendentif qu'il m'avait offert. J'arrache d'un coup sec le cœur doré et sa chaîne puis l'envoie aussi loin que je peux en direction du lac. Je le regarde fendre les airs, reflétant une fraction de seconde l'éclat du soleil avant d'aller s'abîmer dans les flots.

46.

Toujours sous le coup du choc et de l'adrénaline, je retourne dans le salon où, à côté de la rangée de bouteilles de bière et de la chaise pliante à terre, j'avise un sac en toile.

Je ne peux retenir ma curiosité bien longtemps et vide son contenu au milieu de la pièce. Plusieurs paires de jeans soigneusement pliées, deux T-shirts et sa blague à tabac en cuir. Puis trois liasses de billets de cent qui tombent d'une enveloppe en papier kraft. C'est donc à ça que se résumait sa vie en cavale. Je m'assieds sur mes talons et ferme les yeux pour essayer de calmer ma respiration paniquée. En les rouvrant, je vois un livre qui dépasse de la poche d'un des jeans. Je le saisis d'une main et lis le titre : *La Grande Collusion. Histoire secrète des liens entre les forces de l'ordre et la mafia.* Dessous figure un revolver posé sur un tas de billets.

Je le retourne puis l'ouvre et commence à le feuilleter. Dans la marge de la plupart des pages, je remarque que des notes sont griffonnées au crayon noir en pattes de mouche.

Des sommes d'argent, des suites de numéros, *des noms.*

Mon cœur fait un bond lorsque j'atteins les dernières pages.

Il y a un tableau soigneusement tracé et rempli sur une des pages blanches à la fin. Au sommet, souligné et dans une encre plus sombre : « L'Argent ».

Mon sang ne fait qu'un tour lorsque je lis : « Rose T., Smitty M., Jessa S., M. & A. Luz, Karl S., Emmet C. » parmi une bonne trentaine de noms. Mais ce n'est rien comparé à mon choc quand je découvre à la page suivante une colonne d'une quarantaine de noms intitulée BPD. Bedlam Police District. Parmi ces noms, un certain Marlowe. Dans la colonne en regard, un nombre : « 50 000 ».

Prise de vertige, je range les vêtements de Gavin dans le sac, puis l'enveloppe contenant l'argent. Je ne conserve que le livre et le glisse dans ma poche arrière.

Je sors de la maison sans parvenir à réprimer le frisson qui me parcourt le corps. Je me force à respirer à fond en redescendant l'allée de gravier dans l'espoir de contenir le cri qui bouillonne en moi.

Je suis seule dans la contre-allée et regarde un rat s'affairer dans un tas d'ordures tandis que je tambourine à la porte du labo de Jax. J'ai bien essayé de rentrer le code, mais j'ai toujours la tremblote et mon cerveau ne parvient pas à aligner les chiffres selon la bonne séquence.

Il faut plusieurs minutes avant que j'entende le bruit de serrures qu'on déverrouille. Jax me tire à l'intérieur et me serre si fort dans ses bras que j'en ai du mal à respirer. Je me laisse faire avec plaisir, goûtant sa chaleur contre ma peau glacée.

— Tu as entendu ce que je viens de te dire, Anthem ? dit-elle en relâchant son étreinte et en me secouant par les épaules.

Je fais non de la tête, toujours trop absorbée par ce que je viens de faire pour l'avoir écoutée.

— Il est réveillé ! m'annonce-t-elle dans un sourire radieux.

— Ford ?

Jax opine vigoureusement, les yeux baignés de larmes.

— Il y a environ une demi-heure. Les signes vitaux sont tous au vert. Pas de lésion détectable au cerv…

Je n'attends pas la fin de sa phrase pour me précipiter jusqu'à la petite salle où je le trouve assis sur son lit, tout sourire, vêtu du sweat-shirt UNIVERSITÉ DE BEDLAM de Jax et mangeant un bol fumant de nouilles instantanées. Il a toujours les lèvres craquelées, mais il a bien meilleure mine et ne ressemble plus à une plante en manque d'eau.

— Héééé ! me salue-t-il d'une main, un imbroglio de nouilles lui pendant de la lèvre inférieure.

J'ai l'impression d'entendre un organisateur de soirée légèrement éméché.

— Salut, toi, répliqué-je en souriant.

Puis je m'approche à petits pas de son brancard, timide tout à coup.

Il avale sa bouchée de nouilles puis repose le bol.

— Jax m'a dit que c'est toi qui m'avais ramené ici.

J'acquiesce.

Avant qu'un silence trop maladroit ne s'installe, je me hâte de lui dire combien il m'a manqué, combien c'était injuste que ce soit lui qui se soit pris une balle.

— Je suis tellement désolée, Ford. J'aurais dû être capable de…

— De quoi ? D'arrêter une balle tirée à dix mètres de toi ? me coupe-t-il.

— Mais si en premier lieu je ne m'étais pas rendue à cette soirée…

Ford secoue la tête, un petit sourire éclairant sa barbe de trois jours.

— C'est moi qui t'ai suivie. Et mon petit doigt me dit que, sans toi, je serais mort à l'heure qu'il est. J'estime donc qu'on est quittes.

Je hoche la tête, le cœur lourd, sachant que rien de ce qu'il me dira ne pourra défaire ce qui vient de se passer au lac.

— Les flics l'ont retrouvé ? Jax m'a dit qu'ils étaient sur ses traces.

Je baisse les yeux sur le lino maculé de taches, la gorge soudain sèche.

— Verte, souffle-t-il doucement, sentant mon désarroi.

Il me touche le menton, essayant de me faire relever les yeux.

— Dis-moi ce qui va pas.

— Il est mort, chuchoté-je. D'abord Rosie, et maintenant Gavin. Je suis un assassin, dis-je avant d'éclater en sanglots.

Ford m'attire à lui et j'enfouis mon visage dans le creux de son épaule.

— Tout comme eux, conclus-je.

Il me serre fort dans ses bras et j'entends le rythme régulier et rassurant de son cœur à travers le sweat-shirt.

— Non. Tu es celle que la ville attendait depuis longtemps.

Il a la voix qui se brise sur le mot « attendait ». Il m'attrape la main et caresse mes phalanges du bout du pouce. « Toute ma vie j'ai attendu… » Je sens la même douce chaleur envahir ma poitrine. Je pense à toutes ces nuits passées dans cette même pièce à attendre qu'il se réveille et termine enfin la phrase qu'il avait commencée.

— Tu es celle que *j'*attendais.

Tandis que je me perds dans son étreinte, je sens qu'une petite portion de mon cœur en mille morceaux est en train de se ressouder.

47.

Maintenant que Ford se remet au fil des jours, et que Gavin n'est plus là, je n'ai plus grand-chose de mieux à faire que de me concentrer sur *La Grande Collusion*, le livre que j'ai récupéré, en quête de réponses à des questions qui ne sont qu'à moitié formées dans mon esprit.

À la quatrième page, un paragraphe souligné au crayon m'attire l'œil :

De cette manière, la police agit en tant que complice et facilitateur à la fois des intérêts corrompus de l'élite et de ceux du sous-prolétariat criminel. Et ceux qui ne bénéficient pas de cet échange complexe d'argent et de pouvoir – les citoyens ordinaires de nos vastes métropoles – sont maintenus dans la terreur, ce qui les rend impuissants à changer le système.

Je lève les yeux du livre, l'esprit tournant à cent à l'heure. *Quiconque prend des photos sera arrêté... Les matraques...*

Le gaz cauchemar… Détective Marlowe… L'Argent… Impuissants à changer le système…

Je tourne les pages jusqu'à atteindre le tableau dessiné par Gavin, le lisant et le mémorisant jusqu'à ce que les lignes me dansent devant les yeux.

Lily chante à mi-voix dans la cuisine, c'est un vieil air, un genre de chant révolutionnaire à la mords-moi-le-nœud. J'entends le *schlak* régulier de son couteau sur la planche. Elle prépare des canapés pour un dîner intime que mes parents organisent demain soir avec Marks, le maire, ainsi que les parents de Will. Will devrait sortir de la clinique le mois prochain. Auquel cas il faudra que je lui rende une petite visite pour m'assurer qu'il garde le silence.

Je ne dors plus trop ces dernières nuits. Maintenant que je me suis faite à mon nouveau cœur, il semblerait que mon corps n'ait pas besoin de plus de deux à trois heures de sommeil. Ça me facilite la tâche pour aller passer du temps avec Ford qui récupère tranquillement chez lui. Les rares fois où j'ai pu y aller de jour, j'y ai fait la connaissance de son oncle, Abe, et de ses deux filles, Sam et Sidney. L'appartement de Ford est un studio en rez-de-chaussée à deux pas du Mégamart. On s'est fait une petite séance d'entraînement dans la salle Chez Jimmy et il a mieux tenu le choc que ce à quoi je m'attendais. Après, bien sûr, il a râlé que j'y allais trop mollo avec lui.

Chaque jour, je parcours les journaux du matin pour voir si on parle d'un corps repêché dans le lac dans la rubrique des faits divers. Et de fait trois cadavres ont été retrouvés dernièrement : ceux de deux jeunes femmes et d'un vieillard. Apparemment, le lac Morass est un lieu de choix pour la pêche aux corps humains.

J'entends les chaussures de mon père cliqueter dans le couloir qui mène à ma chambre. Je referme *La Grande Collusion* à la hâte et le planque derrière un coussin à fleurs sur mon sofa. Je bondis ensuite à la rencontre de mon père, espérant je ne sais trop quoi de lui, à la fois qu'il me rassure mais aussi qu'il me change les idées. Il est tout de noir vêtu. Même sa chemise et sa cravate sont noires.

— Il est gai, ton costume, lâché-je en tâchant de sourire.

En tâchant d'être la fille que j'ai toujours été, celle qui travaille dur. La future première de promotion. Celle pour laquelle il n'aura jamais aucun souci à se faire.

— Malheureusement, je me rends à des funérailles, dit-il en réajustant son nœud de cravate devant mon miroir avant de se retourner vers moi, scrutant mon visage à l'affût d'un quelconque signe de trauma comme il le fait depuis les trois jours où j'ai disparu. Tu n'as pas cours de danse aujourd'hui, mon chaton ?

— On est dimanche, lui rappelé-je. Je me repose, il faut bien que mes pauvres muscles puissent souffler un peu. Qui est-ce qui est mort ? lui demandé-je en passant la main sur sa veste de costume pour en retirer une poussière.

— Quelqu'un avec qui je travaillais. Il n'était pas bien vieux, en plus.

— De maladie ?

La mort semble maintenant omniprésente dans ma vie. Je la croise de quelque côté que je me tourne. Les Fleet l'attirent-ils particulièrement, ou bien en va-t-il de même dans toutes les familles ?

— Pas que je sache. Quelqu'un en avait après son argent, d'après moi. Il a été sauvagement tué. Son corps a été retrouvé plusieurs jours après les faits, soupire mon père. Tragique. Cette ville est devenue tragique. Il y a des jours où j'ai bien envie de la quitter, de vous emmener, ta mère et toi, habiter à Exurbia, voire encore plus loin dans une résidence sécurisée au sommet d'une colline.

Ses mots tombent dans le silence et je sens une vague de chaleur envahir ma poitrine. *Sauvagement tué.*

— Où est-ce qu'ils ont retrouvé le corps ?

Je scrute le visage dénué de rides de mon père, sa posture droite, son charisme que rien n'ébranle.

— Il faisait sa tournée d'inspection sur notre chantier des Falaises de Morass, et puis *pouf* ! (Il claque des doigts et marque une pause.) Voilà qu'on le retrouve dans le lac quelques jours après, fauché dans la fleur de l'âge.

— Oh.

J'ai soudain l'impression que la pièce tangue et je dois poser une main sur le mur pour me retenir. Je tâche de me concentrer sur les luminaires du couloir, ces rampes de spots chaleureux qui éclairent les photos de famille accrochées devant moi.

Celle que j'ai sous les yeux a été prise avant que je sois née, on y voit ma mère, mon père et Régina, beau bébé blond. Je n'ai jamais aimé cette photo. Régina tend une main vers l'appareil et on a l'impression qu'elle est sur le point de hurler. Ma mère est distraite par quelque chose qui se passe hors champ, tandis que mon père regarde droit devant lui, les narines dilatées et les lèvres pincées d'impatience.

— Qui a fait ça à ton avis ? demandé-je au bord de la suffocation tout en tâchant de contrôler ma voix au mieux.

— Je laisse à la police le soin de faire son boulot, j'imagine que c'est un voyou du Syndicat. Mais ne va pas penser à des choses sinistres comme ça, mon chaton. Je n'aurais pas dû te parler de tout ça. (Voyant que je ne réponds pas, il se penche sur moi et me dépose un baiser sur le front.) Je t'aime plus que tout au monde. Tu le sais, n'est-ce pas ?

J'acquiesce en me forçant à lui sourire.

Une minute plus tard, il prend congé et disparaît au bout du couloir. Je pose mon front contre le mur frais, des taches noires fleurissent sur ma rétine tandis que des mots et des bribes de phrases assaillent ma conscience.

Réhabilitez nos quartiers au lieu de les raser... Ils devraient être aux anges... Des écoles, pas des stades... Quelqu'un avec qui je travaillais... Nous nous soulèverons... Un voyou du Syndicat... Prendre un verre chez le préfet de police... Manny Marks ne fait rien contre le crime... Sa tournée d'inspection sur notre chantier des Falaises de Morass... L'Argent...

Quand j'entends la porte de l'appartement se refermer derrière mon père, je me rends à la cuisine, le cœur battant la chamade et des gouttes de sueur perlant à mes tempes. Je m'arrête un instant sur le seuil et observe Lily débiter une tête de chou-fleur au couteau jusqu'à ce qu'il n'en reste que de minuscules morceaux.

— Hé, Ant, me dit-elle tandis que je traverse la cuisine. On dirait que tu viens de voir un fantôme.

Je secoue la tête et lui offre un sourire, bien qu'en mon for intérieur je sois une bombe à retardement.

— Je cherche juste un truc que j'ai perdu, murmuré-je.

J'atteins alors l'escalier étroit qui descend au bureau de mon père. Je ne prends même pas la peine d'allumer la lumière. J'attrape la rampe et ordonne à mes jambes flageolantes de me mener en bas, au cœur des ténèbres.

En attendant de découvrir
le **tome 2** de la série ***Les Cœurs brisés***
en septembre 2015

Entrez
dans un
nouvel
R

avec d'autres romans
de la collection

www.facebook.com/collectionr

JALOUSIE

de Sean Olin

La trilogie *Liaison dangeureuse*

Oseriez-vous franchir la ligne rouge ?

Peut-être que si Lilah en était restée là, les choses se seraient passées différemment pour elle, pour Carter et pour Julie. Peut-être que Lilah aurait vécu avec Carter l'histoire d'amour dont elle avait toujours rêvé. Peut-être que Julie aurait surmonté sa passion passagère pour Carter en se livrant corps et âme à la danse, au chant et au théâtre...

Il y a beaucoup de « peut-être » dans cette histoire, beaucoup de tournants aussi. Si Lilah, Carter ou Julie avaient emprunté un autre chemin, leurs vies n'auraient pas été bouleversées à ce point. Mais l'attention exclusive de Carter ne suffisait plus à Lilah. Il fallait aussi qu'elle élimine toute menace potentielle.

Parce qu'un feu vorace brûlait en elle.
Le feu de la jalousie consumant tout sur son passage...

Quand la romance devient thriller

Tout public, à partir de 14 ans

Deuxième volet en 2015

IMPOSTEUR

de Susanne Winnacker

Tome 1

Rejetée par sa famille à cause de son don, Tessa est accueillie à bras ouverts par la Cellule des aptitudes extraordinaires, branche ultrasecrète du FBI qui recrute des jeunes doués de pouvoirs surnaturels. Après deux ans d'entraînement intense, elle maîtrise enfin le sien : la métamorphose.

Mais les choses sérieuses commencent vraiment pour Tessa lorsqu'un tueur en série sème la terreur dans une paisible ville de l'Oregon. Pour confondre le meurtrier, elle va devoir prendre les traits de Madison, l'une des victimes, laissée pour morte. Dans le rôle de la brebis sans défense, Tessa attend que le loup vienne parachever son œuvre macabre...

Si elle déteste cette imposture au quotidien, incarner Madison offre aussi des compensations, celles d'une vie normale que Tessa n'a jamais connue. Au-delà des faux-semblants, des multiples suspects et du danger omniprésent, elle va découvrir l'amitié et une famille soudée. Mais comment se faire aimer pour soi quand on est dans la peau d'une autre ?

Sa mission : appâter un serial killer.
Son don : voler votre apparence.

Les droits TV de la trilogie
ont été achetés par la Warner Bros.

« J'ai immédiatement accroché à cet univers de secrets, mais c'est avant tout Tessa qui a conquis mon cœur ! »
Marissa Meyer, auteur de la trilogie best-seller *Cinder*

Tome 2 : *Déserteur*

LE JOYAU

d'Amy Ewing

Tome 1

Vous êtes plus précieuse
que vous ne le pensez

Le Joyau, haut lieu et cœur de la cité solitaire représente la richesse, la beauté, la royauté.

Mais pour une jeune fille pauvre comme Violet Lasting, le Joyau est avant tout synonyme de servitude. Et pas n'importe laquelle : Violet a été formée pour devenir Mère-Porteuse.

Car dans le Joyau, la vrai luxe est la descendance...

Achetée lors de la Vente aux Enchères par la Duchesse du Lac, Violet – le lot 197, son nom officiel – va rapidement découvrir la réalité brutale qui se cache derrière l'étincelante façade du Joyau. S'exercer à la cruauté, à la trahison et aux coups bas est la distraction favorite de la noblesse. Violet doit accepter son sort et tâcher de rester en vie.

C'est pourtant dans ce sinistre quotidien qu'elle tombe amoureuse d'un séduisant garçon, loué pour servir de compagnon à la nièce aigrie de la Duchesse. Cette relation interdite vaudra aux jeunes amants d'affronter les plus grands des dangers...

La nouvelle trilogie événement,
par l'éditeur de la série best-seller *La Sélection* !

Tome 2 à paraître en octobre 2015

LES 100

de Kass Morgan

Tome 1

Depuis des siècles, plus personne n'a posé le pied sur Terre.
Le compte à rebours a commencé...

2:48... 2:47... 2:46...
Ils sont 100, tous mineurs, tous accusés de crimes passibles de la peine de mort.

1:32...1:31... 1:30...
Après des centaines d'années d'exil dans l'espace, le Conseil leur accorde une seconde chance qu'ils n'ont pas le droit de refuser : retourner sur Terre.

0:45... 0:44... 0:43...
Seulement, là-bas, l'atmosphère est toujours potentiellement radioactive et à peine débarqués les 100 risquent de mourir.

0:03... 0:02... 0:01...
Amours, haines, secrets enfouis et trahisons. Comment se racheter une conduite quand on n'a plus que quelques heures à vivre ?

Découvrez sur la chaîne CW la série télé adaptée du roman par les producteurs de *The Vampire Diaries* et *Gossip Girl*

Tome 2 : *21e Jour*

Tome 3 à paraître en mars 2015

Retrouvez tout l'univers de
Cœurs brisés
sur la page Facebook de la collection R :
www.facebook.com/collectionr

Cet ouvrage a été imprimé
en janvier 2015 par

CPi
FIRMIN-DIDOT

27650 Mesnil-sur-l'Estrée
N° d'édition : 53587/01
N° d'impression : 125420
Dépôt légal : février 2015

Imprimé en France

Composé par Nord Compo Multimédia
7, rue de Fives, 59650 Villeneuve-d'Ascq